U0540865

西游世界史

小宝说书 著

Journey to the West

华文出版社
SINO-CULTURE PRESS

图书在版编目（CIP）数据

西游世界史 / 小宝说书著. — 北京：华文出版社，
2025.1. — ISBN 978-7-5075-6028-2

Ⅰ．I207.414

中国国家版本馆CIP数据核字第2024U3V752号

西游世界史

| 作　　　者：小宝说书
| 策划编辑：杨艳丽
| 责任编辑：周海璐
| 助理编辑：朱晓奕
| 特约编辑：刘　宣
| 版式设计：高　洁
| 出版发行：华文出版社
| 地　　　址：北京市西城区广外大街 305 号 8 区 2 号楼
| 邮政编码：100055
| 网　　　址：http://www.hwcbs.cn
| 电　　　话：总编室 010-58336210　编辑部 010-58336191
| 　　　　　　发行部 010-58336267　010-58336202
| 经　　　销：新华书店
| 印　　　刷：北京新华印刷有限公司
| 开　　　本：710×1000　1/16
| 印　　　张：23.75
| 字　　　数：300 千字
| 版　　　次：2025 年 1 月第 1 版
| 印　　　次：2025 年 1 月第 1 次印刷
| 标准书号：ISBN 978-7-5075-6028-2
| 定　　　价：78.00 元

版权所有，侵权必究

目 录

序言　西游世界观……………………………………001

第一篇　开天辟地：人和万物的诞生……………018
第二篇　万物之战……………………………………050
第三篇　人龙之战……………………………………088
第四篇　长生之战……………………………………142
第五篇　树人之战……………………………………189
第六篇　兵围三岛……………………………………219
第七篇　蟠桃之战……………………………………244
第八篇　西方乱战……………………………………296
第九篇　灵山之乱……………………………………310
第十篇　西天取经……………………………………326
第十一篇　最终决战…………………………………365
第十二篇　写在最后…………………………………374

序言　西游世界观

（一）认识西游记

1.《西游记》的衍生作品有哪些？

如果问我国现在最出名最经久不衰的IP是什么？我们的答案就是《西游记》。

覆盖的人群从老到少，从小到大，从国内到国外。有人可能不知道某一个热门明星，但是几乎没有人不知道《西游记》。评价一个作品的好坏，还有另一个维度，就是有多少人靠它为生。作品养活的人越多，也就越伟大，为什么呢？我们靠《西游记》吃饭就得吹爆它，这就是职业素养。

您看每年至少都有一部和《西游记》相关的电影上映。试着来数数，我们看到过哪些？《西游记》电视剧我知道的就有6个版本：有杨洁导演的央视版，有浙江卫视版，有张纪中版，有香港TVB版，还有日本版和越南版。

改编的电影就多了：周星驰版的《大话西游》《西游降魔篇》；徐老怪版的《西游伏妖篇》；郑保瑞的西游电影三部《大闹天宫》《三打白骨精》《女儿国》；王宝强的《大闹天竺》；易小星的《万万没想之西游篇》。外加各种网络电影，美国、日本、澳大利亚的外国西游作品等。

动画《西游记》有上海美术电影厂的《大闹天宫》，央视动画版《西游记》，以及田晓鹏执导的动画电影《大圣归来》。日本动画《龙珠》的很多情节直接搬的《西游记》的设定，《最游记》绝对是《西游记》改编的作品。最近火爆全球的游戏《黑神话》，赚得盆满钵满，更是将《西游记》的故事和孙悟空的形象再一次推上了文坛巅峰。

时间有限，我们就不一一举例了，上面提到的作品虽然质量参差不齐，但都是对《西游记》的解读，都是对西游世界的完善。解读的形式千千万，解读的方法更是千千万，那么谁更有道理呢？我们大胆把《西游记》的解读分成了三个派别。

（1）第一大流派——考据派

这个流派主要成员是专家、学者、民间高人，他们把《西游记》当作单纯的文学作品。

致力于回答下面几个问题：为什么会有《西游记》，什么人在什么情况下写了《西游记》，《西游记》版本的历史变迁是怎样的，《西游记》中神话情节的历史源头为何，《西游记》所反映出的朴素民族感情是什么，等等。《西游记》是史料般的存在，追根溯源是他们的主要工作。这个工作非常有价值，但是工作内容很枯燥，考据材料辛苦，非常人所能及也。

（2）第二大流派——精神胜利派

这一派主要是以央视版电视剧为基础，弘扬美猴王精神和九九八十一难的精神，致力于删减《西游记》和修改《西游记》的封面。

（3）第三大流派——脑洞派

脑洞派是咱们目前见到的最多派别。它又分三个支流，即衍生流、胡乱考据流、碎片流。

第一支，衍生流：用《西游记》来讲其他学问或经验，比如说跟着唐僧学管理什么的。

第二支，胡乱考据流：我们不得不用胡乱来形容这一支，他们在解读《西游记》的时候，引用了一大堆的资料来论证自己的观点。看起来像考据派，但是完全没有考据派严谨的治学精神，他们的论据根本经不起推敲，从佛教经典到道家典籍再到民间野史，无所不包。完全不考虑这些内容之间的矛盾和出现时间相背。

总之，什么都能作为证据，有利于我的我就用，其他假装没看见。

第三支，碎片流：把《西游记》单独的情节拿出来解读，读起来非常有道理，但是说着说着自己就忘了。经常出现左右手互搏、彼此矛盾的观点，对《西游记》的解读没有统一的、一体的价值观。胡乱考据流和碎片流，往往被统一称为西游阴谋论，被考据派、精神胜利派鄙视为胡说八道。

那么我们属于哪个流派呢？脑洞原文派，如果您认可我们的解读方式，您就属于脑洞原文派。我们这一派别有两个特点：一是不引用任何外部资料，只以《西游记》原文为基础；二是把《西游记》这本书当成一个整体，以还原西游世界为目标。我们的研究是用类似于"文字狱"的方式来解读《西游记》，一切证据都来自《西游记》原文。《西游记》中没有写的，怎么办呢？我们的原则就是：大胆猜想，仔细对应。我们提出的猜想，必须与《西游记》原文中所有情节共生，不冲突、不矛盾。

所以我们脑洞原文派解读出来的《西游记》更大胆，更不可思议，在非常严谨的同时又与《西游记》原文完美契合。我们也不怕和任何流派辩论：你的论据能解释《西游记》所有的矛盾吗？我们能。你能肯定吴承恩看过你的论据吗？我们不知道，但是吴承恩写的字，肯定不会错吧。我们脑洞虽大，但可以处于逻辑的不倒之地。这是我们钻研《西游记》十年认为最好的解读方法。说到这里，肯定就有人站出来说：你们就是在搞阴谋论，纯属胡说八道！那么《西游记》里究竟有没有阴谋论呢？

2.《西游记》究竟有没有阴谋论？

《西游记》本身有很多矛盾的地方，刚好这些矛盾又有着似有似无的联系，真是太适合进行阴谋方向的解读了。虽说《西游记》适合脑洞是一个方面，但这是作者的本意吗？要还原作者的本意，一定跳不过元朝的《西游记杂剧》。吴承恩读过哪些佛道经典我们不知道，但是我们可以肯定：他看过《西游记杂剧》。为什么呢？

您想，现在拍西游电影得研究《西游记》小说吧！同理，吴承恩写小说《西游记》，肯定也要寻找素材，而《西游记杂剧》（下面简称"元杂剧"或"杂剧西游"）就是当时最知名的西游材料了。可以说，在《西游记》小说成书之前，元杂剧就代表着主流的西游世界观，是《西游记》的前身。通过对二者的比较，我们就可以试着去推测一下作者的意图。

第一，混乱的时间线。杂剧西游的开篇就是唐僧的身世，唐僧毫无疑问是西游的第一主角。杂剧中，唐僧出生在贞观三年（629年）十月十五日子时，取经结束是在贞观二十一年（647年）。但小说中唐僧的身世成了"附录"篇，唐僧出生和取经的日子都是贞观十八年（644年），为什么会使用同一个贞观十八年（644年）呢？小说为什么要制造这种时间冲突呢？

第二，诡异的情节。特别是唐僧被抛江这一段。在杂剧西游中，唐僧的父亲陈光蕊被水贼刘洪杀害，刘洪霸占唐僧的母亲殷小姐，殷小姐十月怀胎生下唐僧。刘洪逼迫殷小姐把小唐僧扔入江中。在刘洪的监视之下，殷小姐把小唐僧装在匣子里，将血书偷偷藏在匣子缝中。心里默念：神明相佑，但活得几岁也罢，不敢望长命百岁。

再看小说里殷小姐怎么扔小唐僧的。在刘洪外出期间，殷小姐选择扔孩子。扔孩子之前，写了血书，咬掉小唐僧脚上一个小指作为印记。正要扔的时候，突然看到江上漂来一条小木板，才把小唐僧放到木板之上。相比之下，杂剧中的殷小姐更像一个正常的母亲，还知道找个匣子。小说中的殷小姐就特别不正常，主动扔孩子，而且是随机捡木板。如果没有看到木板，她就真把小唐僧直接扔水里了。您说小说为什么要把殷小姐改的如此反常呢？

第三，反差的唐僧人设。杂剧西游中唐僧出发之时，大唐百姓官员相送，形形色色的人物求唐僧说法，唐僧的回答句句皆是大智慧。但小说中完全删掉了这个情节，取经途中唐僧就是个胆小怕事、自私自利且又容易受骗的和尚。唐僧不像什么得道高僧，更像一个活脱脱的市井小人，小说分明就是在丑化唐僧。您说作者为什么要这么做呢？

第四，反差的孙悟空人设。元杂剧中，孙悟空不是一个人在战斗，他有兄弟姊妹四人：大姊骊山老母，二妹巫枝祇圣母，大兄齐天大圣，三弟耍耍三郎。齐天大圣是他哥哥，他的名号是通天大圣。至于孙悟空根本就不算大闹天宫，只不过是偷了王母仙桃百颗、仙衣一套，与夫人穿着，作庆仙衣。您没看错，孙悟空是有老婆的，这个老婆还是孙悟空从金鼎国抢来的公主。猴子还是个爱妻狂魔，为了举办婚礼，博美人一笑，最终被观音菩萨压在花果山下。谁说孙悟空不能谈恋爱，那就是不尊重历史。

但是在小说中，孙悟空的戏份大大地加强，两次对抗天庭的围剿，还大闹了天宫。抢女人这样的戏份干脆完全没有。孙悟空充满了反抗精神，甚至喊出了"皇帝轮流做"的口号。比较两个孙悟空，前者是名副其实的妖，彻头彻尾的反面角色，而后者则充满了反抗精神，充满了悲情。您说小说为什么要如此美化孙悟空呢？

第五，人物翻转。杂剧和小说中，唐僧和孙悟空的地位完全相反。杂剧开头是唐僧遇难，中间孙悟空偷盗蟠桃一笔带过。小说开头是孙悟空大闹天宫，唐僧身世在附录，两部西游作品的开头完全不同，一正一反之间，故事的主角换位，人物的形象也翻转了。杂剧西游通过孙悟空来衬托唐僧的伟大。小说则相反，通过美化孙悟空来丑化唐僧。这种公然丑化唐僧的行为，不是阴谋论是什么？

小说《西游记》和杂剧《西游记》还有很多不同，我们就不一一列举了。总之，吴承恩做这么多修改，究竟是为了什么？其实您不用想了，《西游记》的开头就给出了答案：

> 混沌未分天地乱，茫茫渺渺无人见。
> 自从盘古破鸿濛，开辟从兹清浊辨。
> 覆载群生仰至仁，发明万物皆成善。
> 欲知造化会元功，须看《西游释厄传》。

吴承恩给读者们出了一个题：我这本书中藏着"造化会元功"的真相，我所有的创作都是为了阐述"造化会元功"。那么"造化会元功"究竟是什么？你去读《西游释厄传》吧，也就是《西游记》。

吴承恩就是要让我们敢想，让我们放开脑洞想，不怕后来人想的错，就怕咱们不去想。吴承恩早就算好了，后人读了《西游记》一定会有阴谋论。这本就是吴承恩想要的，他没有给出所谓的标准答案，答案都隐藏在《西游记》这本书里了，他想看看后人如何从书里去理解"造化会元功"。接下来我们就说说"造化会元功"。

3.《西游记》中藏着本武功秘籍

《西游记》所要阐述的核心主题是"造化会元功"。要找到这五个字的真谛，首先就要从《西游记》的书名入手。《西游记》又名《西游释厄传》。西游就不解释了，"厄"是灾难的意思。

关键是这个"释"字怎么解？"释"是佛家的代称，所以有一种解释就说"释"指的是唐僧，"释厄"就是说唐僧的灾难。《西游释厄传》也可以翻译为《唐僧西行遇难记》或者《唐僧历险记》，很有一点现代文学的意义。这种说法很有道理，但是我们更倾向后一种。

"释"还有化解、释放的意思。"释厄"就是化解灾难。所以《西游释厄传》的真正含义是：通过唐僧西游这件事来看如何化解灾难。那么该如何化解灾难呢？答案又回到主题那五个字：造化会元功。

在我们的文化中，"造化"是个玄之又玄的词。人们经常会说：这就是造化呀，造化弄人呀。那么应该如何理解"造化"呢？"造"的意思是产生，"化"的意思是演化。"造化"合起来的意思就是：事情的发生和演化。佛家把它叫作因果，俗称命运。

命运是个永恒的话题，人类终极三问：我是谁？我从哪儿来？我要到哪里去？

而这又何尝不是命运三问呢！扪心自问：你有没有怀疑过命运？你有没有想改变过命运？"王侯将相宁有种乎"不就是最直白的表达吗？但命运改变起来谈何容易，无数人奋斗一生最后却只得出了四个字：造化弄人。

命运是无常的，造化是弄人的，那么什么是永恒的呢？这就是"会元"。《西游记》第一回说：盖闻天地之数，有十二万九千六百岁为一元。将一元分为十二会，乃子、丑、寅、卯、辰、巳、午、未、申、酉、戌、亥之十二支也。"会元"指的就是时间，永恒不变的就是时间。"造化会元"合在一起说的就是：时间与命运是世间万物运行的规律。如果时间是条钢丝，我们就是走钢丝的人。我们在钢丝上遇到的一切就是命运。命运是一条没有回头路的走钢丝表演。走得好，生命线就长一些；走得不好，生命线就短一些。

那么怎么才能走得好呢？那就得练功。说"功"这个字也有很多个含义：功劳、功果、成就……但它还有一个解法，那就是武功。您看金庸武侠小说中有：张无忌的九阳神功、天山童姥的北冥神功、欧阳锋的蛤蟆功、鸠摩智的小无相功……其他的动漫影视作品里也有：龟仙人的龟派气功、包租婆的狮吼功等。从古至今"功"都代表了一种修行的结果，所以我们将"功"理解为西游里的一种绝世武功，是武林秘籍。

那么练好它可以做什么用呢？当然是更好地理解和应用造化会元了！那么答案就呼之欲出了，"造化会元功"的真正含义是：教我们在漫漫的时间长河中，利用世界的运行规律，掌控命运的方法。说到这里有朋友肯定会非常赞同，通过我们解读的西游，学会了如何和领导、同事打交道。以前不能领会的，小到为人处世，大到真理规律，现在立刻就能明白。这就说明我们学习造化会元功是有进步的。一言以蔽之，我们脑洞原文派分析《西游记》只是方法，练就"造化会元功"才是目的。使命的召唤已经开始，就让我们开始修行之路吧！

（二）西游的惊天设定

1.西游中的循环宇宙

会元是《西游记》中特殊的时间说法。这个说法是谁提出来的呢？《西游记》第1回中，邵康节曰："冬至子之半，天心无改移。一阳初动处，万物未生时。"这个邵康节何许人也？吴承恩为什么要提他？

邵是他的姓，康节是他死后的谥号，他的原名叫邵雍，是北宋著名的理学家、数学家、道士、诗人。邵康节的哲学思想受到《列子》《庄子》的影响，他在历代《周易》学研究的基础上，形成了自己的独到见解。他最重要的作品是《皇极经世书》和《观物外篇》。他的核心观念就是：本诸天道，质以人事。翻译过来就是：实践是研究天道的根本目的。

为此，他编写了宇宙年谱，这是知识重点。在北宋年间就有人编写了宇宙年谱，不管他对不对，能有这种想法就已经很厉害了。他认为：世界从开始到消灭的周期叫作元，一元复始，万象更新。

1日=12时（辰），1月=30日，1年=12月；

1世=30年，1运=12世，1会=30运=10 800年；

1元=12会=129 600年，即一元有十二万九千六百年。

这正应了《西游记》第1回开头说的：盖闻天地之数，有十二万九千六百岁为一元。将一元分为十二会，乃子、丑、寅、卯、辰、巳、午、未、申、酉、戌、亥之十二支也。

邵康节在其作品《观物外篇》中明确写道："天地亦有始终乎？曰：既有消长，岂无始终。"世界的一切从无到有，最终又会归于无。这个世界观被吴承恩所认可，成为西游世界的时间观。西游世界存在于一个循环的宇宙中，而我们现实世界也是循环宇宙的一环。我们当下的世界和西游的世界其实是共生的，只是存在于两个不同的周期之中。这种设定在如今可以说是司空见惯，时间线的梗在漫画中比比皆是，但是，在北宋就已经形成了完整的理论，在明朝就被写成了小说，是不是令人震惊呢？

我们并不认为我们的思维是保守的，中华文化向来都是充满想象力的，不过是被清朝的文化专制给压制了，不然为什么唐有诗，宋有词，元有杂剧，明有小说，而清几乎什么文学题材都没有。四大名著中，三本全处于明代，清朝如果不是《红楼梦》顶替了《金瓶梅》，还有什么拿得出手呢？有人肯定会说，清朝的《聊斋》不好吗？我们也很认真读了《聊斋》，讲了其中200多个故事，私以为它作为神怪小说与西游来比，在世界观的格局上实在是很有差距的。

那么吴承恩为什么要选择宇宙周期论作为小说的时间观呢？《西游记》是神话故事，里面有神仙、妖怪、人类，他们都在追求什么？您想孙悟空为什么要离开花果山学艺？原文说："（美猴王）朝餐夜宿，一心里访问佛仙神圣之道，觅个长生不老之方。"西游的执念就是两个字：长生。可是在一个循环的宇宙之中，怎么可能真正长生？个人无论再怎么努力世界都会灭亡，那么神仙们追求长生意义到底是什么？

《西游记》把西游宇宙时间比作一天：子时得阳气，而丑则鸡鸣；寅不通光，而卯则日出；辰时食后，而巳则挨排；日午天中，而未则西蹉；申时晡而日落酉，戌黄昏而人定亥。譬于大数，若到戌会之终，则天地昏曚而万物否矣。一个宇宙纪元又是何其快，跟一天一样。西游的神仙们终将会迎来世界毁灭的时刻，到时他们会怎样结束自己的一生呢？

2.长生从来都是个笑话

西游是个循环宇宙，神仙们的执念就是长生。那么长生究竟是什么？简单来说长生就是不死。那么不死就足够了吗？当然不够！您想，如果只剩一具苍老的躯体，牙齿掉了，美味佳肴您吃不了，腿脚不便，大好的河山您也无福消受，那活着也没有意义了。所以光是长生还不够，还要不老，长生和不老放在一起才是齐齐整整的诉求。

当然"长生不老"这个词也不是《西游记》的独创，这个词最早出现在道教经典《太上纯阳真君·了三得一经》里，该经由纯阳帝君吕洞宾所著。吕洞宾确有其人，是唐代全真派的祖师。关于他的传说众多，总之在民间传说中他没有死，而是成仙了。原文说他：天一生水，人同自然，肾为北极之枢，精食万化，滋养百骸，赖以永年而长生不老。翻译过来就是说：肾好就能身体好，身体好就能长生不老。

您看补肾这事还是有历史渊源的，本着宁可信其有不可信其无的精神，反正闲着也是闲着，皇帝们前赴后继地走上了长生大道。为了追求长生，可以说是大开脑洞，花样百出，无所不用其极。

秦始皇派遣徐福，带领3000童男童女东渡扶桑，寻找神仙，求长生不老药。

徐福从此下落不明，有传徐福到了日本，成了日本人的祖先。总之，徐福没有找到长生不老药，秦始皇49岁而亡。秦始皇虽然没有成功，但是为后世寻找长生之法提供了宝贵的经验。

既然神仙找不到，那就只能等神仙来，如何让神仙来呢？

拍神仙马屁。汉成帝大搞祭祀活动，各种好吃好喝的拿出来上供，就不信神仙中没有吃货。可是终了一生，连神仙的影子都没见着。

宋徽宗又吸取教训，神仙不喜欢吃，那肯定和我一样，喜欢搞文艺，来，大伙一起写文章。天天搞朗诵大赛，结果还是一无所获。

指望神仙肯定没戏了，那怎么办？有的帝王就自己开发长生不老药。第一位献身的天子就是东晋的哀帝。他22岁即位，虽然年纪小但是志向远大，寻求长生，时不我待。在他的主持下，东晋建起了历史上第一座标准炼丹房。正所谓：丹药来之不易，一颗不能浪费。哀帝第一年就吃成了朝政不能自理，第二年就生活不能自理，第三年就呼吸不能自理，一命呜呼了。

在吸取了先前皇帝的失败教训之后，终于出现了一位集大成者——明朝嘉靖皇帝。他是双管齐下，一方面拍神仙的马屁不能停，明朝官员要想升官就得会写青词，青词是道家的一种文体，嘉靖一朝一共14位内阁大臣，其中9位都是写青词提拔上来的。另一方面，他亲自主持炼丹，也不知道从哪儿搞来的秘方，长生丹药必须含有处女的经血。不得不说，写药方的这位，也是损透了。嘉靖多次从民间选良家女子进宫，每次都有数百名。这些女子进宫不做别的，就是为他提供经血。嘉靖皇帝肯定是个重口味，不然怎么吃得下去，还一吃好几年。这些宫女日子过得苦呀，经期本来就身体虚弱，还不能进食，只能吃桑叶、喝露水。

这最终导致一场轰轰烈烈的宫女起义——壬寅宫变。遗憾的是，宫女杀人没有经验，勒死嘉靖皇帝的绳子被打了死结，嘉靖皇帝捡了一条性命。反过来想想，嘉靖皇帝也是挺可怜的，被道士骗吃了一辈子经血。您说给药方的这个道士，是真信呢，还是故意捉弄皇帝呢？对比一下在《西游记》中，道士白鹿精给比丘国王的长生不老药方是什么？"单用着一千一百一十一个小儿的心肝，煎汤服药。服后有千年不老之功。"吃小孩的心肝和吃女子的经血相比，后者的罪孽算轻了。

皇帝们为长生不老这件功在千秋的科研实验，可以说是前赴后继，不顾生死，可到头来又如何呢？有人统计过：自公元前221年秦王嬴政称"皇帝"开始，到1912年清末溥仪皇帝退位，一共经历了2132年。这期间有名有姓的皇帝近500位，其中除汉族外其他民族的有200多位。在这近500位皇帝中，被杀占比31%，活不到40岁的占比50%，寿命超过60岁的只有15%，没有一个皇帝长命百岁。皇帝简直就是平均年龄最小，风险最高的职业。

最想要、最有条件长生的皇帝偏偏活的最短，您说这不是最大的讽刺吗？如果皇帝们提前知道自己的寿命，听到跪拜的大臣们高呼万岁，他们得怎么想？你们是不是在讽刺我短命？来人啊，拉出去砍了！所以我劝您，为了活得久，这个皇位的继承，您可千万不要答应呀。那么问题又来了，真的只有皇帝在追求长生吗？您就不想长生吗？

3. 人类长生指南

皇帝是追求长生的敢死队员，其实他们后面还跟着一大帮人呢！俗话说：饱暖思淫欲。淫欲满足之后呢？不就是想把富贵长久地留下来吗？凡是生活幸福、衣食无忧的人，谁不想活得更久呢？谁不想青春永驻呢？这还不是长生不老吗？

有个新闻说：中国富豪组团到乌克兰打"续命回春针"，号称花费400万可以年轻30岁。对于长生这件事，富豪和皇帝的想法一样：宁可信其有，不可信其无。人家这叫科学养生，往大了说，也是支援外国经济建设。可仔细想想，科学养生和追求长生，本质不是一回事吗？

人类医学的诞生和发展，最能代表人类对生命的渴望。从人工心脏到人造血管，从分子靶向治疗到手术机器人，这些尖端的技术就不说了，就说日常随处可见的化妆品广告、整容广告，遍地的养生会馆、健身房，这些都是围绕长生不老所构建的商业模式。有需求才有市场，市场越大越说明人们对长生不老的渴求。就算不能永远拥有，但也希望尽可能地延长当下。

我们国家每10年进行一次全国人口普查：2010年我国人口平均预期寿命达到74.83岁，比10年前提高了3.43岁。可以这么说，人类的年龄在一点点地延长。要知道在古代，50岁就已经知天命了。长生看起来像个不可能实现的愿望，但是站在时间长河中来看，人类的平均寿命确实是变长了。从个人来说，长生是个妄念，但从历史来看，人类战胜了一个个阻挠。我们从吃不饱穿不暖，到衣食丰足；从感冒发烧、天花霍乱各种传染病威胁人类生命的时代，到癌症都已经慢性病化了的如今。总结一下：人类的长生充满挑战，也充满希望。

最后梳理一下古人长生的方法，也就是三条路子：

（1）求，求神仙，寻求超自然力量；

（2）吃，天上跑的，地下走的，有可能使人长生的都可以试试；

（3）练，各种神奇的功法，如气功、瑜伽、采阴补阳术。

现在人们又找到了新路子：

（1）修，身体哪里不好修哪里；

（2）换，修不了的就换，身体哪里不好就换哪里；

（3）等，把身体冻起来，等到科技成熟再唤醒；

（4）改，改基因，剔除短寿基因，添加长寿基因。

我们还发现，古今还有一个共同的路子。长生，最重要的不是身体，而是意识。身体长生不容易实现，那就意识长生。把意识数字化，上传到网络上去，在另一个维度不就获得长生了吗？在网络虚拟世界待久了，还可以下载一个身体耍耍。是不是听着很熟悉？这是科幻电影中的情节，或是神话中的借尸还魂，抑或是《西游记》中的夺舍投胎……或许意识长生才是终极的长生法门。但是问题又来了，如果人人都长生不老，那么世界会成为什么样子呢？世界又该怎么运作呢？

4.西游是对未来世界的预言

如果人人都能长生不老会怎么样？这事其实咱们正在经历，人人长寿，必然会出现一个结果——老龄化。老年人越来越多，比重越来越大，新生儿越来越少，比重越来越小。为什么会这样呢？理由很简单，资源是有限的，人口却在不断地增多，人均资源不断减少。如果没有新的资源补充，谁来养育这些人口呢？老龄化尚且如此，如果人人长生不死，那得是多大的资源压力呢？

《西游记》第6回，太白金星说："三界之间，凡有九窍者，可以成仙。"西游所描述的世界不就是这样一个人人都能长生的世界。但不是所有的九窍者都能长生，只有一部分人实现了长生，他们就是神仙。为什么只能有一小部分人能成为神仙，能有资格去追求长生呢？还不是因为长生的资源是有限的！有限的资源只能让一部分人先长生起来，如果不能创造更多的长生资源，那长生的名额也就锁死了。

虽然成仙的资格是公平的，但是成仙的机会是稀缺的。就算是神仙也面临着巨大的长生压力。咱们从电视剧、小说里往往都能体会到一个字——难。成仙太难了！成仙为什么难？在西游里，一个成仙的名额就意味着一颗蟠桃。而蟠桃是有限的，这就决定了仙位是有限的。一个萝卜一个坑，多一个名额就多一分消耗。

大家凭什么省一口给你吃呀！

所以，只能等哪位老神仙退休了，新的神仙才能上位。可问题是神仙本来就是要长生不老的，怎么可能有神仙退休呢？等神仙退休不现实，还不如等哪个神仙犯错，被开除仙籍来得快。如果神仙们都安安分分，怎么办？还能怎么办，凉拌呗。人间的帝王想要成仙都没有机会，更别说凡人了。就算是神仙的孩子又能怎么样？玉帝的妹妹和凡人生下杨戬，被压在桃山之下，杨戬出生入死，斧劈桃山救出母亲，成了二郎神（这一段《西游记》中有）。杨戬的妹妹三圣母又和凡人生下沉香。沉香长大后劈开了华山莲花峰救出母亲，但是他却没有成仙（这一段《西游记》中没有）。

在神话故事中，您会发现古人成仙的多，后世成仙的少，为什么？因为成仙的名额越来越少了。杨戬能够成仙，完全就是个特例，天庭为了限制神仙的数量，有明确的天规：禁止神仙有私情。为什么神仙不能有私情呢？因为谈恋爱，总得有个爱情结晶。这个孩子生下来，神仙也得负责养育，就肯定想给孩子要个前途。无私的神仙们，难免要徇私舞弊，走上腐败的不归路。一个生，个个生，天庭的风气坏了还是小事，这些小孩长大后，你不给蟠桃，他们有可能就自己抢。再说，神仙都长生不老了，也不需要养老。一个人的生活不好吗？天庭的蟠桃不好吃吗？长生不老不好吗？你为啥给自己增加生活压力呢？禁止神仙有私情，就是从源头上杜绝神仙们生育，防止神仙数量的增加。

《西游记》所描述的世界，有没有可能就是人类的未来呢？人类一旦长生，第一个重构的观念就是生育观。人如果真的能长生不老，那就真的不需要生育了。但是目前，人终究还是要死的，只是寿命延长，资源得不到释放。再分配资源不够，年轻人生活压力大，生育又必然减少，这就导致人口老龄化。生育问题的背后，到底还是资源问题。这是《西游记》给我们的启发，我们可以把西游世界看成一个社会模型。

这个模型所模拟的就是人类科技高度发达，实现了生物科学革命，掌握了生命的更多奥秘的社会，那时候人类会进化成什么样？从这个角度来看西游，我们可以得到更多，这里有现实的问题，也有未来的问题。

第一篇 开天辟地：人和万物的诞生

天圆地方：西游世界是一个"鸡蛋"

西游世界的时间观是宇宙周期论，那么西游世界是如何形成的？世界的形成俗称创世，不同的民族有不同的创世神话，不同的神话会衍生出不同的文明，不同的文明，必然会有不同的生活方式。创世神话的不同，决定民族必然不同。

北欧神话认为，主神奥丁杀死始祖巨人尤弥尔，用他的身体创造了世界。脑壳做天空，脑子成白云，身体成大地，骨骼成山峦，鲜血成大海。

埃及神话认为，世界最开始只有原始的混沌之水。一天，水中升起了一座山丘，山丘上诞生了第一位神，就是众神之神、太阳神——阿图姆。阿图姆一咳嗽，就从嘴中吐出一对兄妹——空气之神和湿气女神。他俩结婚，生下了一双儿女——大地男神和天空女神。大地男神是绿色的，因为他身上长满万物。天空女神是蓝色的，身上布满星辰。大地天空本来是互相缠绕在一起的。但是空气之神觉得自己的悲剧不能在下一代身上重演，强行将他俩分开了。天空和大地这对恋人之间，隔着个空气爸爸，形成了现在的世界。

基督教《圣经》中说，上帝用六天时间创造了世界。第一天创造了白天和黑夜；第二天创造了空气和天空；第三天创造了大地、海洋、山川，以及花草树木；第四天创造了星辰，用来划分季节和夜晚；第五天创造了动物；第六天上帝创造了人；第七天上帝休息。

您发现了没有，上面的故事虽然不同，但是模式差不多：世界的初始肯定是混沌的、黑暗的。黑暗需要光明，所以就有了神，神做了伟大的牺牲，创造了世界。西游世界没有选择神创世界说，而是走了另一个方向。那么西游世界是如何形成的呢？《西游记》第1回，原文说道：

> 若到戌会之终，则天地昏曚而万物否矣。再去五千四百岁，交亥会之初，则当黑暗，而两间人、物俱无矣，故曰混沌。
>
> 又五千四百岁，亥会将终，贞下起元，近子之会，而复逐渐开明。……到此，天始有根。
>
> 再五千四百岁，正当子会，轻清上腾，有日，有月，有星，有辰，日、月、星、辰，谓之四象。故曰，天开于子。
>
> 又经五千四百岁，子会将终，近丑之会，而遂渐坚实。……至此，地始凝结。
>
> 再五千四百岁，正当丑会，重浊下凝，有水，有火，有山，有石，有土，水、火、山、石、土，谓之五形。故曰，地辟于丑。
>
> 又经五千四百岁，丑会终而寅会之初，发生万物。历曰："天气下降，地气上升；天地交合，群物皆生。"至此，天清地爽，阴阳交合。
>
> 再五千四百岁，正当寅会，生人，生兽，生禽，正谓天、地、人，三才定位。故曰，人生于寅。

西游世界的末日叫混沌。西游世界的开始也叫混沌。混沌之后的转折就在子时，子时有了光，子时有了日月星辰。子时到底是一个怎样的时间点？为什么会发生这些变化呢？

还是《西游记》第1回，原文说道："子时得阳气，而丑则鸡鸣。"西游世界所有的起源就是在子时，因为在子时得到了一股阳气。一切的一切都是这股阳气自然演化的结果，从头到尾没有一个神仙出现过。即便吴承恩在《西游记》第1回说过"自从盘古破鸿濛辟""感盘古开辟"这样的话，但是在整个创世阶段，他却没有安排西游第一人盘古大神的戏份。出现这样的情况，只有两个可能：

（1）吴承恩自己很纠结，世界到底是不是神创造的呢？
（2）盘古开辟说的不是创世，而是另有所指。

为了西游世界的自洽，我们选择了相信后者，因为盘古在西游世界的故事是独立的，我们会在后面的西游史中详细叙述。《西游记》在时间观上选择了宇宙周期论，在创世上选择了自然演化说。这些思想就是吴承恩对宇宙的认知，即便《西游记》这本小说放在当下，这样的思想也是非常先进的。那么这股子时阳气，演化出来的西游世界究竟是什么样子的呢？为此，我们设计了西游世界的基本模型，先说说我们的设计思路。

设计思路来源于古人对大地的认知，放在当下也可以说是对地球的认知。因为我们相信，吴承恩对西游世界的设计也来源于对其所生活的当下环境的认知。受制于地理环境，不同的民族对地球的认识是完全不同的。

比如，古俄罗斯人认为，大地是一张圆饼，被三条巨大的鲸鱼驮在背上，漂荡在茫茫无际的海洋里。又比如，古印度人认为，大象驮着半圆形的大地，动一动便会引起地震。大象又站在海龟之上，海龟站在眼镜蛇的身上。再比如，古希腊人和古罗马人认为，大地就像一个巨大的盾牌，四周环绕着深不可测的海洋。比较起来，中国的古人就科学得多了，他们对地球的认识分为两个主要学说：盖天说和浑天说。

2000多年前，中国就存在"天圆如张盖，地方如棋局"的盖天说。天空就像一个半球状的圆盖，大地像一块四方的棋盘，蓝天与大海相连："天似穹庐，笼盖四野，天苍苍，野茫茫，风吹草低见牛羊"，这首诗说的就是天圆地方。北京天坛的建筑是圆的，地坛则是方的，也是这种思想的反映。

浑天说的代表人物是张衡，他认为："浑天如鸡子。天体圆如弹丸，地如鸡子中黄，孤居于天内，天大而地小。天表里有水，天之包地，犹壳之裹黄。天地各乘气而立，载水而浮。"如果说盖天说认为地球是一个帽子的话，那么浑天说则认为地球就是个鸡蛋。大地是个蛋黄，天空是蛋壳，蛋壳包裹着蛋黄，蛋黄漂在蛋液之上。而且张衡还认为："宇之表无极，宙之端无穷。"也就是说鸡蛋之外还有鸡蛋、鸭蛋、鹅蛋。

张衡139年去世，直到1543年，波兰天文学家哥白尼在临终时才发表了《天体运行论》，提出日心说。细细对比浑天说和日心说，虽然日心说更科学，而浑天说更有神话的味道，但毕竟咱们对地球的认知领先了上千年。

回到西游世界，西游会选择哪种说法呢？《西游记》第58回中写道，"如来笑道：'汝等法力广大，只能普阅周天之事，不能遍识周天之物，亦不能广会周天之种类也'"。西游世界还有一个名称叫作"周天"。那么周天是什么样子呢？

《西游记》第1回介绍孙悟空出生的那块仙石，原文道："那座山正当顶上，有一块仙石。其石有三丈六尺五寸高，有二丈四尺围圆。三丈六尺五寸高，按周天三百六十五度；二丈四尺围圆，按政历二十四气。"原文说得很清楚，周天是365度的，而365度不就是一个圆吗？而世界是立体的，所以西游世界就是个球体。再后来，这个圆球大地又被分为四大部洲，四大部洲之内又有四海八河、九州万国。

为什么我们要大费周章地探讨吴承恩设定的西游世界，还要了解西游世界的天地是什么样的？因为后文有一重要的西游历史时期"炼石补天"，如果不去探讨，我们根本没有办法去解释西游世界为什么会天塌，所以这个探讨是一个必要的过程。

《易经》中有这么一句话："太极生两仪，两仪生四象。"《西游记》里的世界是一个又一个循环的世界，是无数个时间的周期，更是一次次宇宙的爆炸和塌缩。换个角度说，这不就是古人版的"宇宙大爆炸的理论"吗？虽然《西游记》是一本神话小说，但它在设定上又超出了神话小说的范畴，把它看成当时的科幻小说也能成立。

在西游世界，盘古并没有开天辟地，天地是宇宙演化的结果，所谓的盘古开天辟地在西游其实另有所指。同样地，女娲也没有捏泥造人，人类也是天地在寅会时所生。吴承恩用"西游宇宙生天地"代替了"盘古开天辟地"之说，用"天地交合产人类"代替了"女娲捏泥造人"之说，您觉得吴承恩在表达什么呢？这是不是说明吴承恩骨子里有无神论主义者的味道？我们一度认为，神仙高高在上，但吴承恩在《西游记》里总是把神仙从神坛上拉下来，这样的例子在书中比比皆是。不仅是盘古和女娲，西游后期很多高高在上的顶层神仙甚至都被黑得体无完肤，玉帝、观音、如来、老君……没有一个能逃得出被《西游记》黑化的命运。

如此看来，"黑神话"非《西游记》莫属。

吴承恩早就心有所表，他并没有完全采用上古神话来构建西游世界，他心里本来就有一套完整的西游世界观。所以无论我们对上古神话的认知有多少，来到吴承恩的西游世界，一切都要从零开始。无论我们怎么脑洞，都要尊重他在《西游记》里的设定。

值得一提的是，并不是所有我们熟知的上古大神都出现在西游世界里。出现在西游里的上古神有盘古、女娲、伏羲、燧人。稍微剧透一下，其中女娲、伏羲和燧人后来还被后人追封为三皇。但神农、轩辕、共工等这些我们熟悉的上古大神就没有出现。吴承恩不会告诉我们：他哪里延续了上古神话的设定，哪里又作出了修改。我们只有通读《西游记》才能知道吴承恩是怎么一点一滴地构建他的西游世界的。

现阶段我们也没有必要去深入探究：吴承恩为什么要作出这样那样的设定。因为西游世界史讲到这儿也只是刚刚踏进西游世界的大门。随着了解的深入，很多问题的答案都会是一个水到渠成的过程。

日月星辰：西游世界竟然是"地心说"

做一个设想：如果您是西游世界最早的一批人类，或者就是西游第一人盘古大神，那么当您抬头仰望天空时，会看到一片怎样的天空呢？根据吴承恩西游宇宙的设定：人类出现在西游世界的第5个5400年，而在第2个5400年时，西游世界的天就已经形成了。西游世界的天形成最重要的标志就是出现日月星辰，它们谓之四象。也就是说，当您抬头仰望天空时，一定能看到：太阳、月亮、星体，体味它们的运动规律，或者时间。

在现实世界中，当人类尚在蒙昧阶段时，就对遥远的星空充满了好奇。天文学成为人类历史最悠久的学科之一，人类对天文的认知就是从抬头看天开始的。如今，人类发射卫星探索太空，希望能获取更多的资源，甚至找到第二个"地球"。

其实在西游世界里的人类也一样，日月星辰早于人类，神仙本就是由人类演化的，所以日月星辰也并非上古神所造。当未来某一天人类抬头看天时，他们肯定会希望自己终有一日能征服这片神奇的天空。不过，现在离人类征服天空的时期还很远，因为现在连人类诞生的西游历史时期还没说到呢！在此之前，我们有必要先来了解西游世界的这片天空。

在现实世界，太阳东升西落，地球围绕着太阳转。我们的现实世界是典型的"日心说"，天文学家哥白尼是日心说的提出者。在西游世界，虽然早期人类也一样可以看到太阳东升西落，但不同的是，西游世界采用的是"地心说"，即太阳绕着地球转。我们最后能为哥白尼平反，那是因为科学进步还给了哥白尼一个公道。假如哥白尼出生在西游世界，他在西游世界提出"日心说"，这将是一件很糟糕的事情。

我们不是在用神话来反科学，现实世界讲科学，科学揭秘真相，真相只有一个。可西游世界讲因果，有因必有果，因果就是当时的科学。退一步说，即便西游世界讲科学，我们也要站在古人的科学观来讲古人的科学，习惯性地以自我认知为中心看待问题，这不意味着我们更聪明更先进，而是对解决问题的一种阻碍。很多人习惯用现代人的思维去批判古人的智慧，这是一种愚蠢的表现。我们经常说对待传统文化的正确价值观是：去其糟粕，取其精华。但现实中很多人只做到了前者，忽视了后者，这也就是为什么中医或者儒家文化现今地位尴尬。

所以我们看待所有古人遗留下来的问题，正确的思路应该是：先站在古人的角度，思考它的价值与意义，而并非一上来就用现代科学刁钻的眼光去批判它。如果我们抱以后者的想法，以现阶段科技发展水平看以前的问题，那么500年后，我们的后人又会怎么看待我们呢？到那时他们看我们，或许比我们现在看古人还更加的不如吧！长期以来，老祖宗留下来的东西，丢着丢着就找不到了。所以收起刁钻的现代科学眼光，不然解读西游将毫无意义。

回到问题上来，西游世界采用"地心说"，真的是一种落后的观点吗？吴承恩对西游宇宙的设定是：先有天，后孕育四象——日月星辰；再有地，后出现五形——水火山石土。这里的五形，不是《周易》的五行，是西游世界大地的五种形态。如果把天和地比作母亲，那么四象和五形就是天地母亲的孩子。在古人的观念里，天底下只有孩子绕着母亲转，哪有母亲追着孩子跑的？所以吴承恩对西游世界的设定，就注定他必须采用"地心说"，这个思想在当时已经相当先进了。

如果您依旧认为这是落后的观点，那么《西游记》从第1回开始就已经败笔了，之后的99回加上"附录"篇也全都是败笔，因为世界观错了，在错误的世界观上写什么都是错。如果是这样，它何以成为一本被世人传颂几百年之久的名著？现实世界是"日心说"，太阳是地球的母亲，地球是月亮的母亲。而西游世界是"地心说"，太阳和月亮是兄弟姐妹，天地是它们共同的母亲。

吴承恩还提到了西游世界太阳的运动轨迹，他认为，卯时日出东升，午时日照当头，未时太阳偏西，酉时夕阳西下。当然，此时西游世界的地表上还没有大面积的水域，水都藏在了地表之下。而当水被引至地表之上形成江河湖海时，太阳的运动轨迹又是另外一番景象。至于江河湖海是在哪个西游历史时期形成的，我们先放一放，这要等到观音登场时再说。

那么未来的西游世界，太阳绕着大地转会是一幅怎样的场景呢？《西游记》第59回，取经团队来到火焰山时有过这么一段对话：

三藏勒马道："如今正是秋天，却怎反有热气？"

八戒道："原来不知。西方路上有个斯哈哩国，乃日落之处，俗呼为'天尽头'。若到申酉时，国王差人上城，擂鼓吹角，混杂海沸之声。日乃太阳真火，落于西海之间，如火淬水，接声滚沸；若无鼓角之声混耳，即振杀城中小儿。此地热气蒸人，想必到日落之处也。"

大圣听说，忍不住笑道："呆子莫乱谈！若论斯哈哩国，正好早哩。似师父朝三暮二的，这等担阁，就从小至老，老了又小，老小三生，也还不到。"

西游世界存在这么一个西方国度：斯哈哩国。在这个国家能清楚地看到太阳较为完整的运动轨迹。太阳脱水东升还没什么，但每一次淬水西下时，巨大的声响震慑千万里。这个很好解释，就像你把一个烧红的大铁球从水里拿出来没啥反应，可你若是把烧红的大铁球放到水里，这反应就剧烈了。斯哈哩国人能看到太阳淬水的全景，太阳淬水时海水沸腾，发出巨响，声响足以振杀斯哈哩国城中的小孩。所以每次太阳淬水时，国王都会差人用擂鼓声和号角声来抵消太阳淬水时的巨响。

未来的西游人类将会看到：卯时太阳从东海走水路脱水升起，午时日照当头时，未时偏西而行，直到酉时从西海走水路淬水而落。没错，未来的太阳将会走东海和西海两条水路，绕着大地转圈！

在西游的世界里，日、月、星、辰都绕着大地在转。只不过后三者都比太阳小，也不像太阳是一个大火球，所以即便是走水路也不会反应那么剧烈。还有一点不同的是：太阳出现在白天，卯时起而酉时落；而其他星体出现在晚上，酉时起而卯时落。

这就是西游世界的天空，一片超乎您想象的天空。西游天空的秘密还不止于此，我们只是描绘了其中的一小部分。要彻底了解西游天空的秘密，路还很长。在不久的将来，人类诞生，他们也将与日月星辰同在一个屋檐下，甚至成为日月星辰的主人。当然，这是后话了！

天边死路：如果夸父在西游逐日，他的结局是什么？

西游世界的大地有水、火、山、石、土五形，天空有日、月、星、辰四象。那么天与地是独立存在的吗？假设西游世界的天地是相通的，那么就必定会存在一个把天与地连接起来的东西，这个东西大家都很熟悉，它就是天柱。那么天柱是什么样子的？又有几根呢？我们对比了不同的神话发现，天柱存在的方式有两种：

（1）一种叫蘑菇式，在世界的中间有一根柱子撑着天。

（2）一种叫围墙式，中间没有柱子，而是在天的边缘，最少四根起步。

这两种天柱有一个共同的特点，那就是顶天立地。北欧神话中天柱有四根，分东西南北，是典型的围墙式。我们中国神话的天柱是典型的蘑菇式。《淮南子·天文》云："昔者共工与颛顼争为帝，怒而触不周之山，天柱折，地维绝。天倾西北，故日月星辰移焉；地不满东南，故水潦尘埃归焉。"

颛顼是黄帝的孙子，共工是炎帝的孙子。黄帝和炎帝一起联手打败了蚩尤之后，战争并没有结束，其子孙之间又为争夺帝位而战斗不止。天柱也叫不周山，关于共工怒触不周山还有一说。水神共工，与火神祝融不合，向火神发动进攻，突袭火神祝融所住的光明宫，把光明宫长年不熄的神火弄灭了。大地顿时一片漆黑。火神祝融驾着遍身烈焰的火龙迎战，所到之处，黑暗退去，大地重现光明。

惹事的是共工，打不过的还是共工。共工一路逃到不周山，被祝融带兵包围。共工又羞又愤，一头撞向不周山，把天柱撞断。您瞧，不周山的这个名字就不好：不，否定；周，周全。合起来就是不周全，那注定早晚得出事。所以在上古神话中，人间本来是有天柱的，后来被共工给撞毁了。当然，说共工怒触不周山的故事是为了让大家了解天柱，共工并未出现在吴承恩构建的西游世界里，所以这并不是我们论述西游世界天柱的依据。那么在西游世界里，存在类似的天柱吗？

《西游记》第1回，原文对花果山的描述：

　　正是百川会处擎天柱，万劫无移大地根。

《西游记》第65回，取经团队来到小西天也有过这样的一段对话：

三藏扬鞭指道："悟空，那座山也不知有多少高，可便似接着青天，透冲碧汉。"

行者道："古诗不云：'只有天在上，更无山与齐。'但言山之极高，无可与他比并，岂有接天之理！"

八戒道："若不接天，如何把昆仑山号为'天柱'？"

行者道："你不知，自古'天不满西北'。昆仑山在西北乾位上，故有顶天塞空之意，遂名天柱。"

西游世界有天柱，它就是花果山。当然曾经的昆仑山也是，这一点我们后面再说，重点先说花果山。紧接着原文又说了：那座山正当顶上，有一块仙石。花果山虽然被叫作擎天柱，但是山顶不是天却是一块石头。这之间是不是存在什么误会？一般人无论如何都无法把花果山和天柱联系在一起。

要想找到原因，就必须彻底改变我们对《西游记》的固有观点。我们认为西游世界是静态的，认为这个世界本该就是这个样子。事实是，西游世界是动态的，是变化的。过去有的，现在未必有。现在没有的，未必过去就没有。简单点说就是：我们看到的西游世界最开始并不是现在这个样子的，是一个个偶然让它变成了这个样子的。正如人的一生，出生和死亡是必然的开头和结尾，但中间的过程，充满偶然。一个个偶然聚在一起，变成了必然。这种偶然，贯穿我们解读《西游记》的始终。

吴承恩前一句写花果山是天柱接着天，后一句就写山顶上只有这么一块石头。如果说吴承恩故意制造了这种矛盾，那么这其中省去的，正是一段不为人知的历史。天柱不接天，天柱变矮了，花果山究竟发生了什么？那块孙悟空出生的石头又是从何而来？这些问题我们先搁一搁。总之，西游世界诞生的时候是有天柱的，只是现在我们看不到了。

俗话说：人外有人，天外有天。这句话出自唐诗：金河一去路千千，欲到天边更有天。这句话不仅告诉我们做人要谦虚谨慎，还隐含着人类对天边的探索。1522年9月6日，麦哲伦历时1082天，第一次完成了环球航行，终于找到了天边，原来天边就在脚下，因为地球是圆的，所以我们的脚下既是天的起点，也是天的终点。紧接着，我们认识到了太阳星、银河系、系外星系……开始探索宇宙的天边。那么您说，西游世界是不是也一样有人在探索天边呢？既然西游世界有天柱，那么就一定存在天边。

《西游记》第7回，如来与孙悟空定了一场赌局，大圣道："你是不知。我去到天尽头，见五根肉红柱，撑着一股青气，我留个记在那里，你敢和我同去看么？"

我们都知道，这是如来的手掌，孙悟空没有到达天边。孙悟空打赌失败后，难道就不想去看看天的尽头到底是什么样子吗？他当然想，可孙悟空刚想去看，如来反手一推，孙悟空就被压住了，猴子的这个想法被阻断了。

还是《西游记》第59回，猪八戒介绍斯哈哩国的那段话："原来不知。西方路上有个斯哈哩国，乃日落之处，俗呼为'天尽头'。若到申酉时，国王差人上城，擂鼓吹角，混杂海沸之声。日乃太阳真火，落于西海之间，如火淬水，接声滚沸；若无鼓角之声混耳，即振杀城中小儿。"

重点是这几个字：欲呼为"天尽头"。太阳日落之处也就是西海，这差不多算是天尽头了。如果西海的太阳落水之处勉强算是西游的天边，那么东海太阳升起之处，是不是也能算作西游的天边呢？这就有意思了，西游世界的天边是海，东西两海相通，是一条太阳升落的专属水道。您想想这会出现一个怎样的现象？东西海在日落、日出之时会出现短暂的极热，随后就是极寒。而南北海因为没有太阳的出没，就是常年的极寒与黑暗，那里就是西游世界的"黑寒地狱"。

更有意思的是，纵观整部《西游记》，我们没有发现有哪位神仙或妖怪到达过真正意义上的天边。借鉴一下夸父逐日的桥段，设想在西游世界那些企图到西游天边的神仙妖怪的下场。

《山海经》中写道："夸父与日逐走，入日。渴欲得饮，饮于河渭。河渭不足，北饮大泽，未至，道渴而死。弃其杖，化为邓林。"按照《山海经》所说，夸父是追到了太阳的，而且还进入了太阳。但是太阳太热，致使他的身体严重缺水，他在找水喝的路上活活渴死。我们大胆猜测：凡是去寻找天边的西游神仙都不会有好下场。他们要么冷死，要么热死，西游世界的天边就是一条死路。从这个角度说，如来阻止孙悟空飞到天边去求证，也算是救了他一命。

交合之气：万物生灵是怎么来的？

在早期的西游世界，天空有日月星辰，大地有水火山石土。这里简单说一下：水火山石土是构成早期西游世界最原始的五种形态物质，叫五形，与我们说的五行金木水火土有区别，我们后面也会说到五行。由这个五形构成的西游世界：水暗藏在地底下，火在地表上燃烧，山石土是构成大地的三种不同形态的物质。山体形巨大，质地坚硬；石体形适中，质地坚硬；土散落地表，质地松软。设想西游创世后，茫茫天地，毫无生机，只有一片燃烧的大陆，那还了得，所以必须躁起来，于是人就诞生了。

《西游记》第1回写道：

又经五千四百岁，丑会终而寅会之初，发生万物。历日："天气下降，地气上升；天地交合，群物皆生。"至此，天清地爽，阴阳交合。再五千四百岁，正当寅会，生人，生兽，生禽，正谓天、地、人，三才定位。故曰，人生于寅。

在人类的诞生过程中，没有出现过任何一个神。尽管《西游记》第35回提到了女娲，但是这与造人一点关系都没有。所以我们再次强调：《西游记》的人类不是神创造的，而是天地自然演化的必然结果。既然西游世界从诞生到人类的产生都没有出现神，那么神仙是从哪儿来的呢？

《西游记》第3回，太白金星招安孙悟空的一段话道出了玄机，班中闪出太白长庚星，俯伏启奏道："上圣三界中，凡有九窍者，皆可修仙。奈此猴乃天地育成之体，日月孕就之身，他也顶天履地，服露餐霞；今既修成仙道，有降龙伏虎之能，与人何故异哉？"太白金星这段话的言外之意就是：神仙是从人类修炼而成的，所以人和神的关系就很明确了——人就是神，人在神之前，成神是人的一个阶段。西游里的所有神仙都只有这么一个来源。

现在我们顺便可以回答另一个问题了：为什么妖精都要变成人形呢？因为成人之后，才有资格成神。但我们还是要追根溯源，天地是如何产生人类的呢？两个字——交合。甚至可以说，最早的一批万物生灵都是交合而来的。下面我们来追溯一下这个交合的过程。

《西游记》第77回，如来道："自那混沌分时，天开于子，地辟于丑，人生于寅，天地再交合，万物尽皆生。万物有走兽飞禽，走兽以麒麟为之长，飞禽以凤凰为之长。"

通过如来的描述，结合吴承恩在《西游记》第1回对西游世界的设定，我们大致可以知道：按照顺序，天开于子时，地辟于丑时，人类生于寅时，天地交合产生万物——花草树木、走兽飞禽。而这一切都发生在把天地相连的天柱山（后来的花果山）上。《西游记》第1回描述了花果山的样貌：

势镇汪洋，威宁瑶海。
势镇汪洋，潮涌银山鱼入穴；
威宁瑶海，波翻雪浪蜃离渊。
水火方隅高积土，东海之处耸崇巅。
丹崖怪石，削壁奇峰。
丹崖上，彩凤双鸣；削壁前，麒麟独卧。
峰头时听锦鸡鸣，石窟每观龙出入。
林中有寿鹿仙狐，树上有灵禽玄鹤。
瑶草奇花不谢，青松翠柏长春。
仙桃常结果，修竹每留云。
一条涧壑藤萝密，四面原堤草色新。

为了更有画面感，我们可以结合花果山的样貌，把当时天地交合的过程重写一遍。因为我们相信，只有花果山的写照才能最大程度地还原当时天地交合的所在地——天柱山。

我们设想的过程是这样的：大地凝结完毕后，西游大陆的东边耸立起了一座高山，有接天之势。在历经5400年尘埃颗粒的不断陨落，也就是在西游世界的第5个5400年的时候，这座高山终于触碰到了天际。高山接天，大地与天空终于相拥在了一起。山体接天的部分，似乎存在一股神奇的力量，不断地掉落出能孕育生命的碎片泥土。这些碎片泥土散落在天柱山各处，落地成灵。

天柱山孕育的第一批孩子，是一株株树苗。有青松、翠柏、修竹、藤萝。

天柱山孕育的第二批孩子，是一棵棵花草。有奇花、瑶草、灵芝、香兰。这一株株树苗，一棵棵花草，随风飘落，遍布天柱山。历经了千百年的点缀后，天柱山不再是光秃秃的一片，它有了色彩，有了生机。

天柱山第三批孩子，是一个个仙胞。它们呈现球状，有大有小，在天柱山飘飘荡荡。大仙胞比较重，所以下沉到了天柱山脚下，它们形成了各式各样的走兽，有麋鹿、狐狸、老虎、猿猴……走兽当中，麒麟体形最为庞大，力量强大无比，是当之无愧的走兽之王。小仙胞比较轻，所以依旧飘浮在天柱山顶。它们形成了各式各样的飞禽，有麻雀、锦鸡、玄鹤、青鸾……飞禽当中，凤凰展翅万里之遥，唳声震慑九霄，是当之无愧的飞禽之主。在此之前还有一类仙胞，体形重量适中，它们只下沉到了天柱山的半山腰，形成了最早的一批人类。从仙胞里蹦出来的第一人，便是我们后来熟悉的盘古大神。不过现在，他也只是一个普通得不能再普通的原始人而已。

生命是天地交合的子嗣，而天柱山更是生命之源。又因为它山花满地，野果丛生，也被叫作花果山。它"正是百川会处擎天柱，万劫无移大地根"。我们认为，西游世界的人乃至万物生灵也是泥土变的。那么这些泥土为什么会变成生命呢？原文说得很清楚："天气下降，地气上升；天地交合，群物皆生。"天气不能单独孕育生命，地气也不能单独孕育生命，必须天地交合产生融合之气，才能够孕育生命，我们称这股气为交合之气。而富含交合之气的泥土，我们叫作交合之土。可以这么说，含交合之气的泥土是生命的源头。

基于此，我们也可以简单阐述《西游记》里长生的本质问题了。在西游世界，人的本质就是一团交合之气，随着时间的流逝，人会产生贪嗔痴的杂念，交合之气就会被污染，所以人的寿命也会缩短。要想长生，就要不断地补充纯洁的交合之气。那么要如何补充交合之气呢？在《西游记》里主要是靠吃，吃一切富含交合之气的食物。因为后来天地不再交合了，所以交合之气便不再产生，交合之气的总量是固定不变了。

一个神仙活的越久，他所占用的交合之气也就越多。那些所谓的长生食材，本身就聚集着交合之气，比如蟠桃。吃不到蟠桃的凡人，交合之气就会离开躯体，当交合之气没有的时候，也就是真正意义上的死亡了。这里顺带提一下地府，后来神仙们建立地府，也与交合之气有关。地府的作用是什么呢？是让魂魄失去记忆然后投胎转世，这个就是地府循环利用交合之气的过程。

有一本书叫《自私的基因》，书中提出了一个非常独特的视角：我们和父母长得很像，我们的父母又和爷爷奶奶很像，为什么呢？因为基因。基因从几十万年前就开始延续了，延续至今，变化不大，那它们算不算长生呢？基因靠我们来长生，那么我们是什么？是基因长生的工具，是基因的载体。这么一来，追求长生的我们，不过是基因追求长生的工具，是不是相当的震撼！

《西游记》里的交合之气与基因异曲同工。交合之气可以成为任何一个东西，或是动物，或是人类，甚至是果子。无论它以何种形式，承载过哪种记忆，也无论它是恶是善，它始终还是那股气，而它所承载的东西终究会烟消云散。《西游记》第1回，吴承恩在开篇的诗里就说："覆载群生仰至仁，发明万物皆成善。"说的就是天地承载众生是仁，交合之气化为生灵是善。所以在吴承恩的眼里，人性本善还是人性本恶呢？至少你的到来就是一份老天的善举，这一份天赐的仁善会被人们延续下去吗？

早期人类：巨人一族的长生奥秘

首先来一个定义，什么是早期人类？就是最早一批天柱山孕育出来的人类。根据吴承恩设定的西游世界：第5个5400年，天柱山天地交合，孕育万物生灵；第6个5400年，万物阴阳交配，人、兽、禽三才定位。西游世界大量出现生灵就是在第5个5400年和第6个5400年这10 800年间的。值得一提的是，此时的西游世界只有天柱山出现了万物生灵，那么天柱山以外的地方是怎样的一个世界呢？

在生灵出现之前，所有的地方都是一样的，处于第4个5400年时期，这个时期大地才刚凝结完毕：水潜藏在地表之下，火在地表上燃烧，随处可见山体、石头、泥土。等到天柱山出现了万物生灵，天柱山以外的世界依旧没有改变。没错，偌大的西游世界只有天柱山一个地方生机勃勃。

不妨来看看现今西游世界（取经时期）公认的最古老的仙家海岛，它不是如来的灵山，也不是观音的落伽山，而是东洋海内的海外三岛：蓬莱仙岛、方丈仙山、瀛洲海岛。三岛在西游世界是一个怎样的存在呢？

《西游记》第17回，黑熊精的黑风山：却赛蓬莱山下景。

《西游记》第24回，镇元子的万寿山：蓬莱阆苑只如然。

《西游记》第28回，奎木狼的碗子山：近看有如蓬莱胜境。

《西游记》第30回，孙悟空的花果山：乾坤结秀赛蓬莱。

《西游记》第57回，观音的落伽山：休言满地蓬莱。

《西游记》第82回，老鼠精的陷空山：休夸阆苑蓬莱。

《西游记》里的仙山福地全部都是模仿三岛刻画的。

《西游记》里的神仙妖怪都一致认为：三岛的神仙都是长生专家，他们叫蓬瀛不老仙；三岛的药方有起死回生之功效。

那么这三座岛屿和天柱花果山是什么关系呢？《西游记》第1回说得很清楚："此山乃十洲之祖脉，三岛之来龙，自开清浊而立，鸿濛判后而成。"天柱山是西游世界出现的第一座山，先有天柱，后有三岛，它是三岛的母亲。设想这样的一个西游世界：那时，连仙境都没有生灵，都要等着天柱山的生机蔓延过去，那么其他地方会是一个怎样的炼狱啊！因此，早期人类是不可能离开天柱山的。早期人类要怎么在天柱山上生存呢？

吴承恩设定："又经五千四百岁，丑会终而寅会之初，发生万物。……再五千四百岁，正当寅会，生人，生兽，生禽，正谓天、地、人，三才定位。故曰，人生于寅。"首先，天柱山天地交合了5400年，也就是说，天地用了5400年孕育了第一批万物生灵；其次，第一批万物生灵阴阳交配了5400年，也就是说第一批万物生灵用5400年孕育了第二批万物生灵。

那么问题来了，第一批万物生灵存在了5400年后才出现阴阳交配，这是为什么呢？为什么第一批万物生灵并没有在被孕育之初就阴阳交配？还是说第一批万物生灵被孕育后历经5400年才分了阴阳？虽然这个设定有些奇怪，但我们相信一定有逻辑可循，它肯定符合吴承恩构建的西游世界观。

设想如果您永生了，您会生小孩吗？我们认为，后代是人类生命的延续，选择生小孩是因为我们时间有限，需要后代替我们活下去。抛开感情因素和传统观念不说，只从需求的角度来解答这个，逻辑一定是这样的：如果永生了还要生小孩，这个小孩生下来就纯粹是一个负担，一个累赘。你可以毫无顾忌地让这个世界多一个人，五个人，十个人……但现实是，这个世界并不会因为多了一个人就多出一寸土地。西游世界也一样，交合之气是有限的，存在于西游世界的所有资源也都是有限的，它能承载的最大值从头到尾都是一个定数。

在现实世界，人类在抢夺各种资源，当资源有限时，政府可能就会限制人口。在西游世界，神仙妖怪也一样都在抢夺资源：土地资源，人口资源……最终他们都会为抢夺长生资源而奋力一击。二者的逻辑是相通的，所以在西游世界才会存在这么一条规则：神仙不允许生孩子。天庭有天规，天庭神仙不允许生孩子；道教也有法条，道教神仙也不允许生孩子；佛教更有戒律，佛教神仙更不允许生孩子。神仙一旦生孩子，即便神仙本人能逃过一劫，他的孩子大概率也不会有什么好下场！

很多西游影视编剧很少考虑"资源有限"这一点，大多数都是从情感的角度来编写剧本的，都是在讽刺天规无情。而在吴承恩的西游世界观里，即便是神仙也难以鱼和熊掌兼得。如果你选择长生，那就必须割舍掉孩子带给你的爽朗笑声；如果你选择生孩子，就必须让他成为你生命的延续替你活下去，而你必须老去。既想要长生于世，又想要天伦之乐，本就是一种贪得无厌。

为什么第一批万物生灵已经存在了5400年，阴阳交配要等到第二个5400年才出现呢？因为在阴阳交配之前，第一批万物生灵本来就是长生的。逻辑就是：因为他们长生，所以无法生育；等到他们不能长生时，才拥有了生育的功能。

再退一步说，当天柱山上的交合之气尚在时，即便第一批万物生灵可以阴阳交配，但也生不出后代。第一批万物生灵在交合之气的庇护下，实现了5400年的长生之旅。等到第二个5400年时，天柱山不再产生交合之气，第一批万物生灵要想继续活下去，那就得从其他渠道上获取长生资源了；如果获取不到，那就得考虑生孩子。

西游世界最终是要走向灭亡的，长生不死就是长生到死。"长生"两个字就是吴承恩对神仙们赤裸裸的讽刺。而作为金字塔顶层的玉帝、观音、如来、老君，他们手握的长生资源最多，掌控的长生渠道最广。有人长生就会有人短寿，所以吴承恩不黑他们黑谁呢！

我们知道现实生活中有很多信仰宗教的朋友，即便是普通老百姓也可能会求神拜佛。但是西游世界里的神佛并非我们现实中信仰的神佛，所以还请大家区别对待。同样地，西游世界里出现的历史人物也只是西游的历史人物，并非真实的历史人物。比如，西游里的孔子、唐太宗、魏征就和真正历史上的孔子、唐太宗、魏征相距甚远，还请大家不要对号入座。

那么人类要怎么才算长生呢？其实只要活过500年，就可以说踏入长生的大门了。这一点我们后面会细说，这里先提出这个500年的概念。长生是西游世界永恒不灭的话题，上古时期是，到了取经时期依旧是。孙悟空求学，因为想长生；神仙吃蟠桃，因为想长生；妖怪抓唐僧，因为想长生；凡人修仙道，因为想长生。长生贯穿了整部《西游记》，包含的内容实在太多了，是一个复杂的知识体系，并不是简单的字面含义。

早期万物生灵源源不断地吸取了天柱山上的交合之气，因此他们实现了最早的长生，那么他们的身体有什么变化吗？由于走兽、飞禽的种类繁多，个体差异巨大。为了更好地探究交合之气带给万物生灵的影响，我们就以西游世界的早期人类作为例子。

西游世界的早期人类由于出自同一个地方，所以他们的身高体形都比较一致。但《西游记》主要讲的是"大闹天宫"和"西天取经"，所以对早期人类信息的直接记载几乎为零，即使是盘古、女娲、燧人、伏羲这些上古大神，到了取经时期他们也早就陨灭了。我们连早期人类长什么样都不知道，又该怎样去探究吸取了几千年交合之气的他们，会变成什么样呢？

好在有两个人的身高样貌被详细记载了下来，或许在他们身上，我们能找到一些蛛丝马迹：第一个是混世魔王，第二个是如来。必须要强调一点，他们两个是如假包换的人类，混世魔王也不是什么动物妖怪。他们虽然并非早期人类，但我们依然可以在他们身上看到早期人类的影子。如果我们把取经时期的绝大多数人都定义为正常人类，那么正常人类的体形有多大呢？注意这里说的是西游世界里的人类，所以大家不能直接用现实的人类来类比。

很多神仙妖怪都很喜欢带童子出场，《西游记》里对童子有一个称呼，"一尺之童"就出自第60回牛魔王之口，他对玉面公主说，"美人在上，不敢相瞒：那芭蕉洞虽是僻静，却清幽自在。我山妻自幼修持，也是个得道的女仙，却是家门严谨，内无一尺之童，焉得有雷公嘴的男子央来？这想是那里来的怪妖，或者假绰名声，至此访我。等我出去看看"。

那么成年人类呢？我们没有翻到对成年人类的直接描述，不过可以推测出答案。取经期间，唐僧有过两次被"装箱"的经历。一次是在《西游记》第49回，唐僧被金鱼精装在了一个六尺长的石匣里："行者闻言，演了一会，径直寻到宫后，看果有一个石匣，却像人家槽房里的猪槽，又似人间一口石棺材之样，量量足有六尺长短；却伏在上面听了一会，只听得三藏在里面嘤嘤的哭哩。"另一次是在《西游记》第84回，唐僧一行人被赵寡妇母女安排在一个七尺长的木柜中。女儿道："父亲在日曾做了一张大柜。那柜有四尺宽，七尺长，三尺高下，里面可睡六七个人。教他们往柜里睡去罢。"所以唐僧的身高在6～7尺之间，换算过来大概在1.8米到2米之间。唐僧是《西游记》里众多女性公认的大帅哥，这个身形即便是放在现实也令很多男生羡慕。

那么刚才提到的混世魔王和如来，他们有多高呢？《西游记》第2回，描述混世魔王的原文为"腰广十围，身高三丈……魔王见了（孙悟空），笑道：'你身不满四尺，年不过三旬，手内又无兵器，怎么大胆猖狂，要寻我见甚么上下？'"。混世魔王身高接近10米，他见到孙悟空时还嘲笑孙悟空是个1.3～1.4米高的矮子。

接下来看如来的，《西游记》第7回，寿星作诗说如来："乾坤大地皆称祖，丈六金身福寿赊。"《西游记》第13回，唐僧准备去取经，许下宏愿说："但愿我佛慈悲，早现丈六金身，赐真经，留传东土。"《西游记》第77回，就连如来自己也说"我在雪山顶上修成丈六金身"。所以如来身高也有5.3米，如来也确实对得起这个身高，《西游记》第7回，他在和孙悟空打赌时，他张开手掌，原文说"却似个荷叶大小"，孙悟空站上去绰绰有余。

通过对混世魔王和如来的介绍，我们可以想象最早人类应该是怎样的个头！其实不只是人类，走兽、飞禽这些妖兽也是如此。早期西游世界的妖兽体形都是无比巨大的，有的是人类的几倍，甚至是十几倍！几万年之后，西游世界存在三类人：正常人、矮人、巨人。

遗憾的是到了取经时期，巨人消失了。那时的西游世界是由正常人和矮人主宰的西游世界。吴承恩设定的西游世界非常严谨，有阴必有阳，有巨人也就有矮人，当然矮人当道是后面的故事了。而在早期的西游世界，人类只有巨人一族，他们不断地吸取天柱山上的交合之气，成就了巨人的体形。

上古妖兽：法天象地之术的西游历史意义

早期人类体形巨大，虽然没有人能活到后来的取经时期，但通过缩小版的巨人混世魔王和如来，我们依旧能看到巨人一族的影子。在孕育万物的天柱山上，除了有人类还有飞禽和走兽，统称"禽兽"不是很好听，我们姑且把他们统称为"上古妖兽"吧！所以这一回我们切换一下视角，看看在上古妖兽眼里，巨人一族是什么样的。他们是能与我匹敌的肌肉男，还是我能一个打十个的小喽啰？

由于天柱山孕育万物时，仙胞的体形重量不同，散落在天柱山上的位置也不同，三族在天柱山上的领地划分是这样的：

（1）走兽的仙胞最重，散落在天柱山脚，山脚是他们的领地，他们善于奔跑。

（2）人类的仙胞其次，散落在天柱山腰，山腰是他们的领地，他们善于思考。

（3）飞禽的仙胞最轻，散落在天柱山顶，山顶是他们的领地，他们善于飞行。

人类和上古妖兽的关系，总结一句话就是：抬头见低头也见。和早期人类一样，《西游记》原文同样也没有对上古妖兽的任何直接记载。庆幸的是，和早期人类一样，原文留下了很多有关上古妖兽的蛛丝马迹，他们一样体形巨大。由于线索较多，我们只列举其中三条比较有代表性的。

线索1：法天象地之术

先强调一点，早期的西游世界是没有法术和法宝概念的，法术和法宝是在不断战争的过程中衍生出来的产物。和长生的知识一样，法术和法宝也有着一套系统的理论知识，这一点我们后面会说。法天象地之术，顾名思义就是可以长得和天一样高，和地一样大的法术。

《西游记》第3回，孙悟空卖弄神通，使一个法天象地的神通，把腰一躬，叫声："长！"他就长的高万丈，头如泰山，腰如峻岭，眼如闪电，口似血盆，牙如剑戟……

《西游记》第6回，孙悟空大战二郎神："那真君抖擞神威，摇身一变，变得身高万丈，两只手举着三尖两刃神锋，好便似华山顶上之峰，青脸獠牙，朱红头发，恶狠狠望大圣着头就砍。这大圣也使神通，变得与二郎身躯一样，嘴脸一般……却说真君与大圣变做法天象地的规模……"

因为有了这项法术，一米多高的孙悟空就可以长得和泰山那么高。当然了，这项法术除了可以长高长大，也可以变小变矮。《西游记》第74回，小钻风说自家大王青狮精，"长官原来不知。我大王会变化：要大能撑天堂，要小就如菜子"。取经期间，孙悟空就很喜欢用这项法术，和妖怪打斗时长高长大，让自己占据上风。探索敌情时可以变小变矮，专干一些偷鸡摸狗的事。

我们之前说过，西游世界讲的是因果，果就是几万年后西游世界存在法天象地这项法术，那么因是什么呢？为什么会出现这项法术呢？又是什么人需要这样的法术？设想一个场景：一只大象和一只老鼠打架，老鼠要怎么赢大象呢？老鼠虽然小巧灵活，但面对大象也只能挠挠大象的脚。老鼠要把大象撂倒，就得和大象一样大，不然老鼠就会被踩死。法天象地之术的存在意义就是：让弱小的人类能与庞大的妖兽有一战之力。早期人类虽然是巨人，但面对上古妖兽依旧是弱小的一方。当然现在战争还没有爆发，我们只是提前说一下，不过也很快了。

线索2：两个上古妖兽的后裔

这里主要讲两个上古妖兽的后裔，一个是飞禽的后裔九头虫，一个是走兽的后裔九头狮子。强调一下，在《西游记》里，九头虫不是虫子而是鸟类。至于他们为何长出九个头，简单说就是因为他们都是上古妖兽真龙的后裔，体内继承着真龙独有的自我复制基因。这一点到了后面人龙之战阶段，我们重点介绍西游里的龙族时，您就知道了。现在且看九头虫和九头狮子究竟长什么样。

先说九头虫，《西游记》第63回，九头虫现出原形时：

> 毛羽铺锦，团身结絮。
> 方圆有丈二规模，长短似鼋鼍样致。
> 两只脚尖利如钩，九个头攒环一处。
> 展开翅极善飞扬，纵大鹏无他力气；
> 发起声远振天涯，比仙鹤还能高唳。
> 眼多炯灼幌金光，气傲不同凡鸟类。

猪八戒看见心惊道："哥啊！我自为人，也不曾见这等个恶物！是甚血气生此禽兽也？"

行者道："真个罕有，真个罕有！等我赶上打去！"

九头虫有多大虽然没有说，但见多识广的孙悟空和猪八戒给出的评价居然是两个字——恶物！双方交手时，九头虫更是凭一己之力以一敌二打退孙悟空，叼走猪八戒。

再说九头狮子，他比九头虫更夸张，《西游记》第90回，九头狮子出手：

> 那老妖驾着黑云，径直腾至城楼上，摇一摇头，唬得那城上文武大小官员并守城人夫等，都滚下城去。被他奔入楼中，张开口，把三藏与老王父子一顿噙出；复至坎宫地下，将八戒也着口噙之。
>
> 原来他九个头就有九张口，一口噙着唐僧，一口噙着八戒，一口噙着老王，一口噙着大王子，一口噙着二王子，一口噙着三王子。六口噙着六人，还空了三张口，发声喊叫道："我先去也！"

后文孙悟空再与九头狮子叫阵："你看他身无披挂，手不拈兵，大踏步走到前边，只闻得孙行者吆喝哩。他就大开了洞门，不答话，径奔行者。行者使铁棒当头支住，沙僧轮宝杖就打。那老妖把头摇一摇，左右八个头，一齐张开口，把行者、沙僧轻轻的又衔于洞内……"

纵观整部《西游记》，一招就把孙悟空制服的只有两个人，一个是如来，还有一个就是九头狮子。取经期间，但凡上古妖兽的后裔，他们的作战能力都异常强大。即便是孙悟空也很难是他们的对手。他们一旦现出原形，庞大的身躯散发出强大的气场，足以震慑住对手。这些上古妖兽的后裔有一个算一个，他们在后来的西游世界也都粉墨登场，有的沦为了妖怪，有的当上了神仙。

线索3：一副上古妖兽的躯壳

这一副躯壳就是牛魔王。不过，要先声明一点：根据我们掌握的原文信息，牛魔王原本不是牛，而是实打实的人类，是西方佛教的大力王菩萨，他只是披着一副牛的躯壳，这一点我们后面会详细论证说明。那么牛魔王的这副躯壳到底有多大呢？

《西游记》第61回，孙悟空大战牛魔王，牛魔王现出原形，原文写道，"牛王嘻嘻的笑了一笑，现出原身，——一只大白牛：头如峻岭，眼若闪光，两只角似两座铁塔，牙排利刃。连头至尾，有千馀丈长短，自蹄至背，有八百丈高下，对行者高叫道：'泼猢狲！你如今将奈我何？'"这副大白牛躯壳长一千多丈，高八百丈，这就是上古妖兽的庞大体形。换算成这一组有数字您就有概念了：牛魔王身长4950米，身高2640米。

也许您会好奇，牛魔王的原形就是一座山呀！还有什么山头，能容得下这巨大的身躯呢？如果您这样问，就犯了我们解读西游的禁忌了，因为您的下意识是把现实世界的山头带入到了西游世界中做对比。而我们解读西游的原则是，西游的问题最终要回归到西游里来解答。西游的山头与现实的大不相同，我们搜集出所有西游世界山头的资料信息，发现山头一般分三类：

（1）方圆300里的小型山头，比如老鼠精的陷空山；
（2）方圆600里的中型山头，比如黄风怪的黄风岭；
（3）方圆800里的大型山头，比如狮驼三妖的狮驼岭。

这样看来，即便牛魔王这副身躯再大，也不过就方圆几里罢了。相对于西游里这些山头来说，那就是西瓜里的一粒西瓜籽。

三族之王：孙悟空竟然是盘古的影子

说了早期人类和上古妖兽，这回我们来说说人类、走兽、飞禽三族的首领。《西游记》第1回，群猴对孙悟空说道："大王好不知足！我等日日欢会，在仙山福地，古洞神洲，不伏麒麟辖，不伏凤凰管，又不伏人间王位拘束，自由自在，乃无量之福，为何远虑而忧也？"

《西游记》第77回，如来也说道："万物有走兽飞禽，走兽以麒麟为之长，飞禽以凤凰为之长。"

可以确定，带领上古妖兽族群的一个是号称万兽之王的麒麟，另一个是号称鸟中贵族的凤凰。但具体是哪一只麒麟和哪一只凤凰，他们有没有留下名字，我们不得而知，也不重要。因为到了几万年后，也就是大闹天宫和取经时期，他们早已消失在了西游世界的历史长河中。

其实无论是麒麟还是凤凰，又或者是人类的领袖，他们地位的确立，都要在西游世界的第5个5400年之后。因为在第5个5400年，天柱山才孕育出最早的万物生灵。而在第6个5400年，这批万物生灵才能阴阳交配，繁衍生息。这时的万物生灵，因为有天柱山交合之气的加持，有漫山遍野丰富的花果资源享用，可以说是一片生机，其乐融融。而当一个族群需要一个首领的时候，往往也是族群出现危机的时候，甚至是出现战争的时候。

关于早期人类的生活状态，《西游记》原文也是没有任何记载的，但是我们依旧能在原文中找到诸多的影子。《西游记》的第1回，原文就详细描写了花果山群猴的生活状态，这些小猴子，一个个，爬树攀藤，采花摘果，扔石头，丢沙包，赶蜻蜓，抓蝴蝶。此时的猴群生活，还处于比较原始的阶段，更没有猴王带领群猴之说。也许您就会问，那美猴王孙悟空去哪儿了？现在的美猴王，也是众多猴子当中很不显眼的一只罢了。不信您看现在孙悟空在干啥呢？吃花草，喝泉水，和狼虫相伴，与虎豹为群。

在花果山上，猴群没有猴王，狼虫虎豹也没有捕杀猴子，猴子还能和他们做朋友。那么回到上古时期，早期人类和上古妖兽的生活状态，不就是几万年后，猴群与虎豹狼虫的生活状态吗？山还是那座山，只不过上古时期叫天柱山，几万年后，它又多了一个名字，叫花果山。

那为什么最后三族会选出族群首领呢？因为在享受完5400年的"免费长生之旅"后，三族都感觉到危机出现了！他们没有办法离开天柱山，但是随着消耗，天柱山上的资源日益减少：吃的有限、喝的有限、住的有限、玩的有限……总结一句话就是：资源不够用了。而这一点，在几万年后的花果山群猴身上，也有所体现。

我们都知道孙悟空发现了水帘洞，就顺利当上猴王。您想想看，这群猴子在花果山上生活了世世代代都不需要猴王，为什么孙悟空出生后不久，就迫切地需要一个猴王呢？花果山作为万物生灵的母亲，也是万千妖魔的聚集地。群猴的活动范围，也仅限在水帘洞瀑布附近。且看这么芝麻大点儿的地盘，生存着多少只猴子呢？《西游记》第3回，孙悟空当上猴王后，居然号召到了47 800只猴子。算上那些没有来响应孙悟空号召的漏网之猴，这个数字只会更大！

在孙悟空没有发现水帘洞之前，群猴的生存状态是：夜宿石崖之下，朝游峰洞之中。总结一句话就是：居无定所，随遇而安。等到孙悟空发现水帘洞后，他是这样定义自己的功劳的："寻了这一个洞天与列位安眠稳睡，各享成家之福。"群猴需要一个猴王为族群扩充拥挤的地盘，这就是它们需要猴王的原因，也是孙悟空出现的意义。

再回到上古时期，走兽、飞禽两族的首领是麒麟、凤凰。那么人类的首领是谁呢？《西游记》第1回，吴承恩的开篇诗写道：

混沌未分天地乱，茫茫渺渺无人见。

自从盘古破鸿濛，开辟从兹清浊辨。

《西游记》第21回，原文描述黄风怪的三昧神风："盘古至今曾见风，不似这风来不善。"西游里一直没有出场过盘古大神，但却一直充斥着他的传说，他是鸿蒙时期的人类，也是《西游记》原文有记载最早的人类，他居然出现在开篇诗里，所以我们有理由相信：盘古就是西游第一人，同时是早期人类的首领。

早期人类与上古妖兽在天柱山上的故事，其实就是群猴与虎豹狼虫在花果山上的故事。群猴面临什么样的问题，早期人类就会面临什么样的问题。所以孙悟空当上美猴王，不就是另一个意义上的盘古当上人类首领吗？至于盘古是怎么当上首领的，原文没有更多线索，我们也没有办法更好地展开。但可以肯定的是，他将会带领早期人类走过很长的一个历史时期，也就是我们说的"盘古开辟"的过程。那么到底他为人类做了什么？三族之间又会发生怎样的故事呢？

第二篇　万物之战

万物之战的起因

群猴需要猴王，是因为他们的地盘不够了。我们设想一下，早期人类和上古妖兽会不会也遇到同样的问题呢？地盘是西游世界里各方掠夺的一项重要资源。而当人类遇到某一块地盘时，又必然会产生一个东西——地名。地名不是无缘无故得来的，所有地名背后，肯定都有一个原因，甚至有一段故事。通过西游地名，我们真的可以找到一条探索西游世界的密道。

（1）地名不是从来就有，肯定得有人起，那么是谁起的？

（2）那么为什么要这么起？是出于什么目的这么起的呢？

（3）这些地名真的一直这么叫吗？中途有没有修改过呢？

带着这三个问题，我们重新审视一下《西游记》的一些地名：比如黑熊精住的山叫黑风山，黄风怪住的山叫黄风岭，蜘蛛精住的山叫盘丝岭，铁扇公主看的山叫火焰山……一些地名的因果原文都有交代，来龙去脉清清楚楚。即便没有交代，我们也能猜出一二。

但是有些地名就不那么明白了，比如小白龙所在的蛇盘山，这里是不是曾经有条蛇呢？那这条蛇去哪儿了？宝象国为什么要叫宝象呢？他们国家的象在哪儿呢？乌鸡国为什么要取名乌鸡呢？这名字多难听呀！还有黑水河的水是不是真的是黑的，如果是黑的，又是谁染的？又比如青龙山上为什么住着一群牛，却没有一条龙，说好的青龙在哪儿呢？还有灵山后崖的化龙池真的可以化龙吗？它是怎么来的呢？

通过上面这几个地名，我们不难发现：《西游记》中提到的绝大多数地名，都和动物有关。确切地说是和走兽飞禽两族有关。我们可以大胆猜测：所有以动物命名的地方，人类和上古妖兽之间肯定发生过故事。正是这些不为人知的故事，才导致宝象国的宝象不见了，乌鸡国的乌鸡不见了，青龙山的青龙不见了，黑水河的河水变黑了……

这些地名，都是早期人类与上古妖兽的战争遗留到现今西游世界的历史烙印。几万年后的今天，唐僧西天取经，从东土大唐前往西方天竺，让我们发现了这些地名。而几万年前，这或许是上古妖兽离开天柱山的西逃之旅。如果想要了解上古妖兽详细的西逃情况，那就得摊开取经路线图，逐一研究每一个取经站点的地名由来。只有这样，我们才能尽可能地还原出上古妖兽的西逃过程，给这场大战画上最完美的句号。

很庆幸，我们找到了这些地名，由东向西排序依次是：天柱山、蛇盘山鹰愁涧、黑风山、黄风岭、流沙河、万寿山、白虎岭、宝象国、乌鸡国、枯松涧、黑水河、落凤坡、麒麟山、盘丝岭、狮驼岭、隐雾山、凤仙郡、豹头山、竹节山、青龙山。

解决了地名的问题，我们就算找到了当年战争的影子了。那么下一个问题是，早期人类和走兽飞禽究竟有什么不可调和的矛盾，非要靠战争来解决呢？现实世界中，根据人类与自然的关系，我们可以将人类文明分成四个阶段。

第一阶段：原始文明，人类崇拜自然，持续上百万年。

第二篇 万物之战

051

第二阶段：农业文明，人类靠铁器改变自然，为时一万年。

第三阶段：工业文明，从英国工业革命开始人类征服自然，开始至今约三百年。

第四阶段：生态文明，人类和自然和谐相处。

我们的西游世界史，也会按照相似的逻辑来描述西游世界的变迁。原始社会的早期人类靠渔猎为生，渔猎就是捕鱼狩猎。早期人类要靠吃走兽、飞禽为生，反过来讲走兽、飞禽也可以靠吃早期的人类为生，当天柱山资源越发有限越发匮乏时，人类和动物的矛盾就是你死我活的问题。

我们知道，西游世界最终会由人类统治，那么走兽飞禽要如何在人类统治的西游世界存活下来呢？有一个很有意思的想象，唐僧取经的过程中，我们没有发现任何一只狗妖，不过却有三条仙狗：

（1）二郎神身边的细犬（在《西游记》里并没有说是哮天犬）；

（2）天庭二十八宿中的娄金狗；

（3）在玉帝披香殿里吃面山的哈巴狗儿。

西游记世界同样也没有马妖，出场的马仙有：地府的马面，二十八宿的星日马，加上天马，这些都可以说是神仙一派。

为什么这些动物没有沦为妖呢？他们都有一个共同的特点：已经被人类驯服了，为人类服务，或者是人类的盘中餐。唯一的例外是牛，西方的牛妖特别多。或许吴承恩也知道印度有崇拜牛的传统，而在东方牛和马一样都是牲畜，所以西方才会出现大量的牛妖。《西游记》正反映了一个现实：人类对妖兽的驯化，被驯化成了家畜，可以鸡犬升仙。没有被驯化的就是野兽，就是妖怪。

《西游记》第4回，两个独角鬼王给孙悟空进献时，鬼王道："久闻大王招贤，无由得见；今见大王授了天禄，得意荣归，特献赭黄袍一件，与大王称庆。肯不弃鄙贱，收纳小人，亦得效犬马之劳。"犬马之劳，对人类是褒义词，但对动物来就是赤裸裸的背叛了，活着就是要在强者面前交出尊严。

当然，有被驯服的，就有没被驯服的。我们能在几万年后群猴的身上看到早期人类的影子，也一样能在几万年后的西游现状感受到妖兽的不满。就在"大闹天宫"到"西天取经"这段时间里，西游世界发生过很多"吃"的乱象，大家为了掠夺资源，谁都有可能被吃掉。

乱象1：妖吃人。

且不说取经一路遇到的诸多妖怪都吃人，就是孙悟空、猪八戒、沙和尚为妖时都是名副其实的吃人专业户。

《西游记》第27回，孙悟空告诉唐僧：以前自己在花果山为妖时，就是靠吃人为生的。

《西游记》第86回，孙悟空一眼就识破豹子精变成的假人头：因为自己在花果山没少把真人头当皮球踢，积累了经验，所以一试便知真假。

《西游记》第8回，猪八戒告诉观音：自己在福陵山也是靠吃人为生。

《西游记》第38回，在猪八戒眼里，乌鸡国王的身体不算宝贝，不过是一顿肉。

《西游记》第8回，沙和尚更夸张，他告诉观音自己吃人无数，吃了多少自己都记不清了。

当然最夸张的莫过于大鹏鸟了，《西游记》第74回，小钻风说，他把一个狮驼国的人都吃了，活脱脱把一个人类的国度变成了现在的万妖国。

乱象2：人吃妖。

《西游记》第90回，取经玉华州一站，玉华王父子四人和玉华州官吏就分吃了狻猊、抟象、白泽、伏狸、猱狮、雪狮六只狮子精。

《西游记》第92回，取经金平府一站，金平府官员也分吃了辟寒大王、辟暑大王、辟尘大王三只犀牛精。

乱象3：人吃人。

取经期间，唐僧两次碰到强盗打劫。我们不妨做一个假设，如果没有孙悟空的保护，身无分文的唐僧拿不出钱，强盗会留下唐僧什么？最值钱的不就是唐僧那一身肉吗？白白胖胖的，妖怪垂涎，山大王就不垂涎吗？

而真正发生人吃人乱象的是在《西游记》第87回的凤仙郡，那里闹了三年干旱，当地人把儿子免费送人，女儿随意贱卖，三停饿死两停人，还有一停在吃人。

乱象4：妖吃妖。

取经期间，孙悟空分别被青狮精、蟒蛇精主动吃过，设想妖怪之间发生战争，一方把另一方吃掉，是再平常不过的事了。

《西游记》第58回，沙和尚在花果山打死一个小猴精，而这个小猴精立马被送入花果山后厨，去毛剥皮，分尸煎炒。

在西游世界，无论是人类还是妖怪，都可能会吃掉异类甚至是吃掉同类。所以为了抢夺资源，早期人类和上古妖兽之间爆发战争，这是一个必然的结果。即便几万年后，人类主宰了西游世界，依旧出现了这么多"吃"的乱象，这足以说明，早期人类在征服上古妖兽后，人类之间也一定会爆发内部战争，同样是一个必然的结果。

万物之战的经过

1. 天柱山之战：人类首次以智取胜的战争

△△△ 涉战地点：天柱山

既然早期人类和上古妖兽之间的大战不可避免，那么三族是怎么爆发战争的？第一场战争又是发生在哪里呢？

西游世界的第一场大战，我们称之为万物之战，这是一场旷日持久的大战。

早期人类起初是靠采集为生，食草木，饮涧泉，采山花，觅树果，与走兽飞禽相安无事。但是随着族群的增长，花果山的天然食物不够分配，大家饥一顿饱一顿。也不知道谁第一个开始吃肉，发现肉不但解饿，还有营养，吃了之后身体更加强壮，于是三族开始以捕猎对方为生。现在我们开始还原万物之战的战况，唯一的方法就是通过《西游记》里提到的地名，小心对照，大胆猜想。

根据上回我们排列的地名，战争的起点在天柱山，所以战争的第一阶段便是：天柱争夺战。最开始的三族格局有点像《三国演义》中三国的状态。三族之间各有各的想法，都想把另两方给消灭了，独占天柱山的所有权，但任何一方都做不到。人类渐渐发现，自己长期处于劣势的，因为人类所处的天柱山腰随时会被所处天柱山脚的走兽和天柱山顶的飞禽联合夹攻。

《西游记》第1回，在几万年后的花果山（天柱山）上，群猴曾对孙悟空说了这番话："大王好不知足！我等日日欢会，在仙山福地，古洞神洲，不伏麒麟辖，不伏凤凰管，又不伏人间王位拘束，自由自在，乃无量之福，为何远虑而忧也？"要知道，此时的西游世界已经被人类主宰，花果山位于东胜神洲傲来国，满山的妖魔鬼怪，就是没有人类，群猴这话是什么意思呢？

（1）傲来国是归人类国王管，但他管不了我们这满山妖魔的花果山；

（2）花果山本来也是归麒麟、凤凰管，但他们也管不到水帘洞。

实际上，根本就没有麒麟和凤凰来管辖花果山，他们已经不在了，但他们的传说却还在花果山上流传。设想几万年前的天柱山，这里是到底归麒麟管，还是归凤凰管？还是都不归？所以天柱之争其实就是两个阶段的问题：

（1）争夺人类的管辖权，夹在中间的人类是归走兽管，还是归飞禽管？

（2）走兽、飞禽一决雌雄，到底是走兽管飞禽，还是飞禽管走兽？

盘古很清楚人类的现状，虽然人类处于随时被夹击之势，但走兽、飞禽两族也因天然的地理位置，很大程度上，信息隔绝，这就给了盘古大做文章的机会。面对走兽，人类伏拜在麒麟脚下，自称甘愿接受麒麟的管辖；面对飞禽，人类也伏拜在凤凰脚下，自称甘愿接受凤凰的管辖。所以盘古便挑拨飞禽与走兽之间的关系，激化了他们之间的矛盾。

盘古也深知，要摆脱被夹攻的境地，还得想办法离开天柱山腰。而可供的选择不多：要么占领走兽的天柱山脚，要么占领飞禽的天柱山顶。位居高地当然是更好的选择，于是人类便与飞禽翻脸，联合走兽一起攻上了天柱山顶。尽管天柱山顶易守难攻，但面对人类与走兽的联合，飞禽一族还是被赶出了天柱山顶。由于飞禽善飞行，没有被灭族，战败后大多数都退守到了天柱山脚外围。

走兽在人类的帮助下，占据了飞禽的地盘，当晚便大开篝火宴会庆祝。就在所有走兽都卸下防备之时，人类突然发难。这场篝火庆功宴，实际是人类为走兽精心设计的鸿门宴。由于走兽善于奔跑，也没有被灭族，他们大多也都逃到了天柱山脚外围。

就这样，人类最终问鼎天柱：一场离间计，赶走了飞禽；一场鸿门宴，赶走了走兽。人类靠计谋摆脱了自己尴尬的处境，成为天柱山一战的赢家，首领盘古更是功不可没，但是危机并没有解除，因为被赶下天柱山的走兽、飞禽即将形成大联盟，我们称之为妖兽联盟，那么人类会给他们机会吗？

之前我们分析过，根据吴承恩设计的西游世界，在第6个5400年才有万物阴阳交配，生人、生兽、生禽，三才定位。而在此之前，西游世界除天柱山外，大陆处于一片燃烧的状态，此时的水是藏在地表之下的，西游大陆的地表只有火、山、石、土这四种元素。那么这场大火烧了多久呢？至少烧到第6个5400年，也就是三族三才定位之后。

为什么这么说？您想，取经时期我们看到的西游大陆是什么样的？此时早已不是只有天柱山（后来的花果山）存在万物生灵了，而是整个西游大陆遍布万物生灵。也就是说，总有一天，大地之火会熄灭，大地母亲不再蜷缩着双臂，而是敞开了怀抱。万物生灵遍布整个西游大陆，这个结果是既定的。也正是这次被赶出天柱山，妖兽联盟才发现：现在的西游世界，能栖息的地方已不再只有天柱山一处了。

那么这次妖兽联盟是要重新夺回天柱山,还是会被人类赶得更远?天柱山在东胜神洲,而西牛贺洲却遍布各式以动物名字命名的地名,从结局来看,人类必定乘胜追击,而妖兽联盟不得不开启了西逃之旅。

那么这场大战持续了多久?我们给不出一个非常具体的时间。如果万物生灵从天柱山延伸至天柱山外需要5400年,那么整个万物之战最长也可能长达5400年,所以我们才会用旷日持久来形容这场大战。妖兽联盟在天柱山之战失利后,人类仍会乘胜追击,那么等待妖兽联盟的会是怎样的结局呢?

2. 万兽山之战：妖兽联盟开启西逃之旅

△△△ 涉战地点：蛇盘山鹰愁涧—黑风山—黄风岭—流沙河—万寿山

人类军团穷追不舍,刚被重创的妖兽联盟只能往西边退守,远离了天柱山。他们先是退守到了一处峡谷——蛇盘山鹰愁涧。在这里,妖兽联盟的蛇将领和鹰将领战死,故而得名蛇盘山鹰愁涧(取经期间小白龙栖息处)。这也是为什么几万年后取经期间,没有看到比较厉害的蛇精鹰怪。当年的蛇精鹰怪是最早阵亡的一批上古妖兽,根本没有留下后裔。

剩余的妖兽继续西逃,依次退守到黑风山(取经期间黑熊精地盘)、黄风岭(取经期间黄风怪地盘)和流沙河(取经期间沙和尚囚困处)。值得一提的是,黑熊精、黄风怪并不是上古妖兽,沙和尚也不是早期人类,所以这里的地名也不是他们起的,他们来到这里驻扎的时间也都在500年之内。

那么这几个地名是怎么来的呢?在鹰怪战死后,飞禽一族其他成员退居黑风山,挥动翅膀卷起满山黑土,阻挡了人类军团的前进。之后又退守到黄风岭,飞禽一族继续挥动翅膀,卷起满山黄沙，阻挡人类前进。我们之所以有这个猜想，是因为取经期间，孙悟空在对抗黄风怪时，黄风怪的三昧神风就卷起了黄风岭上的满山黄沙。这黄沙有多恐怖？孙悟空睁不开眼，猪八戒不敢出头。

而黄风岭的下一站，便是沙和尚的流沙河。为什么会叫流沙河？流沙河底黄沙堆积，通过水流形成流沙。这么多沙子沉落河底，总得有个源头吧？取经期间，黄风岭脚下还生活着世世代代的村民，唐僧一行人还在村里住了一晚，说明黄风怪在占领黄风岭期间，除了对付孙悟空那一次使用过三昧神风卷起黄沙，平时很少甚至根本用不上三昧神风。不然，山脚下的村子早就被黄沙埋没了，哪还有村民能世代居住于此。

流沙河底黄沙堆积，并不是黄风怪造成的，而是上古时期，妖兽联盟为了阻挡人类进攻的步伐卷起的黄沙，随风由东往西散落，最后沉落河底，形成了现在的流沙河。

在拖住人类进军的步伐后，妖兽联盟再继续西退。而在西退的过程中，很多妖兽因复杂的战况脱离了大部队。最后，妖兽联盟退守到了一处山头，这座山叫万寿山。这座山就是取经时期，唐僧来到镇元子五庄观的那座山。

《西游记》第24回，原文描述万寿山：

> 根接昆仑脉，顶摩霄汉中。
> ············
> 只见那千年峰、五福峰、芙蓉峰，巍巍凛凛放毫光；
> 万岁石、虎牙石、三尖石，突突磷磷生瑞气。
> ············

深林鹰凤聚千禽，古洞麒麟辖万兽。

原文给这座山的定义是：鹰凤聚千禽、麒麟辖万兽。当然这已经不是唐僧来到万寿山时看到的生态情况了，这句话描述的应该是以前的万寿山。因为现在的万寿山的主人是镇元子，并非麒麟和凤凰。那么为什么此山会从"万兽山"变成"万寿山"呢？

镇元子有一仙家至宝人参果树，结出的果子吃了可以益寿延年。自从镇元子来到万寿山后，原本的"万兽山"就被镇元子改名叫了"万寿山"。"兽"与"寿"同音，外人根本不知道缘由。我们可以肯定的是，在镇元子来到之前，这里曾经是妖兽联盟的聚集地，麒麟和凤凰就是在此处聚集逃散的妖兽的。

为什么麒麟与凤凰要在这里聚集妖兽？因为他们决定不再退守，要在这里与步步紧逼的人类一决雌雄。当然，最后的结局以失败告终，残存的上古妖兽继续踏上西逃之旅。这一场大战后，成千上万的妖兽尸体堆积在山上，这就是万兽山名字的由来。取经时期，很多妖兽我们都看不到了，因为他们的先祖大多在这一场大战中灭绝了。

直到后来，有一个叫镇元子的年轻人，在这里种植了一株特殊的树苗，也就是后来的人参果树，这才把万兽山名字中妖兽的"兽"改成了长寿的"寿"，因为人参果是具有延寿功效的。至于镇元子与人参果树背后的故事，这里就不展开说了。

3.麒麟山之战：妖兽首领麒麟与凤凰的陨落

△△△ 涉战地点：白虎岭—宝象国—乌鸡国—枯松涧—黑水河—落凤坡—麒麟山

万寿山之战后，妖兽联盟继续败退，人类军团依旧紧追不放，妖兽联盟的将领为了保护族群，也一个个牺牲自己来掩护大部队撤退。其中白虎将领在白虎岭（取经期间白骨精住所）战死，这也是地名白虎岭的由来。同样的，白虎将领也没有留下后裔，所以取经期间，我们也没有看到过大神级别的老虎妖怪。

妖兽联盟继续退守，来到了一处平地，这块平地前面刚好有一座高山，地势得天独厚。这座高山便是取经期间宝林寺所在的高山，这处平地便是取经期间的乌鸡国。

《西游记》第36回，原文描述这座高山：

> 山顶嵯峨摩斗柄，树梢仿佛接云霄。
> 青烟堆里，时闻得谷口猿啼；
> 乱翠阴中，每听得松间鹤唳。
> 啸风山魅立溪间，戏弄樵夫；
> 成器狐狸坐崖畔，惊张猎户。
> 好山！看那八面崖巍，四围险峻。

唐僧看到这座高山，都不免作诗感叹，这在整个取经途中都是少有的事，可见此山之险峻。一方面，高山天然地阻挡了人类的大规模进军；另一方面，平地让战败的妖兽联盟得以喘息。人类军团久攻不下，妖兽联盟在这里得以较长时期地喘息，并建立了属于自己的第一个国度：宝象国，由妖兽联盟的白象王把守。与此同时，妖兽联盟继续向西扩充根据地，建立了另一个国度：乌鸡国，该地由妖兽联盟的乌鸡王把守。

但是人类军团的攻势实在太猛烈了，最后宝象国和乌鸡国还是失守了。宝象国一战，宝象王战死，但后裔西逃；而乌鸡国一战，盘古感念乌鸡王心善将其招安，乌鸡王得以保全性命。投靠人类的乌鸡王可以说是尽心尽力地为人类服务，鸡族成为被人类第一个接受的妖兽族群。后来，乌鸡王与同样为鸡族的毗蓝婆组建家庭，并留下了鸡族的后裔。无论是象族还是鸡族，我们都可以在取经时期找到这两个族群留下的后裔：一个是天庭的二十八宿昴日鸡；一个是普贤的坐骑白象精。

值得一提的是昴日鸡，他是后来死去的乌鸡王与毗蓝婆所生，毗蓝婆后来成为一位佛教菩萨，也是一位隐士高人，她的原形是一只老母鸡。至于毗蓝婆为什么在佛教中有那么高的地位，他们母子俩又是怎么在人类主宰的西游世界鸡立人群的，这里我们不过多赘述，可以剧透一下，根据我们掌握的原文信息，在取经时期的西游世界，毗蓝婆的修为达到了西游巅峰，其实力早已远超如来、老君、玉帝、观音。

回到主线故事，在宝象国和乌鸡国失守后，妖兽联盟便退往一处方圆600里的山头——钻头号山（取经时期红孩儿所在处）。这座山上长满松树，山间有一条涧水，被称为"荣松涧"。为了阻止人类军团追击，妖兽联盟在离开号山时放了一把大火，活生生把"荣松涧"烧成了"枯松涧"。

但是枯松涧的下一站，便是一处死路。这是一条河，本名"清水河"，河不宽，河水也不算湍急。但是妖兽联盟在离开枯松涧时烧毁了所有的木头，河水困不住飞禽，由于没有船只，却把走兽给困住了。

为了保存实力，妖兽联盟决定留下大部分走兽抵御即将到来的人类军团，飞禽部队护送麒麟和重要的走兽首领飞越清水河，凤凰和他的胞妹彩凤也加入了护送的队伍。很快枯松涧大火熄灭，人类军团也赶到了清水河。人类军团在这里对妖兽联盟展开了一场大屠杀，河水由清变红，由红变紫，最后由紫变黑。就这样"清水河"变成了"黑水河"。

《西游记》第43回，原文描述黑水河现状：

> 近观不照人身影，远望难寻树木形。
> 滚滚一地墨，滔滔千里灰。
> 水沫浮来如积炭，浪花飘起似翻煤。
> 牛羊不饮，鸦鹊难飞。
> ……
> 湖泊江河天下有，溪源泽洞世间多。
> 人生皆有相逢处，谁见西方黑水河！

这里辟一个谣：影视剧说黑水河是因为小鼍龙作恶多端，来到黑水河后才使得黑水河便黑的，当小鼍龙走后黑水河就变成了清水河。这是影视剧为了剧情效果对原著进行了魔改，原著里黑水河的水黑与小鼍龙一点关系都没有，小鼍龙走后黑水河也没有变清。

几万年后，虽说黑水河已不再腥臭，但这一股黑仍被永久地留了下来。麒麟、凤凰仰天长啸，悲送逝去的同族。人类军团随行带着木筏，以备大军行军水路，黑水河根本困不住人类军团前进的步伐。

《西游记》第77回，如来解释了孔雀大明王和大鹏鸟的来历："自那混沌分时，天开于子，地辟于丑，人生于寅，天地再交合，万物尽皆生。万物有走兽飞禽，走兽以麒麟为之长，飞禽以凤凰为之长。那凤凰又得交合之气，育生孔雀、大鹏。孔雀出世之时最恶，能吃人，四十五里路，把人一口吸之。"

《西游记》第71回，观音也说了一段朱紫国王的历史："当时朱紫国先王在位之时，这个王还做东宫太子，未曾登基，他年幼间，极好射猎。他率领人马，纵放鹰犬，正来到落凤坡前，有西方佛母孔雀大明王菩萨所生二子，乃雌雄两个雀雏，停翅在山坡之下，被此王弓开处，射伤了雄孔雀，那雌孔雀也带箭归西。"

取经期间，朱紫国王在落凤坡射伤了孔雀大明王的孩子——两只小雏雀，而孔雀大明王又是凤凰所生，在朱紫国又有一个叫落凤坡的地方，这几个信息综合在一起，我们推断：当年在西逃的过程中，凤凰被盘古射落在落凤坡，而当时凤凰已经怀孕，临死前生下了孔雀和大鹏。

您想，好端端的两只小雏雀为什么要到落凤坡去呀？小雏雀和凤凰是什么关系？凤凰生了孔雀，孔雀生了小雏雀，所以凤凰是小雏雀的祖母！正是因为这层关系，小雏雀才会每年到落凤坡去祭奠自己的祖母，只不过那年刚好被朱紫国王给射伤了。所以当年在落凤坡，盘古射落了西逃的凤凰，凤凰紧急诞下孔雀和大鹏，让麒麟与凤凰的胞妹彩凤带着他们继续西逃。

凤凰陨落，麒麟成为妖兽联盟唯一的首领，妖兽联盟退到麒麟山，已经无处可退了，也无须再退。麒麟再也不忍心看到自己的战友为了让自己苟且偷生而战死，便决定在这里与人类军团一决高下，他不再让他的子民保护他，而是由他来保护他的子民。

人类军团早已经来到麒麟山脚下，把麒麟山团团包围。麒麟立于山头，蔑视地注视着盘古那浩荡无边的军队。又回头悲悯地眺望西方，此时他的子民已经走远，彩凤也已经离开。麒麟一声呐喊，下达了最后的命令，带领走兽军队冲向人类的战阵。明知道只是螳臂当车，他也要奋力一搏。麒麟山一战，麒麟陨灭，世界再无麒麟。但万幸的是，麒麟也留下了自己的后裔。

取经期间，麒麟山上无麒麟，取而代之的是一只金毛犼，更有意思的是他的洞府叫獬豸洞。其实金毛犼就是麒麟的后裔，根据《山海经》的记载：麒麟生獬豸，獬豸生犼怪。《西游记》原文没有明确交代，但我们想吴承恩设定"金毛犼住麒麟山獬豸洞"，应该也是这层含义！至于他是麒麟和什么物种所生的后裔，我们就不得而知了，但可以肯定是，无论是獬豸还是金毛犼，他们都没有改变妖兽联盟的命运。

4.竹节山之战：嗜血狮祖下跪投降

△△△ 涉战地点：盘丝岭—狮驼岭—隐雾山—凤仙郡—豹头山—竹节山

现在，妖兽们唯一的希望都寄托在了凤凰的胞妹彩凤身上，因为彩凤也怀孕了，他怀的可能也是麒麟的孩子。它是否能顺利西逃？又是否能逆转战机呢？

护送彩凤离开的第一个妖兽联盟将领是蜘蛛王，他留守在了一座山岭，当然最后也战死在了此处，这个地方就是盘丝岭。蜘蛛王死前留下了后裔，取经期间，唐僧碰到的七只蜘蛛精就是蜘蛛王的后裔。根据我们掌握的原文信息，蜘蛛精修炼成人形，天庭建立后，她们被招安上天当上了七仙女。由于不是章节重点，这里我们也就不展开了。

护送彩凤离开的第二个妖兽联盟将领是狮驼王。但是狮驼岭一战，狮驼王没有战死，他和乌鸡王走了一样的路，归降盘古并得到了重用。之后，狮驼王留守当地并建立了狮驼王国，与人类和平共处。我们推测：狮驼王是死于大鹏鸟之手。由于也不是章节重点，也不再展开。

人类军团又追击到了隐雾山，妖兽联盟利用地形地势，与人类军团玩起了躲猫猫。隐雾山是一个天然的躲避场，取经时期，孙悟空来到隐雾山时看到烟雾缭绕，根本看不清路。而过了隐雾山便是凤仙郡，两地是挨着的，凤仙郡之所以叫凤仙郡，就是因为这里曾经出现过彩凤。

护送彩凤离开的第三个妖兽联盟将领是豹子王，他战死于豹头山。取经时期，在隐雾山上号称南山大王的豹子精，就是豹子王的后裔。为什么豹子精没有出现在豹头山？《西游记》第86回，根据豹子精的自述，他是数百年前被流放到了隐雾山，所以我们有理由相信，他原本也是住在豹头山上的，由于某些历史原因才将豹头山让于黄狮精，自己搬到了隐雾山，这里面的具体过程也不是本章重点，也不过多详谈。

护送彩凤离开的第四个妖兽联盟将领，是号称九灵元圣的九头狮子，他护送彩凤退守竹节山，而竹节山一战也将成为最激烈的一场退守战。麒麟与凤凰死后，妖兽联盟就彻底失去了作战领袖，而现在彩凤又怀着孕，那么是谁带领妖兽联盟在前线作战的呢？那就是九头狮子。九头狮子的作战能力我们之前讲过，孙悟空这样级别的对手也接不住他一招。为什么九头狮子有如此出色的作战能力呢？为什么他会拥有九个头呢？这还得从他的身份说起。

《西游记》第90回，原文介绍九头狮子："那九曲盘桓洞原是六狮之窝。那六个狮子自得老妖至此，就都拜为祖翁。祖翁乃是个九头狮子，号为九灵元圣。取经时期，九头狮子从天上下来，六只狮子精就拜他为祖翁。"为什么其他狮子会拜他为祖翁呢？因为九头狮子就是西游世界狮子精的祖先。

《西游记》第90回，救苦天尊也说九头狮子"是一个久修得道的真灵"。救苦天尊什么岁数，但在他眼里，九头狮子居然都是久修得道，这无疑是承认了九头狮子的岁数，纵观整部《西游记》，能活到取经时期的上古妖兽少之又少，九头狮子是最年长的一个。基于九头狮子的岁数、能力与九头的特征，我们推测：

（1）他是首领麒麟的直系后代，继续了麒麟的血统，唤醒了体内的复制基因，这也是他九头的来源。

（2）他是狮子军团的将领，这支军团是走兽一族最强作战部队。

麒麟在将死之际让这支狮子军团护送怀孕的彩凤离开，可见妖兽联盟把所有的赌注都压在了彩凤的身上。人类军团的数量实在太庞大了，九头狮子即便能以一敌百，也英雄难敌四手。于是他下达了两条命令：

（1）将妖兽联盟中最嗜血、最忠诚的妖兽集中起来，以自己为核心组建了一支突击部队。

（2）命令妖兽联盟里的牛族军团带领剩下的老弱病残，以及怀孕的彩凤继续西逃。

一切安排妥当，九头狮子便把部队分散下去，在广袤的西方大地和人类军团展开持久战。战争的目的不再是取胜，而是杀戮；战争的目标不再是土地，而是吃人。他要拖垮人族军队，消灭人类的有生力量。竹节山一战，不是一场战斗，而是一个个小战斗的合称。敌方在明、己方在暗，妖兽们不再畏惧溃败，而是展开了对人类的猎杀。

盘丝岭、狮驼岭、隐雾山、豹头山，人类军团占领了一个又一个山头，但也留下了遍布山头的尸体。没有人知道，什么时候在什么地点，会出现一只野兽吃掉自己的同伴。战斗不分白天黑夜，好像永远没有终结。

九头狮子的战术是成功的，但是他的突击部队的战士太少了，每死一个都不会再有补充。在数量庞大的人族面前，仿佛一切计谋在绝对实力面前是以卵击石，螳臂当车。最终，盘古抓住机会把九头狮子和他的部下围困在了竹节山。

为什么九头狮子住的地方叫竹节山？为什么他的洞府叫九曲盘桓洞？就是要告诉我们这场战斗的曲折。在山上，他们像竹子一样一节一节地抵抗，在洞中，他们也一个弯道一个弯道地战斗。

九头狮子是天纵英才，他曾取得了无数次的胜利。但世界潮流就是如此，命运更是无情。他亲眼看到战友们一个又一个战死，他特想知道，万兽之王麒麟在战死之前会想些什么呢？他不想战死，而是选择了另一条路。这条路，让他从勇士变成了叛徒，从英雄变成了懦夫。是的，他投降了，而且是比乌鸡王、狮驼王更加没有骨气地投降。彩凤已经送走了，他活着就是要看看这场游戏的结局。若干年后，他成为人类大佬救苦天尊的坐骑，也就是我们取经时期看到的那个九灵元圣。

竹节山一战，妖兽联盟节节败退，九头狮子投降，怀孕的彩凤在牛族军团的护送下继续西逃。凤凰能生出孔雀和大鹏这种吃人的狠角色，那么彩凤又会生出什么样的物种呢？

5.人类撤军：盘古踏上了长生之路

△△△ 涉战地点：青龙山

杀敌一万，自损八千。竹节山的血战不得不让盘古重新审视这一场战争，原本以为近在眼前的胜利，可一打却打了这么多年，此时的妖兽联盟已经退守到了青龙山。青龙山是什么地方？顾名思义一定与龙有关，在不久的将来，这里会是龙族诞生的地方。

可人类军团继续逼近，留给妖兽联盟的退路已经不多了，因为这里快要到西方的尽头了。没想到此时，盘古却下了一个决定：退兵。盘古退兵的理由有三：

（1）精神上，大家早已经厌恶杀戮，思乡心切。

（2）战果上，大家已经可以接受了，都认为妖兽联盟短期掀不起风浪了。

（3）《西游记》第83回，如来说过一句西游至理名言："积水养鱼终不钓，深山喂鹿望长生。"如果妖兽杀绝了，人类吃什么呢？真的要吃一辈子果子吗？所以从战略思想上，养肥了再杀才符合可持续发展战略。

除了上面这些还有一个更可怕的原因，盘古没有说，但人类军团内部也已经意识到了。万物之战打到现在，人类面临的最大的敌人不是成群西逃的上古妖兽，而是时间。我们很早就说过，长生这个话题是一条贯穿整部《西游记》的主线。

唐僧西天取经的路线是：从东土大唐到西天天竺。这是一条从西游世界东边走到西边的路线，他们一共走了14年。妖兽联盟西逃的路线是：从东边的天柱山到西边的青龙山。这也是一条从西游世界东边迁移到西边的路线。一个是西游，一个是西逃。

原著里，唐僧30岁出头开始取经，等他回到大唐时已经46岁了。所以当年参与万物之战，从天柱山上下来的人类军团，他们也早已从翩翩少年变成了迟暮老人。他们身上都是岁月的痕迹：满头的白发、满脸的皱纹、迟钝的反应、蹒跚的步伐。从人类军团离开天柱山起，他们最大的敌人就是时间，只是当时他们没有意识到。所有人的生命都是有限的，打了这么多年，从东边追到西边，他们都老了。

这就好比《水浒传》里的梁山好汉，早期上梁山时都是雄姿英发。可为什么招安后，面对方腊军团，却是死的死，残的残？很大原因就是梁山好汉老龄化造成的。所以，人类军团西征也一样面临老龄化的问题。一旦老龄化再加上战争的消耗，人口的出生率势必远远小于死亡率。

或许您会说，妖兽也一样面临老龄化问题呀？首先，妖兽的寿命一般都要比人类长，在没有摄取任何长生资源的情况下，长时间拖下去，妖兽联盟可以耗死人类军团。其次，很多妖兽一窝生好几胎，他们的出生率要远远大于人类的出生率。但弊端是他们要度过幼年时期直到可以投身战斗，这个时间周期会比人类的要长得多，这也是为什么妖兽联盟一直处于劣势的原因，人类常年以来并未给过他们过多的喘息空间。

随着盘古一声令下，驻扎在青龙山脚下的人类军团撤军了。对于妖兽联盟而言，他们驻扎在青龙山上，彩凤也终于结束了逃亡之旅；对人类军团而言，他们也终于可以回到天柱山，重新休养生息。而意识到衰老与死亡的盘古，即将踏上新的征程——寻求长生之道。

几万年后，在人类主宰了西游世界，那些高高在上的神仙面临的最大敌人依旧是时间。只要感到生命有限，时间便是最可怕的死神。即便你是玉皇大帝，也要认真地作答死神下发的时间考卷，容不得半点马虎。

万物之战的影响

1.死亡恐惧：离开天柱山后出现的可怕敌人

我们知道，生活在天柱山上的第一批万物生灵，由于有天柱山上交合之气的加持，所以最长可以活到5400年，而等下一个5400年到来时，万物生灵才出现阴阳交配。由于在万物之战爆发之前，三族都生活在天柱山，即便天柱山不再天地交合产生交合之气，天柱山上的万物生灵也都能存活较长的时间（根据长生的设定一般不超过500年）。关于这一点，我们也是有据可依的。

（1）《西游记》第2回，须菩提提出长生之法的三灾概念时，就定义每500年为其中的一灾。

（2）《西游记》第3回，在孙悟空在并没有习得任何长生之法及吃蟠桃的情况下，他被地府勾魂的年龄是342岁。

那究竟是什么原因，让人类在离开天柱山后出现衰老和死亡的呢？其实在万物生灵出现阴阳交配时，无论人类还是妖兽，都已经开始出现衰老和死亡。只不过当时这个进程相当缓慢，可现在常年的战争导致这个进程加速。此时，天柱山虽然不再产生新的交合之气，但好在依旧残存着些许过去的交合之气，可一旦远离了天柱山，死神就会不请自来。

这就好比英雄联盟、王者荣耀里游戏开局，我方英雄都出生在泉水。受伤了回到泉水就可以回血。离泉水越远，就越没有安全感，所以我们操纵的英雄恨不得天天能泡在泉水里。盘古退兵就是觉得该回泉水补给了。可也正是人类这次退兵，给了万物喘息的机会，让刚诞生的龙族得以发展壮大。

2.西游地名：可以追溯到上古时期的山头与国家

这一点我们在讲述万物之战的起因时就已经提到了，而且在讲述战程时也逐一解释了相关地名的由来，这里我们统一做个汇总。

天柱山：万物的起源地，也是战争的起始地；
蛇盘山：妖兽联盟蛇将领战死地；
鹰愁涧：妖兽联盟鹰将领战死地；
黑风山：飞禽一族卷起黑土，拖延人类军团的进程；
黄风岭：飞禽一族卷起黄沙，拖延人类军团的进程；
流沙河：黄沙下沉，河流下游黄沙堆积；
万寿山：原本叫"万兽山"，妖兽联盟的聚集地；

白虎岭：妖兽联盟白虎将领战死地；

宝象国：妖兽联盟白象王建立的国度，白象王战死地，后期白象精的祖籍地；

乌鸡国：妖兽联盟乌鸡王建立的国度，后期昂日鸡的祖籍地；

枯松涧：原本叫"荣松涧"，为阻挡人类军团，妖兽联盟火烧号山致使松树枯萎涧河水干涸；

黑水河：人类军团屠杀妖兽联盟之地，致使血流成河，河水由红变紫，由紫变黑；

落凤坡：妖兽联盟凤凰陨落地，后期孔雀大明王和大鹏鸟出生地；

麒麟山：妖兽联盟麒麟陨身地，后期獬豸和金毛犼的祖籍地；

盘丝岭：妖兽联盟蜘蛛王战死地，后期蜘蛛精（七仙女）祖籍地；

狮驼岭：妖兽联盟狮驼王建立的国度，狮驼王被害地；

隐雾山：妖兽联盟利用隐蔽地形与人类军团周旋之处；

凤仙郡：妖兽联盟彩凤西逃并短暂停留之处；

豹头山：妖兽联盟豹子王战死地，后期豹子精祖籍地；

竹节山：妖兽联盟九头狮子投降地，此处战况如竹子般曲折，妖兽联盟节节败退；

青龙山：妖兽联盟彩凤诞下祖龙之处，新一轮大战即将开启。

3. 第一次仙术革命：仙术时代的开启

您有没有想过，西游世界的法术是怎么来的呢？要解答这个问题，我们必须先引入一个概念：科技革命。我们近代历史上就发生过的三次科技革命：

（1）18世纪末，蒸汽机的发明和使用，引起了第一次科技革命；

（2）19世纪末，电力的发现和使用引起了第二次科技革命；

（3）第二次世界大战后，出现了电脑、能源、新材料、生物等新兴技术，引起了第三次科技革命。

随着科技的发展，我们的生活越来越像西游世界中的神仙。不同的是：

（1）我们靠科技，神仙靠的是法术，各自掌握的手段不同。

（2）对这些手段的叫法不同，比如对"飞"的描述：西游世界的神仙腾云驾雾，现实中我们可以通过飞行器实现。

且关于"飞"的描述还存在于各种小说和影视作品当中，比如武侠世界有轻功；哈利·波特会魔法，有了魔法可以骑着扫帚满天飞。我们把这些名称相互对换一下，让郭靖去学习魔法，让哈利·波特去练习轻功，也一点都不会影响故事的走向，但是给人的感觉就会完全不同。总结一句话：无论现实世界还是虚拟世界，人类对超自然力量的向往从来没有改变过。

西游世界也一样，早期人类在万物之战时期就已经开始研究法术了。战争是推动科技发展的动力，法术也是在万物之战的推动下发展起来的。只不过当时尚处于研究阶段，没有普及到战争当中去。下面我们就来说一下早期人类的研究历程和西游法术的原理。

现实世界中，人与动物本质的区别就是人会使用工具，人类的工具演化经历了三个时期：石器时期、青铜器时期和铁器时期。石器、青铜器和铁器在战争中都可以被当作兵器。西游世界也一样，在万物之战中，人族军团为了对抗妖兽联盟也研发了大量的兵器，而研发兵器的基础是五形。

什么叫五形呢？之前我们说过，这是《西游记》第1回提出的概念：所谓五形就是水火山石土，是构成早期西游世界的五种基本元素。那么这"五形"与我们熟知的"五行"又是什么关系呢？《西游记》里是否也有"五行"的概念？有，且二者的关系是："五行"是"五形"的演变学说，成为后来西游世界修炼法术、煅烧神兵、打造法宝的理论根基。如果我们把"修炼法术、煅烧神兵、打造法宝"统称为仙术的话，那么五行学说就是西游世界第一个法术理论。

五行学说的"行"是运行的行，包含金、木、水、火、土。与五形相比，木取代了山，金取代了石，说明早期人类从山上找到了树木，从石头里找到了金属。设想一个打铁的过程：首先要有铁矿石，这就是金。然后需要一个炉子，这就是土。在这个过程中需要高温煅烧，就会用到火。点火需要木材，这就是木。最后还需要淬火，也就是高温冷却，这会用到水。整个打铁的流程就是一次五行的运转。

再举一个例子，中医也把五行和人体器官相对应，金对肺，木对肝，水对肾，火对心，土对脾。而这样的设定也被吴承恩运用到了《西游记》中。《西游记》第22回，观音派木叉去流沙河收沙和尚，原文作诗说：

> 五行匹配合天真，认得从前旧主人。
> 炼已立基为妙用，辨明邪正见原因。
> 金来归性还同类，木去求情共复伦。
> 二土全功成寂寞，调和水火没纤尘。

这里原文直接用五行来代指整个取经团队，取经团队是师徒四人加白龙马刚好一行五人，那么他们分别如何对应呢？《西游记》第23回，四圣试禅心一站，诗曰：

> 奉法西来道路赊，秋风淅淅落霜花。
> 乖猿牢锁绳休解，劣马勤兜鞭莫加。
> 木母金公原自合，黄婆赤子本无差。
> 咬开铁弹真消息，般若波罗到彼家。

根据这首诗推断：

（1）孙悟空叫金公，属金；

（2）猪八戒叫木母，属木；

（3）沙和尚叫黄婆，黄乃土色也，属土；

（4）唐僧叫赤子，赤乃红色火也，属火；

（5）龙从云游水，小白龙必然属水。

不仅如此，吴承恩还将五行相生相克的原理，融入取经团队的人际关系，这里我们也浅谈一下。我们现已知：孙悟空属金，猪八戒属木，沙和尚属土，唐僧属火，小白龙属水。那么，根据五行相克原理：金克木、木克土、土克水、水克火、火克金，我们就会在原文里看到以下这些有趣的现象。

（1）孙悟空克猪八戒。孙悟空经常戏弄猪八戒：取经高老庄一站，孙悟空收猪八戒时就假变高翠兰调戏他；取经平顶山一站，孙悟空捉弄猪八戒巡山，变成啄木鸟把猪八戒的鼻子给啄出血来；取经乌鸡国一站，还骗猪八戒背死尸……

（2）猪八戒克沙和尚。猪八戒惹不起孙悟空就没少拿沙和尚出气：取经宝象国一站，围剿奎木狼时，猪八戒临阵脱逃，把沙和尚给卖了；后面，还有很多次猪八戒都争着抢沙和尚的功劳，老是让沙和尚看行李，怼起沙和尚来更是不留口德。

（3）沙和尚克小白龙。沙和尚是老三，也只能欺负小白龙了：理论是这样的，但由于沙和尚戏份较少，为人又比较明白事理，所以很少欺负小白龙。

（4）小白龙克唐僧。唐僧骑着小白龙出过几次大事：两次被强盗打劫；小白龙带着唐僧闯了四圣的深山老林；当唐僧跌落通天河时，小白龙不救……这些都是小白龙搞的鬼。除取经宝象国一站外，唐僧每次遇到危险时，小白龙都没有现身人形解救过唐僧，几乎每次都任由唐僧被妖怪抓走。

（5）唐僧克孙悟空。这个就不用多数了：孙悟空几次被唐僧赶走；观音还传授唐僧的一篇《紧箍咒》，让唐僧用嘴就能攻击孙悟空……

说完五行相克原理，我们再说说五行相生原理：金生水，水生木、木生火、火生土、土生金。相生在取经团队人际关系中可以理解为谁依靠谁，所以转化过来就是：

（1）小白龙依靠孙悟空。比如取经宝象国一站，取经团队几乎分崩离析，小白龙给猪八戒下达任务指标是请孙悟空回来。

（2）猪八戒依靠小白龙。还是取经宝象国一站，为什么猪八戒会去马厩找小白龙？因为猪八戒知道小白龙是观音塞进取经团队的，小白龙的指示就代表着观音的指示。

（3）唐僧依靠猪八戒。唐僧早就看不惯孙悟空了，猪八戒的加入才让唐僧跩起来的，最典型的例子就是三打白骨精事件，唐僧联合猪八戒赶走了孙悟空。

（4）沙和尚依靠唐僧。取经号山一站，唐僧被掳走，猪八戒说散伙，孙悟空第一次附和猪八戒，结果沙和尚不干了，非要逼着孙悟空和猪八戒去救唐僧。

（5）孙悟空依靠沙和尚。这个也有诸多体现：还是取经号山一站，沙和尚就提点了孙悟空三次，第一次孙悟空与红孩儿首次斗法，沙和尚告诉孙悟空要以水攻之；第二次孙悟空假变牛魔王调戏红孩儿，沙和尚提醒孙悟空作死会害了唐僧；第三次是孙悟空败北，也是沙和尚劝服孙悟空去请观音来收红孩儿的妖兽联盟。

取经团队五行相生相克的例子实在太多了，剩下的我们就不一一举例了。我们从五行的角度说一说，取经的目的是什么？取经的目的是和睦五行。《西游记》第61回有诗句为证："和睦五行归正果，炼魔涤垢上西方。"同样地，如果取经团队对应五行并且符合五行相生相克，那么推而广之，其他的神仙妖怪也一样，这里就不展开细说了。

所以大家不妨想想，如果连神仙妖怪自身都符合五行的相生相克，那么他们修炼的仙术能脱离五行吗？大概率是不能的！从盘古退兵回天柱山开始，西游世界就出现了最早的仙术，一直到后来的取经时期，人类才整理出了一套完整的五行理论并运用于仙术中。由于例子太多，我们就列举几个经典的。

（1）《西游记》第2回，孙悟空的修行口诀就是"攒簇五行颠倒用，功完随作佛和仙"。

（2）《西游记》第7回，如来用五行山压住孙悟空，原文写道："好大圣，急纵身又要跳出，被佛祖翻掌一扑，把这猴王推出西天门外，将五指化作金、木、水、火、土五座联山，唤名'五行山'，轻轻的把他压住。"

（3）《西游记》第41回，红孩儿三昧真火使用到的五辆小推车，原文写道："只见那小妖将车子按金、木、水、火、土安下，着五个看着，五个进去通报。"

说到这里，我们甚至可以说：《西游记》中几乎所有的仙术都可以叫五行之法。你想为什么会出现"某神仙妖怪属什么"的说法呢？比如为什么孙悟空要属金，他属水不行吗？打一个不恰当的比方，金木水火土就像考试的五门科目：语文、数学、英语、物理、化学，修行的水平就像是各门科目的成绩。学霸肯定是各科满分，但是绝大多数的同学都会存在一定程度的偏科现象。于是就出现了不同属性的神仙、妖怪。其中最突出的代表就是水德星君、火德星君、木德星君，一听名字就知道他们严重偏科。

存在偏科，就肯定有同学想要改善自己的偏科现象，所以就要在别的科目上发力。这时候五行相生"金生水，水生木，木生火，火生土，土生金"的理论就用得上了。利用语文好这个优势可以提高一下英语成绩，毕竟都是语言类学科；利用英语语法、句式强的优势来帮助理解数学的公式；再利用数学的理解加深对物理的理解，毕竟数学是物理的学习工具；然后再利用宏观的物理学习微观的化学，毕竟理化不分家；最后再把化学和语文联系到一块，这样学霸就诞生了。

在西游世界，像老君、观音、如来等一些大佬都是各科全部发展得比较好且比较均衡的神仙，即便大家有这样的刻板印象：老君擅长用火，观音擅长用水，如来擅长用金，并不代表他们其他学科就很弱。这就好比您，也是一个学霸，您各科都好，但您总有一科最喜欢的吧！您最喜欢的那科您肯定也更愿意与其他同学分享那一科的学习心得。这些大佬也一样，你喜欢用水，我喜欢用火。

仙术的修行就是从金过渡到水，从水过渡到木……一个个递进，最终实现攒簇五行。但也要切记，五行相克。同时修行两种相互矛盾的法术，势必会导致走火入魔，万劫不复，所以在实战中，五行相克就成了仙家斗法的常用套路。

《西游记》第26回，观音救人参果树时还提道："那个水不许犯五行之器，须用玉瓢舀出，扶起树来，从头浇下，自然根皮相合，叶长芽生，枝青果出。"除了五行之法，还存在五行之器，五行之器对应的就是各种各样的神兵法宝了。五行理论在实践应用中可以分为五行之法和五行之器。简单点理解就是魔法攻击和物理攻击。

那是不是掌握五行就天下无敌了呢？仙术修行的终点是一个什么样的境界呢？老君、观音、如来这些人是否达到了仙术修行的终点了呢？《西游记》第6回，老君介绍自己的法宝金钢琢说道："这件兵器，乃锟钢抟炼的，被我将还丹点成，养就一身灵气，善能变化，水火不侵，又能套诸物。一名'金钢琢'，又名'金钢套'。当年过函关，化胡为佛，甚是亏他，早晚最可防身。"金钢琢能变化，能套取神兵法宝，就连水火都能套走。抛开金钢琢的克星——老君自己的那把芭蕉扇不说，金钢琢确实被众多西游迷一度认为是最厉害的法宝。金钢琢为什么那么厉害？就是因为它可以套取任何五行之物，用来对付任何修炼五行之人。

我们再做一个设想：如果有一个人的修为超出了五行会怎么样呢？《西游记》第77回，孙悟空是这样说唐僧的："若不为唐僧是个凡体，我三人不管怎的，也驾云弄风走了。只为唐僧未超三界外，见在五行中，一身都是父母浊骨，所以不得升驾，难逃。"这里孙悟空的言下之意是：修行仙术就是为了掌握五行，终极目的更是为了超出五行。那么真有这样的人吗？

《西游记》第3回，孙悟空这样对十殿阎王说："汝等既登王位，乃灵显感应之类，为何不知好歹？我老孙修仙了道，与天齐寿，超升三界之外，跳出五行之中，为何着人拘我？"孙悟空说自己修为超出了五行,当然这是孙悟空当下的自我误判,此时的孙悟空连长生的门还没进呢!

但换一个角度想,孙悟空说得出口,就说明西游世界肯定存在修为超出五行的人。那他们是谁呢?会是我们熟知的老君、观音、如来这些人吗?都不是!第一个是早期西游的盘古大神,太上老祖和菩提祖师也都是他不同西游时期的化名,可惜最后陨灭了。第二个就是后期西游的毗蓝婆菩萨,她隐姓埋名不问世事300多年,潜心钻研仙术成为佛道一体的集大成者,且直至取经时期,放眼整个西游只有毗蓝婆做到了。由于篇幅有限,且这些内容也不是章节重点,我们就不再一一展开了。

最后我们再来做一个汇总:西游的仙术技术的起点是在万物之战时期;自从盘古撤军回天柱山,人类便开启了仙术研究之旅,从五形中衍生出五行理论;而仙术修行的终点是超出五行,即便到了取经时期,五行理论已经很完善了,但活着的神魔除毗蓝婆外,没有人能真正超脱五行,老君能打造金钢琢套取五行之物也才算勉强摸到了超脱五行的大门。那么终点的背后是否还有终点?是否还有比超出五行更高的一层境界,这个问题就留给大家去畅想了。

4.盘古新时代:西游中的"盘古开辟"指的是什么?

对于万物之战,人类军团一直在打仗,妖兽联盟一直在西逃,感觉挺热闹,其实在《西游记》中除了寥寥几句诗及一些奇怪的地名,这些内容您根本查不到。通过我们的讲述,您应该已经对西游世界的建立起了一个初步的印象了。所以在西游世界中,唐僧取经真的算是一件小事,在诸多历史大事面前,太不值一提了。

《西游记》写了一个小片段，我们可以从中看到了一个大历史。

"万物之战"也并未出现在《西游记》里，它的官方叫法是"盘古开辟"，出现在《西游记》第1回里。仅"盘古开辟"四个字，我们就可以看到盘古的丰功伟绩，看到早期人类创业的艰辛，却看不到战场的杀伐，看不到黄沙下的累累白骨。正应了一句唐诗："凭君莫话封侯事，一将功成万骨枯。"这段历史人类为什么要用"开辟"来形容呢？这背后究竟又有哪些惊天的秘密？

"开辟"是毫无疑问的褒义词，开辟之前是无，开辟之后是有。表示新未来的开始，一个从无到有的过程。盘古开辟，就是说盘古给整个人类带来了从未见过的新东西，那么这些新东西是什么呢？

（1）胜利

万物之战的胜利，盘古功不可没。他让人类体会到了成功的滋味，这种感觉是从未有过的精神愉悦，是在三族和平相处时期从未体验过的感觉。

（2）新大陆

如果没有的远征讨伐，人类永远都不会想到，天柱山之外还有如此广袤的大陆，是盘古带领人类走出了天柱山。这也为后期西游世界划分为四大部洲奠定了基础。而且有了土地，就等于有了更多的资源；有了更多的资源，就意味着可以繁衍更多的人口。生存空间的扩张，必然带来人口的增加。人口增加同样也需要更多的生存空间，这就是一个循环。

（3）国家

《西游记》第68回，唐僧给朱紫国王介绍中华大地，对盘古只字未提，他说，"贫僧那里：三皇治世，五帝分伦。尧舜正位，禹汤安民。成周子众，各立乾坤"。

在万物之战人类退兵的过程中，有很大一部分人类被新大陆的景色所吸引，他们不愿返回天柱山，而是选择留在当地定居。唐僧取经时期，一路上的那些西方小国，它们的来历很多都源于此。几万年之后，虽然当地的百姓都是当年战士们的后裔，但是他们早已淡忘了祖先们的故事，即便是东方大唐国的后裔，也都遗忘了盘古所做的一切。

（4）语言

《圣经·旧约》记载，人类之间本来只有一种语言，天下兄弟是一家。兄弟们联合起来兴建通往天堂的高塔，眼瞅着就要大功告成，上帝为了维持天堂的房价决定阻挠人类的计划，就让人类说不同的语言。因为没法沟通，最亲的兄弟全都变成最熟悉的陌生人。通天塔的计划失败，人类从此流浪各方。通过这个故事，我们可以来试着回答西游世界中语言的问题。

《西游记》第1回就说，古云：禽有禽言，兽有兽语。这句话是记录几万年后花果山猴群出现时的现状。同样这也侧面说明，早期三族的语言是不互通的。如果语言不通，兽禽两族是如何成立妖兽联盟的呢？又是如何沟通的呢？人类又是如何挑拨他们的关系的呢？奇怪的是，既然"禽有禽言，兽有兽语"，可当孙悟空进入水帘洞时，水帘洞里刻着"花果山福地，水帘洞洞天"两行大字，群猴却都认识。这是人类的语言，如何解释这其中的矛盾呢？

《西游记》第88回，取经团队来到玉华州，这是天竺国的外郡，唐僧这样评价："人言西域诸番，更不曾到此。细观此景，与我大唐何异！所为极乐世界，诚此之谓也。"从东到西，从大唐到天竺，这里的方方面面都与大唐没什么两样，风俗一致，物价一致，穿着一致，语言也一致。取经团队一路西行从来没有碰到过语言隔阂。

所以我们认为，最早三族之间的语言本来是一样的，用的就是人类的语言，后来走兽和飞禽才发展出各自的语言。在花果山群猴中，虽然大多数猴子一出生就学的是猴类的语言，但猴群中也一定有通晓人类语言的长者在教授群猴人类语言，比如那四只老猴子。所以万物之战时期的三族也一样，只不过战争爆发了，三族的族群长者不再教授人类语言，这才使三族产生语言隔阂。而在盘古西进和退兵的过程中，语言又再次统一。这也是为什么后来的花果山，以及取经时期的诸多西方小国等这些非中华大地，也说华夏语言的原因。

（5）农耕

盘古回到天柱山后，除了研究五行仙术和长生之法，还开发了农耕技术。从群众中来，就要回到群众中去，并不是每一个人都有条件修仙，也并不是每一个人都向往长生，但每一个人都需要吃饭，从此人类进入农业文明。人类从战士转变成农民，不是身份的退步，而是生存的需要。西游世界一定经历过农耕时代，而在几万年后的西游世界也能找到一些蛛丝马迹。最典型的例子就是猪八戒的九齿钉钯，《西游记》第19回，猪八戒介绍道：

> 此是锻炼神冰铁，磨琢成工光皎洁。
> 老君自己动铃锤，荧惑亲身添炭屑。
> 五方五帝用心机，六丁六甲费周折。
> 造成九齿玉垂牙，铸就双环金坠叶。
> 身妆六曜排五星，体按四时依八节。
> 短长上下定乾坤，左右阴阳分日月。
> 六爻神将按天条，八卦星辰依斗列。
> 名为上宝逊金钯，进与玉皇镇丹阙。

九齿钉钯是老君打造的，实打实的神兵利器，甚至比孙悟空的金箍棒更胜一筹。后文，黄狮精抢了取经兄弟的神兵，开的不是金箍棒大会，而是钉钯会。在《西游记》第32回，银角是这样评价猪八戒的九齿钉钯的："你会使这钯，一定是在人家园圃中筑地，把他这钯偷将来也。"

　　同样的吐槽还出现在《西游记》第49回，金鱼精说道："你会使钯，想是雇在那里种园，把他钉钯拐将来也。"猪八戒降妖除魔的神兵利器被多次吐槽为种地的农具。还有沙和尚的降妖宝杖也被吐槽过像擀面杖，面是小麦做的，这背后也代表着农业！

　　您说老君打造的神兵利器，为什么那么像农具呢？从头到尾透露着一股乡土气息，他就不怕人笑话吗？我们有理由相信：老君打造九齿钉钯的时候，西游世界仍处于农耕时代，这是时代的象征。等到取经时期，原本的九齿钉钯才从农具升级成后来的兵器。

　　人类就这样进入了一个多姿多彩的时代，有人在修行，有人在种地，有人在生育……而盘古需要更多的时间研究五行仙术和长生之法，留给他的时间不多了，他把管理人类发展的重任交给了三大长老。这三位长老和盘古一样，也是早期人类，最后也将功成名就，载入西游史册。那么他们是谁呢？又为人类的后续发展作出了哪些贡献呢？

5.祖龙诞生：麒麟与彩凤的杂交物种

　　最后一点，我们从妖兽联盟的角度来谈：人类退兵，怀孕的彩凤最终得以在青龙山上顺利分娩，西游世界的第一批龙诞生了。西游世界出场的龙众多，为了区分，我们把在青龙山上诞生的第一批龙族称为祖龙。他们是麒麟与彩凤杂交出来的后裔，而彩凤和凤凰同宗同源，所以祖龙也可以说是麒麟和凤凰的后裔。这里之所以叫青龙山，原因有二：一是祖龙诞生时龙身为青色；二是"青"有长青的含义，寓意龙族能在这里发扬光大。

或许大家不明白，无论麒麟还是凤凰，他们作为妖兽联盟的首领，怎么会低贱地到处去和别的物种杂交呢？这是不符合作为"王"的准则的。原因说出来您可能觉得不可思议：战争时期，哪有那么多原则准义！如果在保持尊严和灭族之间二选一，谁轻谁重？当然，我们也能在原文当中找到证据。

《西游记》第6回，孙悟空和二郎神变化斗法，原文提到了一种鸟的历史，他叫花鸨。花鸨乃鸟中至贱至淫之物，不拘鸾、凤、鹰、鸦都与交群。

花鸨在西游中是一种至贱至淫的鸟，在飞禽一族中名声最臭，但是作为飞禽一族的首领凤凰却愿意和他交配。而且您看原文的描述，是"花鸨不拘和凤凰交配"，什么意思？这是赤裸裸地在抬高花鸨，贬低凤凰。为什么凤凰会被吴承恩如此贬低呢？因为此时凤凰交配的对象不止花鸨，已经是来者不拒了。而这样的乱象，在飞禽一族中也不只凤凰，上至凤凰，下至麻雀。而凤凰这样自降身份，就是为了寻求更强大的新物种。

《西游记》第77回，还是如来的那段话，"自那混沌分时，天开于子，地辟于丑，人生于寅，天地再交合，万物尽皆生。万物有走兽飞禽，走兽以麒麟为之长，飞禽以凤凰为之长。那凤凰又得交合之气，育生孔雀、大鹏。孔雀出世之时最恶，能吃人，四十五里路，把人一口吸之。我在雪山顶上修成丈六金身，早被他也把我吸下肚去。我欲从他便门而出，恐污其身，是我剖开他脊背，跨上灵山。欲伤他命，当被诸佛劝解：伤孔雀如伤我母。故此留他。在灵山会上，封他做佛母孔雀大明王菩萨。大鹏与他是一母所生，故此有些亲处"。

我们要明白两条原则：

第一，《西游记》原文中的旁白是不可能说谎的，因为这是西游世界的客观事实，代表的是吴承恩的设定。

第二，《西游记》原文中的对白是有可能说谎的，上至神仙下至凡人，因为每个人说的话立场不同，目的也不同。

基于这个原则，我们再来审视如来的话：如来说孔雀大明王和大鹏鸟是凤凰得交合之气所生，不知道您发现什么问题没有，根据吴承恩对西游世界的设定，天柱山因交合之气产下万物生灵，那么凤凰怎么会因得交合之气产下孔雀和大鹏呢？这不是已经违背万物阴阳交合的设定了吗？再退一步说，就算凤凰很特殊能得交合之气产子，那也应该产下小凤凰才对，也不可能会产其他的物种呀！所以凤凰产下孔雀和大鹏只能像《西游记》第6回原文旁白说的那样，不是凤凰得交合之气产子，而是凤凰胡乱群交产子。

那么孔雀和大鹏是凤凰和什么物种杂交所生呢？如来为什么只提凤凰却对另一方只字不提？如来不说，肯定是有原因的：要知道孔雀大明王在佛教被尊封为佛母西方孔雀大明王菩萨，名义上还是如来的母亲；而大鹏鸟是孔雀大明王的亲弟弟，名义上是如来的舅舅。这两者在如来眼里都是妖怪畜生，如来是真不想认这门亲戚，孙悟空让如来承认这门亲是花了不少功夫的。更何况，搞不好这莫名的如来"祖父"真是至贱至淫的花鸨怎么办？这不是自己把自己给坑了吗！

再说，孔雀大明王一出生就吃人，然后一路吃人都没停下过，也不知道吃了多少人，最后还吃到了如来那里。大鹏鸟吃得更多，取经前的500年，也就是孙悟空大闹天宫后不久，大鹏鸟把整个狮驼国给吃光了，狮驼王就是在那时候死的。无论孔雀大明王还是大鹏鸟，吃人是刻在基因里的，而这样的基因却来自凤凰。因为凤凰痛恨人类，万物之战时，凤凰就已经是吃人无数了，这才把吃人的基因传承给了孔雀和大鹏。

妖兽联盟杂交出来的所有怪物都是为了对抗人类军团，他们刻在骨子里的技能就是吃人。孔雀大明王和大鹏鸟吃人，獬豸和金毛犼也吃人，奎木狼吃人，在青龙山上诞生的第一批祖龙更是吃人。而现在这些祖龙还处于幼龙阶段，那么等他们长大后会有怎样的表现呢？不久的将来，一场血雨腥风的序幕拉开……

第三篇　人龙之战

人龙之战的起因

怀孕的彩凤在青龙山上诞下了第一批祖龙，妖兽联盟即将迎来他们的新时代——人龙之战。这一阶段的西游历史也可以简单理解为妖兽联盟的反击战。那么为什么万物之战后，一定会爆发人龙之战呢？在《西游记》原文里，又有哪些证据表明存在这一阶段的西游历史呢？为了印证这一阶段的西游历史，我们整理出了三条比较有价值的线索。

线索1：动物喝龙尿可以化成龙

《西游记》第69回，小白龙说自己的龙尿很珍贵："师兄，你岂不知？我本是西海飞龙，因为犯了天条，观音菩萨救了我，将我锯了角，退了鳞，变作马，驮师父往西天取经，将功折罪。我若过水撒尿，水中游鱼食了成龙；过山撒尿，山中草头得味，变作灵芝，仙僮采去长寿。我怎肯在此尘俗之处轻抛却也？"小白龙现在虽然是马，但他的基因却是龙。龙是一个神奇的物种：动物喝了龙尿可以化成龙。

《西游记》第100回，取经团队来到灵山，在灵山后崖上就有一个叫化龙池的地方，如来命人将小白龙推了下去：须臾间，那马打个展身，即退了毛皮，换了头角，浑身长起金鳞，腮颔下生出银须，一身瑞气，四爪祥云，飞出化龙池，盘绕在山门里擎天华表柱上，诸佛赞扬如来的大法。

要知道小白龙在被观音变成白龙马之前，是被残忍地锯了龙角，剥掉龙鳞的。这一点原文说得清清楚楚，只是各大影视剧都没有拍。白龙马被推下化龙池之前已经不是一条完整的龙了，但进入化龙池后又重新长出了龙角和龙鳞。再结合白龙马说的话，我们推测：白龙马进入化龙池之所以能重新化龙，是因为化龙池里的水就是龙尿。

我们做一个联想：灵山上的化龙池是什么时候存在的？是在西方佛教驻扎以后存在的，还是早就存在了？要知道即便是在取经时期，西方佛教在那时也只有1000多年的历史，何况西方佛教收集那么多龙尿来干什么。

接着我们再来看青龙山和灵山这两处的地理位置：根据原文的描述，青龙山在天竺城池的东北方向，灵山在天竺城池正西。两座山都紧挨着天竺城池，简直太近。青龙山是祖龙的诞生地，灵山上却有一个化龙池，一个是生龙的地方，一个是造龙之地，您敢说二者没关系吗？

线索2：平顶山与压龙山

取经时期，有两座很特殊的山头：一座是金角、银角所在的平顶山；一座是九尾狐、狐阿七所在的压龙山。这几个妖怪刚好是一家子，从平顶山到压龙山只需弹指之间。您可能会问：几只狐狸精怎么会住在两座与龙有关的山头上呢？狐狸精家族并不是世代住在这里，他们来这里的时间很短，这点很容易证明：因为金角是带着取经团队的画像下凡拦截取经团队的，总不可能取经团队的画像在几万年前就有了吧！

那么平顶山和压龙山如此近，它们是什么关系呢？我们大胆推测：平顶山的顶之所以平，就是因为它的顶被拿去压龙山压龙了。那为什么弄死龙需要用山来压？这里压的是一条龙还是几条龙，又或者是一支龙族军团？是谁把龙压在这个地方的？

线索3：龙王后期卑微的地位

《西游记》第23回，取经兄弟在谈论小白龙：

> 那沙僧闻言道："哥哥，真个是龙么？"
> 行者道："是龙。"
> 八戒道："哥阿，我闻得古人云：'龙能喷云嗳雾，播土扬沙，有巴山捣岭的手段，有翻江搅海的神通。'怎么他今日这等慢慢而走？"
> 行者道："你要他快走，我教他快走个儿你看。"

从这段对话我们不难看出：首先，龙的能力很强，"能喷云嗳雾，播土扬沙，有巴山捣岭的手段，有翻江搅海的神通"。这可比取经三兄弟的本事大多了。其次，猪八戒和沙和尚都没见识过龙有这种能力，他们知道龙有这种能力的途径是"闻得古人云"，也就是听以前的人说的。既然有人这样说，那就肯定有人见过，只不过到了取经时期，他们都看不到了。既然传得这么厉害，那么龙在西游的地位一定很高吧？可结果却恰恰相反。

《西游记》第3回，孙悟空第一次登门东海龙宫，此时孙悟空只是一个得道的猴精，顶多是个妖仙，可东海龙王敖广却召集全家老小、虾兵蟹将到龙宫外拜迎接孙悟空上座。取经时期，孙悟空更是多次去找过四海龙王，他们居然给孙悟空行的是跪拜礼。龙王们对孙悟空都已如此，如果是玉帝来了，他们要行什么礼呢?

孙悟空对龙族也不太友好,《西游记》第63回,取经祭赛国一站,万圣龙王家族惨遭灭门,唯一活下来的万圣龙婆还被孙悟空永久囚禁在伏龙寺。

这还不算惨的,《西游记》第43回,敖顺告诉孙悟空:泾河龙王曾因私改下雨的时辰点数,被玉帝给杀头了。天庭斩杀龙族有一个专门的刑场叫剐龙台。泾河龙王是被魏征梦斩的,已经很幸运了,有多少我们不知道的龙是被天庭一刀一刀给活剐致死的。

更令人毛骨悚然的是,天庭还要在精神上摧毁龙族,《西游记》第7回,天庭宴请如来安排的是"龙肝凤髓,玉液蟠桃"。天庭没少吃龙肉。

所以我们认为,肯定存在某些历史原因,才导致龙族现今的西游地位如此低下,即便龙族可能是妖兽联盟里最强大的物种,依然不能获得人类大神的信任与尊敬。当然了,原文里还有更多线索,但由于篇幅有限,我们就列举这三条,把这三条线索串联起来,其实已经足够说明问题了。我们坚信,西游世界肯定存在一场龙族与人类之间的较量,我们称为人龙之战。它是万物之战的延伸,是妖兽联盟对人类的反击。它要解决的问题就是:西游世界到底是人说了算,还是龙说了算!

人龙之战的经过

1.龙族的分类:西游世界龙族的四个等级

西游世界龙族数量庞大,出场众多,而且每条龙都能追溯到来源,每一条龙背后都可能存在不为人知的故事。要想解开人龙之战的秘密,我们就要对西游世界的龙进行划分。那要从哪里入手呢?还是《西游记》第23回,猪八戒说,"我闻得古人云:

'龙能喷云嗳雾，播土扬沙。有巴山掮岭的手段，有翻江搅海的神通。'"

猪八戒是什么身份？他曾是天庭任命的天蓬元帅，曾掌管过天河八万水师。天庭的水师在什么地方？——四海八河！《西游记》第38回，取经乌鸡国一站，猪八戒到皇宫后花园的一口井中，就连这种犄角旮旯的井龙王都认得猪八戒是天蓬元帅。可见当年猪八戒天蓬元帅这个职务，没少和各地龙王打交道。

奇怪的是，猪八戒龙王见多了，但龙"喷云嗳雾，播土扬沙，巴山掮岭，翻江搅海"的手段他是一次也没见过，他只是听说过。首先排除猪八戒撒谎的情况，因为猪八戒这话是在谈论白龙马的时候说的，他没有撒谎的必要。

传闻中的龙是上古时期的龙，很明显大家都不相信小白龙能做到。也就是说当今西游世界的龙，绝大多数都和小白龙一样已经不是上古时期的龙了。那么上古时期的龙去哪里了？西游世界大家看到的龙又是什么样的龙呢？

《西游记》第43回，取经黑水河一站，孙悟空来西海询问小鼍龙情况：

龙王道："舍妹有九个儿子。那八个都是好的。第一个小黄龙，见居淮渎；第二个小骊龙，见住济渎；第三个青背龙，占了江渎；第四个赤髯龙，镇守河渎；第五个徒劳龙，与佛祖司钟；第六个稳兽龙，与神宫镇脊；第七个敬仲龙，与玉帝守擎天华表；第八个蜃龙，在大家兄处，砥据太岳。此乃第九个鼍龙，因年幼无甚执事，自旧年才着他居黑水河养性，待成名，别迁调用。谁知他不遵吾旨，冲撞大圣也。"

行者闻言，笑道："你妹妹有几个妹丈？"

敖顺道："只嫁得一个妹丈，乃泾河龙王，向年已此被斩。舍妹孀居于此，前年疾故了。"

　　行者道："一夫一妻，如何生这几个杂种？"

　　敖顺道："此正谓'龙生九种，九种各别'。"

　　泾河龙王是四海龙王敖顺的妹夫，他一共生了九子且九子各个不同。孙悟空根本没给敖顺面子，直接定义敖顺的这些外甥为杂种！一言以蔽之，就是血统不纯。为了更好地划分龙族，总结一下我们手头上掌握的线索：

　　（1）青龙山上彩凤诞下了第一批龙，毫无疑问这属于上古龙；

　　（2）小白龙说自己的龙尿鱼喝了可以化龙，但小白龙自己却不是上古龙；

　　（3）离青龙山不远处的灵山上有一化龙池，里面装的是可以化龙的龙尿；

　　（4）四海龙王敖家与泾河龙王的基因结合，只能生出九个杂种龙，生不出纯种。

　　基于原文线索，我们是这样划分西游世界的龙族的：

（1）祖龙

　　祖龙的概念我们之前就提出过了：他们是**麒麟**与**彩凤**的后代，诞生于青龙山，是西游世界第一批龙。我们认为：祖龙在龙族当中能力最强，也就是猪八戒听闻却从未见过的那种能力。且祖龙尿化龙的效果也是最强的，任何物种喝了祖龙的尿都可以化龙。灵山化龙池里的龙尿就是祖龙尿。

（2）龙生龙

　　龙生龙是祖龙与祖龙繁衍的直系后代，或者是龙生龙之间繁衍的直系后代。他们虽然没有祖龙那么强大的能力，但保留了祖龙纯正的基因。同样地，他们的龙尿也能化龙，但化龙的效果却不及祖龙。小白龙就属于龙生龙。

（3）龙尿龙

龙尿龙顾名思义就是某些妖兽喝了祖龙或者龙生龙的尿化成的龙，他们没有龙族的基因，只有龙族的外壳，所以生不出纯种龙，能力也不及纯种龙。当然，龙尿龙的尿也就没有化龙功效了。敖家与泾河龙王结合生不出纯种龙，说明两者中至少有一方是龙尿龙。

（4）杂种龙

杂种龙是孙悟空提出的概念，我们定义为龙尿龙生的后代。和龙尿龙一样，他们没有龙族基因，尿也不能化龙，能力也不如纯种龙。敖家与泾河龙王结合的九子就是杂种龙。

2.龙族东进：原来嫦娥的玉兔有来头

现在龙族已经顺利诞生，但是要如何才能顺利成长呢？人类有育儿导师，龙族也一样有育龙专家。《西游记》第95回，有一只妖怪是这么介绍自己兵器来历的：

> 仙根是段羊脂玉，磨琢成形不计年。
> 混沌开时吾已得，洪濛判处我当先。
> 源流非比凡间物，本性生来在上天。
> 一体金光和四相，五行瑞气合三元。
> ……
> 这般器械名头大，在你金箍棒子前。
> 唤作广寒捣药杵，打人一下命归泉！

这只妖怪就是来自月宫的玉兔精，但令人意想不到的是，她居然是混沌鸿蒙时期的妖怪，她的兵器捣药杵也是混沌鸿蒙时期所得。还记得混沌鸿蒙时期是哪个西游历史时期吗？《西游记》第1回开篇诗说得清楚：

混沌未分天地乱，茫茫渺渺无人见。
自从盘古破鸿濛，开辟从兹清浊辨。

没错，玉兔精和盘古大神是来自同一个西游历史时期的人物。在玉兔精向孙悟空介绍自己和兵器来历时，我们也没有找到她撒谎的动机。所以我们认为：玉兔精是历经过万物之战和人龙之战时期的上古妖兽。她能活到取经时期，无疑是资历最老的妖怪，没有之一。

那么玉兔精在人龙之战时期扮演了一个怎样的角色呢？天庭建立后，玉兔精被天庭收编了，而她的主要工作便是在月宫里捣药。原文说，取经时期，她来到天竺国的原因是爱花，巧的是天竺国王也爱花。这花可不是一般的花，这是一种花药，用于制作玄霜仙药。所以玉兔精的定位与其说是药师，不如说是医生。人族在天柱山休养生息期间，妖兽联盟逐渐演化成龙族军团，而祖龙之所以能顺利成长，正是因为玉兔精的悉心照料。

很快战火再次袭来，龙族军团终于按捺不住复仇的冲动，由西向东发起了进军，如风卷破残云，如狂风扫落叶。龙族军团所到之处，人类守城军丢盔弃甲，甚至拱手相让。之前，西进追击妖兽联盟占领的地盘，人类几乎悉数失手。没几年，龙族军团便打到了乌鸡国。如此下去，打回天柱山是迟早的事。

其实，龙族军团反扑的消息早就传回了天柱山。但此时的盘古还在闭关研究法术和长生，所以人类抵抗的重任便落到了人类三大长老的肩上，他们分别是伏羲、女娲、燧人。三位长老之前一直是盘古身边最得力的助手，也都在当年的万物之战中功勋卓著。

长老们当即举行了誓师大会，人类战士的激情再次被点燃。但长老们也深知：此次面临的对手今非昔比，这场战斗比万物之战更加艰巨。那么长老们会带领人类何去何从呢？

3.压龙计划：平顶山与压龙山是什么关系？

誓师大会后，人类长老们便带领人类军团开始了西征，这一次与以往不同，以前是为了胜利而追击，如今是为了生存而迎战。很快，人类的大军便来到了碗子山驻扎，随时待命。

现在龙族军团的作战能力已不是当年妖兽联盟可比的，即便这些年盘古开启了五行仙术的时代，但真正能成熟运用到战场上的五行仙术却很有限。乌鸡国与碗子山只相隔了一个小国和一座山头的距离，人类必须想出一个万全之策，依靠聪明的头脑以智取胜，否则这一次必将迎来灭顶之灾。那么这个计策是什么呢？

这个时候我们就要说说《西游记》中的一个最妙的巧合了，这个巧合我们之前也说过，如果没有这个巧合，我们对人龙之战的脑洞还真是难以成立，它便是两座挨着的大山：平顶山和压龙山。平顶山的顶去哪儿了？答案显而易见，平顶山的顶被用来压龙了。我们确信：吴承恩这样起这两座山的名字，肯定是有意为之的。压龙山必定是人龙之战的决战之地。下面我们将试着还原出长老们最初设想的"压龙计划"。

当时，压龙山所在之处是一片宽阔的盆地，名叫压龙盆地。旁边耸立着一座高山，当时这座高山的顶还没有平，所以也还不叫平顶山。长老们带兵来到此处观察了地形，认定这里就是最佳的角斗场，可以在此地设一个陷阱，再把龙族军团引入来袭击，最后将他们活埋于此。这个计划要想完成，就要满足两个条件：一是需要有人把龙族军团引入包围圈；二是将龙族军团引入包围圈之后，还要确保龙族军团逃不出去。

龙族军团不可一世，很瞧不起人类军团，所以长老们决定放大龙族军团轻敌的弱点，用一支人类小队把龙族军团引入包围圈。所以这支小队对于龙族军团来说，一定要有足够的诱惑力，领军将领必须足够出名，只有诱饵的料下足了，大鱼才肯上钩。不仅如此，这支军队的战斗力还要强，不然扛不住龙族军团的前几轮冲锋也没用。不难看出，人类需要的是一支敢死队，是要和龙族军团一起活埋的。这场大战就是拿人类军团中最勇猛的将领、最强悍的士兵来和龙族军团以命换命。那么谁有资格去赴死？他又是否愿意赴死呢？

4.伏羲八卦：一只上古老乌龟身上的秘密

经过长老们的内部商议：压龙计划的这支敢死队就是伏羲的军队。伏羲是人族三大长老之一，为什么他要去当这个烈士？难道就没有更好的人选了吗？

首先介绍一下伏羲在历史中的地位：他是有文献记载的创世神；是中华民族的人文始祖；是古籍记载中最早的王；是中医的鼻祖之一。他还有四大发明：太极八卦、文字、渔猎、婚姻。总之他就是华夏民族的伟人。当然以上并不是我们构建西游世界的参考资料，基于这样的历史背景，我们看看在吴承恩的西游世界中，伏羲又是怎样的存在？

《西游记》第42回，原文描述观音的一只驮瓶恶龟："文王画卦曾元卜，常纳庭台伴伏羲。"可见观音的这只恶龟和周文王、伏羲的关系不浅，经常陪伴着伏羲。他也是一只上古妖兽，我们称他为上古恶龟。他最早被伏羲捕获并驯服，之后随着西游历史的变迁，最终落到了观音的手里，成为观音的驮瓶恶龟。

上古恶龟的身上有纹理，伏羲根据乌龟身上的纹理创造了最早的八卦，并且画在了这只上古恶龟的龟背上。后世的周文王也遇到过这只上古恶龟，于是便把龟背上的纹理给画下来，占卜学术也是在西游周朝的时候兴起的。所以伏羲在西游世界最大的贡献就是发明了八卦。

那么问题来了，八卦有什么用呢？八卦单独拎出来确实没什么用，但如果把它与军事实战结合，就能成为围困敌军的阵法。于是我们大胆猜测：要困住龙族军团就必须用到伏羲的八卦阵。而最熟悉八卦阵的也只有伏羲，所以伏羲义无反顾地站了出来。

但是面对强大的龙族军团，光有一个八卦阵还不够。这个压龙计划最大的变数就是：万一龙族军团不追了怎么办？长老们知道穷寇勿追的道理，难道龙族军团的祖龙首领就不知道吗？要怎么才能让龙族军团毫不怀疑地追击至压龙盆地？如果有谁能打入龙族军团内部，这就好办多了。就在长老们愁眉之际，军营里前后来了两位不速之客……他们是谁呢？又为何而来？

5.龙族的弱点：龙族内部的血统制度

在故事继续之前，我们先回到取经时期的西游世界，想一想这么几个问题：为什么天庭要吃龙肝凤髓，却留着四海龙王？为什么天庭不是选拔最优秀的四位龙王分管四海，而是直接让敖家四兄弟去管？四海龙王作为龙族里的最高职位，为什么真实地位却如此低下？四海龙王是真龙还是龙尿龙？为什么他们的妹妹生不出纯种龙？四海龙王是从人龙之战中活到取经时期的吗？如果不是，他们是谁的后裔？如果是，他们通过什么方式换取的高官厚禄？四海龙王与龙族之间是否存在背叛？四海龙王与人类之间是否存在妥协……

龙族军团在灵山建立了一个化龙池，祖龙就是想让妖兽们都化龙，以最快的速度建立并扩大龙族军团，但是这也导致了一个严重的结果——龙族的数量一下大多了，数量多，龙族内部也就有了三六九等之分。龙族军团里的每一条龙都有各自的出身，出身可不是一个简单的问题，决定了他们当下的地位，决定了他们未来的发展。出身还伴随着两个字：血统。

麒麟和彩凤所生的叫上古神龙，也是祖龙，他们是龙族中最高贵的血统。而祖龙和祖龙所生的叫龙生龙，也是稀有物种，当然也包括龙生龙的直属后代，但是化龙池里所化的龙尿龙来自各种动物。之前我是狮子，你是兔子，我比你高级。可现在喝了祖龙尿后，大家都是龙尿龙了，都一样了。而龙尿龙交配生下一代就更不用说了，狮子不像狮子，兔子不像兔子，龙不像龙，相貌各异，美其名曰：杂种龙。在这种大环境里，龙族军团逐渐形成了一个自上而下的层级，而且只有四个层级：

第一层级：祖龙。数量最少，能力最强，平时最主要的工作就是往化龙池里不停地撒尿，是龙族军团的首领。

第二层级：龙生龙。数量比祖龙少一些，能力也比祖龙弱一些，平时最主要的工作就是管理数量最为庞大的下两级龙族成员，并且也兼具往化龙池撒尿的工作。

第三层级：龙尿龙。数量庞大，能力一般，是龙族军团冲锋陷阵的战士，更是天生的炮灰，主要的工作就是上前线。

第四层级：杂种龙。数量庞大，能力一般，只配做奴役，平时干着最脏最累的活儿，连做炮灰的资格都没有。只有当前线龙尿龙数量不够时，才会被抓去顶替。

更要命的是，龙族各个层级不能相互通婚。尤其是血统纯正的祖龙和龙生龙，在内部对龙尿龙和杂种龙更是嗤之以鼻，龙族内部充满鄙视与压迫。鄙视的结果就是产生隔阂，压迫的结果就会导致反抗。一旦出现导火索，龙族军团很容易分崩离析。

再说妖兽化龙的过程中，也不是所有的动物都愿意化龙的。您想吴承恩是怎么设定化龙的？不是说到了化龙池里泡一泡就能化龙了，而是要喝尿。化龙池不是洗澡池而是一个尿池。祖龙和龙生龙把谁推进去，谁还得在里面大口大口地喝他们的尿才作数。俗话说：有钱放屁都是香的。喝尿这个行为本身就充斥着底层被人鄙视、上层者霸凌的意味。说的好听叫化龙池，说的难听就叫喝尿池。

很多妖兽完全是被逼迫喝尿的，所以心中一直对上古神龙不满。这种内部压迫导致底层龙族的不满情绪越来越浓烈。很快，龙尿龙中的一部分慢慢就形成了一个同盟，他们就是敖氏一族（敖家四兄弟：敖广、敖钦、敖闰、敖顺）。尤其是人龙之战开打后，龙族军团内部的矛盾更加激化，所以摆在敖家面前的就有这么一个问题：如果龙族军团战胜了人类军团，我们何去何从？

为什么说四海敖家是龙尿龙呢？您想敖家小妹与泾河龙王生了九胎都生不出纯种龙，这已经是非常可疑了。当然这也可能是泾河龙王的原因，但如果我们能找到敖家是由何种妖兽喝尿化龙的，不就能直接说明问题了吗？当年万物之战时，九头狮子被捕后，是哪支妖兽军团护送怀孕彩凤来到青龙山的？——牛族军团。正是牛族军团最后护送彩凤来到了青龙山，祖龙才得以在此降生。为什么说一定是牛族军团呢？

《西游记》第92回，取经金平府一站，三只犀牛精抓了唐僧，孙悟空请四木禽星诛杀妖怪，原文写道，"只听得呼呼吼吼，喘喘呵呵，众小妖都现了本身：原来是那山牛精、水牛精、黄牛精，满山乱跑。那三个妖王也现了本相，放下手来，还是四只蹄子，就如铁炮一般，径往东北上跑。"

　　好家伙，整座青龙山从上到下都是清一色的牛精。取经一路没有哪一座山头的妖精种类那么统一。为什么青龙山龙不见了，取而代之的全是牛？我们做一个假设，如果在妖兽联盟西逃的过程中，一支一支妖兽军团被留下断后，那么到最后一座山头是不是只剩下一支军团了！这也就对应这里只有一个族群。

　　现在我们已经知道牛族就是最后护送彩凤的那支军团了，那么又是从哪里看出敖家和这群牛有关系呢？还是《西游记》第92回，就在三只犀牛精被孙悟空和四木禽星追杀时，请看他们是往什么地方跑的？"却表斗木獬、奎木狼二星官驾云直向东北艮方赶妖怪来。二人在那半空中，寻看不见，直到西洋大海，远望见孙大圣在海上吆喝。"

　　他们想都没想就直接往西海跑了，为什么往西海跑呀？因为他们认为西海龙王会出手相救。别被影视剧带偏了，且看敖闰认不认识他们：

　　　　却说西海中有个探海的夜叉，巡海的介士，远见犀牛分开水势，又认得孙大圣与二天星，即赴水晶宫对龙王慌慌张张报道："大王！有三只犀牛，被齐天大圣和二位天星赶来也！"老龙王敖闰听言，即唤太子摩昂："快点水兵。想是犀牛精辟寒、辟暑、辟尘儿三个惹了孙行者。今既至海，快快拔刀相助。"

敖闰不仅认识这三只犀牛精，而且他们还很熟。原文还说了四木禽星里的井木犴能"上山吃虎，下海擒犀"。可犀牛精明明住在山上，但为什么是"下海擒犀"？这三只犀牛精已经上千岁了，这些年可没少往西海跑呀！所以搞得外人都以为犀牛精是海里的妖怪呢！

可是从人龙之战到西天取经这都多少年过去了，敖家为什么还和青龙山上的这群牛有那么深的关系？原因很简单：四海龙王本就是牛，他们是喝了龙尿才变成龙的，青龙山上的这群牛是他们的族人。只不过后来犀牛精失势逃亡，加上事发突然，情况紧急下敖闰为了自保才和犀牛精撇清了关系，这才翻脸不认人。

回到我们的主线故事，其实敖家很清楚，人龙之战无论输赢，龙尿龙根本就没有翻身的机会。龙族军团内部这四个层级以血统分层，他们永远不可能与血统高贵的祖龙和龙生龙为伍。战争期间，他们是炮灰；战争结束，他们就会变成奴隶，依旧是被压迫的对象。

那如果与人类合作，会不会是一个不错的选择呢？他们犹豫了很久，在看到人类军团的节节败退之后，他们终于下定决心，人类军团现在战斗力那么差，再不行动就没有机会了。于是敖家派遣一条龙，行踪隐秘地来到了人类军团中，他就是敖家四兄弟的妹妹（敖家小妹），也就是后来泾河龙王的妻子、小鼍龙的母亲。那么龙尿龙和人类最终会达成怎样的合作呢？

6. 人龙协议：龙族军团里的叛徒是谁？

《西游记》第70回，取经朱紫国一站，孙悟空前往麒麟山寻找金圣宫的下落，碰到了赛太岁手下的一个小妖，叫有来有去。原文写道，"（孙悟空）转山坡，迎着小妖，打个起手道：'长官，那里去？送的是甚么公文？'那妖物就像认得他的一般，住了锣槌，笑嘻嘻的还礼道：'我大王差我到朱紫国下战书的。'"

有意思，赛太岁是一个妖王，他要去打朱紫国居然还让小妖去给国王下战书。有来有去还说了："这一去，那国王不战则可，战必不利。我大王使烟火飞沙，那国王君臣百姓，莫想一个得活。那时我等占了他的城池，大王称帝，我等称臣，虽然也有个大小官爵，只是天理难容也！"

一方敢给另一方下战书意味着什么呢？意味着人家有绝对的实力，有必胜的把握，不屑于搞偷袭，我就是要告诉你：我要打你了。这个赛太岁给朱紫国王下战书的桥段很有意思，通过这个桥段我们认为：当年人龙之战，龙族军团反扑时期也一定给人类军团下过战书。

设想在某天深夜，随着一阵寒风袭来，一条龙突然落到人族长老团的大营外围。人族士兵立马将这条龙团团围住，只见这龙威风凛凛，众人无不胆寒。突然，他开口了，只说了一句话："让你们的头儿出来见我！"这条龙发出的声音振聋发聩，哪需要士兵去通报，长老们早就听到了，纷纷走出大营前来查看。这条龙看到伏羲、女娲、燧人毫不示弱地站在他面前，再次发问道："你们就是这儿的头吗？"燧人脾气火暴，高声喝道："我是，你这畜生，来这干什么？"

只见这条龙长啸一声，尾巴一扫，卷起一阵烟尘，大口一张，顺势咬住一名士兵飞腾而去。他速度极快，等众人回过神来，地上只留下一摊血迹，还有一封信。士兵把信件拿到长老们面前，打开一看，原来是一封战书。来下战书的不是祖龙就是龙生龙。

有龙来下战书，就会有龙来和谈。很快有一条龙也来到了军营外围，士兵感觉通报长老："又有一条龙来了！"长老们心理纳闷："下战书，还要来两次吗？太猖狂了！"燧人抡起大斧："今天我定要砍下他的龙头祭旗！"说罢，长老们便再次走出大营。可这次来的龙和之前的大大不同，他浑身颜色暗淡，长相怪异，完全没有刚才那条龙的气场，他就是敖家小妹。

长话短说，敖家小妹代表龙尿龙利益而来寻求合作。他把龙族军团里的情况都告诉给了三位长老，包括龙族的诞生历史、龙族的等级划分、龙族的管理模式，并提出了龙尿龙与人类军团合作的请求。他们不想再成为被压迫的对象，不想再做所谓上古龙的奴仆。

对人类军团来说，敖家小妹提供的情报太可贵了。长老们左右思量，认为这些情报不可能有假，于是便答应了敖家的请求，并且当场定下了初步的方针，那就是：共进退，诛真龙。

不用说，双方都需要这场合作，因为这关系到双方的生死存亡。但是如此重大的合作，也不是双方随便说说就能达成的，双方一直认为：必须要交换人质以表合作的诚意。那么双方又会派遣何人来当人质呢？

7.蛇身女娲：女娲为什么会变成一只妖怪？

话说在春秋战国时期，两个国家为了彼此信任，经常要交换人质做担保。著名的人质就有：齐桓公小白、秦始皇的爹庄襄王异人、齐国的孟尝君、刺杀秦始皇的燕太子丹等。他们为什么那么出名呢？因为他们都活了下来，都把自己的故事说了出去。如果死了，很可能就没人知道了。

人质是一个非常危险的工作，一方违约，另一方很可能当时就要宰人。但古时候的人质也不是人人都能干的，必须有地位、有身份、有价值。古时候不像现在那么讲人权主义，随便抓个平民、抓个路人就能当人质。记得有篇课文叫《触龙说赵太后》，大概故事是说：赵氏求救于齐国，齐国要长安君为人质。而长安君又是赵太后最疼爱的小儿子，她舍不得送。最后，大臣触龙机智劝说，这才把长安君顺利送出当人质。

而《西游记》里也有两起关于"人质"的案例：

（1）《西游记》第31回，取经宝象国一站，当时沙和尚被奎木狼抓了，孙悟空就挟持了奎木狼和百花羞的两个孩子，逼迫百花羞释放沙和尚。由于当时交换人质时奎木狼不在家，被孙悟空钻了空子，沙和尚被百花羞释放后，孙悟空并没有释放奎木狼的两个孩子，而是让猪八戒和沙和尚把他们给摔死了。

（2）《西游记》第73回，取经黄花观一站，当时唐僧师徒除孙悟空外都被蜈蚣精毒倒了，还被困在黄花观中。孙悟空抓了蜈蚣精的师妹七只蜘蛛精要挟蜈蚣精放人。蜈蚣精不放，孙悟空便撕票了，当场打死了七只蜘蛛精（请勿代入影视剧的改编剧情）。

基于以上这些原文情节背景，我们在人龙合作中也引入了"人质"的桥段。那么人类军团和要背叛龙族军团的龙尿龙敖家，双方会交换怎样的人质呢？

先说敖家会派谁？敖家一共有五个重要成员：敖广、敖钦、敖闰、敖顺，还有他们的妹妹（敖家小妹）。此次前来详谈合作的密使是敖家小妹，而适合作为人质的也是敖家小妹。敖家兄弟也是有算计的，他们知道人类长老一定会答应他们的请求，送妹妹当人质一举两得：

（1）敖家兄弟有四人，但妹妹却只有一个，让敖家小妹留下才最显诚意。

（2）敖家小妹留下做人质也就意味着不用上战场，这也变相地保护了他。

那么人类这一边呢？盘古是人类绝对的领袖，况且还在闭关研究五行之法和长生之道，他不能去；伏羲已经确定了要上战场，利用八卦阵诱敌深入，他也不能去；燧人的脾气暴躁，遇到紧急情况根本无法做到急中生智、随机应变，他也不能去。所以人质这个担子就落在了女娲的身上。

俗话说：时势造英雄。但英雄其实也是时势所迫，英雄总要担负更大的风险。为了人类的生死存亡，无论大家内心多么不情愿，也只有如此。双方在秘密交换人质之后，女娲就要到龙族军团当中去了。那么新的问题就来了：女娲要如何隐匿自己才不会被其他龙发现呢？

一方面，人身上有人味，人味对于龙来说就是食物的香味，所以要掩盖气味。

另一方面，龙族军团内部有制度，每天都要清点数量，女娲刚好可以假扮敖家小妹。

趁着夜黑风高之际，看守化龙池的龙生龙睡去。敖家兄弟带着女娲来到了化龙池边上，一股强烈的尿臊味迎面扑来。女娲纵身一跃进入化龙池，大口喝了几口龙尿。一阵腹痛干呕过后，女娲变成了一只龙尿龙，身上的人味也没有了。

在我们中国历史的上古传说中，女娲是什么样子？人首蛇身。那么龙的身体又是什么样子？也是蛇身。所以我们才有了"女娲曾经跳入化龙池"这样的脑洞，这既符合中国历史上古神话的描述，也符合《西游记》化龙池的设定。

但有一个问题：跳入化龙池是整个人变成了龙，而中国历史上古神话的女娲却还保留着"人首"，这点又作何解释呢？

首先，西游世界确实存在女娲，但却未对女娲的样子有任何的描述。

其次，女娲是人类的上古大神，如果没有了"人首"，那么她何以向后人证明她是一个人，而不是一只妖兽呢？也许当年女娲确实已经化成了龙，但后世流传也要保留她的"人首"，一是为了证明她是人，二是为了告诉世人她是女娲。只有看清了脸，女娲才是独一无二的人，而不是妖。

最后，我们从《西游记》原文中的另一个角度来解释这个问题。《西游记》第67回，取经陀罗庄一站，里面有一只很奇怪的妖怪，他的实力不弱，但没有办法修炼出人形，他就是蟒蛇精。孙悟空给出的答案是："但这怪物还不会说话，想是还未归人道，阴气还重。"要知道取经时期的西游世界，很多小妖怪都修炼了人形。而像这种能同时和孙悟空、猪八戒交手的大妖精却修炼不出人形，是不是很奇怪呢？

当然，除了蟒蛇精，还有通天河的老鼋，以及观音落伽山的那只驮瓶恶龟……他们都没有修炼出人形。上古时期的妖兽是没有修炼人形的必要，但在人类主宰西游世界后，妖兽们修炼人形可以说就成了刚需。

那么所谓的"人形"到底是一个怎样的概念呢？《西游记》第74回，取经狮驼岭一站，太白金星变作老头儿去给取经团队报信，他是这样评价孙悟空和猪八戒的长相的："为先的那和尚丑便丑，还有三分人相；这个和尚，怎么这等个碓梃嘴，蒲扇耳朵，铁片脸，鬃毛颈项，一分人气儿也没有了！"

太白金星说孙悟空有三分人相，猪八戒一分人相都没有。但你看有些妖怪的长相，就比如白面狐狸精，也就是比丘国王的美后，原文说她"貌若观音"，看起来就跟十八岁的小姑娘一样，人家就半分妖精相都没有，完全是人相，她修炼的人形就是满分。

再后来，西游世界出现了变化之法，从变化之法的角度来看，修炼人形就更简单了。《西游记》第6回，二郎神与孙悟空斗法，此时二郎神在追赶孙悟空，"那大圣趁着机会，滚下山崖，伏在那里又变，变了一座土地庙儿：大张着口，似个庙门；牙齿变做门扇，舌头变做菩萨，眼睛变做窗棂。只有尾巴不好收拾，竖在后面，变做一根旗竿"。

变化之法要求的是身体中的每一个部位都要作出相应的变化，而修炼人形也是身体的每一个部分要转化成人形。唯一不同的是：变化之法是暂时的，迟早会露馅儿；修炼人形是永久的，只要不被打死就不会现出原形。妖兽修炼人形的过程也是循序渐进的，并不是我们想象中的全是美女帅哥，他们很可能是在成为帅哥美女的路上。人形本来就是从零开始慢慢形成的。

所以从这个角度再来回答女娲"人首蛇身"的问题，就更简单了。在人龙之战的某个西游历史时期，曾经变成龙的女娲在努力恢复人形。可遗憾的是，直到女娲死去，她依旧没有修炼出完整的人形来，所以她展示给世人的形象永远停留在了人首蛇身。

8.困龙阵：伏羲为何会死在自己的八卦阵中？

与龙尿龙的合作一切准备就绪后，人类对真龙的大战终于要开打了，伏羲带着人族有史以来最强大的战士上路了，这10万人是人类军团最勇敢杰出的战士，最无惧死亡的英雄。

伏羲的军队在龙族军团的必经之路上，摆开阵容，等候龙族军团的到来。远处的黄沙滚滚而来，遮天蔽日，而狡猾的龙族军团就隐匿其中。双方没有任何对话，一场交锋，鬼哭狼嚎，没有人知道刚刚发生了什么。风沙散去，地上只剩一具具人类的尸体。而每隔不远处，就会看到一条龙，浑身鲜血，死相狰狞。

第一次交锋，伏羲就失去了一半的战士，而龙族军团也尝到了死亡的滋味，没有生灵不畏死亡。祖龙首领愤怒了，他发誓一定要让伏羲血债血偿。当他下令发起第二次冲锋的时候，伏羲的军队却消失不见了，战场上除了尸体别无所有。

祖龙首领认定，这一定是人类军团的主力，只要歼灭了他们，就会获得了胜利。一场龙族军团对伏羲的追逐开始了。双方在旷野，在深林中，又经过数次交手，结局都是以人类主力军撤退而告终。就这么，伏羲一步一步把龙族军团带进了早已准备好的陷阱中。那么这个时候的敖家兄弟在做什么呢？

他们在向祖龙首领汇报："在后方发现一支人类军团，请求分兵断后。"祖龙首领没有怀疑，毕竟龙尿龙冲锋陷阵了那么久，而且胜利也近在咫尺，所以也就答应了敖家的请求。当然，为了保险起见，祖龙首领并派了两条龙生龙带领这支龙尿龙部队断后。

现在，龙族军团已经被伏羲诱敌深入，而在龙族军团的背后是燧人的军队，他们绕后就是为了让龙族军团分兵。祖龙首领果然上当，他们很快便追逐伏羲赶到了压龙盆地，伏羲早就做好了准备，这里就是决战之地。如今伏羲的这支军队还剩下两万人不到，只见将士们念起八卦口诀，压龙盆地四周升起了一道透明的屏障，这便是特地为龙族军团准备的八卦阵。

从进入压龙盆地那一刻开始，就注定着龙族军团的失败。现在的局势是：龙族军团已深陷八卦阵中，四周升起一道透明屏障挡住了他们的冲锋道路。祖龙首领终于知道，人类原来要关门打狗，以命换命。

为了围困住龙族军团，人类根本就没有预留伏羲的退路。伏羲的军队也在逐渐消耗殆尽，随着最后一名军士的倒下，伏羲彻底孤立无援，也耗尽了最后一丝力气。他的八卦阵困住了龙族军团，也困住了自己。就在祖龙首领冲向伏羲，准备把伏羲吃掉的那一刹那，伏羲挥剑自刎。

伏羲和他的军队虽然只是一支诱敌深入的军队，但也是人类军团里最强的一支。为了杀掉伏羲，龙族军团也有不小的损失。在龙族军团与伏羲军队厮杀的过程中，八卦阵外的人类军团早已经做好了一切的准备，那么等待龙族军团的命运会是什么？

9. 祖龙撞天：与人类玉石俱焚！

此时两军：龙族军团已经被燧人围困在压龙盆地内，四周已经没有了冲锋的突破口，他们已经是瓮中之鳖；龙尿龙敖家并没有进入压龙盆地，随着龙族军团中计，人类释放了敖家小妹，而女娲也已经回到军队当中，现在她正伫立于屏障后方的某一处。

首先，燧人下令：堵住八卦阵中所有生门，若有任何一条龙胆敢逃出，当场乱刀分尸。其次，女娲下令：伫立在四周高处的士兵砸下巨石，用乱石活埋整个龙族军团。

随着一块块巨石落下，龙族军团大势已去，一条条龙被埋于巨石之下。祖龙首领选择最后一搏，他冲向天空。他想干什么？他要撞天！他要毁天灭地。西游世界的天，坚硬无比，但面对祖龙首领同样坚硬的龙角，以及极致的速度，天还是破了一个口子。

祖龙撞天，您也许会觉得不可思议，西游世界怎么会发生这样的事呢？我们不妨回到《西游记》原文寻找一下线索，看看这样的设定是否有依据。《西游记》第35回，银角介绍紫金红葫芦的来历："我这葫芦是混沌初分，天开地辟，有一位太上老祖，解化女娲之名，炼石补天，普救阎浮世界……"这一段话在后面我们会反复引用，因为它里面隐藏的秘密实在太多了，其中有一个关键词：补天。为什么要补天呢？因为天破了呗！如果天破了不补，那会怎样？天就会塌下来。

《西游记》第65回，取经团队在讨论天柱的问题，孙悟空就这样说过，"你不知：自古'天不满西北'。昆仑山在西北乾位上，故有顶天塞空之意，遂名天柱"。自古"天不满西北"，说明以前西游世界的天是不满的，也就是残缺的。那么这个"自古"是从什么时候开始的呢？那肯定是在补天以前。

那现在呢？现在天已经满了，因为西北方向的这个天窟窿，已经被昆仑山给堵住了，当然了，这是孙悟空的说法。那么昆仑山头顶上的窟窿真的被堵住了吗？无论怎么样，我们至少可以确定一点：西游世界有这么一个历史时期，天破了，甚至是塌了。

西游世界的天到底是什么？天为什么那么硬呢？我们之前讲过西游世界的天空有日月星辰，却没有仔细讲过西游世界的天的层级。

第一，吴承恩对西游世界天进行了划分：在西游世界，天是分层的，每一层是一重天，一共三十六重天。直到取经时期，我们看到的西游世界，玉帝的灵霄宝殿在第九重大罗天。住的最高的是老君，他的兜率宫在第三十三重离恨天。兜率宫往上再无人居住，所以兜率宫也叫无上天宫。

第二，我们再来说一说天的边际。当然了，天的边际这个词是我们自己起的。放到西游世界里，天的边际上就是第三十六重天。三十六重天内都属于西游世界，如果突破了第三十六重天也就去到了天外天，那里处于混沌状态，无尽的黑暗与虚无。所以第三十六重天一直承担着保护西游世界的作用。它就像鸡蛋的坚硬外壳，保护着发育的胚胎。

解决了这两个问题还有最后一个，何以见得是龙这种妖兽撞破了天呢？就不能是别的妖兽吗？或者是人捅破了天不行吗？又或者是天自己破的呢？

第一，天是不会自己破的，如果天自己会破，那么后来人们还敢在上面建立天庭吗？第二，也不会是人捅破了天。姑且不论人有没有这种能力，那人捅破天的动机是什么呢？从万物之战到人龙之战，都是人与妖兽的矛盾，还没有出现人与人的矛盾。所以通过排除法就能知道：西游世界的天破了必定是妖兽所为，妖兽撞破天，人去补天，这才合情合理。

我们之所以设定是龙撞破了天也是有依据的。《西游记》第65回，取经小西天一站，孙悟空被黄眉怪用金铙困住，原文道，"燥得满身流汗，左拱右撞，不能得出。急得他使铁棒乱打，莫想得动分毫。……他又把铁棒吹口仙气，叫：'变！'即变做幡竿一样，撑住金铙。他却把脑后毫毛，选长的拔下两根，叫'变！'即变做梅花头五瓣钻儿，挨着棒下，钻有千百下，只钻得苍苍响亮，再不钻动一些"。

金铙是弥勒的法器，坚硬无比，孙悟空的铜头铁脑和金箍棒根本没有办法突破。那么是谁帮助孙悟空脱离困境的呢？——亢金龙。"这星宿把身变小了，那角尖儿就似个针尖一样，顺着铙合缝口上，伸将进去，可怜用尽千斤之力，方能穿透里面。"

亢金龙是人龙之战时期投降于人类的一条龙生龙，所以他在后来的西游世界被天庭收编，纳入二十八宿中。他的龙角硬过孙悟空的铜头铁脑，也硬过孙悟空的金箍棒，甚至硬过弥勒的法器金铙。纵观整部《西游记》，亢金龙角是五行之物中最坚硬的，这正是祖龙撞天最好的理论依据!

人龙之战的影响

1.天塌了: 为什么西游世界自古"天不满西北"?

祖龙撞天之人龙之战给人类造成的最大的影响——天破了,那肯定就要补天,有关补天的记载,在很多古代典籍里都有,所以我们就不类比展开了。补天这事件在《西游记》原文里还是有很多线索的,这些线索足够我们还原出当时补天的场景。

首先,我们要了解,西游世界的天破了不补,会有什么后果呢?当然是天塌了。那是怎么塌的呢?《西游记》第1回,吴承恩设定天的来历:"轻清上腾,有日,有月,有星,有辰,日、月、星、辰,谓之四象,故曰,天开于子。"

"轻清上腾则有天,重浊下凝则有地。"天来源于西游世界子时的一股清气。西游世界就像个气球,里面的气分为浊气和清气。平时清气是上升的,气球如果漏气了,就会不断干瘪。祖龙撞天就相当于把气球扎了一个洞,如果不补,西游世界就会不断萎缩。

其次,天破成了什么样子?是破了一个小口子,还是破到了塌陷?只有了解天破损的程度,才能最大还原补天的过程。还是要引用孙悟空说的那句"自古'天不满西北'"。这句话除了能说明天曾经破过之外,还说明天是斜着的。因为天柱山(花果山)在东方(东胜神洲)撑着,所以天只好向西边塌陷。西游世界的天破到了塌陷的程度,只有塌陷了才会有一个倾斜的角度。

可明明只是撞了一个口子,为什么就会导致天塌陷下来呢?刚才我们讨论清气的问题时,把西游世界比作一个气球。但如果我们要讨论坚硬无比但又被撞破的第三十六重天,那就得把西游世界比作一个鸡蛋。我们煮熟鸡蛋，然后试着去敲击鸡蛋壳。如果我们用的力气很小，也许鸡蛋只会开一个小口子。可当我们大力敲击时，鸡蛋很可能会裂出一条缝甚至是几条缝。

祖龙撞天要与人类同归于尽，他是用怎样的力气撞上去的呢？我们认为：由于祖龙的猛烈撞击，天的破损从压龙山头顶上开始，然后分别向东西两边延伸，最后形成了一条超长的裂缝。那么这条裂缝有多长？向东延伸至东胜神洲的天柱山，也就是后来的花果山，向西延伸至西牛贺洲的昆仑山。天破损造成的裂缝很长，横跨两个洲（当时还没有分洲）。

您肯定又会问了，为什么是这两座山？因为西游世界一东一西刚好有两根天柱，一个是天柱山，一个是昆仑山。裂缝向东延伸，东的尽头就是天柱山。裂缝向西延伸，孙悟空一句"自古'天不满西北'"也暴露了天只塌到了西北方向上的昆仑山。

2.寻找补天石：什么样的石头能补天？

上回我们了解到了天塌的程度，这回我们要说说补天的事了。那么用什么材料补天？您看标题就知道：选用石头，也就是补天石。那为什么石头可以补天呢？它不会掉下来吗？在回答这个问题之前，我们要先搞清楚这个问题：日月星辰为什么可以飞呢？日月星辰的本质是什么？是一种石头。那日月星辰与普通的石头有什么区别？日月星辰可以飞，普通石头只能安静地待着。

您注意我们的措辞，我们用的是"飞"而不是"悬浮"。西游世界的日月星辰不是悬浮空中的，而是绕着大地在转的，这点我们之前就说过，所以我们才说可以"飞"的石头。当然，补天石的本质也应当如此。

那为什么这些石头可以飞呢？《西游记》第1回，原文说得很清楚:"轻清上腾,有日,有月,有星,有辰。"这些石头可以飞,靠的就是轻清,是清气把这些石头托了起来。那轻清是什么?轻清也就是我们之前说的清气。为了更好地描述,我们打一个比方:清气就像化学中说的氢气,在气球里装满氢气,气球就可以飞起来。从这个角度来说,我们制作补天石的基本方法论就有了:把石头装满轻清之气,石头也可以飞起来了。所以现在的问题就变成了:要去哪里找这种可以注入清气的石头?

人龙之战结束后,盘古也该出关了。因为伏羲死了,盘古再不出关,人类就没有五行仙术的专家了。盘古一出关,便又踏上了寻找补天石的旅程。就像爱迪生制造电灯泡,试用了几千种材料才找到合适的钨丝一样,盘古为了寻找合适的石头,也是费尽了心机。直到他发现了一种土——交合之土。什么是交合之土呢?《西游记》第1回,吴承恩设定道,"历曰:'天气下降,地气上升;天地交合,群物皆生。'"

万物生灵是天地交合所生,也就是天柱山与天相接的地方交合所生。但并不是天柱山所有与天交合的部分都产生了万物生灵,其中那些没有变成生灵的土壤,就是交合之土,而这种土壤正是盘古苦苦寻找的。

也许您就会问了:明明是要找石头,为什么最后找到的却是土壤呢?水、火、山、石、土是构成早期西游世界的基本元素。那么其中的"山""石""土"是什么关系?它们之间可以互相转化吗?

先说"石"与"山"的关系,石体形较小,山体形巨大。石头与山体的区别就是体形不同,把石头垒起来就形成了山体。

再说"土"与"石"的关系,土质地松软,石质地坚硬。土壤与石头的区别就是质地不同,如果土壤变硬了,不就成了石头吗？那用什么方法使土壤变硬呢？——煅烧。

盘古要做的就是找到交合之土，这种土壤本就饱含清气，但同时也含有浊气。通过煅烧的方式，一来使土壤转化成石头；二来驱逐浊气，只保留清气。这样补天石就锻造出来了。盘古找了很久，但万万没想到交合之土就在天柱山上。真是踏破铁鞋无觅处，得来全不费功夫。

当然，补天石飞行的理论基础也是后来神仙妖怪学习腾云驾雾的理论基础。人只要在地上，浊气就无处不在，修炼飞行需要修行者获取更多的清气在体内。当需要飞行时吐出浊气，便能实现腾云驾雾，具体这里就不细细展开了。

3.八卦炉诞生：孙悟空出生的那块石头是怎么来的？

《西游记》里，老君的八卦炉，出产了很多西游的神兵、法宝、金丹。老君有这么好的一个宝贝，肯定羡煞很多神仙。那他的八卦炉是怎么来的？西游世界只有这一个八卦炉吗？八卦炉最开始是用来干什么的？老君是什么时候闪亮登场的？

盘古现在找到了交合之土，下一步就是要把交合之土炼成补天石了。炼制补天石需要一个装土的容器，当然这也是装火的器具，也就是一个炉子。那么要一个什么样的炉子呢？

西游世界，自从人类诞生之日起，就有了火，有火就需要炉子。一直以来，我们总是称颂火的伟大，对炉子的重视却远远不够。正所谓水火无情，火有多大的好处，就能有多大的坏处。所以，火必须在炉子里才能更好地为人所用，炉子就是人类给火设计的规则。

对人类来说，控制火的能力比拥有火更加重要，炉子本身就是一项伟大的发明。而盘古炼补天石的炉子就更非比寻常了：它必须能够保留清气，排出浊气。盘古给这种特殊的炉子命名为八卦炉。

前文交代过，八卦是伏羲所创。为了围困龙族，摆下八卦阵，自己死于阵中。他虽然死了，但是对八卦的研究却传了下来。盘古以八卦命名，就是为了纪念伏羲。根据八卦，盘古制造了西游世界第一个八卦炉。在八卦炉内，通过八卦的运作，逆转五行，将交合之土中的浊气排出，最终炼出补天石。

八卦炉问世后，要安放在哪里呢？安放八卦炉的位置也是很有讲究的，最重要的考量有两条：一是取材方便；二是离天近。这样说来，毫无疑问应安放在天柱山，一来交合之土就在天柱山；二来天柱山接天，离天最近。

盘古曾经把炼石补天的八卦炉安置在天柱山，这点原文也是有迹可循的，答案就在孙悟空出生的那块石头上。《西游记》第1回，原文是这样描述这块石头的："那座山正当顶上，有一块仙石。其石有三丈六尺五寸高，有二丈四尺围圆。三丈六尺五寸高，按周天三百六十五度；二丈四尺围圆，按政历二十四气。上有九窍八孔，按九宫八卦。"

这块石头高11米、宽2米，上面还有九窍八孔，按九宫八卦，这妥妥的是一个八卦炉呀！那为什么原文说它是一块石头呢？从炼石补天到孙悟空出生，那么多年过去了，这个八卦炉在花果山顶风吹日晒，炉子早被侵蚀成了石头的模样。孙悟空就是从这么一个废弃的八卦炉里出生的。

千万年以后，老君继承了盘古和伏羲对八卦的研究，再造八卦炉重新升级其功能，所以后面八卦炉才可以打造法宝、锻造神兵、炼制金丹。西游世界只补过一次天，老君如果不升级改造八卦炉，那八卦炉之后就是一个废炉。

盘古炼石补天结束后，这个炉子由于没有得到升级改造，因此就废弃在了天柱山上。后来，有人废物利用，把它变废为宝当作孕育孙悟空的"子宫"。说到这里，您觉得老君与盘古会是什么关系？老君一定是炼石补天时期的人物，并且和盘古的关系匪浅。

民间神话是女娲炼石补天，《西游记》则是老祖也就是盘古炼石补天，其实二者是非常相似的：（1）女娲在通天的天台山上补天，盘古在天柱山上补天；（2）女娲用的补天五色石是天台山上的土，盘古用的补天石是天柱山上的交合之土；（3）女娲有巨炉，盘古有八卦炉。女娲炼石用的是太阳神火，那么盘古炼石用的是什么火呢？

4.燧人焚身：一种需要燃烧自己肉身和精血的神火

炉子的问题解决了，下一步就是解决火的问题了。《西游记》原文多次提到燧人钻木。我们猜测：燧人就是凭借火的发明入选人类长老。也许您会说，不是说早期的西游世界是由"水火山石土"构成的吗，为什么还说是燧人发明了火呢？

天柱山自有生灵诞生，就已经不是一片火海了。火在地表上燃烧，那是天柱山以外的世界。火对人类生存发展那么重要，所以才有了燧人钻木取火。燧人对火有很深的研究，正是他建立了西游世界完整的火的分类，对火系法术的发展有着不可替代的作用。那么西游世界的火究竟分为几种呢？

《西游记》第35回，取经平顶山一站，金角使用芭蕉扇扇火，原文写道："那火不是天上火，不是炉中火，也不是山头火，也不是灶底火，乃是五行中自然取出的一点灵光火。"从这里可以看出，火可以分为天上火、炉中火、山头火、灶底火、灵光火。

《西游记》第41回，取经号山一站，原文在描述红孩儿三昧真火时又提到了一种分类方法：

这火不是燧人钻木，又不是老子炮丹。
非天火，非野火，乃是妖魔修炼成真三昧火。

这里提到了五种火：燧人钻木、老子炮丹、天火、野火、三昧火。那么这两种分类是否可以一一对应呢？天火对应天上火；天上火又可以分为两种：太阳真火和星星之火；老子炮丹也就是老君炼丹的火，这对应炉中火。燧人钻木可以对应灶底火。

《西游记》第17回，取经观音院一站，孙悟空对黑熊精自我介绍："送在老君炉里炼，六丁神火慢煎熬。"那老子炮丹和烧孙悟空用的火，是同一种火吗？

《西游记》第7回，孙悟空被天庭抓获，但他有金刚之躯，刀枪不入，老君对玉帝说道："不若与老道领去，放在八卦炉中，以文武火煅炼。炼出我的丹来，他身自为灰烬矣。"老君煅烧孙悟空的目的是炼丹，所以老子炮丹、文武火都是一种火——六丁神火，属于炉中火。

《西游记》第16回，取经观音院一站，孙悟空火烧观音院，原文道："燥干柴烧烈火性，说甚么燧人钻木"。燧人钻的木也可以说是柴火，燧人发明了灶底火，满足了人族的基本生活。而野火对应山头火，也就是天然火灾。

那么三昧真火可以对应灵光火吗？《西游记》第41回，原文介绍红孩儿的三昧真火：

五辆车儿合五行，五行生化火煎成。
肝木能生心火旺，心火致令脾土平。

脾土生金金化水，水能生木彻通灵。

灵光火来自五行，而红孩儿的三昧真火，《西游记》原文说，来自五行。至此，我们做一个总结，西游世界一共存在5种火：

（1）天上火：太阳真火、星星之火

（2）炉中火：六丁神火

（3）山头火：野火

（4）灶底火：柴火

（5）灵光火：三昧真火

其中山头火、灶底火是凡火，而天上火、炉中火、灵光火都不是凡火，要想弄到这三种火，就得有一定的仙术修行造诣。那么上面这5种火，究竟哪一种火才可以炼出补天石呢？答案就是三昧真火。为什么我们认为是三昧真火呢？因为原文描述红孩儿三昧真火时的一句话："生生化化皆因火，火遍长空万物荣。"

俗话说，水火无情，火可以将一切化为灰烬，也可以将一切重铸。"浴火重生"和"刀耕火种"这两个词，都是说被火毁灭后孕育新生。所以"火遍长空万物荣"这句话就更有深意了：如果整个天空都着火了，万物不但不会毁灭，反而还会更加繁荣。用描述三昧真火的场景，来形容炼石补天，是不是很贴切呢？

那当时要去哪里找三昧真火呢？三昧真火是红孩儿的独门绝技，我们看看红孩儿是怎么放出三昧真火的。《西游记》第41回，且看红孩儿的放火过程："只见妖精一只手举着火尖枪，站在那中间一辆小车儿上，一只手捏着拳头，往自家鼻子上捣了两拳。……那妖魔捣了两拳，念个咒语，口里喷出火来，鼻子里浓烟迸出，闸闸眼，火焰齐生。那五辆车子上，火光涌出。连喷了几口，只见那红焰焰大火烧空，把一座火云洞，被那烟火迷漫，真个是燀天炽地。"

红孩儿先是从嘴里喷火，然后点燃了五行车。红孩儿直接用火烧孙悟空不好吗，为什么非要借助五行车呢？这也太麻烦了吧！只有一个解释：红孩儿喷出来的是火种，必须借助五行车来放大火势。

既然是火种，那就说明喷得不多，那红孩儿为什么只能喷出火种呢？红孩儿喷火之前，要一只手"捏"着拳头，往自家鼻子上"捶"两拳。注意，原文用词是"捏"和"捶"，怎么看这个力气都不小，连猪八戒都看出来了，笑道："这厮放赖不羞！你好道捶破鼻子，淌出些血来，搽红了脸，往那里告我们去耶？"所以，释放三昧真火是一件很伤身体的事情。三昧真火源自五行中的灵光火，烧的是使用者自己的五行，也就是自己的肉身和精血。

大家还记得红孩儿长什么样吗？在影视剧里，红孩儿是个小孩模样，其实在《西游记》原著里，他就是个婴儿模样。红孩儿出场时，个子小到连盔甲都穿不上，只能在腰间束一条锦绣战裙。孙悟空背着红孩儿更是调侃道："你怎么不满四斤重么？"红孩儿号称"圣婴大王"，就是因为他是个婴儿模样。

那么红孩儿有多少岁呢？原文没说，只说他三昧真火练了300年，所以红孩儿至少300岁了。300岁还是个婴儿模样，为什么呢？因为红孩儿修炼三昧真火，一直在消耗自己的肉身和精血。他不是没有长大，只是消耗过度了，年龄在长但身体停滞了。

回到我们的主线，盘古要在天柱山顶炼补天石，燧人肯定将各种火源都试过了，最终发现唯有最纯洁的三昧真火可以烧制补天石。而当时整个部族，只有他掌握了三昧真火的炼就之法。这意味着燧人必须以自己为燃料，跳入八卦炉中，用三昧真火点燃八卦炉。这又是一场离别，盘古看着自己昔日的战友，却无能为力。

什么是英雄呢？英雄者，有凌云之壮志，气吞山河之势。腹纳九州之量，包藏四海之胸襟！肩扛正义，救黎民于水火，解百姓于倒悬。英雄心中是没有自己的，只有他人，这叫侠骨柔肠。燧人在我们的构想中，有像火一样的性格，暴躁而执着，却永远在为他人燃烧自己。他看到了伏羲的死，也踏上了跟伏羲一样的路。英雄不是莽夫，他们很聪明，他们从头到尾都知道自己要面对什么。他们知道死，知道痛苦，知道代价，但是仍然选择牺牲，这就是"向死而生"。

5. 老君撑天：金箍棒最早是用来干什么的？

现在石头有了，炉子有了，火有了，盘古是不是就开始补天了呢？当然不是！有了这些只能说是万事俱备，只欠东风。补天还需要最后一件东西——撑天柱。为什么需要一根撑天柱呢？

首先，祖龙撞天造成的后果不是天破了一个洞，而是天裂了一条缝，并且伴随着坍塌。这条缝从地界上来讲，横跨东胜神洲和西牛贺洲两大洲。补天不是今天补了，明天就能补好，那么简单的一件事。它将是未来很长一段时间盘古的常态化工程。如果盘古从花果山开始补天，那么就需要有一个人在昆仑山给他撑住天。

其次，天不是完全塌好了在那里让盘古来补，天塌也是一个动态的过程。如果没有人帮盘古撑天，这边补好了，那边又塌了，补了等于没补。

既然要撑天，就要找到一根撑天柱。如果找不到，那就得造出来。那么这根撑天柱在哪儿呢？《西游记》第35回，我们又要引用银角这段话了："我这葫芦是混沌初分，天开地辟，有一位太上老祖，解化女娲之名，炼石补天，普救阎浮世界；补到乾宫夬地，见一座昆仑山脚下，有一缕仙藤，上结着这个紫金红葫芦，却便是老君留下到如今者。"

先回答一个比较急切的问题：我们一直在说盘古补天，可这里银角说的是太上老祖补天。那么何以见得这个老祖就是盘古呢？其实我们用的是排除法。

首先，这个老祖被怀疑最多的对象就是老君本人，但银角这样的表述很明显不是。他在称呼老祖时说的是"有一位"，说明银角不认识这位老祖，他是听人说的。听谁说的呢？——老君。紫金红葫芦是老君给他的，他当然是听老君说的了。

其次，西游世界里开天辟地的上古神只有四位：盘古、伏羲、女娲、燧人。他能解化女娲之名，说明此人不是女娲，且地位比女娲高。而且他被称"太上"，也就是当时没人比他地位高，那就只有盘古了。

那为什么这里要称盘古为太上老祖呢？我们推测：这是为了纪念盘古炼石补天的丰功伟绩，人们特地给他的称号。

《西游记》第65回，我们还得再次引用孙悟空的话："自古'天不满西北'。昆仑山在西北乾位上，故有顶天塞空之意，遂名天柱。"这里我们就得咬文嚼字了，"故有顶天塞空之意"，就是说昆仑山有顶住天的意思，但是还差点意思。昆仑山并不像天柱山那样完全顶住天，它还差一点。那么它差哪一点儿呢？

《西游记》第6回，二郎神与孙悟空斗经三百余回合，不知胜负："（孙悟空）举一条如意金箍棒，却就如昆仑顶上的擎天之柱。"

原来，以前昆仑山上有一根擎天之柱撑着天，现在没有了，所以才差了这么一点。原文说，孙悟空的这根金箍棒很像当年昆仑山上的那根撑天柱，那么金箍棒会不会就是那根撑天柱呢？

金箍棒的特性我们都知道的，只要孙悟空念动口诀，它便可长可短。《西游记》第3回，孙悟空从东海龙宫拿到金箍棒回到花果山，便开始向小猴子们卖弄起来，原文说道："手中那棒，上抵三十三天，下至十八层地狱，把一些虎豹狼虫，满山群怪，七十二洞妖王，都唬得磕头礼拜，战兢兢魄散魂飞。"

金箍棒真的非常适合撑天，而且它还是全书唯一的撑天柱候选者。而且在《西游记》第67回，金箍棒能撑天更是得到了使用者孙悟空本人的认证："不是老孙海口，只这条棒子攒在手里，就是塌下天来，也撑得住！"总之，原著中各种细节都在暗示我们：金箍棒就是曾经昆仑山上的撑天柱，只不过后来被禹王拿走了，又经过各种机缘，变成了现在孙悟空手中的如意金箍棒。

那么金箍棒是怎么来的？是谁用它在昆仑山撑天的呢？《西游记》第75回，孙悟空介绍金箍棒说："棒是九转镔铁炼，老君亲手炉中煅。"原来金箍棒是老君打造的，所以我们推测当年在昆仑山上，举着金箍棒撑天的人就是老君。

打造金箍棒撑天的难度，不比盘古炼石补天小。盘古炼石需要一个八卦炉，而老君打造金箍棒同样也需要一个八卦炉，而且配置还要在盘古的八卦炉之上。自从伏羲死后，老君平时钻研伏羲八卦的功夫可不比盘古少，所以才能担此重任。老君在西游世界是什么样的存在呢？这就要说说老君的三大爱好了。

老君第一大爱好：炼丹炼药

《西游记》第39回，取经乌鸡国一站，孙悟空来找老君："只见那太上老君正坐在那丹房中，与众仙童执芭蕉扇搧火炼丹哩。"炼丹是老君的日常，他无时无刻不在琢磨着炼丹。就连孙悟空他都要将其炼成金丹，可见他对炼丹的疯狂和执迷。那么老君都炼过什么丹呢？

（1）九转金丹

《西游记》第5回，老君朝礼毕，道："老道宫中，炼了些'九转金丹'，伺候陛下做'丹元大会'，不期被贼偷去，特启陛下知之。"

（2）九转大还丹

《西游记》第18回："得传九转大还丹，工夫昼夜无时辍。"我们推测九转大还丹就是老君的金丹，还有猪八戒上天后拿着的九齿钉钯，也是老君打造的兵器。

（3）九转还魂丹

《西游记》第39回，行者道："我如今一筋斗云，撞入南天门里，不进斗牛宫，不入灵霄殿，径到那三十三天之上，离恨天宫兜率院内，见太上老君，把他'九转还魂丹'求得一粒来，管取救活他也。"

（4）七返火丹

《西游记》第52回，老君道："想是前日炼的七返火丹，吊了一粒，被这厮拾吃了。那丹吃一粒，该睡七日哩。那业畜因你睡着，无人看管，遂乘机走下界去，今亦是七日矣。"

（5）轮回琼液

《西游记》第90回，天尊道："那酒是太上老君送的，唤作'轮回琼液'，你吃了该醉三日不醒。那狮兽今走几日了？"

老君第二大爱好：打造神兵、法宝

（1）金箍棒：棒是九转镔铁炼，老君亲手炉中煅。

（2）紫金铃：太清仙君道源深，八卦炉中久炼金。结就铃儿称至宝，老君留下到如今。

（3）金钢琢：我（老君）那金钢琢，乃是我过函关化胡之器，自幼炼成之宝。

（4）九齿钉钯：老君自己动铃锤，荧惑亲身添炭屑。

（5）七星剑、幌金绳。

老君第三大爱好：收藏好东西

（1）芭蕉扇。灵吉笑道："那妇人唤名罗刹女，又叫做铁扇公主。他的那芭蕉扇本是昆仑山后，自混沌开辟以来，天地产成的一个灵宝，乃太阳之精叶，故能灭火气。"

（2）紫金红葫芦/羊脂玉净瓶。银角道："我这葫芦是混沌初分，天开地辟，有一位太上老祖，解化女娲之名，炼石补天，普救阎浮世界，补到乾宫夬地，见一座昆仑山脚下，有一缕仙藤，上结着这个紫金红葫芦，却便是老君留下到如今者。"

上面这些是有名有姓的收藏款法宝，老君其他珍宝想来更是不计其数。取经平顶山一站，他的五件宝贝被孙悟空抢去了，老君不顾身份，走上前扯住三藏的马，道："和尚那里去？还我宝贝来！"可见老君对自己的东西都是爱若珍宝，从不舍得毁坏，更不舍得随便给人。

虽然在后来的西游世界里老君忘了本心，但此时的老君，我们能感觉出他应该是一个工匠。在《西游记》里，老君姓李，那时的人们都亲切地叫他李师傅。这李师傅是盘古身边得力的助手，他醉心于自己的事业，在打造兵器上精益求精。机会是给有准备的人的，李师傅就是一个一直在准备的人。在其他人享受生活的时候，他选择学习，刻苦钻研。

正所谓"书到用时方恨少"，知识这个东西一般用不着，但用到的时候往往就可以改变命运。老君虽然没有伏羲、燧人的开创能力，但站在巨人的肩膀上，他得以走得更远，这也是盘古选中他留在身边当助手的原因。谁能想到就是这样的一个匠人，将来有一天会超越战场上厮杀的士兵，超越百战百胜的将军，站到整个西游世界的巅峰，取代盘古的"太上之位"，当然这是后话了。如今万事俱备，盘古终于可以开始补天了。那么在补天过程中，又发生了怎样的变故呢？

6. 女娲解命：女娲竟是被一个"小偷"害死的！

从银角介绍紫金红葫芦的那段话中不难看出，参与炼石补天的成员除了盘古（老祖）还有女娲。先说说民间神话中女娲的结局，分两种。

一种记载在《淮南子·览冥训》中："考其功烈，上际九天，下契黄垆；名声被后世，光晖重万物。乘雷车，服驾应龙，骖青虬，援绝瑞，席萝图，黄云络，前白螭，后奔蛇，浮游消摇，逍鬼神，登九天，朝帝于灵门，宓穆休于太祖之下。"应龙、青虬、白螭都是龙，只是品种不同，总结一下：女娲补天的功劳太大，坐上豪车登天，找了个好地方，安详地睡着了。

另一种流传说女娲泣血补苍天，在蜀地力竭而亡，又或者因为补天石不够，以身补天。其实无论哪种说法，补天肯定都是一件很累人的事情。

我们再来看《西游记》是如何给安排女娲结局的。银角说："混沌初分，天开地辟，有一位太上老祖，解化女娲之名，炼石补天，普救阎浮世界。"同一回，孙悟空也模仿银角做了一遍复述："自清浊初开，天不满西北，地不满东南，太上道祖解化女娲，补完天缺。"虽然孙悟空在引银角上钩，但银角却没有欺骗孙悟空。而且孙悟空也没有对银角口中的这一段西游历史有任何的质疑。而要解读这一段话，关键要理解清楚两个字——解化。

要理解这两个字，光查字典是没有意义的，因为西游世界的问题还是要回到西游世界里来回答。《西游记》第22回，取经流沙河一站，观音命木叉送取经团队过河："那木叉按祥云，收了葫芦。又只见那骷髅一时解化作九股阴风，寂然不见。"沙和尚收集的九个骷髅变成九股阴风消失不见了，这里原文用的也是"解化"一词。"解"代表解体，"化"代表变化。"解化"就是从旧的东西变成新的东西。

这就好办了，我们再来看银角和孙悟空的表述：银角的表述是"解化女娲之名"，孙悟空的表述是"解化女娲"。这两种表述可是有很大区别的：银角说的是解化女娲的名字，或者说是以女娲的名义去解化；孙悟空说的是解化女娲本人。从字面含义来说，银角和孙悟空说的完全是两个意思。但基于女娲的这段历史在西游世界并不是什么秘密，所以我们相信：银角和孙悟空说的其实是一回事，那要怎么才能做到统一呢？如果我们把"解化女娲之名"读作"解化女娲之命"，两者不就是说的一回事了吗？为什么后来我们的西游世界看不到女娲了？因为女娲死了。

其实线索挖掘到这里，只要再找到两个问题的答案，就能复盘一个完整的炼石补天的经过了。这两个问题是：

（1）究竟是什么原因导致盘古必须解化女娲？

（2）女娲被解化后，又变成了什么？

遗憾的是，我们在《西游记》原文已经找不到更多的线索了。所以剩下的问题我们只能在不违背原文的基础上进行大胆的脑补了。我们认为，当年盘古炼石补天，概括起来过程是这样的：

（1）盘古在天柱山上寻找到了补天石的材料——交合之土；

（2）根据伏羲留下的八卦理论，盘古和老君分别打造了两个八卦炉，一个是炼补天石用的，一个是造撑天柱用的；

（3）点燃老君的八卦炉用六丁神火就可以了，但点燃盘古的八卦炉则需要三昧真火，于是燧人投炉焚身，点燃真火；

（4）盘古与老君开始补天，盘古在天柱山上补天，老君为盘古在昆仑山上用金箍棒撑天；

（5）意外出现了，女娲不得不牺牲自己，化作了补天石。

那么这场意外到底是什么？我们认为：炼石补天需要5400块补天石。而燧人的肉身精血及盘古收集到的交合之土，刚好可以煅烧出5400块补天石。这5400块补天石根据天破的裂缝而设计，所以每一块都不一样。但在最关键的时刻，有一块补天石不见了，而且就是最重要的那一块。

先来说说，我们为什么要选用5400这个数字呢？

（1）从天柱山补到昆仑山这个距离可不近，不是几块补天石就能补好的；

（2）《西游记》里的数字特别讲究，5400刚好是天地生成的一会之数，也对应佛经中的一藏之数，唐僧取经用的也是藏数。

那为什么最后会少一块呢？因为有人偷走了！那么是被谁走的？他偷走去干什么呢？这位"小偷"的故事将会出现在下一个西游历史阶段，到时候我们再细细说来。正是因为缺少了这一块补天石，盘古才不得不牺牲女娲，将女娲变作补天石。

为什么非要牺牲女娲呢？张三李四就不能化解成补天石吗？当然不能！盘古寻找的补天石材料必须富含轻清之气，只有富含轻清之气的石头才能飞起来。龙没有翅膀为什么能飞起来？就是因为龙的身体很容易吸取轻清之气，同时也很容易将自身的重浊之气排出体外。人首蛇身的女娲因为还保留着龙的下半身，加上她的自我修为，当时是最适合也是唯一符合解化成补天石的人。

炼石补天我们终于讲完了，它是西游历史的一次重要转折。炼石补天以后，人类与其他物种的矛盾将会逐渐转变为人类内部的矛盾。在炼石补天的过程中，我们看到了英雄的献身，同时也看到人性的自私。

7.天庭建立：谁是天宫最初的主人？

人龙之战中，有三位值得我们缅怀的时代英雄：一位是发明了八卦，在压龙山一战中战死的伏羲；一位燃烧了自己，用血肉引燃三昧真火的燧人；还有一位是人首蛇身，甘愿被解化成补天石的女娲，他们后来被追封为三皇。为了缅怀三皇，人类还在补天石下方建造了最初的天庭。与此同时，从万物之战到人龙之战，对人类作出杰出贡献的大佬也得到了册封，其中盘古因为补天的功绩被册封为太上老祖（简称老祖）。这些大佬纷纷入住天庭，"神仙"这个词也就是从这个时候兴起的，很多我们后来熟知的西游大神就是在这个时候闪亮登场的。

您也许就会说了：不对呀！富含轻清之气的交合之土不是全被老祖用来补天了吗？最后还少了一块导致女娲献身，那么人类又去哪里弄来那么多富含轻清之气的石头建造天庭呢？饱含轻清之气的交合之土确实已经没有了，都被老祖用来补天了。虽然建造天庭的材料与补天的材料是同一种类型，但是它们之间的差别却很大。差别在什么地方——纯度！

《西游记》第8回，观音来到五行山，作诗感叹孙悟空：

"十万军中无敌手,九重天上有威风。"孙悟空当年大闹天宫原来是在第九重天。也就是说,天庭大部分是建立在第九重天上的,这里对清气纯度没有那么高的要求。而天塌的裂缝是在第三十六重天上的,这里需要清气纯度必须极近交合之土。

那么建立起来的天庭到底是什么样子的呢?《西游记》第4回,孙悟空第一次上天:"这天上有三十三座天宫,乃遣云宫、毗沙宫、五明宫、太阳宫、化乐宫,……一宫宫脊吞金稳兽;又有七十二重宝殿,乃朝会殿、凌虚殿、宝光殿、天王殿、灵官殿,……一殿殿柱列玉麒麟。"

虽然孙悟空当时看到的天庭金碧辉煌,但我们认为:最早的天庭并不是由这36座天宫和72重宝殿构成的,当时天庭的宫殿数量并没有那么多,且只有东、北两个天门。孙悟空此时看到的天庭,是完善和扩建之后的天庭样貌。

而建立天庭的首功,当然是最具匠人精神的老君。除此之外,还有三个人功不可没,他们是鲁班、张班、吴刚。

《西游记》第4回,天庭建立孙悟空的府邸,"玉帝即命工干官——张、鲁二班——在蟠桃园右首,起一座齐天大圣府,府内设个二司:一名安静司,一名宁神司"。

《西游记》第21回:天王不见手心塔,鲁班吊了金头钻。

《西游记》第22回:吴刚伐下一枝来,鲁班制造工夫盖。

鲁班、张班和吴刚三人是天庭出了名的木匠,在老君的指导下,他们完成了最早的天庭设计和建设。其中33宫和72殿都位于第九重大罗天上,不过还有3座宫殿不在这里,它们便是后来道教三清的居所,它们分别是:

(1)灵宝天尊的弥罗宫,位于第三十一重天(上清天)。

《西游记》第24回，万寿山五庄观一站：当日镇元大仙得元始天尊的柬帖，邀他到上清天弥罗宫中听讲"混元道果"。

（2）元始天尊的元始宫，位于第三十二重天（玉清天）。

《西游记》第25回，取经万寿山五庄观一站："却说那大仙自元始宫散会，领众小仙出离兜率，径下瑶天，坠祥云，早来到万寿山五庄观门首。"

（3）道德天尊的兜率宫，位于第三十三重天（离恨天）。

《西游记》第5回，孙悟空来误打误撞来到老君的住所，"一见了，顿然醒悟道：'兜率宫是三十三天之上，乃离恨天太上老君之处，如何错到此间？'"

强调一点，天庭在建立之初还没有道教三清的说法，此时三清也还没有被尊封为天尊。此时在兜率宫里除了老君，还有老祖。为什么我们设定老祖也在兜率宫里？《西游记》第52回，孙悟空寻访妖怪来历来到兜率宫，老君道："我这里乃是无上仙宫，有甚踪迹可寻？"可见取经时期，老君已经站在了西游世界的巅峰。兜率宫既然是无上仙宫，这里代表的不仅是西游世界里最高的地理位置，还有最高的仙界地位，最大的仙界权力。

8.第二次仙术革命：变化之法与腾云驾雾的由来

万物之战时期，完成了第一次仙术革命，现在该是第二次仙术革命了。

炼石补天，老祖和老君向人类展示了无法想象的惊天法力，他们创造了太多的第一次，每一次都为法术的发展指明了方向。为什么第一次那么重要呢？因为第一次证明了这件事的可行性，后人按照相似的路子走，肯定能实现。那就让我们看看这些法术对后世到底产生了哪些影响？

首先是"女娲化石"。女娲自从入化龙池变为人首蛇身后,她一直想要重新变回人身,所以她最先发现了人体可以变化的原理,最后她成了一块补天石。同样,后来的妖兽们也逐渐掌握了这项能力,才修炼成了人形,实现了长久的身份隐藏。这也是后来各路神仙妖怪施展各大变化之法的基础原理。

其次是"腾云驾雾",控制体内的清浊二气,实现飞升。天庭建立之后,学会腾云驾雾是对所有入住天庭成员最基本的要求。但腾云驾雾不是一项简单的法术,也是分级别的。

《西游记》第2回,须菩提和孙悟空的对话揭开了腾云驾雾的秘密:

> 悟空道:"多蒙师父海恩,弟子功果完备,已能霞举飞升也。"
>
> 祖师道:"你试飞举我看。"
>
> 悟空弄本事,将身一耸,打了个连扯跟头,跳离地有五六丈,踏云霞去够有顿饭之时,返复不上三里远近,落在面前,叉手道:"师父,这就是飞举腾云了。"
>
> 祖师笑道:"这个算不得腾云,只算得爬云而已。自古道:'神仙朝游北海暮苍梧。'似你这半日,去不上三里,即爬云也还算不得哩!"
>
> 悟空道:"怎么为'朝游北海暮苍梧'?"
>
> 祖师道:"凡腾云之辈,早辰起自北海,游过东海、西海、南海,复转苍梧。苍梧者,却是北海零陵之语话也,将四海之外,一日都游遍,方算得腾云。"

飞行术可以分为三个阶段:举霞飞升是初级阶段,爬云是中级阶段，腾云是高级阶段。当然，像孙悟空和大鹏鸟使用的特殊飞行之法除外。

最后是燧人"以血化火"。人体就是五行，人是可以掌握五行之力的。第一次仙术革命，人们认识到了五行；第二次仙术革命，人们终于可以开发出各式各样的五行之法。在这个时期，人类除了开启全新的法术时代，同时也迎来了法宝时代。

9. 四象碎片法宝：靠法宝取胜的神仙不丢人！

如果没有祖龙撞天，人类可能将永远无法探寻到法术与法宝的奥秘。人类诞生的第一个法宝就是八卦炉，而老君的八卦炉更可以说是法宝之祖。那么法宝与法术有什么不同呢？我们经常听说：谁谁是靠法宝取胜的，没啥本事。为什么靠法术就是本事，靠法宝就不是呢？

其实对修行者而言，他们每个人自身能承载的能力有限，这就相当于法术，想要承载更大的能力就得借助外物，所以法宝就诞生了。然而法宝也不是什么人都能用的，更不是什么人都能创造的。

《西游记》第3回，花果山猴子试拿孙悟空的金箍棒，"那些猴不知好歹，都来拿那宝贝，却便似蜻蜓撼铁树，分毫也不能禁动。一个个咬指伸舌道：'爷爷呀！这般重，亏你怎的拿来也！'"

《西游记》第42回，观音叫孙悟空拿净瓶，"这行者即去拿瓶，——咦！莫想拿得他动。好便似蜻蜓撼石柱，怎生摇得半分毫？行者上前跪下道：'菩萨，弟子拿不动。'"

有多大的能力就用多大的法宝，你把金箍棒给小猴子，小猴子拿不动；你把观音的净瓶给孙悟空，孙悟空照样也拿不动。就像如来拿一座山压孙悟空一样，孙悟空也挣脱不出来。所以法术和法宝本质是一样的，都依靠五行之法，都是修行者智慧与努力的结晶，同样也对修行者能力有要求。

那么人龙之战结束后，西游世界到底进入了怎样的一个法宝时代呢？——四象法宝时代。日月星辰谓之四象，那么四象法宝又是什么东西？就是由四象碎片锻造出来的法宝，它们是法宝的原材料。也就是在这个时期，人们发现四象碎片可以锻造法宝。西游世界的绝大多数神兵、法宝都由四象碎片锻造。

（1）日之碎片法宝

日之碎片法宝最典型的就是金箍棒。您肯定会问，金箍棒跟太阳有什么关系呢？西游世界曾有过这么一段历史，也是我们很快会讲到的——后羿射日。《西游记》第72回，原文写道："自开辟以来，太阳星原贞有十。后被羿善开弓，射落九乌坠地。止存金乌一星，乃太阳之真火也。"

天塌对整个西游世界都进行了重塑，日月星辰已经不再是往昔的样子，有不少日月星辰碎片掉落人间。要知道，西游世界的日月星辰是在第三十六重天之下的，它们是绕着大地在转的。即便没有这一次天塌，它们在绕行的过程中也会掉下少量的碎片。这些碎片是老君用来打造撑天柱——金箍棒的材料。

在西游世界，太阳也叫金乌。乌，黑色也。也就是说，太阳的本质就是黑色的，只不过它在燃烧所以才叫金乌。《西游记》第3回，孙悟空得到金箍棒："中间乃一段乌铁；紧挨箍有镌成的一行字，唤做'如意金箍棒，重一万三千五百斤'。"如果金箍棒是乌铁所造，那它有什么特点呢？由于涉及的原文信息太多，我们就不一一罗列了，给您做一个总结，大致有6个特点：

① 年代久远，材料特殊：混沌仙传至今，原来不是凡间铁。

② 闪闪发光：日久年深放彩霞。

③ 可以自由变化：要大弥于宇宙间，要小却似针儿节。

④ 老君亲手打造：棒是九转镔铁炼。

⑤ 和太阳有种莫名的感应：举头一指太阳昏。

⑥ 还有一个特别的名字：名号"灵阳棒"一条，深藏海藏人难见。

所有线索都在暗示我们：金箍棒和太阳有关。乌铁就是太阳的碎片，老君不仅发现了乌铁，后来还对乌铁进行了升级，每一次升级都会有一个新的名字。

第一次升级为九转镔铁，打造了金箍棒。原文写道："棒是九转镔铁炼，老君亲手炉中煅。"

第二次升级为神冰铁，打造了九齿钉钯。原文写道："此是锻炼神冰铁，磨琢成工光皎洁。老君自己动铃锤，荧惑亲身添炭屑。"

第三次升级为锟钢，打造了金钢琢。原文写道，"（老君）捋起衣袖，左膊上取下一个圈子，说道：'这件兵器，乃锟钢抟炼的，被我将还丹点成，养就一身灵气，善能变化，水火不侵，又能套诸物。一名"金钢琢"，又名"金钢套"'。"

（2）月之碎片法宝

老君不仅研究"日之碎片法宝"，还研究"月之碎片法宝"。日之碎片是太阳掉落的乌铁，而月之碎片是太阴掉落的精叶。《西游记》第59回，取经火焰山一站，孙悟空被铁扇公主扇到了须弥山，原文写道，"灵吉笑道：'那妇人唤名罗刹女，又叫做铁扇公主。他的那芭蕉扇本是昆仑山后，自混沌开辟以来，天地产成的一个灵宝，乃太阴之精叶，故能灭火气。假若搧着人，要飘八万四千里，方息阴风。我这山到火焰山，只有五万余里，此还是大圣有留云之能，故止住了。若是凡人，正好不得住也。'"

"太阴之精叶"是什么意思？"太阴"指的是月亮，月亮的精叶就是月亮的碎片，所以芭蕉扇根本不是芭蕉的叶子，而是一种珍惜的铁矿。现在您知道为什么牛魔王的老婆叫"铁扇公主"了吧！说明芭蕉扇不是芭蕉叶，是将铁锻造成芭蕉叶的样子。

灵吉只说对了一半，他没有说，芭蕉扇不是天然的，是后天人为的产物。铁扇公主不是混沌开辟时期的人，这扇子本是老君的，因为某些关系老君才给了铁扇公主。其实除了这把扇风降雨的芭蕉扇，老君另有几把芭蕉扇。

《西游记》第39回，取经乌鸡国一站，孙悟空来找老君："只见那太上老君正坐在那丹房中，与众仙童执芭蕉扇搧火炼丹哩。"芭蕉扇和八卦炉在一起才是整整齐齐的一家人，这是一把生火的芭蕉扇。

《西游记》第35回，取经平顶山一站，金角与孙悟空打斗："（金角）取出芭蕉扇子，望东南丙丁火，正对离宫，唿喇的一扇子搧将下来，只见那就地上火光焰焰。原来这般宝贝，平白地搧出火来。"金角是老君的童子，他也拿了一把生火的芭蕉扇，是不是同一把不好说，但肯定是同一种。

还是《西游记》的59回，铁扇公主给了孙悟空一把所谓的假扇子，孙悟空向火焰山用力一扇："那山上火光烘烘腾起；再一搧，更着百倍；又一扇，那火足有千丈之高，渐渐烧着身体。"其实这把"假扇子"，仍是一把生火的芭蕉扇。

第三篇 人龙之战

老君为什么会弄出两种不同的芭蕉扇呢？您想老君炼丹时最难的事情是什么？和我们做菜一样，需要控制火候！火不够了要添火，火太旺了要灭火，所以才会存在两种芭蕉扇，主打的就是一个阴阳调和。最初老君研制芭蕉扇时，芭蕉扇只能生火，但炼丹时总是把丹药烧焦，老君又开发出了灭火的芭蕉扇。

如果您认为芭蕉扇能生火和灭火已经是极致了，那您就太小看老君的开发能力了。《西游记》第53回，取经金岘山一站，孙悟空请老君收青牛精，原文写道："（老君）将扇子搧了一下，那怪将圈子丢来，被老君一把接住；又一扇，那怪物力软筋麻，现了本相，原来是一只青牛。"取经时期，老君将芭蕉扇的功能再次升级，实现了对青牛精不可思议的操纵。这就是芭蕉扇克金钢琢的原因，解决不了金钢琢那就解决拿金钢琢的人。从芭蕉扇的例子不难看出，月之碎片的法宝可塑性是最强的。

（3）星之碎片法宝

与日之碎片、月之碎片不同，我们在原文没有找到星之碎片的线索，但我们发现：有一种法宝材料被原文多次提及，那就是金！先明确一点：普通的金是不可能用来做法宝的。那么这是一种什么金呢？——紫金。

《西游记》第14回，原文描述孙悟空头上的金箍"似一条金线儿模样，紧紧的勒在上面，取不下，揪不断，已此生了根了"。大家都被影视剧给骗了，其实金箍戴在头上一般人是看不见的，因为实在太细了。

那如果将金线圈放大呢？《西游记》第34回，孙悟空被幌金绳捆住，原文说"褪至颈项之下，原是一个金圈子套住"。幌金绳也不是真正意义上的绳子，金箍是用来勒脑袋的，幌金绳是用来勒身体的。

从功能上说，金箍就是缩小版的幌金绳；从本质上说，金箍和幌金绳是同类型法宝；"勒"也可以用作"套"，所以如果把功能再放大，不就成了老君的金钢琢了吗？我们之前分析过金钢琢属于日之碎片法宝，其实老君升级它的功能时也结合了星之碎片。

除此之外，还有两件法宝源于老君：紫金红葫芦、紫金铃。

先说紫金红葫芦，老君说这是自己用来装丹的，但人要是被装进里面，再贴上"太上老君急急如律令奉敕"的帖子，一时三刻便会化为脓血。老君葫芦那么多，这个葫芦为什么那么奇特呢？因为它比别的葫芦多了一样东西——紫金。葫芦可以装东西，但是需要一样东西来封口，不然装了也没用。封口不也是"套住"的意思吗？而负责封口的就是紫金。

再说紫金铃，它是由三个铃铛组成的，可以放出烟、火、黄沙。紫金玲在观音的坐骑金毛犼赛太岁手里，观音这样评价紫金玲威力：如果不是孙悟空偷了紫金铃，十个孙悟空都赢不了一个赛太岁。这就是紫金铃的威力。

我们认为，紫金的真正能力在于控制空间，①金箍、幌金绳：勒人捆人，这是空间缩小的体现；②金钢琢：收缴东西，就是把东西藏到了另外一个空间；③紫金红葫芦：装人封口，把人移到一个密闭空间中；④紫金铃：烟、火、黄沙相当于大量弹药，也被藏在了铃铛这么小的空间里。

我们还认为，紫金的研发被分成四个阶段：第一阶段是装饰品，比如孙悟空的凤翅紫金冠，唐僧的紫金钵盂。第二阶段是兵器，比如老君的七星剑、镇元子的七星鞭。第三阶段是折磨人的"收缩"法宝，比如金箍、幌金绳。第四阶段是虚拟空间的创造，比如金钢琢、紫金红葫芦、紫金铃。

（4）辰之碎片法宝

辰是四象当中最小的元素，辰既代表着宇宙尘埃，也代表着时间。那么有哪些法宝是辰之碎片法宝呢？西游世界里，有一种特殊的法宝，有将时间逆转的能力。

《西游记》第95回，取经天竺国一站，玉兔精介绍自己的武器——捣药杵：

仙根是段羊脂玉，磨琢成形不计年。
混沌开时吾已得，洪濛判处我当先。
源流非比凡间物，本性生来在上天。
一体金光和四相，五行瑞气合三元。

这种宝物的材料就是羊脂玉，当然玉兔精的捣药杵还是比较原始的羊脂玉，并没有经过开发，经过开发的羊脂玉是什么样的呢？

《西游记》第51回，取经金兜山一站，黄河水伯有一只白玉盂儿，原文写道，"水伯道：'不瞒大圣说：我这一盂，乃是黄河之水。半盂就是半河，一盂就是一河。'……那水伯将盂儿望黄河舀了半盂，跟大圣至金兜山"。

《西游记》第42回，取经号山一站，观音的净瓶杨柳，原文写道，"菩萨道：'常时是个空瓶，如今是净瓶抛下海去，这一时间，转过了三江五湖，八海四渎，溪源潭洞之间，共借了一海水在里面。你那里有架海的斤量？此所以拿不动也。'"

从这两处不难看出，白玉盂儿和净瓶把水都压缩装了起来，所以羊脂玉也具有紫金的功能，那么体现它掌控时间的功能又在哪里呢？

我们还拿观音的瓶子举例子，《西游记》第26回，取经五庄观一站，观音救活人参果树，原文道："菩萨将杨柳枝细细洒上，口中又念着经咒。不多时，洒净那舀出之水，只见那树果然依旧青绿叶阴森，上有二十三个人参果。"请问复原人参果树是什么原理呢？我们认为：是净瓶水逆转了人参果树的时间，使人参果树回到了特定时间的状态。

老君也有一个羊脂玉净瓶，且看它的表现。《西游记》第35回，取经平顶山一站，金角、银角已经被孙悟空装到了羊脂玉净瓶和紫金红葫芦里后，老君拦下孙悟空，拿回自己的法宝："那老君收得五件宝贝，揭开葫芦与净瓶盖口，倒出两股仙气，用手一指，仍化为金、银二童子，相随左右。"

但是金角、银角被孙悟空装进去的时候原文说得很清楚，他们早就化成了脓血："原来孙大圣是熬炼过的身体，急切化他不得；那怪虽也能腾云驾雾，不过是些法术，大端是凡胎未脱，到于宝贝里就化了。"老君为什么还能倒出原原本本的金角、银角呢？如果羊脂玉净瓶没有时间逆转的能力，老君倒出来的不应该是一摊脓血吗？

紫金红葫芦也有这个功能，说明老君的法宝早已不是单一四象碎片锻造的。伟大的发明家不可能只会做功能单一的发明，只要融合得好，日月星辰碎片的法宝功效是可以相通的。比如金钢琢、紫金红葫芦就融合了两种碎片。这个道理也和人类制造一样，比如，合金材料的耐热、耐酸碱能力比原料强很多倍。博学活用才能取百家之长。

第四篇　长生之战

长生之战的起因

1. 长生的本质：为什么神仙要吃人？

终于把人龙之战讲完了，人龙之战是万物之战的延续。人龙之战结束，意味着西游世界的种族斗争暂时告一段落了。而人类真正主宰西游世界，就是从人龙之战结束后开始的。这场大战奠定了人类在众生万物中，"人类高贵，妖兽低贱"的西游历史地位。同时也开启了下一阶段的西游历史。

在相对和平的时期，人就分成了三六九等。因为随着人类不断繁衍，数量越来越多，底层的平民很快变成低贱的象征。即便如此，贱民也比妖怪要高贵。这一点我们从取经时期，观音给到孙悟空的"取经功绩考核标准"就能知道。

《西游记》第57回，孙悟空因打死强盗被唐僧赶出取经团队，来到落伽山向观音诉苦，菩萨道："唐三藏奉旨投西，一心要秉善为僧，决不轻伤性命。似你有无量神通，何苦打死许多草寇！草寇虽是不良，到底是个人身，不该打死，比那妖禽怪兽、鬼魅精魔不同。那个打死，是你的功绩；这人身打死，还是你的不仁。但祛退散，自然救了你师父，据我公论，还是你的不善。"

观音的言下之意是：你打死妖怪，再单纯善良的妖怪他也是妖怪，我还算你的功绩；但你打死人，再十恶不赦的人也是人，你就是不仁道。观音说自己是公论,那么您同意这个公论吗?

正是因为观音的这段话,才让孙悟空以后对妖兽下手更黑、更肆无忌惮了。《西游记》第70回,孙悟空打死了有来有去,他"却又自悔道:'急了些儿!不曾问他叫做个甚么名字,——罢了!'"。

《西游记》第74回,取经狮驼岭一站,孙悟空打死了小钻风,他"不忍道:'咦!他倒是个好意,把些家常话儿都与我说了,我怎么却这一下子就结果了他?也罢,也罢!左右是左右!'"。

这些被打死的都是人畜无害甚至还很善良的小妖怪。

这种"人类高贵,妖兽低贱",从长生之战开始,一直延续到后来的取经时期。因为也是从长生之战开始,人类才正式成为西游世界的主宰。不同的是,此时妖兽再也没有能力反抗,只能屈服,只能苟延残喘,命好的或许还能得到人类的重用。观音是取经时期西游世界的统治者之一,如果连大慈大悲的菩萨都这样看待妖兽,如来会怎么看他们?玉帝又会好到哪儿去呢?

那么长生之战是一场怎样的战争呢?为什么会爆发这场大战呢?首先我们要明确一个大方向:既然妖兽不再有能力反抗人类,那么从人龙之战后,所有战争的矛盾基本成了人类内部矛盾。长生之战就是人类内部爆发的大战。

在人龙之战结束后,人类建立了天庭,这也就意味着最初的仙界形成了。那么仙界代表什么?它代表有很多人在修炼仙术,因为人很多,所以就聚集在一起形成了一个团体。仙界就是这么诞生的。为什么那么多人修仙呀?修仙的最终目的是什么?是为了修炼出更多的神功法术,还是打造出更多的神兵法宝?这些都不是修仙的最终目的,修仙的最终目的是长生。

早在万物之战时，人类就已经意识到了死亡的存在。人龙之战后，老祖退居二线研究五行仙术，同样也对长生之法进行了研究。长生是一个极其复杂的知识体系。如果唐僧西天取经是《西游记》中的一条明线，那么长生就是贯穿整部《西游记》的一条暗线。这条暗线比明线要长得多，西天取经只有十四年，而长生贯穿整个西游历史。

孙悟空求学，因为想长生；神仙吃蟠桃，因为想长生；妖怪抓唐僧，因为想长生；凡人修仙道，也因为想长生。长生这个话题，从《西游记》第1回就已经明确提出来了。我们甚至可以认为：整部《西游记》所描述的故事，都是以"长生"为主题展开的。

长生是西游世界一个永恒的话题，即便老祖探索了多年，也只是摸到了方向而已。修仙的终极目的是长生，修仙最难的课题也是长生。即便到了取经时期，老君在研究长生，观音在研究长生，就连西游世界里的顶级长生专家海外三岛的大佬，也依旧尝试突破长生的技术革命。

《西游记》第2回，须菩提在解释长生时提出了"三灾理论"。

第一灾为雷灾："此乃非常之道：夺天地之造化，侵日月之玄机；丹成之后，鬼神难容。虽驻颜益寿，但到五百年后，天降雷灾打你，须要见性明心，预先躲避。躲得过，寿与天齐，躲不过，就此绝命。"

第二灾为火灾："再五百年后，天降火灾烧你。这火不是天火，亦不是凡火，唤做'阴火'。自本身涌泉穴下烧起，直透泥垣宫，五脏成灰，四肢皆朽，把千年苦行，俱为虚幻。"

第三灾为风灾："再五百年，又降风灾吹你。这风不是东南西北风，不是和薰金朔风，亦不是花柳松竹风，唤做'贔风'。

自囟门中吹入六腑，过丹田，穿九窍，骨肉消疏，其身自解。"

长生要面临每500年的雷灾、火灾、风灾的考验。自然界中那么多灾难，为什么只有这三灾和长生相连呢？雷代表声音，雷灾相对应的就是耳聋；火代表干枯，火灾相对应的就是皮肤干瘪；风代表视野，风灾代表的是眼盲。所以长生就是要耳不聋，眼不花，身体滋润，胶原蛋白满满。三灾的过程其实就是衰老的过程。那为什么寻求长生就一定会爆发战争呢？

一方面，长生虽然是修仙的最终目的，但并不是每个人都想长生。有人想长生，有人就不想长生。只要有人不想长生，他就会阻止别人长生，作出抗议。很多事情我们没法作出绝对的错与对的判断，西游世界也不是一个非黑即白的世界。

另一方面，我们可以从长生的本质上讨论。我们在开天辟地阶段时就提过：天柱山孕育万物生灵，靠的就是天地的交合之气。我们可以这样理解，万物生灵其实就是天地交合后，转移交合之气的载体。一个承载了交合之气的载体，才能被认为是生命。一旦失去交合之气，那就是一具尸体，没有思想，无法行动，毫无美感。

这就注定长生的获取渠道只有两种：一是吸收天地之间天地交合的交合之气；二是夺取其他生命体的交合之气。

自从万物之战后，天地已经不再交合，所以天地之间的交合之气总有消耗殆尽的一天。说到这里，我们必须残忍地揭露一个真相：在西游世界，长生无论以何种形式，无论被装饰得多么高大上，它的本质都是吃富含交合之气的生命体，最直接的体现就是吃生命体。

须菩提说得很清楚，三灾只能躲不能扛。躲到一个有交合之气的地方，赶紧吸一口。遗憾的是，这样的地方已经找不到了，所以就只能找到一个富含交合之气的生命体，把他给吃掉。我们在解释万物之战起因时就提到，西游世界存在各种吃的乱象：有妖吃人，有妖吃妖，有人吃人，也有人吃妖。这些乱象很多都是在夺取他人的交合之气。

《西游记》第17回，取经黑风山一站，孙悟空给观音出了一个收服黑熊精的计策，他让观音变成黑熊精的妖怪好友凌虚子：

> 行者看道："妙啊！妙啊！还是妖精菩萨，还是菩萨妖精？"
> 菩萨笑道："悟空，菩萨、妖精，总是一念；若论本来，皆属无有。"
> 行者心下顿悟……

观音认为：你是神仙还是妖怪，不在于你披着的这副皮囊，只在善恶一念之间，神仙和妖怪本质是一样的，没有任何区分。根据观音的这条理论我们再想：妖怪吃人是不是神仙吃人？大鹏鸟是佛舅，是如来的亲戚，他吃人算不算神仙吃人？金鱼精是观音的下属，他吃童男童女算不算神仙吃人？白鹿精是寿星的坐骑，他要挖童男心肝算不算吃人……

如果在取经时期，我们就已经能够看到如此多涉及神仙吃人的案例，那么此时的西游世界又有多少吃人事件呢？取经时期，人们对长生的研究已经相对成熟了，但还是有那么多活生生吃人的例子，更何况此时人类研究长生才刚刚打开大门。正是因为有人追求长生，这才有了这乱世的西游。

2.道教成立：西游世界的道祖是谁？

在人们逐渐了解长生的本质后，有一个率先研究长生的教派诞生了——道教！我们都认识道教三清：元始天尊、灵宝天尊、道德天尊。在中国传统道教文化里，大家也都公认元始天尊为道教之主，即三清之首。那么，在《西游记》里也是这样吗？吴承恩是否延续了这样的设定呢？

在西游世界里，老君住的地方叫兜率宫，位于第三十三重离恨天上。兜率宫再往上便无人居住，故兜率宫又称无上仙宫。"无上"代表老君位居巅峰，"太上"代表老君权力至上。

《西游记》第5回，老君来到玉帝的灵霄宝殿，原文写道，"又有四个大天师来奏上：'太上道祖来了。'玉帝即同王母出迎。老君朝礼毕，道：'老道宫中，炼了些"九转金丹"，伺候陛下做"丹元大会"，不期被贼偷去，特启陛下知之。'"

首先，老君是道祖，也就是西游世界道教的创始人。原文里称呼老君为道祖的不仅有四大天师，后文观音也称呼老君为道祖。当然，后面还会有一个教派成立，叫佛教。佛教中佛祖可以有很多个，但道教中道祖只有一个！

其次，老君从兜率宫到灵霄宝殿是下驾。老君来灵霄宝殿可不是来参拜玉帝和王母的，相反玉帝和王母都要走到殿外迎接老君。而且老君在玉帝面前也没有称自己为"臣"，而是称"老道"，所以玉帝和老君并不是君臣关系。影视剧里把老君塑造成一个在玉帝身边卑躬屈膝、拱手称臣的形象，是极其不合原著设定的。

回到故事当中，我们认为：道教是在长生之战爆发前成立的。什么叫"道"？道就是道理、方法、出路，那么在西游世界，什么话题才可以叫作"道"？什么话题才是最大的"道"？唯有长生。

但遗憾的是，道教的成立并没有能彻底改变"长生吃人"这个现状。反而让越来越多的神仙加入学道长生的行列，这也就意味着越多的人被无辜地吃掉，所以当时人间如炼狱。凡人除了要面临神仙的欺压，还要经受上天的折磨，老百姓可以说是苦不堪言。那么这究竟是一场怎样的折磨呢？

3. 十阳之灾：为什么西游世界会有十个太阳？

《西游记》第72回，取经盘丝岭一站，原文说道："自开辟以来，太阳星原贞有十，后被羿善开弓，射落九乌坠地，止存金乌一星，乃太阳之真火也。天地有九处汤泉，俱是众乌所化。"

后羿射日这个故事大家都很熟悉，它居然在西游世界里也有发生。这段话是原文的旁白，代表吴承恩对西游世界的设定，那么这短短的两句话到底隐含了多少长生之战的信息呢？不用着急，我们一点点挖。

在西游世界，四象的排序是：日＞月＞星＞辰。起初的西游世界天地间只有一个太阳，这是吴承恩在《西游记》第1回中，对西游世界作出的设定。那为什么到了《西游记》第72回，在描述后羿射日时，吴承恩却说"太阳星原贞有十"呢？这不是前后矛盾了吗？

在《西游记》里，"日"等于"太阳"，这一点不假。但您仔细看一看吴承恩在说后羿射日时，他是怎么表述太阳的。他把太阳称作"太阳星"，问题就来了：为什么要多加一个"星"字？这里的"太阳"是否等于"太阳星"呢？

太阳是日，但是根据设定"日"又大于"星"，吴承恩在太阳后面加了一个"星"字，这意味着什么呢？意味着太阳变小了！因为太阳变小了，再把"太阳"称为"日"就不合适了，可它还是太阳啊，怎么办呢？于是就有了"太阳星"的说法。《西游记》里的后羿射日和开篇设定并不冲突，这本就是两个不同的西游历史时期。

那么太阳为什么会缩小了呢？它又是以何种形式缩小的呢？我们能想到的形式有两种：一种是太阳气化了，从一个大圆球变成一个小圆球；一种是太阳分裂了，从一个大圆球变成多个小圆球。很明显，西游世界既然存在后羿射日这段历史，那么太阳一定是分裂了。太阳是因为什么而分裂的呢？

我们提过，西游世界太阳的运行轨迹从东海出水升空，然后从西海淬水降落。具体是什么原因导致太阳分裂，我们并没有在原文中找到更多的线索。也许是因为一场海啸，也许是因为一场风暴，又或许是因为一场撞击……总之都不重要，重要的是我们知道了太阳分裂的这个结果。

太阳一分为十变小了，所以"日"就被降级成了"星"，于是太阳也就有了"太阳星"的说法。同样地，月亮也有了"太阴星"的说法。只不过太阴星没有太阳星对西游世界的威胁大，所以月亮分裂后也只是浩瀚星辰里较为平和的一颗星，没有威胁，后羿自然就没必要把它射下来。

分裂后的太阳变得有多小呢？《西游记》第72回，被射落后的九个太阳形成了九处泉水："乃香伶泉、伴山泉、温泉、东合泉、潢山泉、孝安泉、广汾泉、汤泉，此泉乃濯垢泉。"这个濯垢泉，也就是取经时期蜘蛛精洗澡的地方，且看它有多大："那浴池约有五丈余阔，十丈多长，内有四尺深浅，但见水清彻底。"这个尺寸也就是一个游泳池的大小。

值得一提的是，即便太阳变小了，但在当时的西游世界却没有任何人可以在真正意义上操控太阳。既然无法操控，那就只能选择毁灭。也许您会问：太阳分裂了，分裂后它的大小总和是不变的，威胁体现在何处？后羿为什么要射日呢？

我们认为：太阳分裂后确实在短时间内大小总和是不变的，但长期以来，分裂后的太阳便会各自长大。太阳分裂的过程就犹如细胞分裂的过程，每个太阳都会长大，十个太阳当空照，想想这个威力！这就给西游世界带来了有史以来最大的一次干旱。那么干旱的后果又是什么呢？取经时期，有两个地方发生过干旱，我们可以借鉴一下：一个是乌鸡国，一个是天竺国的外郡凤仙郡。两地都发生过三年的干旱。

《西游记》第37回，乌鸡国王介绍国中的干旱："我国中仓廪空虚，钱粮尽绝，文武两班停俸禄，寡人膳食亦无荤。仿效禹王治水，与万民同受甘苦，沐浴斋戒，昼夜焚香祈祷。如此三年，只干得河枯井涸。"

《西游记》第87回，凤仙郡侯张榜描述凤仙郡的干旱：

　　兹因郡土宽弘，军民殷实，连年亢旱，累岁干荒。
　　民田瘠而军地薄，河道浅而沟浍空。
　　井中无水，泉底无津。
　　富室聊以全生，穷民难以活命。
　　斗粟百金之价，束薪五两之资。
　　十岁女易米三升，五岁男随人带去。
　　城中惧法，典衣当物以存身；乡下欺公，打劫吃人而顾命。

不难想象，一个太阳引发的三年干旱就能引发卖女送儿、打劫吃人等人间悲剧，十个太阳的人间将会是怎样的一个惨状。而长生之战就是在这样的背景下爆发的：上层神仙吃人长生，下层百姓饱受十阳烈日煎熬。接下来，我们将好好说一说长生之战的始末。

长生之战的经过

1.皂雕旗蔽日：哪吒"装天"背后隐藏的真相

先来说一说神仙与凡人的关系，以小见大，其实这背后就是天庭与人间的关系。《西游记》第87回，玉帝说自己到人间去吃贡品，那年他来到凤仙郡侯家："那厮三年前十二月二十五日，朕出师监观万天，浮游三界，驾至他方，见那上官正不仁，将斋天素供，推倒喂狗，口出秽言，造有冒犯之罪。"

您想玉帝都要吃人间贡品，所以再大的神仙也都需要凡人来供奉。天庭的金碧辉煌也是由人间供奉起来的。只不过每个西游历史时期需要供奉的东西不一样，赶上好时代神仙只要你一口粮，赶上坏时代神仙们要吃你的肉。

基于这层关系，我们再来思考：十阳之灾真的只是影响凡人吗？因为干旱，凡人都已经自相打劫吃人了，那么神仙又去吃什么呢？如果十阳把人都烤死了，那么神仙也就没啥吃了。而凡人是没有能力去解决十阳之灾的，那么天庭如何解决呢？《西游记》中有一个法宝引起了我们的注意，这个法宝就是皂雕旗。

《西游记》第33回，取经平顶山一站，孙悟空请求玉帝帮忙"装天"：

那日游神径至南天门里，灵霄殿下，启奏玉帝，备言前事，玉帝道："这泼猴头，出言无状。前者观音来说，放了他保护唐僧，朕这里又差五方揭谛、四值功曹，轮流护持，如今又借天装，天可装乎？"

才说装不得，那班中闪出哪吒三太子，奏道："万岁，天也装得。"

玉帝道："天怎样装？"

哪吒道："自混沌初分，以轻清为天，重浊为地。天是一团清气而扶托瑶天宫阙，以理论之，其实难装；但只孙行者保唐僧西去取经，诚所谓泰山之福缘，海深之善庆，今日当助他成功。"

玉帝道："卿有何助？"

哪吒道："请降旨意，往北天门问真武借皂雕旗在南天门上一展，把那日月星辰闭了。对面不见人，捉白不见黑，哄那怪道，只说装了天，以助行者成功。"

玉帝闻言："依卿所奏。"

从玉帝和哪吒的对话中不难看出，天是没有办法装的。与其说是装天，不如说是遮天，更准确说是遮蔽四象。且看皂雕旗的表现："只见那南天门上，哪吒太子把皂旗拨喇喇展开，把日月星辰俱遮闭了，真是乾坤墨染就，宇宙靛妆成。"

我们相信，每一个法宝被研究出来都有它独特的作用。皂雕旗就是在这样的一个西游历史背景下诞生的，而它的主人北方真武大帝（后来也叫荡魔天尊）也因此登上了西游的历史舞台。那个时候，天庭众神还没有办法毁掉九阳，所以只能用皂雕旗遮蔽九阳。但是光遮蔽九阳仍旧没能让满目疮痍的人间恢复生机，于是另外一位大佬就粉墨登场了……

2.天庭降雨：西游世界的云不会下雨，雨从哪儿来？

长期的干旱早已经让西游大陆民不聊生，要想人间恢复生机那就得下雨。我们都知道一个常识：水汽聚集成云，云聚集就会下雨。但在西游世界却不是这样的，这里必须说一个令人震惊的事实：西游世界里的云是不会下雨的。

乌鸡国的那场大干旱，三年来滴雨不下；凤仙郡的那场大干旱，也是三年来滴雨不下。我们可以把雨分为自然雨和人工雨。自然雨就是水汽聚集成云下雨，人工雨就是天庭干涉人间后下雨。那么您就会发现：西游世界根本就没有所谓的自然雨，所有的雨都是天庭干涉人间后下的雨。

也许您就问了，在天庭建立之前，西游世界的雨从哪儿来呢？如果没有雨，万物生灵又是怎么解决用水问题的呢？《西游记》第2回，原文描述混世魔王的脏水洞"诚为三界坎源山，滋养五行水脏洞"。

坎源山在东胜神洲，和天柱花果山都位于傲来国界内，它就是西游世界的源流。天庭建立之前，人类对雨水是没有刚性需求的，因为人类所住的东方就有水源。天庭建立之后，人类遍布各地，从东方迁移到了西方。西方没有水源，没有水源就会造成干旱，所以就会依赖降雨。

在西游世界，为什么云不会下雨？我们来看一看天庭的降雨系统，就能找到答案。《西游记》第87回，取经凤仙郡一站，孙悟空给凤仙郡求雨，原文写道："只见那四部神祇，开明云雾，各现真身。四部者，乃雨部、雷部、云部、风部。"天庭给人间降雨分设了四个部门：雨部、雷部、云部、风部，我们可以统称为四大司雨部门。这四大司雨部门是如何协调配合的呢？还是《西游记》第45回：

> 行者道："不是打你们，但看我这棍子往上一指，就要刮风。"
>
> 那风婆婆、巽二郎没口的答应道："就放风！"
>
> ——"棍子第二指，就要布云。"
>
> 那推云童子、布雾郎君道："就布云，就布云！"
>
> ——"棍子第三指，就要雷鸣电灼。"
>
> 那雷公、电母道："奉承！奉承！"
>
> ——"棍子第四指，就要下雨。"
>
> 那龙王道："遵命！遵命！"
>
> ——"棍子第五指，就要大日天晴。却莫违误。"
>
> ……
>
> 那风婆婆见了，急忙扯开皮袋，巽二郎解放口绳。只听得呼呼风响，满城中揭瓦翻砖，扬砂走石。
>
> ……
>
> 推云童子显神威，骨都都触石遮天；
> 布雾郎君施法力，浓漠漠飞烟盖地。
>
> ……
>
> 雷公奋怒，倒骑火兽下天关；
> 电母生嗔，乱掣金蛇离斗府。
>
> ……
>
> 龙施号令，雨漫乾坤……神龙借此来相助，抬起长江望下浇。

总结一下：

（1）风部放风：给云提供动力，覆盖设定地点的降雨范围。

（2）云部布云：云和雾是用来承载雨水的，就像神仙腾云驾雾，云和雾承载神仙一样。

（3）雷部预警：雷公打雷，电母放电，告诉人们就要下雨了。

（4）雨部下雨：最后才由龙王负责具体下雨的时辰、点数。

下雨之前，云雾是被推云童子和布雾郎君给放出来的。下完雨后，云雾也是被他们给收走的，从始至终云根本就没有消失变成水。举个例子说明：在下雨的过程中，云雾就像是一辆洒水车，是装载水的而不是水本身。所以现在您应该明白，云雾为什么能成为神仙妖怪们的交通工具了吧？云雾必须作为载体，神仙妖怪们才能腾云驾雾！

那么雨水最后又是怎么下来的呢？《西游记》第41回，取经号山一站，四海龙王用雨水助孙悟空对付红孩儿，他们这次就根本没有请示天庭，没有风、云、雾、雷、电，龙王们自己照样下了一场倾盆大雨。所以在西游世界，下雨是龙王的事，云是不能下雨的，但是为了规范下雨的流程，天庭还是设立了四大司雨部门。

遗憾的是，最重要的雨部却不是四大司雨部门的老大，龙王们要下雨还得向上请示，那么哪个部门才是老大呢？《西游记》第45回，取经车迟国一站，孙悟空与虎力大仙赌求雨，天君道："那道士五雷法是个真的。他发了文书，烧了文檄，惊动玉帝，玉帝掷下旨意，径至'九天应元雷声普化天尊'府下。我等奉旨前来，助雷电下雨。"

原来龙王们的上级部门是九天应元雷声普化天尊府，这又是个什么部门呢？九天应元府的老大叫九天应元雷声普化天尊，毫无疑问，九天应元府就是天庭的雷府，四大司雨部门中雷部话语权最大。

普化天尊最大的贡献就是设立了天庭四大司雨部门，将西游世界有限的水资源进行了合理分配，解决了西方大陆没有水源的问题。特别说明一点：此时的西游世界并不是我们取经时期看到的那样分为四大部洲，有江河湖海。此时的大陆根本没有大型的水域，因为水都藏了起来，藏起来的水正等着一个人来引出，也正等着一个人来整治。

这个时期除了真武大帝和普化天尊，还有很多道教大佬也在这时悉数登场。其中太上老君、元始天尊、灵宝天尊被尊称为三清；真武大帝、普化天尊、救苦天尊、长生大帝被尊封为四帝。但这并不见得是一件好事，因为越多的大佬登场，也就意味着人间的问题越多。如果人间一片祥和，哪里需要那么多的救世主！他们看似都是在为苍生结局问题而努力，但脱掉外衣每个人都脱离不了吃人的本质。这正应了那句老话：兴，百姓苦；亡，百姓苦！

3.蟠桃问世：吃人参果和蟠桃也是在变相吃人

我们知道，西游世界交合之气的总量自从诞生起就是一个定数。基于这个大前提，我们来探讨一下吃人长生的问题。理论上讲，假设一个人多活50年，就必定会有一个人会被剥夺掉50年的寿命。但实际情况却是：你想靠吃人多活多少年，想让谁少活多少年，这都是不能选的。举一个例子：比如妖怪想让唐僧分他5年的阳寿，该怎么分呢？那就是吃了唐僧！每个妖怪都说只吃唐僧一块肉，但每个真正想吃唐僧的妖怪，都巴不得把整个唐僧给吃了，这才是真实的情况。

如果把西游吃人的乱象，比作现实世界资本对底层的压榨剥削，是不是有几分贴切呢？所谓时势造英雄，在这样的一个大背景下，又有一位大佬出圈了。她是继女娲后，第二个拯救西游世界于水火之中的标杆人物——西池王母！因为她研制出了人肉的替代品——蟠桃！

西池王母是怎么研制出蟠桃的呢？王母之所以能研制出蟠桃，有一个人功不可没，因为正是从这个人的身上，王母才找到了研制蟠桃的方法，这个人就是镇元子。这还要从镇元子的那株人参果树说起。《西游记》第24回，取经万寿山一站，原文描述人参果树：

> 那观里出一般异宝，乃是混沌初分，鸿濛始判，天地未开之际，产成这颗灵根。盖天下四大部洲，惟西牛贺洲五庄观出此，唤名"草还丹"，又名"人参果"。三千年一开花，三千年一结果，再三千年才得熟，短头一万年方得吃。似这万年，只结得三十个果子。果子的模样，就如三朝未满的小孩相似，手足俱全，五官咸备。人若有缘，得那果子闻了一闻，就活三百六十岁；吃一个，就活四万七千年。

然后描写孙悟空看到的人参果树："那行者倚在树下，往上一看，只见向南的枝上，露出一个人参果，真个像孩儿一般。原来尾间上是个挖蒂，看他丁在枝头，手脚乱动，点头幌脑，风过处似乎有声。"

再看唐僧眼中的人参果："善哉，善哉！今岁倒也年丰时稔，怎么这观里作荒吃人？这个是三朝未满的孩童，如何与我解渴？"

很多人觉得影视剧里唐僧不敢吃人参果，实在是太胆小了。

第四篇　长生之战

但是您看原著里的人参果，它们挂在树上手脚乱动，摇头晃脑，嘤嘤啼哭，就跟真的刚出生的婴儿一样，请问这样的果子你敢吃吗？

我们提取以下重要信息：

（1）人参果树是鸿蒙混沌时期的一株灵根；

（2）整个西游世界只有一株，只在万寿山五庄观；

（3）人参果和真正的婴儿在外观上没有任何区别。

我们再来看看蟠桃树，《西游记》第5回，蟠桃园土地介绍道："前面一千二百株，花微果小，三千年一熟，人吃了成仙了道，体健身轻。中间一千二百株，层花甘实，六千年一熟，人吃了霞举飞升，长生不老。后面一千二百株，紫纹缃核，九千年一熟，人吃了与天地齐寿，日月同庚。"

那蟠桃长什么模样呢？《西游记》第7回：

紫纹娇嫩寰中少，缃核清甜世莫双。

延寿延年能易体，有缘食者自非常。

我们提取以下重要信息：

（1）蟠桃树有3600株，数量远远大于人参果树；

（2）蟠桃长得不像桃子，它是有纹路的，模样像血管交错的心脏。

人参果和蟠桃除了稀有和让人长生，它们的长相真的很难让人下口。到底是怎样的一块土壤，才能孕育出这般长相瘆人的果子？原文里没有对蟠桃树生长的土壤进行描述，但对人参果树的生长土壤却有介绍。《西游记》第24回，取经五庄观一站：

> 土地道："……这个土有四万七千年，就是钢钻钻他也钻不动些须，比生铁也还硬三四分。人若吃了，所以长生。大圣不信时，可把这地下打打儿看。"
>
> 行者即掣金箍棒，筑了一下，响一声，迸起棒来，土上更无痕迹。行者道："果然，果然！我这棍，打石头如粉碎，撞生铁也有痕，怎么这一下打不伤些儿？"

所以您看，这哪是土壤，简直就是比生铁还硬的特殊材料！您想，吃人参果可以延寿，那也就意味着人参果富含交合之气。人参果富含交合之气，那也就意味着人参果树可以吸收交合之气。那人参果树从哪里吸收交合之气呢？当然是从土壤里吸收了！一块土壤饱含交合之气，还无比坚硬，这是什么？

还记得万寿山是什么地方吗？——万物之战时期它还叫万兽山。当年这里有无数的妖兽尸体，当然也有无数的人类尸体，其中有无数小孩子的尸体，他们死了之后，交合之气便融进土壤，万寿山本就是一个富含交合之气的地方。我们认为，镇元子将一株树苗种植在了无数小孩尸骨堆上，用小孩的尸骨作为养料收集交合之气，培育出了人参果树，这也是人参长得像小孩的原因。

《西游记》第4回，原文描述蟠桃园：

> 左右楼台并馆舍，盈空常见罩云霓。
> 不是玄都凡俗种，瑶池王母自栽培。

王母在镇元子研究的基础上，将桃树种植在活人的心脏上，终于研制出了蟠桃树苗。不要觉得这是在危言耸听，无独有偶，《西游记》第78回，取经比丘国一站，就发生了一起"活人心肝煎药"事件，白鹿精要挖1111个小男孩心肝熬制一碗长生汤药，只不过最后没得逞。请问白鹿精是什么妖兽？——是寿星的坐骑。寿星是干什么的？——研究长生的专家。

不妨再告诉大家一个大跌眼镜的事实，根据我们掌握的原文信息，寿星和王母关系可不一般，王母可是蓬莱仙岛的"常客"，她是福禄寿海上三星的师父！由于篇幅有限，我们就不具体展开论证了。

再后来一个叫大禹的男人走进了王母的视线，正是这个男人当年悄悄"偷"走了老祖的一块补天石。那是一块最大的、最重要的补天石。这块补天石饱含交合之气。而这3600株蟠桃树，就种植在这块补天石上。

没多久又一个男人走进了王母的视线，他就是崇恩圣帝，也是后来的长生大帝——东岳天齐。长生大帝也是一位长生专家，他和王母达成合作，王母将蟠桃树转移到了泰山，那里是长生大帝的道场。王母给长生大帝提供蟠桃和研究长生的条件，长生大帝负责保护王母和蟠桃树的安全。

虽然这两个男人都走进了王母的世界，但他们都不是王母的真命天子。此后王母名声大噪，从天庭下蓬莱或者泰山的神仙络绎不绝，他们纷纷来拜访王母。尤其每年王母生日的时候，他们更是自发地来给王母祝寿，为的是能吃上一口蟠桃以求长生。

4. 老祖觉醒：顺其自然与人定胜天，哪个才是天道？

人参果树只有一株，所以没有在仙界得到批量栽培，但王母研制的蟠桃树却有了批量栽培的技术。正是因为蟠桃的横空出世，西游世界神仙吃人的乱象才得到缓解。但是王母真的是众生的救世主吗？蟠桃树毕竟也是用人心来栽培的，吃蟠桃长生，其实不也是另一种形式上的吃人吗？

还记得是谁带领众神踏上长生之路的吗？——人类伟大的引领者，当年的盘古大神，也就是现在的太上老祖。人类探寻长生之路的历程，大致可以分为以下几个阶段：

第一阶段：发现吃人能长生。

吃人能长生，那么吃妖兽能长生吗？当然也是能长生的！人是富集交合之气的载体，妖兽也是。但是人龙之战结束后，大量的妖兽死亡甚至灭绝。而人类占领了西游世界的每一个角落，他们建立了城池甚至国度。

神仙吃人，随便一手就能捞一个，不费吹灰之力。但是吃妖兽付出的时间成本和人力成本可就不一样了。先不说妖兽不好找，就算找到了，道行不高的神仙，反被妖兽吃掉也是有可能的。神仙想长生，妖兽也想长生，你能吃他，他也能吃你。

第二阶段：发现人肉替代品也能长生。

最典型的除了蟠桃、人参果，还有大闹天宫时期，三岛上大批量种植的火枣、交梨、碧藕、灵芝，以及部分金丹，我们称它们为新型长生食材。当然，在这些三岛新型长生食材出现之前，主流的人肉替代品依旧就是蟠桃。

第三阶段：发现了只要能夺取他人的交合之气就能长生。

方法是在不断实践研究中总结出来的，而不是发现了方法才去应对。蟠桃的问世，让这些研究长生之道的神仙知道了这条真理。长生之路走到这里，老祖后悔了。真相是这么的现实，也是这么的残酷，他内心无法接受。他想着带领人类走向美好的未来，最后却发现：人类美好的未来，竟是要吃掉自己的同类！

上天赋予了每一个人既定的生命，生命本就是有上限的，所有人都应该经历出生、长大、衰老、死亡。上天对每个人都是公平的，但又好似不公平。公平的是，它赋予了每个人一颗人心。不公平的是，每个人的人心都不一样。有些人充满欲望，充满自私，充满冷漠。老祖认为：各安天命，才是最好的长生大道！

但是神仙们还会听老祖的吗？他们好不容易从普通人变成了高高在上的大神，他们还会把脚底下的人当人看吗？当他们从九霄之上的天庭俯瞰西游世界时，会是一种怎样的感觉呢？众生皆平等还是众生皆蝼蚁，这是留给所有神仙的一道永恒的选择题。

现在天庭内部主要分成了两个派别：（1）以老祖为主的自然派：主张天道，顺其自然。（2）以老君为主的长生派：主张人道，人定胜天。

这一次，老祖的呼吁并没有得到大多数神仙的附和。曾经的人王被人族视为叛徒，而他曾经的助手老君，却站在了他的对立面。老君的道教成立后，加入道教的大神除了后来的三清四帝，可以说辐射各类群体，上至高高在上的各类天神，下至渴望长生的小妖怪。道教的成立，就是为了对抗反对长生的老祖的。老祖认清了长生的本质，即便蟠桃问世，可终究还是在吃人！但由于支持长生派的神仙实在太多了，没过多久，灵霄宝殿上就无人再为老祖说话了。无奈之下，老祖作出了一个惊人的决定——毁掉蟠桃树。那么老祖打算如何毁掉蟠桃树呢？

我们知道西游世界的天有三十六重，天庭在第九重大罗天，而太阳的运行轨迹是要走东西海的水路的。虽然太阳运行的轨迹位于天庭的第九重天之下,但那些接天的大山头,离太阳可谓近在咫尺,比如蟠桃树所在的山头泰山。就这样,老祖毁掉蟠桃树的第一条计策便产生了——撤走皂雕旗,利用十阳炙烤蟠桃树。于是老祖趁众神不注意,将皂雕旗撤走了,致使十阳重现。

泰山方面,王母和长生大帝给蟠桃树建造了临时的保护棚,给蟠桃树降温,并用最快的速度转移蟠桃树至泰山脚下,避免烈日的炙烤。

天庭方面,一场众神围攻老祖的仙界大战即将爆发,三清四帝纷纷参与进来,只为了抢夺他手中的那把皂雕旗。战斗场面十分混乱,老祖拿着皂雕旗死死不放,最后皂雕旗被撕得四分五裂。荡魔天尊抢到了旗杆,其他众神也撕下了皂雕旗的一小块。看着四分五裂的皂雕旗,老祖也将手中的那一小块一撕为二,撒向人间的西方大陆,扬长而去。

《西游记》第25回,取经五庄观一站,原文写镇元子有一个法宝叫乾坤袖。

> 那行者没高没低的,棍子乱打。大仙把玉麈左遮右挡,奈了他两三回合,使一个"袖里乾坤"的手段,在云端里把袍袖迎风轻轻的一展,刷地前来,把四僧连马一袖子笼住。

《西游记》第65回,取经小西天一站,黄眉怪拿着弥勒的法宝人种袋。

> 老妖魔公然不惧,一只手使狼牙棒,架着众兵;一只手去腰间解下一条旧白布搭包儿,往上一抛,滑的一声响亮,

把孙大圣、二十八宿与五方揭谛一搭包了，通装将去，挎在肩上，拽步回身，众小妖个个欢然得胜而回。老妖教小的们取了三五十条麻索，解开搭包，拿一个，捆一个。一个个都骨软筋麻，皮肤窊皱。

老祖撒下的这两块皂雕旗碎片被两个人捡到，一个是矮子镇元子，一个是胖子弥勒。镇元子把皂雕旗碎片做成了袖子，弥勒把皂雕旗碎片做成了袋子。您想，荡魔天尊展开皂雕旗，大到可以遮蔽日月星辰，镇元子当然可以一掳袖子装走一大片人，弥勒一开袋子也可以装走一大片人，就是因为它们出自同一款"布料"，都是用皂雕旗的碎片做成的法宝。

这场夺旗大战老祖彻底失去了在众神心中的领导地位。即便老祖认为自己是对的，但仍被赶出了天庭，一个人流落到了人间！他看着自己建立的这一切，最后却不属于自己，他被众神仙抛弃了……

《西游记》第66回，取经小西天一站，弥勒的法宝金铙被孙悟空打破了，原文道："佛祖将金收攒一处，吹口仙气，念声咒语，即时返本还原，复得金铙一副，别了行者，驾祥云，径转极乐世界。"

西游世界存在法宝复原的法术，类似的法术除了弥勒有，观音和老君也都有：观音救活过人参果树，老君复原金角、银角。这些我们之前都说过，辰之碎片有逆转时间的能力，所以当年被扯碎的皂雕旗同样也经历过一次复原，不然取经时期皂雕旗何以重现呢？

夺旗大战结束后，老祖被众神赶下了天庭，而接替老祖位置的便是他曾经的助手老君。之后，三清四帝便聚在一起，纷纷拿出自己在与老祖打斗过程中撕下来的皂雕旗碎片，统一交给荡魔天尊，让荡魔天尊复原皂雕旗。遗憾的是，有两块皂雕旗碎片在打斗的过程中被老祖扔到了凡间，它们分别被镇元子和弥勒捡到，做成了人种袋和乾坤袖，所以复原后的皂雕旗变小了。加之十个太阳又在不断长大，复原后的皂雕旗并不能像原来一样遮蔽九阳。

遮不住九阳，不仅人间的百姓遭殃，蟠桃树也会遭殃。现在蟠桃是仙界众神的命根子，没有了蟠桃，难道又要回到赤裸裸的吃人时代吗？那么下一个登场的救世主又会是谁呢？

5.后羿射日：引发十阳之灾的罪魁祸首是谁？

纵观每一个时期的西游历史，只要有危难，就会出现救世主：万物之战时，盘古出现了；人龙之战时，三皇出现了；而在长生之战登场的三清四帝，他们虽然在吃人，但同时也在救世。直到王母的出现才彻底改变了西游世界到处吃人的乱象。而现在十阳重现，谁来当这一次的救世主呢？

可悲的是，曾经的救世主盘古，也就是现在的老祖沦为了众神眼中的"恶魔"！

《西游记》第68回，取经朱紫国一站，唐僧向朱紫国王介绍华夏文明史。"贫僧那里：三皇治世，五帝分伦。尧舜正位，禹汤安民。成周子众，各立乾坤。"千万年后，中华大地的后人只为三皇五帝、尧舜禹汤歌功颂德，却似乎已经忘了盘古（老祖）的丰功伟绩。

《西游记》第72回，取经盘丝岭一站，原文介绍后羿射日："自开辟以来，太阳星原贞有十，后被羿善开弓，射落九乌坠地，止存金乌一星，乃太阳之真火也。天地有九处汤泉，俱是众乌所化。那九阳泉，乃香伶泉、伴山泉、温泉、东合泉、潢山泉、孝安泉、广汾泉、汤泉，此泉乃濯垢泉。"

我们知道：太阳的运行轨迹是走东海和西海之间的水路。北海与南海之间是没有水路的，正因如此，西游世界的北边（后来的北俱芦洲）是一片极寒之地。后羿射日后形成了九处汤泉，但这九处汤泉并没有在同一个地方。后来孙悟空、猪八戒来到濯垢泉时，也没有看到其他八个汤泉，这说明什么呢？说明十阳重现后，太阳的运行轨迹有所改变。有太阳偏离了东西海之间的水路，渐渐逼近了南北海。而这几个偏离路线的太阳，不惜融化冰川，硬生生在南北海之间开辟出一条水路来，这又会造成什么样的影响呢？

自万物之战开始，便有人类离开了天柱山，同样也有人定居在了天柱山外。但大多数的人都去了西方，也就是后来的西牛贺洲。因为无论万物之战还是人龙之战，人类与妖兽的足迹不是从东往西，就是从西往东。但人类当中有一个部落——羿族，他们在战争结束后竟然往北边探索，来到了这片极寒之地定居了下来。那么他们怎么生存呢？

《西游记》对于北俱芦洲的记载相当少，但荡魔天尊曾经提到过北俱芦洲，第66回取经小西天一站，荡魔天尊说道："我当年威镇北方，统摄真武之位，剪伐天下妖邪，乃奉玉帝敕旨。后又披发跣足，踏腾蛇神龟，领五雷神将、巨虬狮子、猛兽毒龙，收降东北方黑气妖氛，乃奉元始天尊符召。"

一方面，荡魔天尊对人类的功绩不仅因为他用皂雕旗遮蔽了九阳，在人类统一西游大陆的进程中，荡魔天尊更是功不可没，他有实打实打出来的战功。另一方面，荡魔天尊说有妖邪藏在北方，那是什么妖邪？——残存的妖兽。为什么会有妖兽藏在北方？因为万物之战时期，并不是所有妖兽都往西方逃的，还有一小部分妖兽逃往了北方。

《西游记》第8回，原文描写福陵山时期的猪八戒："手执钉钯龙探爪，腰挎弯弓月半轮。"猪八戒出场时带着一把弓，此时的猪八戒既没有入赘高家，更没有加入取经。他告诉观音自己在福陵山吃人度日，但观音来到福陵山时发现这里根本就没有人。没有人的时候，猪八戒就只能带着弓捕猎吃。

《西游记》第20回，取经黄风岭一站，黄风怪责怪虎先锋："我教你去巡山，只该拿些山牛、野彘、肥鹿、胡羊，怎么拿那唐僧来，却惹他那徒弟来此闹吵，怎生区处？"

《西游记》第85回，取经隐雾山一站，豹子精也说道："小的们，我往常出洞巡山，不管那里的人与兽，定捞几个来家，养赡汝等，今日造化低，撞见一个对头。"

您看，即便是修炼了人形的妖怪也依旧会去捕杀同类吃。不难想象，当年羿族人要在如此寒冰且有妖兽的地界生存下来，唯一的办法就是捕杀对方。所以羿族人练成了一身捕猎的能力，尤其擅长拉弓射箭。

《西游记》第46回，取经车迟国一站，北海敖顺捉拿羊力大仙的冷龙。"那龙王化一阵旋风，到油锅边，将冷龙捉下海去不题。"为什么孙悟空请的是北海敖顺？因为羊力大仙的这条冷龙就是从北海弄来的，下油锅都不会死，只有北海才能炼就这样的冷龙。

《西游记》第77回，取经狮驼岭一站，取经团队被上了蒸笼，孙悟空又叫来了北海敖顺。"龙王随即将身变作一阵冷风，吹入锅下，盘旋围护，更没火气烧锅，他三人方不损命。"

不难看出，西游大陆的北边是一个修炼寒冰法术的好地方。

所以当年羿族人一样也修炼了寒冰法术，甚至可以利用寒冰打造神兵法宝。

基于这样的背景，有一位少年从极光当中走了出来，他就是羿。由于是部族最后的传人，所以也叫后羿。后羿打造了九支寒冰神箭和一把射日神弓。他射落九阳，拯救了西游世界。

后羿成了西游世界又一位救世主，由于射日的丰功伟绩，他被众神请上了天庭。在天庭，他还遇到了自己的真爱霓裳仙子（嫦娥在《西游记》里的名字），至于他们的爱情故事，我们这里就不说了。

总之，老祖被赶下天庭后，后羿就被请上了天庭。人生有起就有落，一代新人换旧人。后羿射日击碎了老祖想要利用十阳毁坏蟠桃树的计划，那么后羿的余生就会一帆风顺吗？老祖是否彻底放弃了呢？

6.大禹治水：险些吞没西游世界的洪水从何而来？

《西游记》解读到这里，其实大家也看到了，吴承恩用了不少中国古代上古神话的设定，当然也改编了不少设定，而我们要做的就是解析这些上古神话发生在西游世界里的始末。除了"炼石补天""后羿射日"，我们还要解析最后一个上古神话——大禹治水。

《西游记》第3回，孙悟空龙宫寻宝，东海敖广解释了金箍棒的由来："那是大禹治水之时，定江海浅深的一个定子，是一块神铁。"金箍棒原来是大禹治水时弄来的一把尺子，根据我们之前的分析，金箍棒最开始是炼石补天时期，老君用来放在昆仑山顶上撑天的。而孙悟空也有过两次对金箍棒较为系统性的介绍，要想了解这一段历史，就得好好地看一下关于金箍棒的描述：

第一次是在《西游记》第75回，孙悟空道：

  棒是九转镔铁炼，老君亲手炉中煅。
  禹王求得号"神珍"，四海八河为定验。
  中间星斗暗铺陈，两头箍裹黄金片。
  花纹密布鬼神惊，上造龙纹与凤篆。
  名号"灵阳棒"一条，深藏海藏人难见。
  成形变化要飞腾，飘摇五色霞光现。
  老孙得道取归山，无穷变化多经验。
  时间要大瓮来粗，或小些微如铁线。
  粗如南岳细如针，长短随吾心意变。
  轻轻举动彩云生，亮亮飞腾如闪电。
  攸攸冷气逼人寒，条条杀雾空中现。

第二次是在《西游记》第88回，孙悟空介绍道：

  鸿濛初判陶镕铁，大禹神人亲所设。
  湖海江河浅共深，曾将此棒知之切。
  开山治水太平时，流落东洋镇海阙。
  日久年深放彩霞，能消能长能光洁。
  老孙有分取将来，变化无方随口诀。
  要大弥于宇宙间，要小却似针儿节。
  棒名如意号金箍，天上人间称一绝。
  重该一万三千五百斤，或粗或细能生灭。
  他曾助我闹天宫，也曾随我攻地阙。
  伏虎降龙处处通，炼魔荡怪方方彻。

举头一指太阳昏，天地鬼神皆胆怯。

混沌仙传到至今，原来不是凡间铁。

而在《西游记》第75回，取经狮驼岭一站，原文还有一句话："天河定底神珍棒，棒名如意世间高。"

总结一下金箍棒的历史，它经历了四个阶段：

第一阶段叫撑天柱，是炼石补天时期，老君用在昆仑山顶上撑天的；

第二阶段叫神珍铁，是大禹治水时，丈量水深的一个定子；

第三阶段叫灵阳棒，在大禹治水结束后，被存放在了东海的海藏里；

第四阶段叫如意金箍棒，是从大闹天宫时期到西天取经时期，孙悟空用的兵器。

值得一提的是，《西游记》原文并没有出现过"定海神针"这四个字，所以大禹治水时期的金箍棒我们只能叫"神珍铁"或者"神珍棒"。孙悟空这两段介绍暗含的信息也非常多，那么哪些是我们要关注的信息呢？

（1）神珍铁是由大禹设计、老君打造的

我们知道，老祖补天完成后，昆仑山顶就不需要撑天柱了，所以老君肯定拿走了这根棒子，这也是为什么昆仑山以前是天柱现在却不是的原因。此时，大禹拿到了一块陶镕铁，并做好一张设计图交给老君。老君根据大禹的图纸，利用陶镕铁加工，将撑天柱改造成了神珍铁。

后来为什么是"禹王求得号神珍"，大禹为什么要"求"呢？因为老君打造好神珍铁之后，他并不想交给大禹。大禹多次请求，他最后还是给了。从金箍棒四个阶段的历史不难看出，金箍棒可不是一般的宝贝，老君舍不得也情有可原。究竟是什么原因，导致老君不得不交出神珍铁给大禹去治水呢？

（2）治水是民心所向，连老君也阻挡不了

《西游记》第37回，取经乌鸡国一站，乌鸡国内也有大禹治水的传说，乌鸡国国王说道："（寡人）仿效禹王治水，与万民同受甘苦，沐浴斋戒，昼夜焚香祈祷。"这个乌鸡国王很搞笑，人家大禹是治水，他是求雨，但他非要说自己是在效仿大禹，这一点我们不过多评价。但不管怎么说，他的话也反映出当年大禹并不是一个人在治水，可是拉着广大老百姓一起治水的。

所以当年老君交出神珍铁，没准就是迫于广大群众的舆论压力："你不给大禹拿去治水，我们就不供奉你了。"这么多人参与治水，可见治水是民心所向，连老君也阻挡不了。大禹发动那么多人治水，到底治的是哪里的水呢？

（3）治水的范围波及整个西游大陆

治水的范围可以从"四海八河为定验""如意棒是天河定"这两句中找到。一是"四海"，二是"八河"，三是"天河"。四海就是东海、南海、西海、北海；八河指代长安八水，是大唐富庶的根基。至于天河指代哪里，需要较为复杂的论述，这里就不过多解释了。根据我们掌握的原文信息，《西游记》里的天河有两种可能：一是指代四海交汇处之一的通天河；二是引申指代四海。不难看出，当年几乎整片西游大陆都需要治水，这场洪水险些淹没了整片西游大陆。

（4）治水的本质就是泄洪

我们先不讨论水从哪里来，先说水往哪里去。大禹治水的方法原文说得很清楚，叫开山治水。《西游记》第67回，取经陀罗庄一站，孙悟空还有更详细的补充："你等又不是大禹的神兵，那里会开山凿路！"大禹曾经训练了一支开山凿路的治水神兵，这支神兵把洪水给引流了，换个说法就是泄洪。

其实分析到这里，我们已经大致了解大禹治水的过程了。但还有一个最关键的问题：为什么西游世界会出现这一场洪水？假设洪水是天灾，为什么在这个时期会暴发洪水？假设洪水是人祸，那又是谁引发的？他引发洪水的目的是什么？接下来，我们将结合《西游记》提供的原文信息，将大禹治水的前因后果讲述清楚。

我们知道，后羿射日可谓是拯救了整个西游世界。对于人间，他解除了干旱；对于仙界，他拯救了蟠桃。这也意味着，老祖想利用十阳毁掉蟠桃树的计划落空了。但是老祖并没有就此放弃，因为他在后羿射日中也看到了转机。后羿射日使用的寒冰神箭能熄灭大部分太阳的火焰，所以九乌坠地才能形成九处温泉。这九处温泉分别是香伶泉、伴山泉、温泉、东合泉、潢山泉、孝安泉、广汾泉、汤泉和濯垢泉。而原文对濯垢泉是有详细描述的。

《西游记》第72回，取经盘丝岭一站，原文介绍濯垢泉：

> 那浴池约有五丈馀阔，十丈多长，内有四尺深浅，但见水清彻底。底下水一似滚珠泛玉，骨都都冒将上来，四面有六七个孔窍通流。流去二三里之遥，淌到田里，还是温水。

从后羿射日到后来的西天取经，时间历经了千万年，可这濯垢泉依然在不停地冒水！说明西游世界的地下藏着水，而且是藏着大量的水。如果濯垢泉在不停地冒水，那么其他八处温泉估计也还在冒水。

要知道，在此之前西游世界的水资源可是很宝贵的。天柱山就是后来的花果山上也只有一处水源之地。现在的西方大陆也没有大型的水域，云又不能自己降雨，西方大陆的水还要天庭的降雨系统调配。

后羿射日让老祖看到的转机就是：地表深处有大量的水，这些水都潜藏在暗河里，他要利用地下水，把泰山脚下的蟠桃树都淹死。老祖是怎么将这些地下水给引至地表的呢？

《西游记》第2回，原文说混世魔王的道场"诚为三界坎源山，滋养五行水脏洞"。西游世界有一座山头叫坎源山，这座山头的洞府叫水脏洞。"坎"在八卦里代表水，坎源山就是水源山的意思。三界可代指整个西游世界。而"脏"古通作"藏"，代表储藏、储存的意思，所以坎源山就是整个西游世界的水源之地，这里拥有最丰富的地下水。我们可以这样理解：坎源山是西游世界的水库，水脏洞是水库的阀门。

老祖就是从这里将地下水引出的，此时的蟠桃树都在泰山脚下，老祖策划的一场"水漫金山"的行动正悄然来袭。很快大水便从坎源山流到了泰山，众神不得已再次将蟠桃树转移至泰山顶上。但他们显然低估了这场大水的威力，大水不停地淹没各地，从东方淹到西方，一些低矮的山头更是被从山脚淹到山顶，大水丝毫没有停下之意。于是，这才有了我们前面分析的大禹治水。

还有一个问题，治水既然是开山引流，水是从坎源山冒出的，那么最后大禹又是把水引向了何处呢？炼石补天时我们一度认为只有老祖一个人在补，但后来发现原来老君也参与了，那么参与治水的大佬，有没有可能也是两个人呢？

您想大禹要训练一支开山引流的神兵，总得有一个人去寻找能够泄洪的入口吧！说得通俗点就是：水是从地下引上来的，那就得找一个地方再让它回到地下。俗话说，水往低处流，所以这个地方的地势一定要足够低。《西游记》第57回，取经真假美猴王一站，原文描写观音的落伽山：

包乾之奥，括坤之区。
会百川而浴日滔星，归众流而生风漾月。
潮发腾凌大鲲化，波翻浩荡巨鳌游。
水通西北海，浪合正东洋。
四海相连同地脉，仙方洲岛各仙宫。

通天河是四海交汇处，落伽山也是四海交汇处。不同的是，通天河通天，地势高；落伽山接地，地势低。而落伽山正是观音的道场。值得一提的是：观音的道场在《西游记》原文里写的是"落伽山"，而不是"珞珈山"。为什么吴承恩要把"珞"字替换成"落"字呢？"落"表示低下的意思。在粤语、客家话等南方方言中依然用"落"字表"下"的含义，比如"落水"表示下雨，"落堂"表示下课……

落伽山就是整个西游大陆地势最低的地方，洪水从东边的坎源山流出，逐渐蔓延到整片西游大陆，可最后所有的水都会交汇到南边的落伽山！所以，大禹的神兵就是在落伽山将水引回地下的。当年治水的大神其实有两个：一个是大禹，一个是观音。大禹在东方负责训练治水的神兵，呼吁全民治水，并修补坎源山水脏洞，阻止大水流出。而观音在南边的落伽山上负责开山引流，将水引流回地下。

大禹治水和后羿射日一样，既解救了仙界，也解救了人间。这也宣告老祖利用洪水淹死蟠桃树的计划失败。大禹治水奠定了大禹和观音未来在仙界的地位。大禹被人们尊称为禹王，而观音未来成为西游世界无人比拟的用水专家。人间歌颂大禹治水，求观音救苦救难。

三清四帝邀请大禹和观音上天庭，但观音志不在此。禹王是人间的称号，大禹登上天庭，天庭敕封了他一个更霸气的称号：玉皇！一个属于玉皇的全新时代很快就要到来。

6.后羿成猪：猪八戒令人不敢相信的前世今生

看到这个标题，想必大家会很惊讶，我们先不做推理论证，先说说为什么会有这样的想法。

首先，后羿射日和嫦娥奔月都属于中国古代四大神话故事，而后羿与嫦娥的爱情故事更是被人津津乐道。在《西游记》里，嫦娥是天庭仙女的一个职位，担任嫦娥这一职位的仙女名叫霓裳仙子。既然后羿与霓裳都出现在了《西游记》里，那为什么吴承恩没有安排他们的爱情故事呢？取而代之与霓裳有关系的男人竟然是猪八戒，这曾经让我们百思不得其解。

其次，不妨来看看猪八戒的身世到底有什么与众不同。《西游记》第19回，取经高老庄一站，猪八戒给自己做了一段超长的猪生履历，我们分段来看。

（1）猪八戒拜师：

　　自小生来心性拙，贪闲爱懒无休歇。
　　不曾养性与修真，混沌迷心熬日月。
　　忽然闲里遇真仙，就把寒温坐下说。

劝我回心莫堕凡，伤生造下无边业。
有朝大限命终时，八难三途悔不喋。
听言意转要修行，闻语心回求妙诀。
有缘立地拜为师，指示天关并地阙。
得传九转大还丹，工夫昼夜无时辍。
上至顶门泥丸宫，下至脚板涌泉穴。
周流肾水入华池，丹田补得温温热。
婴儿姹女配阴阳，铅汞相投分日月。
离龙坎虎用调和，灵龟吸尽金乌血。
三花聚顶得归根，五气朝元通透彻。

这个时期的猪八戒也不知道杀了多少人，造孽无数。但他没有受到惩罚，从天上下来了一位老神仙，教他做人做事的道理，给了他一颗九转大还丹，传授他道家法术。能拿得出九转大还丹的肯定是老君。九转大还丹还的是猪八戒的什么呢？是他的能力，还是他的记忆？老君授他道家法术的目的又是什么？

（2）猪八戒上天庭（天蓬元帅）：

功圆行满却飞升，天仙对对来迎接。
朗然足下彩云生，身轻体健朝金阙。
玉皇设宴会群仙，各分品级排班列。
敕封元帅管天河，总督水兵称宪节。

猪八戒学有所成后就直接上了天庭，无论是三清四帝还是禹王，谁不是对西游世界作出了巨大贡献才上天庭的。可猪八戒要说贡献那是一点没有，造的孽却多得数不清，众仙居然还让他上天庭当元帅。更可气的是玉帝都得亲自迎接，所有神仙都要列队欢迎。猪八戒绝对不是一个普通的回头浪子，他上天之前的身份肯定不简单。

（3）猪八戒调戏霓裳

只因王母会蟠桃，开宴瑶池邀众客。
那时酒醉意昏沉，东倒西歪乱撒泼。
逞雄撞入广寒宫，风流仙子来相接。
见他容貌挟人魂，旧日凡心难得灭。
全无上下失尊卑，扯住嫦娥要陪歇。
再三再四不依从，东躲西藏心不悦。
色胆如天叫似雷，险些震倒天关阙。
纠察灵官奏玉皇，那日吾当命运拙。
广寒围困不通风，进退无门难得脱。
却被诸神拿住我，酒在心头还不怯。
押赴灵霄见玉皇，依律问成该处决。
多亏太白李金星，出班俯囟亲言说。
改刑重责二千锤，肉绽皮开骨将折。

再说他调戏霓裳，这就更可疑了：

首先，他称霓裳仙子为风流仙子，猪八戒认为不是他在调戏霓裳，而是霓裳在勾引他。

其次，醉酒的猪八戒上钩后，霓裳没有大喊"救命"，而是和猪八戒玩起了躲猫猫，还一脸不高兴的样子，这到底是谁在调戏谁呢？

再次，玉帝出兵速度出奇的快，广寒宫一眨眼就被围得水泄不通。要知道这会儿还是蟠桃会,大家都在宴席上,仿佛一切都是准备好的。

最后,更离奇的是对猪八戒的判决,为什么太白金星会出来求情呢?因为金星知道,玉帝若真判猪八戒死,在场的人是没有敢动手的,您想想猪八戒上天时天庭给他安排的阵仗。后面猪八戒也说了"玉帝把我打了二千锤""玉皇亲打二千锤"这类话。可见改判后还是没有人敢动手,玉帝只能亲自上阵执行这2000锤,真是脸都丢尽了。

(4)猪八戒被贬(猪刚鬣):

放生遭贬出天关,福陵山下图家业。
我因有罪错投胎,俗名唤做猪刚鬣。

这个时期的猪八戒就没什么可说了,因为他很快就加入了取经团队。《西游记》第8回,猪八戒对观音述说自己变猪的过程:"我不是野豕,亦不是老彘,我本是天河里天蓬元帅。只因带酒戏弄嫦娥,玉帝把我打了二千锤,贬下尘凡。一灵真性,径来夺舍投胎,不期错了道路,投在个母猪胎里,变得这般模样。是我咬杀母猪,可死群彘,在此处占了山场,吃人度日。不期撞着菩萨,万望拔救拔救。"

大部分人都认为猪八戒是被贬之后才成为猪的,因为猪八戒自己也亲口说了。但人们都忽略了一点,猪八戒对自己前身的记忆是根本记不起来的。我们暂且认为猪八戒脑子里存在一段自己变成猪的记忆,那么这段变猪的经历一定是在他被贬时期吗?

在西游世界,神仙是享受天籁的,神仙被贬是不会投胎的。沙和尚被贬也没变成阿猫阿狗,奎木狼下界那是因为人家本来就是狼。为什么天蓬元帅被贬就会变成猪呢？有没有可能他在被贬之前就是猪呢？

《西游记》第85回，取经隐雾山一站，猪八戒还有一段补充：

> 巨口獠牙神力大，玉皇升我天蓬帅。
> 掌管天河八万兵，天宫快乐多自在。
> 只因酒醉戏宫娥，那时就把英雄卖。
> 一嘴拱倒斗牛宫，吃了王母灵芝菜。
> 玉皇亲打二千锤，把吾贬下三天界。
> 教吾立志养元神，下方却又为妖怪。

猪八戒在上天之前就已经是"巨口獠牙"了，在被贬之前他还大闹了一场天庭，"一嘴拱倒斗牛宫"。从上述文字看，猪八戒在上天庭当天蓬元帅之前就已经是一头猪了。

那猪八戒为什么要和观音说自己是被贬后才变成猪的？因为猪八戒在上天之前的记忆几乎没有了，他只依稀地记得自己生来就是一头猪。他总不可能说"我是一头猪，天庭找我上去当元帅"吧！加入取经团队后，在妖怪面前，猪八戒可以无所谓，但在观音面前他还是要点面子的。毕竟那时的猪八戒还没有加入取经团队，猪八戒为了面子对观音撒了一个谎。

同样地，这一段猪八戒也提到了调戏霓裳一事，虽然省略了调戏的过程，但因果关系却更为清楚了。猪八戒先介绍说自己"因为调戏霓裳所以被贬"，然后介绍说自己"因为调戏霓裳、拱翻玉帝的斗牛宫、强吃王母的灵芝菜所以被贬"。

斗牛宫是天庭重地，都被他拱翻了，够严重了吧！强吃王母的灵芝菜，这个罪责也不小。《西游记》第5回，孙悟空大闹蟠桃会。

一时间丹满酒醒，又自己揣度道："不好，不好！这场祸，比天还大，若惊动玉帝，性命难存。走，走，走！不如下界为王去也！"他就跑出兜率宫，不行旧路，从西天门使个隐身法逃去，即按云头，回至花果山界。

此时孙悟空干了几件大事呀？偷吃了王母的蟠桃，偷喝了玉帝的御酒，偷吃了老君的金丹，就偷吃了几样东西，但是在孙悟空看来却是"这场祸，比天还大"。

我们再来看看猪八戒，他更夸张，他可不是偷吃的。他是被围捕后变成一只大猪冲出广寒宫重围，先把玉帝的斗牛宫干翻，再跑到王母那去吃灵芝菜的。可见猪八戒疯了，并且和玉帝多少带有个人恩怨。

那么猪八戒为什么会疯呢？总不可能在蟠桃会上几杯酒下肚就疯了吧！他喝完酒后第一件事情就是来广寒宫找霓裳，他发疯是因为霓裳对他说了一些什么他不愿意听到，或许不愿意相信的话。

所以分析到这里，我们至少有两点可以确定：

第一，猪八戒在上天之前的身份绝对不简单，一定是曾经的某位大佬。从众神对猪八戒的表现来看，他们认识猪八戒的前身，甚至很可能他的前身当年就在天庭，只是猪八戒自己不记得了。正是由于这个特殊的身份，老君才把他重新带回天庭。

第二，猪八戒调戏霓裳一事疑点实在太多了，霓裳逼疯猪八戒，而玉帝也早有准备，这一切看起来更像是一场阴谋。

那么猪八戒的前身到底是谁呢？《西游记》第8回，猪八戒拦截正在寻找取经人的观音，他出场时"腰挎弯弓月半轮"。猪八戒第一次以猪妖的身份出场时，他腰间挂着一把弓，但自从观音答应猪八戒加入取经团队后这把弓就不见了。取经整整14年，猪八戒再也没有拿出这把弓，我们推测：

（1）这把弓就是当年后羿射日的那把射日神弓，它被观音拿走了，当作猪八戒加入取经团队的条件。

（2）猪八戒的前身就是后羿，所以天庭众神对猪八戒像祖宗般恭敬，也就不足为奇了。

现在我们只需要搞清楚三个问题，所有的疑问就都解开了：

（1）后羿为什么会变成猪？是怎么变成猪的？

（2）后羿变猪是谁下的手？是否与玉帝有关？

（3）霓裳逼疯猪八戒，她到底说了什么话？

回到我们的故事主线，此时恰是长生之战老君与老祖对抗的时期，王母还没有上天庭，涉及人物有后羿、玉皇、老祖、老君、霓裳。下面是我们构想故事的前因后果。

在老祖"十阳炙烤蟠桃树""水淹蟠桃树"两次毁坏蟠桃树的计划失败后，天庭召开了一场会议，会议决定杀掉老祖。只有彻底杀掉老祖，蟠桃树才不会再次受到威胁。经过上次抢夺皂雕旗一战后，众神看到了老祖非凡的实力，这么多人围攻老祖居然也没占到什么便宜。会议认为：杀掉老祖最好的方法，就是刺杀。

《西游记》第5回，孙悟空在天庭时期："见三清，称个'老'字；逢四帝，道个'陛下'。"

《西游记》第1回，原文又说："感盘古开辟，三皇治世，五帝定伦……"

大家有没有想过,《西游记》为什么会存在"四帝"和"五帝"两种说法？我们认为：西游世界曾在某个时期增加过一个帝位，而这个帝位又非常特殊，因为它高于四帝，所以才会出现两种说法。

众神选出了两个人去刺杀老祖：一个是后羿，一个是玉皇。谁能成功刺杀老祖，便可得到天庭最后一个帝位，也是最大的一个帝位，甚至可以说是万神之主。

后羿的计划是：夺舍投胎，伪装身份，在老祖背后给出致命一击；玉皇的计划是：设立"鸿门宴"，在宴会上伺机而动，乘其不备进行刺杀！众神决定先执行后羿的刺杀计划，如果后羿的计划失败，再执行玉皇的计划。为此，老君给他们都打造了一把上等的神兵：玉皇用的是改造后的神珍铁，名号"灵阳棒"；而后羿用的是一把全新的神兵：上宝沁金钯，也就是后来猪八戒用的九齿钉钯。九齿代表着后羿曾经的丰功伟绩，为西游世界射落了九个太阳。

《西游记》第19回，取经高老庄一站，猪八戒与孙悟空赌斗时，他就介绍过九齿钉钯的威力：

> 这钯下海掀翻龙鼍窝，上山抓碎虎狼穴。
> 诸般兵刃且休题，惟有吾当钯最切。
> 相持取胜有何难，赌斗求功不用说。
> 何怕你铜头铁脑一身钢，钯到魂消神气泄！

有了九齿钉钯，后羿夺舍投胎的计划启动了。他绑架了老祖的一位弟子，准备夺了他的舍投自己的胎，以此靠近老祖。本来计划如期进行，但在关键时刻，有人从中作梗了。因为玉皇也想要这个帝位，后羿要是成功了，也就意味着玉皇彻底失去了万神之主的帝位，所以他要阻止后羿。

霓裳是后羿最相信的人，他把自己的肉身交给了她保管。可玉皇也找到霓裳，拿走了后羿的身体。后羿浑然不知，取而代之的是一具猪身等待着后羿的魂魄。就这样后羿变成了一头猪，他为此整个人都疯掉了。

为什么霓裳会帮玉皇呢？您想想，变成猪的后羿，也就是当时的天蓬元帅跑去广寒宫找霓裳，玉皇最后杀他不成，亲自捶了他2000锤。没人敢动手，玉皇自己动手，您想这里面有多少个人恩怨？斗牛宫倒了可以重修，灵芝菜被吃了还可以再种，但你所托非人那就会自讨苦吃。因为霓裳后来爱的不是后羿，而是玉皇。

《西游记》第95回，取经天竺国一站，猪八戒和霓裳再次见面：

> 正此观看处，猪八戒动了欲心，忍不住，跳在空中，把霓裳仙子抱住道："姐姐，我与你是旧相识，我和你耍子儿去也。"行者上前，揪着八戒，打了两掌，骂道："你这个村泼呆子！此是甚么去处，敢动淫心！"

影视剧里嫦娥说什么"你再烦我，我让玉帝把你变得更丑"，但在原著里，霓裳一句话也没有对猪八戒说，猪八戒抱住她，她也没有任何的反抗。霓裳知道，她虽然不爱他，但她愧对他，所以她什么都没有说。

因为玉皇从中作梗，后羿错投了猪胎，这也意味着后羿刺杀老祖的计划宣告破产。于是天庭决定执行玉皇的刺杀方案，那么玉皇是怎么准备这场"鸿门宴"的？这场"鸿门宴"上又发生了什么呢？

7. 玉皇的鸿门宴：是谁背叛了太上老祖？

有一个问题：以老君为首的三清四帝，为什么决定要先执行后羿的刺杀计划呢？原因很简单：因为玉皇的野心太大了，他要是坐稳了最后一个帝位，三清四帝很可能就管不住他了。但由于玉皇从中作梗导致后羿成猪，天庭不得不执行玉皇的刺杀计划——大摆鸿门宴。

可后羿无缘无故消失，难道仙界就没人调查吗？这就得说说现阶段的主次矛盾了。对仙界众神而言，是玉皇上位还是后羿上位，他们其实没有那么关心，但对于杀死反对长生的老祖，大家的诉求是高度一致的。当然了，查还是会查的，那也要等刺杀老祖这件事情彻底完结之后。

后面老君找到了变成猪头的后羿，给他吃了九转大还丹，让他恢复了一些记忆，所以猪八戒脑子里才有错投猪胎的印象。当老君再次把后羿带回天庭时，众神毕恭毕敬，热烈欢迎，同时也傻眼了，后羿咋变成了一头猪呢？

回到故事主线，玉皇是怎么办这场"鸿门宴"的呢？后羿为了接近老祖，都需要夺舍投胎，这说明什么？说明此时老祖对天庭众神是不信任的。后羿夺舍投胎走的是一步险棋，玉皇更想稳中求胜，所以选择了摆鸿门宴。

为了消除老祖的疑虑让他能主动赴宴，玉皇公开向老祖道歉，他表示：自己后悔阻止老祖毁掉蟠桃树，并声称自己也一直在劝说天庭众神。他希望老祖能与天庭众神握手言和，甚至可以重回天庭。

在历经多次游说后，老祖终于同意赴宴了。当然，这只是玉皇精心设计的一场骗局。不仅如此，玉皇还买通了老祖身边的五名弟子，他们就是东南西北五斗星君。五斗星君只待时机成熟，在宴会上给予老祖致命一击。

为什么我们设定是五斗星君杀了老祖呢？翻遍整部《西游记》，我们尚未发现五斗星君对西游世界作出过什么卓越贡献。根据我们掌握的原文信息，按照仙界旧规，五斗星君的仙界地位竟然跟三清四帝是齐平的。可在孙悟空大闹天宫时期，他们却要受到玉帝和老君差遣，和普通干活的神仙没有区别。

我们认为，五斗星君名义地位与实际地位不符肯定是有原因的，随着西游历史的变迁，仙界格局也在不断变化，五斗星君逐渐回归到了自己该有的仙界地位。五斗星君之所以获得了名义地位，就是因为他们参与刺杀老祖，而且他们是玉皇安排在老祖身边的一把利刃。

宴会上，五斗星君五把刀子同时从老祖身后刺入，玉皇邪魅一笑。当老祖回头看时，竟绝望地发现凶手是自己的弟子。玉皇也把灵阳棒朝老祖扔去，众神各类神兵利器、护身法宝也都紧随其后。老祖高大的身躯，霎时血流如注，随之倒在地下。只见他的躯体中化出一缕尘烟，风一吹就散了，没有留下一丝踪迹。老祖倒下了，再也没有人能阻碍众神追求长生了，众神们都笑了。没有了老祖，下一步西游世界又会朝着怎样的方向发展呢？还有，法力强大的老祖真的就这样死了吗？

长生之战的影响

1.五帝诞生：第一次仙界排位是怎样的？

长生之战结束，天庭正式承认了玉皇的帝位，所以玉皇也多了一个称号：玉皇大帝。现在三清分别是：太上老君（道德天尊）、元始天尊、灵宝天尊。五帝分别是：玉皇大帝、救苦天尊、长生大帝（崇恩圣帝/东岳天齐）、普化天尊、真武大帝（荡魔天尊）。

与此同时，刺杀老祖的五斗星君，即东斗星君、南斗星君、西斗星君、北斗星君、中斗星君也得到了表彰。天庭虽然没有给他们具体的封号，但让他们在天庭享受三清四帝级别的待遇。

老君也根据天庭众神在长生之战当中的表现，给他们安排座次，第一次仙界排位就此形成。众神各司其职，共同管理西游世界。当然了，明面上是这样排位的，实际玉帝并没有真正进入以老君为首的"中心权力集团"。玉帝没有权力，帝位就是一个空有的虚位。玉帝在天庭几乎没有朋友，想要坐稳这个帝位，玉皇走上了千百年的巩固帝位之旅。这个旅程有多漫长？从这里开始，直到唐僧西天取经结束。

2.十洲三岛："西游水世界"是怎么来的？

大禹治水给整个西游大陆带来了巨大的地理格局变化。在这场洪水之前，西游大陆是没有江河湖海的，因为西游世界里的云是不会下雨的，绝大多数的水都隐藏在地下。而人类的水资源，只有东方两处水源之地，西方大陆根本就没有水源，确切地说是没有被发现的水源。

在这场洪水之后，西游大陆被洪水淹没，洪水从东方淹到西方，当然也淹到了南方和北方。在大禹和观音治水之后，西游大陆便有了四海八河！从此，西游世界的划分就更为明确了，那么具体是怎么划分的呢？

《西游记》第1回，"感盘古开辟，三皇治世，五帝定伦，世界之间，遂分为四大部洲：曰东胜神洲，曰西牛贺洲，曰南赡部洲，曰北俱芦洲"。

同回，原文介绍花果山："此山乃十洲之祖脉，三岛之来龙，自开清浊而立，鸿濛判后而成。"

西游世界的划分有两种方法：一种是将西游世界划分为四大部洲，一种是划分为十洲三岛。那么这两种划分有什么区别呢？我们知道，从盘古到三皇，从三皇到五帝，人类统治了陆地，统治了天空，但是现在江河湖海才刚刚形成，所以四大部洲法是不包含海域的，而十洲三岛法却将海域包含在内了。

我们没有找到十洲在《西游记》里具体指代哪十个地方，但三岛的指代是明确提出来的：

（1）《西游记》第26回，原文的标题是：孙悟空三岛求方　观世音甘泉活树；

（2）孙悟空前后去了海上三星的蓬莱仙岛、东华帝君的方丈仙山、瀛洲九老的瀛洲海岛，这三处便是三岛的指代。

《西游记》第26回，孙悟空对唐僧说道，"古人云：'方从海上求。'我今要上东洋大海，遍游三岛十洲，访问仙翁圣老，求一个起死回生之法，管教医得他树活"。很明显，三岛在东洋大海内不在四大部洲间。四大部洲是针对陆地的划分，十洲三岛更全面，除了陆地，也包括海洋划分。

取经时期，我们看到的西游世界有江河湖海，就是观音一手造成的！虽然她和大禹一起参与了治水，但最后又堵住了落伽山，把很大一部分水留在了地表之上。观音这样做，最大的受益者就是龙族和水族。当然，现在的龙族也基本上是以敖家为首的龙尿龙了。他们纷纷住到了水里，建造龙宫，隐蔽身世。从此，龙族和水族就与观音有着密不可分的关联。

多年后，孙悟空就是在东海龙宫找到金箍棒的。这也意味着在刺杀老祖任务完成后，大禹又把灵阳棒放回了东海。要知道，治水时，大禹用这根棒子测量过西游世界几乎所有水域的深浅，为什么现在还要放到海里呢？大禹（后来的玉皇）这样做有两方面原因：一是警视龙族和水族，现在是我当王，总有一天我要统治大海；二是为了监测观音，看她放了多少水回到地下，又留了多少水在地表。

而观音坐镇落伽山，龙族们纷纷来巴结，生怕她再把水放回去。观音一放水，海平面就会下降，龙族的地盘就会缩小。不过，观音也不会把所有的水都放光，因为没了水，落伽山就会和整片西游大陆连在一起，也会失去得天独厚的地理优势！

第五篇　树人之战

树人之战的起因

1.菩提诞生：什么是西游世界的"九窍修仙"理论？

《西游记》第20回，取经黄风岭一站，虎先锋使出一计金蝉脱壳：

> 那怪慌了手脚，使个"金蝉脱壳计"，打个滚，现了原身，依然是一只猛虎。行者与八戒那里肯舍，赶着那虎，定要除根。那怪见他赶得至近，却又抠着胸膛，剥下皮来，苫盖在那卧虎石上，脱真身，化一阵狂风，径回路口。

《西游记》第40回，取经号山一站，孙悟空想摔死红孩儿：

> 猴王发怒，抓过他来，往那路旁边赖石头上滑辣的一掼，将尸骸掼得像个肉饼一般，还恐他又无礼，索性将四肢扯下，丢在路两边，俱粉碎了。那物在空中明明看着，忍不住心头火起道："这猴和尚，十分悫懒！就作我是个妖魔，要害你师父，却还不曾见怎么下手哩，你怎么就把我这等伤损！早是我有算计，出神走了，不然，是无故伤生也。若不趁此时拿了唐僧，再让一番，越教他停留长智。

《西游记》里的神仙妖怪有一种"出窍"的脱身手段，虎先锋保的是真身，红孩儿保的是元神。很多时候保不住真身至少要保住元神，元神保住了即便肉身被毁也还能继续活命。这项技能虎先锋和红孩儿还不是玩得最专业的，白骨精一个人就用了三次，只不过最后一次被孙悟空追着打死了。那么元神指的是什么？是魂魄。

　　为什么我们要说元神出窍呢？老祖在"鸿门宴"上受到玉皇和五斗星君众神的暗算，那么他真的死了吗？众神万万没想到，老祖只是身死，他的魂魄并没有完全消亡。那一缕消失的尘烟便是老祖的魂魄，众神还没意识到不久的将来，老祖必定卷土重来。

　　对老祖来说，"鸿门宴"上的所有人都是他的敌人，他认清了在场每一个人的脸，他誓要与整个仙界为敌。老祖这一缕残魂究竟去了哪里呢？无论去了哪里，老祖的当务之急就是要找到一具合适的肉身，将这一缕残魂寄生上去。

　　首先，老祖绝对不会寄魂在妖兽身上，因为只剩一缕残魂的老祖已经不再有能力对抗妖兽，制服妖兽。其次，也绝对不会寄魂在凡人身上，因为即便是一缕残魂，凡人的躯体也无法承载老祖的能量。最后，老祖也不会选择寄魂在一些小神仙身上，因为天庭众神一定会对天庭展开地毯式排查。老祖要选择的寄魂躯体一来要适合自己，二来要能躲避追查。所以老祖能寄魂的对象，只有花草树木。

　　我们再想一个问题：老祖又会寄魂何方呢？第一，绝对不会再留在天庭，这点不用多说。第二，不能去东方，因为东胜神洲地方太小，不好躲藏。第三，也不能去南方，因为那里是大禹的主场，大禹在那里有很强的群众基础，埋伏了太多的眼线。最后，也不能去北方，因为太冷了，一缕残魂经受不住。所以老祖只能去西方，这里远离天庭、地广人稀、方便躲藏，更适合清修静养。

而我们在《西游记》里刚好就能找到一个符合上述条件的地方，会是哪儿呢？《西游记》第64回，取经荆棘岭一站，原文描述荆棘岭：

> 匝地远天，凝烟带雨。
> 夹道柔茵乱，漫山翠盖张。
> 密密搓搓初发叶，攀攀扯扯正芬芳。
> 遥望不知何所尽，近观一似绿云茫。
> 蒙蒙茸茸，郁郁苍苍。
> 风声飘索索，日影映煌煌。
> 那中间有松有柏还有竹，多梅多柳更多桑。
> 薜萝缠古树，藤葛绕垂杨。
> 盘团似架，联络如床。
> 有处花开真布锦，无端卉发远生香。
> 为人谁不遭荆棘，那见西方荆棘长！

石碑上给出的评价是："荆棘蓬攀八百里，古来有路少人行。"这样的山头，取经团队根本没有办法前行，猪八戒主动请缨当开路先锋，还添了一句："自今八戒能开破，直透西方路尽平！"

为什么我们确定老祖残魂曾经来过这里？因为就是这样一座

荆棘丛生的山头，里面竟然有一座隐蔽的古庙："那前面蓬蓬结结，又闻得风敲竹韵，飒飒松声。却好又有一段空地，中间乃是一座古庙。庙门之外，有松柏凝青，桃梅斗丽。"

取经团队来到这座古庙，是清了路障开了路才进来的，而且古庙就位于荆棘岭的正中心。更奇怪的是古庙无人居住，但古庙外不远处却有一个叫"木仙庵"的地方，那里住着8个树妖：十八公松树精、孤直公柏树精、凌空子桧树精、拂云叟竹子精、赤身鬼枫树精、杏仙杏树精、女童丹桂精、女童腊梅精。他们都修炼了人形，都有上千年岁数，而且这个山头只有这群树妖。

问题又来了，论环境和地理位置，古庙都比木仙庵要好，这群树妖已经是这座山头唯一的主人了，为什么他们不住进古庙里呢？

还有，既然他们不住古庙，为什么古庙附近一点荆棘都没有，反倒是"松柏凝青，桃梅斗丽"。无人居住的古庙居然没有半点荆棘丛生荒废的迹象，要知道他们自己住的木仙庵都没有这样的环境，原文只是说那里是一"烟霞石屋"。不用说，常年来肯定有人打理古庙。整座荆棘岭连个土地山神都没有，只有这群树妖去打理古庙。既然他们把古庙打理得如此精致，为什么就不住进去呢？哪怕有一个住进去也行，可他们的想法却出奇的一致，没有一个住进去！

原因只有一个：这座古庙的主人是这群树妖很敬重的一个人，现在这个人不在了，但这群树妖还是愿意为了他守在这里。我们推测，古庙的主人就是曾经消失的老祖，确切地说是菩提祖师。当年老祖一缕残魂来到荆棘岭，寄魂在了一株菩提树上。

《西游记》第1回，说孙悟空出生的石头"上有九窍八孔，按九宫八卦"。

《西游记》第2回，孙悟空要学习躲避三灾之法：

祖师道："此亦无难，只是你比他人不同，故传不得。"

悟空道："我也头圆顶天，足方履地，一般有九窍四肢，五脏六腑，何以比人不同？"

《西游记》第3回，太白金星提议招安孙悟空时说："上圣三界中，凡有九窍者，皆可修仙。"

《西游记》第6回，玉帝向观音解释招安孙悟空缘由时也说，"当有龙王、阎王启奏，朕欲擒拿，是长庚星启奏道：'三界之间，凡有九窍者，可以成仙。'朕即施教育贤，宣他上界，封为御马监弼马温官"。

《西游记》第17回，取经黑风山一站，孙悟空向唐僧解释黑熊成精："老孙是兽类，见做了齐天大圣，与他何异？大抵世间之物，凡有九窍者，皆可以修行成仙。"

什么是"九窍"？眼有两窍，耳有两窍，鼻有两窍，口有一窍，尿道是一窍，肛门是一窍，合计九窍。《西游记》第27回，取经白虎岭一站，孙悟空打死的白骨精"却是一堆粉骷髅在那里"。九窍比五脏六腑重要，白骨精有九窍没有五脏六腑，依旧可以成精。这就是西游著名的九窍修仙理论，对于这个理论，上至玉帝、观音，下至孙悟空，都深信不疑。

既然如此，那么树可以成精吗？树没有九窍，他是如何成精的呢？又是如何修炼成人形的？迄今为止，只有菩提发现了树木成精的奥秘。菩提是西游世界第一个成名的树妖，他是树妖之祖，所以称其为菩提祖师。

为什么取经时期荆棘岭的这群树妖那么敬重菩提？就是因为

菩提不仅是他们的老师，更是他们重生的父母。菩提在这里安顿了下来，躲避追查，休养生息，并且制造出了第一批人造树妖，也是最忠诚的树妖。而现在的菩提，只为两个字而活——复仇！

2.永生树人：为什么树人可以长生？

菩提和这群树妖修成人形后便离开荆棘岭，来到西方大陆另一座山头——灵台方寸山，这座山头比荆棘岭更加往西。菩提在山间打造了一个洞府——斜月三星洞。他大开门市、广纳弟子，并开创了一个教派——西方教。

现在的老祖叫菩提祖师，从盘古大神到太上老祖是一次蜕变，从太上老祖到现在的菩提祖师又是一次蜕变。他容貌大改，判若两人。我们不知道真正的菩提长什么样子，几百年后有一个后人假扮成了他的样貌，这个人曾是菩提坐下的弟子，这个弟子是谁，可以留给大家脑洞。吴承恩为了告诉我们那是个假菩提，还借樵夫之口叫了他一次"须菩提"，"须"同音"虚"，就是莫须有、虚假的意思。

以音会意的手法，吴承恩不止用过这一次，在《西游记》第23回，取经四圣试禅心一站，黎山老母假扮寡妇，你看她是怎么说的？"娘家姓贾，夫家姓莫"，"贾"就是"假"，"莫"暗指"莫须有"，就是在告诉大家她是个冒牌寡妇。

那么菩提究竟长什么样子呢？《西游记》第2回，且看这个假扮的菩提，应该就是菩提的原貌了：

大觉金仙没垢姿，西方妙相祖菩提。
不生不灭三三行，全气全神万万慈。

> 空寂自然随变化，真如本性任为之。
> 与天同寿庄严体，历劫明心大法师。

您看这一句"真如本性任为之"，这个菩提的本性是"真如"，"任为之"表示模样是任由他变化的。那么"真如"是谁呢？《西游记》第98回，取经团队来到灵山面见如来功德圆满，这回的标题是："猿熟马驯方脱壳　功成行满见真如"。

原文除了这句"空寂自然随变化，真如本性任为之"是在揭露须菩提身份外，其他的描述都可以看作真菩提的样子。

我们不难看出，菩提变成了一副道士模样。为什么是道士模样呢？此时的西游世界，人间没有谁不崇拜道教三清。你想要开宗立派，如果根基不是在道教这个大背景下，根本就没有信徒，更会受到正统道教的阻挠。当然还有一个最重要的原因，那就是为了隐藏身份，绝对不能和天庭道教唱反调。

再说菩提创立西方教后，他都收了哪些门徒呢？这在原文肯定是难以找到具体的人的，但我们可以找到他们的辈分。《西游记》第1回，孙悟空拜入须菩提门下时，须菩提就照菩提门规给孙悟空排起了辈分：

> 祖师道："我们门中有十二个字，分派起名，到你乃第十辈之小徒矣。"
> 猴王道："那十二个字？"
> 祖师道："乃广、大、智、慧、真、如、性、海、颖、悟、圆、觉十二字。排到你，正当'悟'字。与你起个法名叫做'孙悟空'，好么？"

问题来了，菩提是道士打扮，却拿佛教常用的字号给门徒起法名，这是为什么呢？难道他佛道知识都懂，佛道知识都教吗？

有一种观点认为，佛教与西方教有些观念相通，佛教的理论知识叫"释"。《西游记》第7回，如来见到孙悟空后自报家门说："我是西方极乐世界释迦牟尼尊者。"如来本名叫释迦牟尼，如来的"如"字是他的辈分，那他会不会是菩提门下第六辈门徒呢？

很多人会觉得：如来不是《西游记》里最厉害的吗，怎么可能给别人当徒弟呢？我们解读《西游记》万万不可把影视剧塑造的形象带入原著中。原著中的如来可没那么厉害，他被孔雀大明王吃过，被蝎子精蜇伤过，被菩萨联盟围剿过，被孙悟空怒怼过，更被西方人骂过……如来出道的时间比观音还晚！

《西游记》第7回，孙悟空与如来第一次见面，问："你是那方善士，敢来止住刀兵问我？"

《西游记》第8回，孙悟空与观音第一次见面：

菩萨道："姓孙的，你认得我么？"

大圣睁开火眼金睛，点着头儿高叫道："我怎么不认得你，你好的是那南海普陀落伽山救苦救难大慈大悲南无观世音菩萨。承看顾！承看顾！我在此度日如年，更无一个相知的来看我一看。你从那里来也？"

当年孙悟空上天为官时广交仙友，他不认识如来却认识观音。如来是孙悟空大闹天宫时才名声大噪的，孙悟空不认识他很正常。而观音的名头早就响彻西游世界了。论仙界辈分、仙界资历，观音确实比如来略高一筹。但是辈分资历不能说明一切，对于优秀者来说，往往都是长江后浪推前浪，后来居上。所以如来很快就能和观音平起平坐，甚至在未来超越观音。

回归故事，那么菩提的西方教都讲一些什么内容呢？

《西游记》第2回，须菩提讲课：

> 天花乱坠，地涌金莲。
> 妙演三乘教，精微万法全。
> 慢摇麈尾喷珠玉，响振雷霆动九天。
> 说一会道，讲一会禅，三家配合本如然。
> 开明一字皈诚理，指引无生了性玄。

这就是西方教内核的缩影，可以说西方教就是彻头彻尾的大杂烩，没有什么教义精髓，加入西方教还真不如加入老君的道教或者孔子的儒教。菩提创立西方教醉翁之意不在酒，他创教的目的到底是什么呢？

西方教既然依照道教作为背景，当然也会探讨每个学道之人最关心的话题——长生。也许您就说了，当年老祖不是反对长生吗？为什么现在变成菩提后反倒教人长生了呢？人是会变的，何况经历了那么多，菩提早就想清楚了。在西游世界你反对长生是收不到门徒的，甚至还会招来天庭的盘查。

您看菩提"不生不灭三三行，与天同寿庄严体"。菩提不仅不反对长生，他还要推广长生，把自己树立成一个妥妥的长生专家。用现在的话讲，菩提就是要树立品牌定位，把自己做成大网红、大IP。

但是他真的能让门徒长生吗？也许我们在后来的孙悟空身上能找到答案。您看须菩提都传授了什么技能给孙悟空？除了心法大品天仙诀，就只有七十二变和筋斗云了。可须菩提是怎么定义七十二变和筋斗云的？他把这两项技能都称为长生之法。七十二变和筋斗云能不能长生，大家动动脚指头就能知道，一个是闯祸用的，一个是逃跑和搬救兵用的。当年孙悟空天赋异禀，已经是最优秀的弟子了，如果连孙悟空也没学到真正的长生之法，其他的普通弟子就更不用说了。

如果说须菩提虚假宣传，那当年西方教会不会也存在虚假宣传呢？四方门徒拜入西方教，无论在这里学习到什么，菩提都会告诉他们：我教的都是长生之法。

在仙界，道教是王道，神仙们追求长生信奉的是老君。在人间，西方教是王道，凡人们追求长生，信奉的是菩提。西方教的名气很快就传开了，并在灵台山形成了巨大的规模。来拜师菩提的门生络绎不绝，除了如来，还有燃灯、宝幢光王、琉璃药师王等这些西方人。他们和如来一样，后来都成了西方佛教的佛老。

不仅如此，菩提也没有搞种族歧视，不仅人类可以拜师，妖兽也可以拜师。毗蓝婆是一只母鸡精，她也拜入菩提门下。功夫不负有心人，后来她成为西游世界继菩提之后又一位佛道兼修的集大成者，修为跳出五行，成为西游最强的神仙之一。

菩提的门徒可谓是桃李满天下，现在的菩提已经是不生不灭、与天同寿的西方祖菩提，是长生大法师了。可最大的问题是：他不吃人也不吃蟠桃，他是怎么实现长生的呢？当年，他魂寄在菩提树上，然后修炼幻化人形成现在的菩提祖师。那么请问，现在菩提的本质是什么呢？他是人，是树，还是树人？树木修仙本就违反"九窍理论"，树木长生更是违反"三灾定理"。

还记得长生的本质是什么吗？——交合之气的富集。无论是人类还是妖兽，他们富集交合之气的途径只有吃——吃蟠桃，吃人参果，吃人，吃火枣、交梨等长生食材。但树木就不一样了，它们向天伸展，扎根深地，吸收日精月华。它们没有九窍，所以不需要靠吃长生食材来获取交合之气，躲避三灾。

树妖的存在突破了一直以来人们认为的西游修仙和长生的理论！荆棘岭荆棘丛生，无人居住，荆棘岭那群树妖也不用吃人。他们与世隔绝，与天庭也毫无瓜葛，所以他们也不吃蟠桃。他们虽然道行不高，但各个千年不死，容颜永驻！他们根本不需要躲避每500年一次又一次的天灾。

您看，树也是有生命的，如果按照三灾设定，那西游世界的树木没有一株能活过500年。可实际上，蟠桃树已经上千年了，人参果树的年纪更是可以追溯到几千年前（由于"天上一日，地上一年"的时间骗局，换算时需以年化天）。可蟠桃树和人参果树那么大的年纪都没有成精，那所谓的树妖究竟是怎么来的呢？其中的秘密到底是什么？

《西游记》第10回，唐太宗死了之后灵魂才从身体离开，前往地府；

《西游记》第11回，李翠莲魂魄不能自行进入李玉英身体，鬼使将李翠莲魂魄推了进去，李玉英当场去世；

《西游记》第97回，寇善人还魂是在孙悟空的帮助下完成的。

菩提能够给到门徒的长生渠道，就是把人变成树妖。当然，"树妖"不好听，换个好听的叫法就是"树人"。想要长生，门徒就得将自己的灵魂献给一棵树。修行者可以自行元神出窍，对他们来说做一个树人没有门槛，只要敢于作出选择。但对大多数普罗大众来说，他们没有办法元神出窍，他们必须经历一次死亡才能有做树人的资格。但这样的永生，是作为一个人真正想要的永生吗？

树人之战的经过

1.如来的背叛：如来的同门师兄弟竟是一群树妖

西方教简单来说就是一个树人修炼基地，菩提告诉每一个追随者：实现长生算什么，加入西方教就可以实现永生。一个个修行者元神出窍，一个个凡人死后重生，成为一个个树人。只要你想要永生都可以加入西方教，都可以死而后生，成为树人，菩提来者不拒！

来拜访菩提的人络绎不绝，小小的灵台方寸山早已经容不下那么多追随者。灵台方寸山，在菩提心中真的只有这方寸之地。这里人多树少，为了容纳更多的门徒，菩提再次回到荆棘岭。虽然取经时期的荆棘岭是后来才形成的，但荆棘岭上的树木本来就多，树人基地设在这里再好不过。

而那群荆棘岭树妖，他们虽然不是菩提最得意的门生，却是最忠诚的弟子。他们是如来的同门师兄弟，却和如来走了不同的道路。孙悟空大闹天宫后，如来在仙界可谓是混得风生水起，但荆棘岭树妖一直留守古庙，守护着菩提的居所，最后也没逃过取经的滚滚车轮。

为什么这么多年过去了，荆棘岭树妖一直留守在荆棘岭呢？为什么灵台方寸山斜月三星洞里，住着的是如来假扮的菩提呢？孙悟空学艺七年，真菩提没有出现过，只有这个须菩提在给孙悟空上课。更可笑的是七年来，他只给孙悟空讲过两节课：

第一节课是在孙悟空入学拜师当天讲的，这真是赶巧了，这节课他给孙悟空取了名字，孙悟空也拜了师，然后就下课了。

第二节课就到了六年之后，给孙悟空介绍西游世界的修仙方法共有360门，其中术、流、静、动是最多人学的，结果孙悟空一个都不学。

那么平时孙悟空是怎么学习的呢？《西游记》第2回：

> （孙悟空）与众师兄学言语礼貌，讲经论道，习字焚香，每日如此。闲时即扫地锄园，养花修树，寻柴燃火，挑水运浆。凡所用之物，无一不备。在洞中不觉倏六七年。

而传授了大品天仙诀、七十二变和筋斗云都是须菩提单独给孙悟空开的小灶。七年时间，须菩提就给孙悟空上了两节正课，三节私教。孙悟空学艺期间，须菩提更是神出鬼没的，每露一次脸都要消失很长一段时间。为什么呢？因为他是如来，他大多数时间都在灵山，只有忙完了灵山的事才会来灵台方寸山看看。可以这样说，孙悟空能顺利拜师不是孙悟空来得巧，是如来一直在等着孙悟空。

真菩提不见了，一个须菩提在灵台方寸山招收门徒，那么真菩提去哪儿了呢？《西游记》第42回，取经号山一站，观音听说红孩儿变成自己的模样骗了猪八戒，原文写道，"菩萨听说，心中大怒道：'那泼妖敢变我的模样！'恨了一声，将手中宝珠净瓶往海心里扑的一掼，唬得那行者毛骨悚然，即起身侍立下面……"

《西游记》第57回，真假美猴王一站，出现了一个假沙和尚，原文写道，"这沙僧见了大怒道：'我老沙行不更名，坐不改姓，那里又有一个沙和尚！不要无礼！吃我一杖！'好沙僧，双手举降妖杖，把一个假沙僧劈头一下打死，原来这是一个猴精"。

大家看到没，先不说徒弟假扮师父是大不敬。就是任何一个神仙被假冒，本尊的态度都是零容忍。菩提之所以允许如来变成他的样子在灵台方寸山上出现，说明真的菩提已经不在了。

那么菩提是怎么消失的呢？须菩提和菩提之间到底有着怎样的矛盾？从结局的走向来看，菩提是树人，但须菩提不是，所以矛盾点就来了！

在得知菩提的最终目的就是把门徒都改造成树人后，须菩提幡然醒悟，他不仅不想当树人，而且更讨厌树人，鄙视树人，因为树人彻底失去了做人的本质。虽然后来他也走上了"创造树妖"这条路，但此时的如来对树人是发自内心的厌恶。

还记得须菩提是怎么把孙悟空赶走的吗？孙悟空被赶走的那天，导火索就是孙悟空当众变化了一棵松树。这个考题是众师兄给孙悟空出的，孙悟空也变得相当漂亮。

郁郁含烟贯四时，凌云直上秀贞姿。
全无一点妖猴像，尽是经霜耐雪枝。

孙悟空第一次变就变得那么好，如果这是考试那绝对是满分，但刚好被须菩提撞上，他不但没有夸奖孙悟空，反倒当众破防了，"悟空，过来！我问你：弄甚么精神，变甚么松树？"

孙悟空解释前因后果，可须菩提继续上纲上线痛批孙悟空："这个工夫，可好在人前卖弄？假如你见别人有，不要求他？别人见你有，必然求你。你若畏祸，却要传他；若不传他，必然加害；你之性命又不可保。"

这还没完，他直接让孙悟空离开："你快回去，全你性命；

若在此间，断然不可！"离开就离开吧，好聚好散也行，可如来还要恶语相向威胁孙悟空："你这去，定生不良。凭你怎么惹祸行凶，却不许说是我的徒弟。你说出半个字来，我就知之，把你这猢狲剥皮剉骨，将神魂贬在九幽之处，教你万劫不得翻身！"

其实孙悟空做的已经很有分寸了，他只是小露了一手，根本没有把须菩提传授的技能都展示出来。

虽然须菩提赶走孙悟空是迟早的事，但我们必须承认：孙悟空变的那棵松树确实踩到了须菩提的雷区，触怒了须菩提的逆鳞。荆棘岭那群树妖，其中一个领头的就是十八公松树精。大家师出同门，您说须菩提会不认识他吗？如果须菩提不认识他，怎么会让取经团队去踏平荆棘岭呢？要知道取经团队来之前，荆棘岭根本就没有通往西方的道路。

须菩提与菩提，他们的矛盾是价值观上的矛盾。人到底是生而为人，还是为变成树人而生？价值观层面上的矛盾是不可调和的，就和当年老君与老祖的矛盾一样，所以须菩提背叛菩提也是早晚的事。西方教内部，和须菩提一样想法的人不占少数。所以须菩提背地里秘密召集了一批反对者。他们在等待一个契机，一个可以彻底推翻菩提西方教的契机。

2.火烧荆棘岭：盘古传奇的一生在此陨落了！

在如来看来：人生而为人，如果变成树人换取长生，还不如直接去吃人。这不是我们随口说的，而是我们在通读《西游记》后真真切切的感悟。不妨来看看西天取经时期，如来统治的西牛贺洲是什么样子的。

在西方佛教的教化下，这里应该是极乐圣地吧！很遗憾，我们看到的是妖魔遍地、贫寒疾苦、民不聊生的西方。在这片西方大陆上，大鹏鸟吃掉了狮驼国一国的人，孔雀大明王也是吃人无数，灭法国杀掉了9996个和尚，灵山脚下的凌云渡埋藏着9996个和尚的尸骨。

《西游记》第77回，取经狮驼国一站，如来召回吃人的大鹏鸟：

> 如来道："你在此处多生业障，跟我去，有进益之功。"
>
> 妖精道："你那里持斋把素，极贫极苦；我这里吃人肉，受用无穷。你若饿坏了我，你有罪愆。"
>
> 如来道："我管四大部洲，无数众生瞻仰，凡做好事，我教他先祭汝口。"

为什么我们说如来是召回大鹏鸟，而不是去收服大鹏鸟呢？什么叫"凡做好事，我教他先祭汝口"？如来这是要把信徒拿给大鹏鸟吃呀，所以灵山脚下的凌云渡有那么多和尚的尸骨也就不奇怪了。

《西游记》第64回，取经荆棘岭一站，且看这群树妖的下场：

> 八戒闻言，不论好歹，一顿钉钯，三五长嘴，连拱带筑，把两颗腊梅、丹桂、老杏、枫杨俱挥倒在地，果然那根下俱鲜血淋漓。
>
> 三藏近前扯住道："悟能，不可伤了他！他虽成了气候，却不曾伤我，我等找路去罢。"
>
> 行者道："师父不可惜他。恐日后成了大怪，害人不浅也。"
>
> 那呆子索性一顿钯，将松、柏、桧、竹一齐皆筑倒，却

才请师父上马,顺大路一齐西行。

影视剧里拍的是取经团队留了他们一命,可原著里取经团队下手可黑了,所到之处片甲不留。吃人无数的大鹏鸟不仅没有得到惩治,上了灵山还继续吃人。同样是吃人无数的孔雀大明王更是被尊为佛母,封为菩萨。再看看一生忌口从不吃人的这群荆棘岭树妖,如来的取经团队没有给他们留下一个活口。在追求长生的道路上,如来可以接受妖怪吃人,但是接受不了人变成树人。

再说菩提,他让那么多人变成树人,他的目的是什么呢?还是那两个字——复仇!他恨天庭众神,因为他的信任遭到了背叛。他本应该是人类的救世主,是西游世界至高无上的大神,现在却变成了一个树人。而这一切的一切,归根结底都是因为自己不想吃人长生。

吃人长生,那是赤裸裸的吃人;吃蟠桃长生,可蟠桃树长在人类的心肝上,这不也是在变相吃人吗?在菩提心中,所有追求长生的人都是罪恶的:那些背叛他的高高在上的神仙,有罪;那些追随他想要长生的西方教信徒,是他复仇的工具。那么他要怎么利用这些树人复仇呢?《西游记》里还有什么样的黑科技有助于菩提复仇?

《西游记》第42回,取经号山一站,观音让孙悟空去引战红孩儿,孙悟空担心红孩儿不来。

> 菩萨拔杨柳枝,蘸甘露,把他手心里写一个迷字,教他:"捏着拳头,快去与那妖精索战,许败不许胜。败将来我这跟前,我自有法力收他。"……行者拖了棒,放了拳头,

第五篇 树人之战

那妖王着了迷乱，只情追赶。前走的如流星过度，后走的如弩箭离弦。

《西游记》第66回，取经小西天一站，弥勒也让孙悟空引战黄眉怪：

行者即舒左手递将过去，弥勒将右手食指，蘸着口中神水，在行者掌上写了一个禁字，教他捏着拳头，见妖精当面放手，他就跟来。

《西游记》第10回，泾河龙王的鬼魂缠怨着唐太宗：

正在那难分难解之时，只见正南上香云缭绕，彩雾飘摇，有一个女真人上前，将杨柳枝用手一摆，那没头的龙，悲悲啼啼，径往西北而去。

《西游记》第52回，取经金岘山一站，老君对付金钢琢：

老君念个咒语，将扇子搧了一下，那怪将圈子丢来，被老君一把接住；又一扇，那怪物力软筋麻，现了本相，原来是一只青牛。

观音给孙悟空写的一个"迷"字，弥勒给孙悟空写的一个"禁"字，就能让孙悟空"魅惑"妖怪。观音净瓶里的水能操控泾河龙王的鬼魂，老君芭蕉扇也能操控青牛精丢掉金钢琢并现出原形。

西游世界存在操控行为的法术。我们猜想菩提就是利用这项法术操控树人的。菩提扎根荆棘岭中心,这棵万年老树的树根延伸至整座荆棘岭,连通了荆棘岭上的每一株树人,他操控着树人军团,随时做好攻上天庭的准备。

还没等菩提的树人军团打上天庭,天庭众神就先打了下来。就在战斗的关键时刻,如来带着自己的一批师兄弟偷偷地退出了战场。

天庭以老君为首的海量神仙汇聚到了荆棘岭上方,菩提带着自己的全部弟子,还有尚未成形的树人军团,与天庭展开了一场惊天动地的生死之战。老君举起金钢琢,玉帝挥动灵阳棒,很显然菩提的准备并不充分,面对突然袭击有些措手不及。天庭众神将荆棘岭团团围住,放一把火烧了荆棘岭。

为什么我们会有"火烧荆棘岭"的想法?因为在《西游记》第64回,取经团队来到荆棘岭时,就有人提出过要火烧荆棘岭这个点子来开路,原文写道,"沙僧笑道:'师父莫愁。我们也学烧荒的,放上一把火,烧绝了荆棘过去。'"

不仅如此,后文二郎神围剿孙悟空花果山的时候,也一样是放火烧山。《西游记》第28回,孙悟空回到花果山群猴就回忆起了当年的场景,原文写道,"群猴道:'自从爷爷去后,这山被二郎菩萨点上火,烧杀了大半。我们蹲在井里,钻在涧内,藏于铁板桥下,得了性命。及至火灭烟消出来时,又没花果养赡,难以存活,别处又去了一半。我们这一半,捱苦的住在山中。这两年,又被些打猎的抢了一半去也。'"

众神火烧荆棘岭,菩提大势已去,该死的都死了,该走的都走了,最后只剩下荆棘岭的几棵树还在身边,菩提最后长叹一声:"也罢,既然如此我只有一事相求,我愿自焚而死,但求留下我几个徒弟的命吧!"老君同意,菩提自焚圆寂。

树人之战的影响

1.菩提舍利子：人造妖怪的原材料

长生之战，老祖身死；树人之战，菩提魂灭。从盘古到老祖，从老祖到菩提，他终于结束了他那传奇的一生。我们认为：菩提自焚后，他的躯体魂魄化作了7颗舍利子。为什么我们有这样的脑洞呢？因为我们将用它来解释《西游记》中7颗特殊珠子的来源。这7颗珠子可以变化伪装，但无论怎么变化伪装，它们都是珠子的模样。我们认为，它们源自菩提，而菩提又是树妖之祖，所以这7颗舍利子就有了一个特殊的用途——造妖。

您不要觉得惊讶，后面我们将会看到如来鬼斧神工的手法——舍利子造妖术！7颗舍利子中，有3颗就被成功运用于造妖。这里我们大致说一下这7颗舍利子的流向：西方佛教在成立之前拿到了4颗，天庭拿到了1颗，有1颗是天庭与佛教共有的，有1颗流落四海。

先说西方佛教拿到的那4颗：如来用其中3颗前后制造了3只人造妖魔，先是牛魔王，再是哪吒，最后是孙悟空。在《西游记》的设定里，孙悟空的本质是"一颗光明摩尼珠"。摩尼珠就是舍利子的一种，而牛魔王和哪吒，《西游记》又设定他们和孙悟空"同流源"，所以他们都是舍利子造的。如来给李天王的那座玲珑舍利子黄金宝塔，自从有了哪吒后，宝塔就不再发光了，为什么？因为被如来用来造哪吒了。

西方佛教还剩下1颗原本供奉在雷音宝刹上，可自从取经开始后，雷音宝刹就不再放出舍利子光，为什么呢？因为舍利子被拿走了。被拿去哪儿了呢？放在了唐僧的锦斓袈裟上，锦斓袈裟也一样是发光的。观音交代唐僧锦斓袈裟要闲时折叠，遇圣而穿，就是因为锦斓袈裟上镶嵌了这颗舍利子。

再说天庭拿到的那1颗舍利子，就是取经宝象国一站，奎木狼手里的那颗"舍利子玲珑内丹"，它被伪装成了内丹的模样。此站过后这颗舍利子被孙悟空拿到，最后他有没有归还天庭就两说了。

而天庭与佛教共有的那1颗舍利子，被众神供奉在祭赛国内的金光寺黄金宝塔上，这个大家也很熟悉，就是九头虫和万圣龙王盗取的那1颗。

流落四海那颗最后随洋流到了西洋大海，也就是取经时期小白龙项上的那颗明珠。奎木狼把舍利子伪装成内丹，小白龙则把舍利子伪装成了一颗明珠。小白龙是天庭的死刑犯，为了寻求活路他甘愿加入取经团队，观音亲手摘了这颗明珠，从此这颗舍利子就落到了观音的手上，落迦山上才有了捧珠龙女！

最后再说两句：关于这7颗舍利子的去向及相关问题，由于不是本章节重点，我们就不过多赘述了。这就是西游世界7颗舍利子的来源，它们全都来源于菩提。菩提圆寂，舍利散落。设想如果有一天有人重新集齐这7颗舍利子，西游世界又会怎样呢？是不是有点《西游记后传》的视觉感？

2.如来的佛教：西游世界里的大小乘佛教

我们解释了《西游记》里道教和西方教是怎么来的，但还没有解释西游世界里的佛教是怎么来的。佛教诞生比较晚，以取经时期为基准点往前推算，佛教的历史至多1000年。1000年这个数字是怎么得出来的？为什么佛教起源于西方？前面提到，看《西游记》原文，很多地方暗示，须菩提是佛教中人，甚至有可能是如来。假如须菩提真的是如来，那么来看看《西游记》第2回，须菩提这样讲课：

天花乱坠，地涌金莲。
妙演三乘教，精微万法全。
慢摇麈尾喷珠玉，响振雷霆动九天。
说一会道，讲一会禅，三家配合本如然。
开明一字皈诚理，指引无生了性玄。

上面道教知识是抄袭老君的，儒教知识是抄袭孔子的，真正属于西方教自己的东西只有释教（禅）。所以也就不难理解，为什么菩提的门徒要用"广大智慧真如性海颖悟圆觉"等佛教的字当法号了！

荆棘岭这群树妖是西方教最早的一批门徒，取经时期他们的年纪多大呢？

柏树精孤直公说："我岁今经千岁古，撑天叶茂四时春。"
桧树精凌空子说："吾年千载傲风霜，高干灵枝力自刚。"
竹子精拂云叟说："岁寒虚度有千秋，老景潇然清更幽。"
松树精十八公说："我亦千年约有馀，苍然贞秀自如如。"

如果荆棘岭树妖不过1000多岁，那么西方教也不过1000多年。佛教从西方教中来，您说它的历史能有多长呢？

而且在佛教兴盛之前，孔子的儒教早就从东方传到西方，所以久居西方荆棘岭的杏仙才能作出"上盖留名汉武王，周时孔子立坛场"这样的诗句；唐僧才能在天竺玉华州看到"观其声音相貌，与中华无异"这样的景象。由于儒教并没有对仙界造成什么实质性的影响，我们就不展开细说了。

一个新教派的产生，往往是基于旧教派的没落，所以佛教的产生一定和西方教的没落有关。虽然菩提死了，那些追随菩提的树人也死了，但西方教并不是完全就被铲除了，那些反对菩提的门徒不都活得好好的吗？

菩提死之前，他们同仇敌忾；菩提死后，他们就乱如散沙。要知道西方教存在的这些年间，参与西方教的不仅只是西方人，还有东方人。西方教没了，东方人自然跑回东方去。这也是如来搞西天取经之前，东方也存在有自己的佛教的原因。

佛教分大乘佛教和小乘佛教。这个分法我们是从观音的口中得知的。《西游记》第12回，水陆大会上唐僧登台讲法，观音变成游僧来闹事。

> 这菩萨近前来，拍着宝台，厉声高叫道："那和尚，你只会谈'小乘教法'，可会谈'大乘教法'么？"
> 玄奘闻言，心中大喜，翻身跳下台来，对菩萨起手道："老师父，弟子失瞻，多罪。见前的盖众僧人，都讲的是'小乘教法'，却不知'大乘教法'如何。"
> 菩萨道："你这小乘教法，度不得亡者超升，只可浑俗和光而已；我有大乘佛法三藏，能超亡者升天，能度难人脱苦，能修无量寿身，能作无来无去。"

当然了，这里观音是在骗唐僧，同时也在骗唐太宗。因为经书是没有实质性作用的，无论大乘的还是小乘的，这点我们不过多论述。总之，如来把经书分成了天地鬼三藏，观音把佛教分成了大小乘。那么大乘佛教是什么样的？小乘佛教又是什么样的？

大乘佛教也叫西方佛教，代表人物是燃灯、如来、宝幢光王这群西方人。他们盘踞在灵山，是佛教内部最庞大的一股势力。他们自称佛教正统，给内部成员分级排位，分为佛祖、古佛、佛老、菩萨、金刚、罗汉、揭谛、伽蓝、比丘等。

西方佛教成员几乎全部蜗居在灵山，所以灵山内部势力常年暗流涌动，即便某个人当上了佛祖，灵山也并非他一个人说了算。值得一提的是，《西游记》里的燃灯并不是第一任佛祖，灵山有很长一段时间是没有佛祖管辖的，一直都是几个佛老势力在相互制衡和管理灵山。

小乘佛教也叫东方佛教，代表人物是观音、地藏王、文殊、普贤这群东方人。他们没有选择像西方佛教一样搞群居，而是在富庶的东方形成了属于自己的势力。他们也不搞什么分级排位，所以东方佛教没有佛，只有菩萨。

这些菩萨都有各自的地盘，各自的收编势力，各自的敛财渠道。比如观音有南海落伽山、地藏王有地府和翠云宫，大圣国师有盱眙山宾城，而且在西方多处也有自己的"分公司"，所以这些菩萨势力通常是井水不犯河水。

由于东方佛教只有菩萨没有佛，所以自然也就没有佛祖。在《西游记》里，并不是所有佛都比菩萨地位高，也并不是所有佛都比菩萨能力强。举个例子，在孙悟空大闹天宫之前，按照仙界旧规排序：身为菩萨的地藏王位居下八洞，他的仙界地位就高于位居五方五老的如来；而身为菩萨的观音与身为佛老的如来同属五方五老，大家平级，所以观音并不是如来的手下。

且不说排位，我们从取经时期看孙悟空对待各位佛教大佬的礼节就知道：孙悟空只有对如来佛祖、观音菩萨行跪拜礼，而他对弥勒佛祖、接引佛祖、灵吉菩萨、文殊菩萨都没有行跪拜礼。

最后说说西方佛教与东方佛教的关系：西方佛教好比大周王朝，东方佛教好比诸侯各国。西方佛教想统一东方佛教，实现佛教的大统一。而东方佛教的这些菩萨并不想统一，他们想佛教就这么分裂着，因为统一了自己捞不到什么好处了。

这些菩萨可不安分，他们自己也可能搞出属于自己地盘的教派来：比如地藏王创立了幽冥教，自称幽冥教主，幽冥教便是地府的前身。观音也创立了个慈悲教，孙悟空曾称她是"七佛之师""慈悲教主"，所以，观音身为菩萨，灵山上成佛的还有她教出来的学生。

西游世界当时的佛教如此散乱，所以他们始终得不到天庭的官方认可。《西游记》里的"化胡为佛"又是怎么回事？

3.化胡为佛：西游搞地域黑的第一人是谁？

《西游记》里有一个词语"化胡为佛"。而且这四个字出自老君之口。

《西游记》第6回，老君对观音解释金钢琢的来历："这件兵器，乃锟钢抟炼的，被我将还丹点成，养就一身灵气，善能变化，水火不侵，又能套诸物。一名'金钢琢'，又名'金钢套'。当年过函关，化胡为佛，甚是亏他，早晚最可防身。"

金钢琢是老君的一件防身法器，能套取水火雷电、神兵法宝。老君为什么会打造一件防身法器呢？他要防！防就是怕有人会害他！老君自己都说了，当年过函关多亏有了金钢琢才能早晚防身，免遭侵害。

为什么有人要害他呢？他过函关的目的再清楚不过了，是去化胡为佛的。老君此举肯定是有人反对的，所以才会有人想要害他，那么老君是一个人过的函关吗？

当年老君过函关可不是一个人，他还带着心腹爱将青牛精。就是那个取经时期拿着老君金钢琢让孙悟空屡战屡败的家伙。您可能要问我们是怎么看出来的？其实从金钢琢的造型上就能看出来。

老君打造过很多法宝，很多法宝看上去都是非常不起眼的生活用品、服饰衣着。比如：打火机芭蕉扇、药瓶子紫金红葫芦、水瓶子羊脂玉净瓶、尺子定海神针、家用农具九齿钉钯、宠物铃铛紫金玲、裤腰带幌金绳……那么金钢琢是一个手镯吗？不是，它是一个牛鼻环。

《西游记》第52回，取经金岘山一站，老君收服青牛精后："老君将金钢琢吹口仙气，穿了那怪的鼻子，解下勒袍带，系于琢上，牵在手中——至今留下个拴牛鼻的拘儿，又名'宾郎'，职此之谓。"

没有牛要牛鼻环干什么？所以当年老君并不是孤身来到函关，而是一人一牛一琢来的。金钢琢是老君的防身法器，而青牛精就是他的贴身保镖。

再说函关是什么地方？我们没有在原文中找到，但可以肯定的是，佛教与天庭约好了在某天某地完成盖章仪式，而函关就是必经之路。

老君来给佛教盖合法公章，佛教内部形成了支持派和反对派，两派的人数还差不多。支持派让老君来，反对派就放话说：老君你敢来，我们就敢做掉你。到了约定日期，老君就这样一人一牛一琢地来了。

《西游记》第50回，取经金岘山一站，青牛精和孙悟空交手，我们看一下青牛精的武艺，原文写道：

他两个战经三十合，不分胜负。那魔王见孙悟空棍法齐整，一往一来，全无些破绽，喜得他连声喝采道："好猴儿，好猴儿！真个是那闹天宫的本事！"这大圣也爱他枪法不乱，右遮左挡，甚有解数，也叫道："好妖精，好妖精！果然是一个偷丹的魔头！"二人又斗了一二十合。

　　孙悟空和青牛精真是英雄惺惺相惜，孙悟空三番五次找青牛精挑战，人家在不用金钢琢的情况下，光凭武艺孙悟空也拿他没办法。影视剧里把青牛精塑造成一个害怕孙悟空的形象，青牛精第一次听到孙悟空来叫阵时直接吓了一哆嗦，但原著里并不是。《西游记》第50回，青牛精听说孙悟空来叫阵，人家还高兴得很呢，原文写道，"那魔王闻得此言，满心欢喜道：'正要他来哩！我自离了本宫，下降尘世，更不曾试试武艺。今日他来，必是个对手。'"能做老君贴身保镖，青牛精绝对不简单，更别说再加上一个金钢琢了。所以老君过函关，根本没人挡得住。

　　来到约定地点后，老君并没有急着盖下公章，而是提出了一个诉求："你们佛教那么乱，到底谁说的算呢？不行，你们选出一个代表来说话。"佛教要选出一个人来当佛祖，东方佛教的菩萨不屑一顾，可西方佛教的佛老却奋勇当先。燃灯、如来、药师王、宝幢光王等人纷纷毛遂自荐，但是没有一个能入老君的法眼。尤其是如来，他能力那么强，树人之战又是首功，为什么老君也看不上他呢？也许我们可以从如来说过的话当中找到答案。

　　要论《西游记》中搞地域黑第一人，如来称第二，没人敢称第一。取经时期，唐僧看到的东土大唐繁荣昌盛、国泰民安，而西牛贺洲妖魔遍地、到处吃人，如来是怎么说的呢？

　　《西游记》第8回，如来第一次搞地域黑，他对观音说："我西牛贺洲者，不贪不杀，养气潜灵，虽无上真，人人固寿；但那南赡部洲者，贪淫乐祸，多杀多争，正所谓口舌凶场，是非恶海。"

《西游记》第98回，如来第二次搞地域黑，他对唐僧说，"你那东土乃南赡部洲，只因天高地厚，物广人稠，多贪多杀，多淫多诳，多欺多诈；不遵佛教，不向善缘，不礼三光，不重五谷；不忠不孝，不义不仁，瞒心昧己，大斗小秤，害命杀牲。造下无边之孽，罪盈恶满，致有地狱之灾：所以永堕幽冥，受那许多碓捣磨舂之苦；变化畜类，有那许多披毛顶角之形，将身还债，将肉饲人。其永堕阿鼻，不得超升者，皆此之故也。虽有孔氏在彼立下仁义礼智之教，帝王相继，治有徒流绞斩之刑，其如愚昧不明，放纵无忌之辈何耶！"

别人搞地域黑好歹还尊重一点客观事实，如来搞地域黑完全是睁眼说瞎话。唐僧一路取经过来，90%的磨难和妖怪都是在如来他那"不贪不杀，养气潜灵，虽无上真，人人固寿"的西牛贺洲。用一句话总结如来的意思就是：我们西方人好棒，你们东方人太坏。

如来都这么黑东方人，那些阻止老君过函关的反对派，估计对老君也好不到哪里去。老君也很不喜欢这些野蛮的西方人，这佛祖之位还是由我们东方人当。于是老君找来了他隔壁家的小舅子，拿出自己祖传的推剪给他理了个光头，让他来当这个佛祖。那么这个人是谁呢？

《西游记》第100回，西方佛教给西游里重要佛教成员进行了排位：

南无燃灯上古佛。

南无药师琉璃光王佛。

南无释迦牟尼佛（如来佛祖）。

南无过去未来现在佛。

南无清净喜佛。

南无毘卢尸佛。

南无宝幢王佛（接引佛祖）。

南无弥勒尊佛（东来佛祖）。

……

西方佛教总共有三个佛祖，而且第一任佛祖不是如来，那么只能从宝幢光王和弥勒身上选了。

《西游记》第66回，取经小西天一站，弥勒出场：

大耳横颐方面相，肩查腹满身躯胖。

一腔春意喜盈盈，两眼秋波光荡荡。

敞袖飘然福气多，芒鞋洒落精神壮。

极乐场中第一尊，南无弥勒笑和尚。

排位表上燃灯排第一，如来排第三，弥勒排到了第八。那要怎么理解"极乐场中第一尊"呢？关键是"第一尊"什么？第一尊后面的对象很重要！我们的理解是：第一尊佛祖。

排第一的燃灯不是佛祖；排第三的如来、排第七的宝幢光王都是佛祖，但不是第一尊佛祖；只有排第八的弥勒是第一尊佛祖。弥勒不是西方人，而是被老君委派到西方来的东方人，所以也叫东来佛祖。可弥勒人还没到，反对派就开始嚷嚷了起来，而带头的正是如来。

《西游记》第77回，取经狮驼国一站，如来说道，"那凤凰又得交合之气，育生孔雀、大鹏。孔雀出世之时最恶，能吃人，四十五里路，把人一口吸之。我在雪山顶上修成丈六金身，早被他也把我吸下肚去。我欲从他便门而出，恐污其身，是我剖开他脊背，跨上灵山。欲伤他命，当被诸佛劝解：伤孔雀如伤我母，故此留他。在灵山会上，封他做佛母孔雀大明王菩萨。大鹏与他是一母所生，故此有些亲处"。

这段话我们多次引用，这里面有一个细节：当时如来不在灵山。如来500年前收孙悟空时出过一次山，500年后召回大鹏鸟又离开过一次，如来是不会轻易离开灵山的。而这一次如来离开灵山，为什么还要孔雀大明王把他带回来呢？如来自己都修成丈六金身了，他就不能自己回来吗？

所以我们猜想，正是厌恶东方人的如来反对老君委派东方人担任佛祖，反对弥勒接管佛教。所以老君才向支持派施压，把如来流放到了雪山（昆仑山）上。如来不敢"越狱"，就让反对派设计了一出"孔雀劫狱"的好戏营救他离开了昆仑山。

等弥勒来到灵山后，大家都是口服心不服。我们都是西方人，就你一个东方人，你还敢来管我们，我们一人一口口水就能淹死你！

老君想通过弥勒间接掌控佛教，但随着西方佛教势力的壮大，弥勒慢慢在失去对佛教的掌控权。取经时期，灵山众人不听弥勒的，东方佛教的菩萨也不给弥勒面子，到时弥勒又该何去何从呢？

第六篇　兵围三岛

兵围三岛的起因

1. 无情的天规：神仙生孩子要定什么罪？

树人之战讲完了，我们又将开启一个全新的西游历史时期：兵围三岛。为什么之前大部分的西游历史时期我们都叫"××之战"，而这里只叫"兵围三岛"呢？兵围三岛主要讲述的又是什么内容？主要围绕两大方面：

（1）这些是什么兵？从哪里来？谁的兵？

（2）三岛上有什么人？为什么要围他们？

这一部分涉及的相关人物有玉帝、王母、二郎神，以及三岛上的神仙。首先强调一点：虽然二郎神是玉帝的外甥，但王母却不是玉帝的老婆。他们组合在一起只是战略需求，他们之间没有半点夫妻名义，这一点我们后续还会提。

这个时期的西游世界虽然不太平，但也没有想象中的那么糟糕。自从菩提陨灭后，仙界就再也没有真正意义上的公敌了，所以短时期内，这仗自然也就没打起来。虽然不再有人公然反对长生，但仙界也逐渐意识到一个严重问题，那就是无论天上地下，越来越多的人想要长生。长生的本质是交合之气的富集，而西游世界的交合之气本来有定数，所以西游世界的长生资源也是一个定数。人也好，蟠桃也好，所有的长生食材，它们都只是交合之气的一种载体。

镇元子的人参果是比人肉更好的一种交合之气载体，而王母在人参果的基础上研制出蟠桃，蟠桃又是比人参果更好的一种交合之气载体。但无论是人肉，还是人参果，又或者是蟠桃，它们只能是交合之气的载体，无法产生交合之气。如果人人都想长生，那么人人都不能长生。

多年以来，长生似乎是神仙的代名词。似乎只有成为神仙才有资格，才有能力实现长生，妖怪追求长生那就是违法的。大家有没有想过：神仙和妖怪如何定义？神仙和妖怪都是西游世界的修行者，可为什么神仙能叫神仙，妖怪就得叫妖怪？《西游记》根本就没有对这两个词进行定义，也没有对这两个群体进行划分，为什么？因为真的很难定义和划分。

比如说牛魔王，光听他的名字，我们的第一反应——他就是妖怪。但要是告诉大家：牛魔王是佛教的大力王菩萨，而佛教又是得到天庭承认的教派，那么您说牛魔王还是妖怪吗？再从另外一个角度说，牛魔王本不是牛而是一个人，他是被如来改造成牛的样子，那么他是妖怪吗？

再比如说，奎木狼是天庭二十八宿，他是天庭的公职人员，毫无疑问是神仙。可他下界我们就把他叫作妖怪，为了区分他在天庭时的身份，我们还给他起了一个名字叫：黄袍怪。而且奎木狼本质就是一只狼，他为什么可以叫神仙呢？

人们无法把神仙和妖怪从本质上区分，那就从背景上区分。是神仙还是妖怪，关键就是两个字——背书！有大佬神仙给你背书，你就是神仙，你追求长生就合法。没有背书你就是妖怪，你追求长生那就是非法长生，地府天庭有权处理你！即便是畜类，一旦有人背书，就有权追求长生，哪怕是吃人！

《西游记》第77回，取经狮驼国一站，大鹏鸟与如来的对话：

> 妖精道："你那里持斋把素，极贫极苦；我这里吃人肉，受用无穷。你若饿坏了我，你有罪愆。"
>
> 如来道："我管四大部洲，无数众生瞻仰，凡做好事，我教他先祭汝口。"

还是这段话，我们说大鹏鸟是妖怪大家没异议吧！原文也叫他"妖精"，可是大鹏鸟告诉如来："你不给我吃人，你就有罪，我就是要吃人。"如来没有反驳反倒是答应了他的诉求。大鹏鸟回到灵山又当起了他的佛舅爷，妖怪又变成了神仙。

如来没有剥夺大鹏鸟吃人长生的权利，那他这个权利是谁赋予的，只是如来一个人赋予的吗？从大鹏鸟的地位就能看出来，我们甚至认为是整个仙界赋予的。《西游记》第74回，取经狮驼岭一站，太白金星说大鹏鸟的背景："那妖精一封书到灵山，五百阿罗都来迎接；一纸简上天宫，十一大曜个个相钦。四海龙曾与他为友，八洞仙常与他作会。十地阎君以兄弟相称，社令、城隍以宾朋相爱。"

所以仙界赋予了神仙们追求长生的权利，这个权利是多年来与老祖抗争最后争取来的。当然仙界也需要每一个神仙遵守一条天规，那就是：不许生孩子，绝对不允许生孩子。这条天规的底层逻辑很简单：因为交合之气是定数，长生资源有限，而现阶段神仙数量已饱和了，神仙的孩子必定会抢占有限的长生资源，所以神仙绝对不允许生孩子。

那么假如有神仙生孩子了，要定一个什么罪呢？《西游记》第31回，取经宝象国一站，奎木狼曾下界与百花羞生下了两个孩子，他被玉帝召回天庭时，开口的第一句话是：万岁，赦臣死罪。

根据天规：神仙生孩子是死罪。最后是否会真的被处死，这个就另说了。那么生下来的孩子呢？当然也是要死的。从结局上来看，奎木狼的两个孩子就被孙悟空下令给活活摔死了，摔成了两摊肉泥。取经路上，孙悟空心狠手辣不假，但杀神仙小孩这是第一次，也是唯一的一次。如果有神仙不是在这条天规成立之前生子，孩子的命运也难逃一死，除非偷偷生，偷偷养！

2.玉帝的家丑：是什么让玉帝甘愿回到人间？

仙界规定神仙不许生孩子，一旦违背，原则上统统判死。但有这么一个神仙，他却带头犯了这条最严厉的天规。大家都听说过中国神话故事《宝莲灯》里的三圣母，她还有另外三个名字：华岳三娘、三圣公主、华岳圣母。电视剧《宝莲灯前传》里的三圣母大家更加熟悉，三圣母是玉帝妹妹瑶姬的女儿，而在《西游记》里，我们没有找到三圣母，却找到了玉帝的妹妹。

《西游记》第6回，二郎神叫阵孙悟空，孙悟空说道："我记得当年玉帝妹子思凡下界，配合杨君，生一男子，曾使斧劈桃山的，是你么？我行要骂你几声，曾奈无甚冤仇；待要打你一棒，可惜了你的性命。你这郎君小辈，可急急回去，换你四大天王出来。"

原来当年玉帝上天还带上了自己的妹妹，至于玉帝妹妹在天庭担任何职，孙悟空没有说，我们也没有在原文中找到，且她是否叫瑶姬我们也不得而知。总之，这些不重要，重要的是玉帝妹妹思凡下界生了二郎神，这个事情被孙悟空给爆料了出来！

其一，孙悟空是怎么知道玉帝的家族史的？别忘了孙悟空在天庭当过官，先是弼马温，后是齐天大圣。尤其是官拜齐天大圣时，他没少出去结交仙友，到处打听仙界八卦！

《西游记》第5回，孙悟空为官期间都干了些什么：

> 闲时节会友游宫，交朋结义。见三清，称个"老"字；逢四帝，道个"陛下"。与那九曜星、五方将、二十八宿、四大天王、十二元辰、五方五老、普天星相、河汉群神，俱只以弟兄相待，彼此称呼。今日东游，明日西荡，云去云来，行踪不定。

其二，这种仙界传闻消息可靠吗？当然可靠，因为孙悟空是当着二郎神的面说的，如果这是诬陷，二郎神能不反驳吗？您看二郎神的反应，原文写道，"真君闻言，心中大怒道：'泼猴！休得无礼！吃吾一刃！'"

孙悟空就抖了一下二郎神的家事，二郎神直接就破防了。在《西游记》里，孙悟空曾称玉帝为"玉皇张大帝"，玉帝一家姓张。玉帝妹妹思凡下界生了二郎神，与其说是老张家的家事，不如说是老张家的家丑。传到其他神仙耳朵里，这就是一个大瓜。

任何神仙上了天庭就得遵从天规，天规无情，即便是高高在上的玉帝也是不能相爱的，更不能生孩子。玉帝妹妹作出这么一件事来，不仅违反了天规，同时也把他老张家的脸都丢尽了，那么该怎么判呢？按律判死！可是在《西游记》里神仙犯下死罪，被改判也是常有的事：

（1）《西游记》第6回，孙悟空被天庭捉拿，他偷桃盗丹、大闹天宫，被玉帝判处死刑，但最后如来用五行山压了他500年，唐僧把孙悟空救了出来。之后，天庭也不追究了。孙悟空原本被判处死刑，后改判为有期徒刑500年。

（2）《西游记》第19回，天蓬元帅猪八戒也被判死刑，最后太白金星求情，玉帝改判2000锤外加贬其下界。

（3）《西游记》第22回，卷帘大将沙和尚也被判死刑，最后赤脚大仙求情，玉帝改判沙和尚每七天白剑穿胸外加贬其下界。

（4）《西游记》第8回，小白龙也被判死刑，最后观音亲自求情，玉帝才赦免了他的死罪。

（5）《西游记》第31回，奎木狼犯的正是神仙不能生孩子的这条天规，本该判死，最后玉帝只是让他带薪停职，去给老君烧火。

大家看到了吧，取经三兄弟和小白龙曾经都是天庭的死刑犯，但都被赦免了。神仙被判死最后死刑能不能执行，关键是看有没有人替你请求。小神仙犯错有人求情，可大神仙犯错怎么求情？向谁求情？俗话说：天子犯法与庶民同罪。玉帝坐在这个位子上，本就该起带头作用，约束好自己的家人。更何况当时的天庭还不是玉帝一个人能做主的，凡事还要看上头三清四帝的脸色。

最终判决权在老君手里，老君当然是要把玉帝妹妹给判死的，不仅如此他还要把二郎神给判死。玉帝表示：自己的妹妹不懂事，小外甥更是无辜的。他恳请辞去自己的帝位，望三清四帝网开一面从轻处理，给妹妹和外甥一条活路。

那么老君怎么表态的呢？二郎神的出生是无辜的，但玉帝妹妹却是明知故犯。成年人要学会为自己的行为负责，何况是神仙。死罪可免，但活罪难逃。老君决定：可以给二郎神一条生路，但是玉帝妹妹将永远被压在桃山之下。

为了保全家人，玉帝没有选择。他放弃了自己的帝位后重回人间，回到属于他的南赡部洲。但他仍没有放弃自己的理想，他依旧野心勃勃。终有一天，他要重回天庭，做一个真正意义上的万神之主，而不是受三清四帝任意摆布的傀儡皇帝。

3. 10万神兵：天庭10万天兵的由来

要问此时西游最具影响力的神仙是谁，您会怎么回答？是当年治世的三皇，还是射日的后羿，又或者是救苦救难的观世音？都不是！而是带领群众开山凿路、治水有功的大禹，为此人们把大禹尊称为禹王。禹王没有带领大家开疆拓土，却让众生守住了家园。

禹王有区域跨度最大的群众基础，无论是大唐还是取经路上的那些西方小国；无论信奉哪个教派，这些国家的历代君王可以不主动拜观音，也可以不主动拜老君，更可以不主动拜如来。那他们会主动拜谁呢？拜禹王，不信我们到原文中找找证据。

《西游记》第12回，原文说唐太宗："介福千年过舜禹，升平万代赛尧汤。"

《西游记》第37回，乌鸡国王自己说："仿效禹王治水，与万民同受甘苦，沐浴斋戒，昼夜焚香祈祷。"

《西游记》第95回，原文说天竺国王："虹流千载清河海，电绕长春赛禹汤。"

从大唐到天竺刚好是从东到西，各国君王都会把禹王当作君王界的楷模、效仿的对象。从治水时期到西天取经，已经过了多少年，这些国家又经历了多少代君王，可想而知，当时禹王在人间的影响力有多大！

回看禹王的前半生，有起有落，有悲有喜。身为禹王，他在人间受万人拥护，是历代君王效仿的对象。身为玉皇，他在天庭不得志不得势，遭三清四帝的摆布与排挤，所以离开是为了更好地回归，禹王从来都没有认输过，永不言弃是禹王的人生座右铭！

治水时，他训练过一支开山凿路的军队；而现在，他将重新招兵买马，再创辉煌。短短几十年，禹王重新打造了一支足足十万人的军队。这支军队训练有素，个个都是修行者。他们的存在不再是为了给禹王开山凿路，而是替他开疆拓土，一马平川……他们就是天庭十万天兵的前身。

兵围三岛的经过

1. 劈山救母：二郎神与玉帝有矛盾吗？

重新回到人间的禹王，对他来说最重要的人是谁？自己的妹妹被压在桃山之下，妹妹的孩子杨戬留在了人间。对禹王来说，现在自己最重要的人就是他的外甥杨戬，所以他把杨戬带在了自己的身边。

杨戬的老爹杨君是一个凡人，在杨戬还没长大时就挂掉了，杨戬与母亲甚至一面都没有见过。在杨戬成名之前，他在世人眼里就是一个有娘生没爹养的野孩子。为什么叫他野孩子呢？因为杨戬的母亲是神仙，父亲却是凡人，生下他凡人不是凡人，神仙不像神仙。即便他妥妥小帅哥一枚，但不一样就是不一样，总是免不了被周围的人嘲笑。

很多人都以为杨戬非常痛恨自己这个玉帝舅舅，但在《西游记》里，杨戬与他舅舅的关系却是另外一回事！《西游记》第6回，观音举荐二郎神时就说了："奈他只是听调不听宣，陛下可降一道调兵旨意，着他助力，便可擒也。"

"听调不听宣"是什么意思？就是说我二郎神听舅舅的调遣，但想召我上天庭见舅舅你，对不起，我不见。那是不是意味着二郎神真的很痛恨自己的舅舅呢？当然不是，恰恰相反！

且看天使将旨意带到时二郎神当时的反应，原文写道，真君大喜道："天使请回，吾当就去拔刀相助也。"如果他真恨自己的舅舅，看到旨意时会大喜吗？而且二郎神用的词是"拔刀相助"，什么意思呢？这可是兄弟间才会用的词，二郎神认为自己和玉帝之间不是君臣关系，玉帝的事就是他的家事。在家里，他跟这个舅舅处得就像兄弟一样！

而且您看完事之后，他还是上天庭去见玉帝了，让自己的梅山兄弟留在花果山，他也不避讳去玉帝那里领赏。真君道："贤弟，汝等未受天箓，不得面见玉帝。教天甲神兵押着，我同天王等上界回旨。你们帅众在此搜山，搜净之后，仍回灌口。待我请了赏，讨了功，回来同乐。"

如果二郎神真的恨玉帝那就不是"听调不听宣"了，而是"既不听调也不听宣"。他"听调不听宣"也好，"不认天家眷"也罢，这都是做给外人看的。他如果上天为官，一口一个舅舅，别人会怎么看。本来自己的母亲思凡下界生下他，他在天庭已经三天两头地被人嚼舌根子了，如果再上天庭来就更不合适了。二郎神不要脸，他总得给玉帝留点脸面吧！二郎神和玉帝之间根本就没有仇恨，二人之间亲情满满，二郎神就差没姓张了。

回到主线故事，这时，我们还得管玉帝叫禹王。禹王对杨戬其实是有愧疚之意的，杨戬没了爹妈，他难辞其咎，因为没有管好自己的妹妹才让这个无辜的孩子来到人世间受苦。杨戬没有爹妈的疼爱，他就对杨戬加倍的好，视如己出！

杨戬也很理解舅舅的良苦用心，所以他从小奋发图强，成为人中龙凤。在舅舅的培养下，杨戬练就一身本领。而禹王对杨戬所做的一切都是瞒着天庭的，杨戬未来能有出息，这个当舅舅的功不可没，杨戬有两个使命：

（1）在有生之年救出母亲；

（2）用一生报答舅舅的恩情。

《西游记》中关于杨戬的履历都在第6回，孙悟空只是爆料了杨戬的身世。我们来看看杨戬是如何功成名就的？首先是观音举荐二郎神："他昔日曾力诛六怪，又有梅山兄弟与帐前一千二百草头神，神通广大。"

其次是二郎神出场时，原文对他的介绍：

斧劈桃山曾救母，弹打櫻罗双凤凰。

力诛八怪声名远，义结梅山七圣行。

心高不认天家眷，性傲归神住灌江。

赤城昭惠英灵圣，显化无边号二郎。

杨戬劈山救母，弹打凤凰，从力诛六怪小有名气，到力诛八怪名声远扬，所以梅山六圣与他结拜兄弟，灌江口人拥他成神，二郎神这个称号由此而来。我们这里主要讲一讲他劈山救母的故事。

杨戬学有所成后，斧劈桃山救出了自己的母亲。您也许会问，天庭怎么就允许杨戬这样做呢？原则上当然是不可以的，但是都已经压了那么多年了，舆论的风头早就过了。这里我们可以参考一下同样是被天庭判处死刑，被压山下的孙悟空。

孙悟空被压了500年，请问玉帝同意放他出来了吗？虽然取经是如来、玉帝、观音、老君共同商议的，但至少明面上玉帝是没有赦免孙悟空的！孙悟空没有被赦免，但他最后还是出来了。

而且孙悟空犯的罪可比玉帝妹妹犯的罪要大得多。我们都知道，孙悟空大闹天宫、偷桃盗丹，但这都不是孙悟空犯下的最大的罪状。那么孙悟空犯的是什么罪呢？《西游记》第7回，面对如来时孙悟空说，"他（玉帝）虽年劫修长，也不应久占在此。常言道：'皇帝轮流做，明年到我家。'只教他搬出去，将天宫让与我，便罢了；若还不让，定要搅攘，永不清平！"

孙悟空要颠覆天庭的政权，这犯的可是谋反罪。如果孙悟空不是从石头缝里蹦出来的，那估计亲人要被连累了。这可是比私通生孩子要严重得多！如果孙悟空都能被释放，三清四帝还会有多在意玉帝妹妹是被压着，还是被救走了呢？

救走玉帝妹妹的人，如果是玉帝，那就会落下一个徇私舞弊的诟病；如果是多年之后的二郎神，那性质就变了。这本来传的是老张家的丑闻，说玉帝妹妹思凡下界结婚生子，被压桃山那是自作自受。现在颂的是老张家的佳话，说杨戬奋发图强，劈山救母，是个千年难得一遇的大孝子。

除了舆论风向的转变，三清四帝也很忌惮禹王的10万神兵，总之一句话：实力强了你说什么都对，做什么都行！禹王培养了自己的外甥，解救了自己的妹妹，那么他重回天庭的下一步计划又是什么呢？

2. 玉帝归来：帝位失而复得，还带了一个女人

我们之前说，自从大禹治水之后，西游世界出现了江河湖海，从此进入了十洲三岛时期。十洲没有具体的划分，但三岛却有具体的指代，它们是海上三星的蓬莱仙岛、东华帝君的方丈仙山、瀛洲九老的瀛洲海岛。三星、帝君、九老被称为长生的"蓬

瀛不老仙"。

早期西游世界的人类是巨人一族，西游世界有巨人就有矮人，三岛上的这些神仙都是矮人。不仅如此，他们还都是鹤发童颜。

《西游记》第26回，原文形容三星"童颜欢悦更无忧，壮体雄威多有福"；形容帝君"福如东海寿如山，貌似小童身体健"；形容九老"皓发蟠髯之辈，童颜鹤鬓之仙"。

三岛之外还有两个矮人神仙，一个是镇元子，一个是金顶大仙，他们的祖籍是三岛。《西游记》第25回，原文形容镇元子"体如童子貌，面似美人颜"。《西游记》第98回，原文说金顶大仙是一个道童。

我们说这些神仙的祖籍在三岛，并不是说他们就是十洲三岛时期出生的人。这里的很多人在大禹治水前就存在了，只不过治水之后他们的家园被东洋大海包围，由陆地变成了海岛。

"蓬瀛不老仙"是长生专家的象征，尤其是三星里面还有一个叫寿星的。还要告诉大家一个不可思议的事实：三星、九老并非蓬莱仙岛、瀛洲海岛的原主人，他们的年纪都比孙悟空要小，孙悟空见到他们时都称他们为老弟。

三星九老是一个特定的组合，也是同一个时期的人物。我们以寿星为例，来算一算这位"老弟"的年纪有多大。

寿星第一次登场是在500年前如来收服孙悟空后，天庭给如来举办了一场庆功宴——安天大会。《西游记》第7回，安天大会上寿星登场："葫芦藏蓄万年丹，宝箓名书千纪寿。"宝箓名书上刻有寿星的年龄，是千纪。纪是当时人的时间计量单位：1纪=12年。千纪是个虚数，最小是一千纪，最多九千纪。注意：天庭存在"天上一日，下界一年"的时间谎言，所以换算的时候一定要以年化天来计算，那么：

寿星最小年纪：$12 \times 1000 \div 365 \approx 32$ 岁。

寿星最大年纪：$12 \times 9000 \div 365 \approx 295$ 岁。

安天大会时，孙悟空的年纪有多大呢？此时孙悟空经历了3个时期，分别是美猴王时期、弼马温时期、齐天大圣时期。

《西游记》第3回，孙悟空被地府勾魂："悟空亲自检阅，直到那魂字一千三百五十号上，方注着孙悟空名字，乃天产石猴，该寿三百四十二岁，善终。"孙悟空从出生到美猴王时期，一共活了342岁。此时，孙悟空还没上天，更没有被如来压住，这个时期的孙悟空都已经342岁了，所以他称寿星"老弟"，合情合理。

取经时期三星九老的年纪都很小，但三岛的年纪却很大。因为孙悟空说，他去三岛求方"古人云：'方从海上来'"，三岛的年纪至少比孙悟空要大得多。三岛的主人不是三星九老，可三星九老却又出自三岛，那么只有一种可能，三岛是有幕后主人的，三星九老只不过是被摆在明面上管理三岛。那么三岛背后的主人是谁呢？

《西游记》第26回，原文介绍蓬莱仙岛"西池王母常来此，奉祝三仙几次桃"。

《西游记》第6回，七仙女说蟠桃会旧规："上会自有旧规。请的是西天佛老、菩萨、圣僧、罗汉，南方南极观音，东方崇恩圣帝、十洲三岛仙翁，北方北极玄灵，中央黄极黄角大仙，这个是五方五老。"

有两位大佬与三岛有密切关系，一个是王母，一个是崇恩圣帝也就是长生大帝，所以三岛背后的主人找到了：蓬莱仙岛的主人是王母，方丈仙山的主人是帝君，瀛洲海岛的主人是长生大帝。后来，王母上了天庭，蓬莱仙岛就交给了三星打理；长生大帝的道场在泰山，瀛洲海岛就交给了九老打理。

王母研制出蟠桃，为仙界众神的长生作出了巨大的贡献。她的功劳并不比三清四帝小，但她在天庭却没有一席之地，大家宁愿从天庭下来给王母祝寿也不肯请王母上天。从这个角度看，王母和禹王的境地差不多。王母却很看得开，有人想在权力斗争中位居高位，王母根本就不屑这种游戏。

那么王母在三岛上的生活是怎样的呢？原文写到三岛的时候，王母已经在天庭了，但不妨碍我们从她的老相好帝君身上找到答案，《西游记》第26回，原文介绍帝君：

> 人间数次降祯祥，世上几番消厄愿。
> 武帝曾宣加寿龄，瑶池每赴蟠桃宴。
> 教化众僧脱俗缘，指开大道明如电。
> 也曾跨海祝千秋，常去灵山参佛面。
> 圣号东华大帝君，烟霞第一神仙眷。

王母上天后没少给帝君送蟠桃吃，帝君在仙界到处交友。关键是最后一句"烟霞第一神仙眷"怎么理解？帝君有一个神仙眷侣，而且他俩号称"西游第一神仙眷侣"。但遗憾的是整个三岛都没有一个女人：蓬莱仙岛上的三星是三个小老头，瀛洲海岛上的九老是九个小老头，方丈仙山上的帝君也是一个小老头，东方朔是帝君的徒弟。除此之外，三岛上就没有别人了，帝君总不可能和他们其中哪个小老头组成一对儿神仙眷侣吧！唯一到过三岛的女性只有王母，所以王母和帝君才是西游第一神仙眷侣。

值得一提的是，《西游记》里的东方朔和中国历史上的东方朔二者毫无关系，大家一定要分开来看。西游里的东方朔也不仅是帝君的徒弟那么简单，他是帝君和王母收养的孩子，他不是一个人类，而是一个修炼脱去本壳的妖怪。

王母不想上天庭，是因为在三岛上有她牵肠挂肚的人，她过习惯了与家人同乐的逍遥日子，她跟天庭早就达成了协议：

（1）天庭众神每年都可以在王母的生日当天，下来给王母祝寿，王母会给他们蟠桃；

（2）三岛不归天庭管辖，天庭不可以以任何形式干涉三岛的发展。

王母用蟠桃换取了三岛的独立，换取了自己与家人的自由。但与世无争的她，还是无奈地卷入了这场政治斗争。某天一觉醒来，王母发现蓬莱仙岛已经被团团围住。这一天，禹王来了。禹王将10万神兵分三路，加上二郎神的草头神军队，一共四路神兵。

一路由禹王亲自带队，将蓬莱仙岛围住；一路由二郎神带队，前往泰山将长生大帝的东岳天齐府围住；剩下两路分别将方丈仙山、瀛洲海岛围住。现在三岛上所有的人包括泰山上的蟠桃树全部掌握在了禹王的手里，他要干什么呢？

禹王挟持着王母来到天庭与三清四帝进行谈判，禹王的诉求很简单：（1）他要和王母一起上天庭，还要带上他的10万神兵和王母的蟠桃树；（2）恢复他"玉皇大帝"的帝位。10万神兵上天的理由是什么呢？禹王说了：一是确保蟠桃树的安全，二是保护天庭众神的安危。

禹王的理由冠冕堂皇，大家又有什么办法！王母没得选，三清四帝更没得选，兵在谁的手里谁就是老大，禹王重新拿回了属于自己"玉皇大帝"的称号。可新的问题来了：现在的天庭除了三清的宫殿，九重天上只有东、北两个天门，天庭根本容不下禹王的这10万神兵，还有王母那3600株蟠桃树。

天庭的扩建迫在眉睫，此时玉帝陷入了沉思……

3.如来出逃：谁是解救如来的幕后操手？

天庭太小容不下10万神兵，玉帝决定：先撤走围困蓬莱仙岛的3万神兵，让王母和这部分神兵先上天庭，以确保自己在天庭的位子，剩下的问题再慢慢解决。这时，玉帝想到一个人，昆仑山上那个扫雪的大胖子——如来。为什么玉帝会想到他呢？有两方面的原因：

（1）当初建立天庭，老君是总设计师，老君曾是老祖的助手。而老祖在化身菩提时期，也收过如来为弟子。老君不愿意出手扩建天庭，那么只能去找如来试试。

（2）老君同意玉帝将10万神兵搬上天庭，不知道他在打什么算盘。俗话说：敌人的敌人就是朋友。如来被老君流放昆仑山，如果自己能将如来救出，说不定还能联手对抗老君。

于是，玉帝来到灵山，他不是来找弥勒的，也不是来找燃灯的。玉帝悄悄地避开了所有人，他要找的人是宝幢光王。因为在灵山内部，如来和宝幢光王是一个派系的，如来不在，现在这一派管事的是宝幢光王。

玉帝首先表示担心："如来那么讨厌我们东方人，我把他救出来，他会和我合作吗？"宝幢光王立马表态："如果陛下能助我等救出如来，赶走弥勒，贫僧向陛下担保，我们将是永远的合作伙伴！"

玉帝和宝幢光王两人一拍即合，于是一场秘密解救如来出山的计划便展开了。那么谁去带走如来最合适呢？一方面，灵山内部的人去肯定不合适，"流放"如来是老君下的命令，如果是灵山内部的人把如来带出来，老君便有理由撕毁"化胡为佛"时的协议，不再承认佛教的合法地位。另一方面，玉帝自己去更不适合，这不仅是公然与老君叫板，还等于高调地告诉老君，自己与西方佛教合作了。

玉帝早有计策：杨戬在弹打凤凰时，两只凤凰暴露了孔雀大明王的行踪，所以玉帝顺势抓到了藏匿已久的孔雀和大鹏。解救如来出山只能智取，不能硬来，最好是找到一个既没有玉帝这边的背景，也不属于佛教内部的人，所以孔雀最合适不过了。

玉帝当着宝幢光王的面对孔雀说："你只要把如来带回灵山，我们不仅会放了你，你还可以留在灵山当菩萨，你弟弟大鹏鸟也可以留在灵山。你看这笔交易怎么样？"一旁的宝幢光王也点头同意，孔雀没有选择，只能去昆仑山把如来带回来。

《西游记》第77回，取经狮驼岭一站，如来回忆道，"那凤凰又得交合之气，育生孔雀、大鹏。孔雀出世之时最恶，能吃人，四十五里路把人一口吸之。我在雪山顶上修成丈六金身，早被他也把我吸下肚去。我欲从他便门而出，恐污其身；是我剖开他脊背，跨上灵山。欲伤他命，当被诸佛劝解：伤孔雀如伤我母。故此留他。在灵山会上，封他做佛母孔雀大明王菩萨。大鹏与他是一母所生，故此有些亲处"。

如来在昆仑山期间，他自己也没闲着，没事就练练，由于伙食太好腹肌又九九归一了，在日光下显得格外闪亮。除此之外，他也没少研究菩提焚身后留下来的那4颗舍利子。

孔雀顺利带回了如来，可如来回到灵山后做的第一件事就是过河拆桥，他想把孔雀给杀了。如来不在的这些年，灵山内部的反对派势力可增长了不少，没想到还被他们摆了一道。如来不仅没杀掉孔雀，还被逼无奈地认了孔雀作母亲，封其为佛母孔雀大明王菩萨。

不管怎么说如来最终还是回到灵山，虽然过程并不美满。如果老君怪罪下来，把孔雀大明王给交出去，就算有个交代了。万幸的是老君也不想和西方佛教撕破脸皮，孔雀大明王再一次保住了性命。

虽然回来了，但如来依然面临着双重压力：一方面是弥勒；另一方面是西方佛教内部的反对派，他们时不时就会给如来穿小鞋。今天的这场接风会上，向孔雀大明王认妈只是个开始，后面还有如来好受的。

在宝幢光王的撮合下，如来和玉帝终于达成了合作，由于现阶段还不能公开合作，不能让老君起疑心，所以解救如来这个动作才这么小心翼翼。玉帝设计救出如来，如来自然也不会亏待他。如来是灵山内部出了名的激进分子，行事风格与玉帝极其相似。那么此次如来回归，第一个遭殃的会是谁呢？

4.天庭扩建战：谁是如来手下的战争机器？

玉帝找如来可算是找对人了，在昆仑山上，如来除了修炼出丈六金身，还研究出了菩提舍利子的终极奥秘——造妖。

《西游记》第44回，取经车迟国一站，有一群被迫做苦力的和尚："只见那城门外，有一块沙滩空地，攒簇了许多和尚，在那里扯车儿哩，原来是一齐着力打号，齐喊'大力王菩萨'，所以惊动唐僧。"西方存在一个大力王菩萨，这个大力王菩萨是谁？牛魔王！

《西游记》第60回，取经火焰山一站，火焰山土地告诉孙悟空，要借芭蕉扇就要找大力王，土地说道："大力王即牛魔王也。"牛魔王出场时，原文也说他"四海有名称混世，西方大力号魔王"。牛魔王在东方称"混世牛魔王"，牛魔王在西方称"大力牛魔王"。

《西游记》第61回，取经火焰山一站，李天王哪吒封玉帝旨意围剿牛魔王，牛魔王束手就擒后，"天王、太子牵牛径归佛地回缴"。他们没有把牛魔王带回天庭，而是带回灵山交给了如来。牛魔王本不是牛，他是西方佛教的大力王菩萨。

《西游记》第53回，取经西梁女国一站，有一个叫如意真仙的道士：

> 凤眼光明眉蒟竖，钢牙尖利口翻红。
> 额下髯飘如烈火，鬓边赤发短蓬松。
> 形容恶似温元帅，争奈衣冠不一同。

如意真仙是牛魔王的亲弟弟，他虽然丑了点、凶了点，但完全没有牛的模样，而是一个十足的人样。那么牛魔王是怎么来的呢？是大力王元神出窍，如来利用菩提舍利子将大力王的元神与一具上古妖兽大白牛的躯体融合了，这才有了牛魔王。牛魔王是如来第一个利用菩提舍利子制造出来的人造妖怪。取经时期，牛魔王背叛了如来，最后被灵山联合天庭围捕。

有了牛魔王的成功案例，如来又用同样的方法制造了另一个人造妖怪——哪吒。《西游记》第83回，取经黑松林一站，原文介绍哪吒的来历：

> 原来天王生此子时，他左手掌上有个"哪"字，右手掌上有个"吒"字，故名哪吒。这太子三朝儿就下海净身闯祸，踏倒水晶宫，捉住蛟龙要抽筋为绦子。天王知道，恐生后患，欲杀之。哪吒奋怒，将刀在手，割肉还母，剔骨还父；还了父精母血，一点灵魂，径到西方极乐世界告佛。佛正与众菩萨讲经，只闻得幢幡宝盖有人叫道："救命！"佛慧眼一看，知是哪吒之魂，即将碧藕为骨，荷叶为衣，念动起死回生真言，哪吒遂得了性命。运用神力，法降九十六洞妖魔，神通广大，后来要杀天王，报那剔骨之仇。天王无奈，告求我佛如来。如来以和为尚，赐他一座玲珑剔透舍利子如意黄金宝塔，——那塔上层层有佛，艳艳光明。——唤哪吒以佛为父，解释了冤仇。所以称为托塔李天王者，此也。

如来制造哪吒所用的舍利子，就是李天王宝塔上的那颗玲珑剔透舍利子。相比牛魔王，哪吒是进阶版的人造妖怪，因为如来后来又成功把他改造成了莲藕人。莲藕人不就是低配版的树人吗？与当年菩提制造树人的不同，如来有了菩提舍利子加持，制造出来的都是一等一的狠角色。原文说得清楚，哪吒"运用神力，法降九十六洞妖魔，神通广大"。也是因为哪吒的诞生，才打响了这场天庭扩建战。这是一场怎样的战争呢？

在《西游记》中，一般一座山头只有一个洞府，即便是某些山头坐镇几个妖王，但他们也都是住在一个洞府里。哪吒降服的这些妖魔很奇怪，一共有96洞，这么多洞的妖魔是哪座山头的妖魔呢？我们将《西游记》中所有的山头洞府汇总出来后发现：除了花果山，再也没有任何一座山头有两个或以上的洞府。孙悟空为美猴王期间，如果不算孙悟空发现的水帘洞，花果山就有72个洞府。

《西游记》第3回，孙悟空练兵惊动72洞妖魔："早惊动满山怪兽，都是些狼虫虎豹、麖麂獐犯、狐狸獾狢、狮象狻猊、猩猩熊鹿、野豕山牛、羚羊青兕、狡儿神獒……各样妖王，共有七十二洞，都来参拜猴王为尊。"

我们推测，自从仙界众神搬上天庭后，天柱山就此荒废，沦为妖魔们的乐土，改名花果山。这群妖魔在花果山由上至下挖掘了96个洞府，每个洞府坐镇一个妖王。可为什么原本的96洞妖魔变成了后来的72洞了呢？因为被哪吒法降的这96洞妖魔当中有24洞被哪吒铲平了，剩下的这72洞主动归降哪吒。

再说孙悟空是谁的棋子？如来变成菩提传授孙悟空本领，大闹天宫时又把他压了，刑期结束后还让唐僧去救他加入取经团队。孙悟空毫无疑问是如来的人。您想孙悟空为什么能在花果山上顺利出生？72洞妖魔为什么都不敢动孙悟空一下？因为他们早就归降了哪吒，而哪吒也是如来的人。基于这层关系，72洞妖魔是万不敢动孙悟空的。所以孙悟空不费一兵一卒，只是操练了一天群猴，就莫名其妙地征服了72洞妖魔。

实际上，哪吒是如来操控的打手。如来为什么要铲平这24洞妖魔？说来这24洞妖魔也真倒霉，他们人在家中坐，祸从天上来。他们的洞府位于花果山顶，可是住得有多高，就死得有多惨。如来不仅要了他们的命，还铲了他们的家。

自从老祖炼石补天之后，西游世界就再也没有真正意义上的交合之土。而被铲平的这花果山顶的24洞，它们的地质是现今西游世界最接近交合之土的。将这些石土按照制作补天石的方法进行煅烧，虽推不上第三十六重天，但推上位于第九重大罗天的天庭还是可以的。

就这样，玉帝与如来暗中完成了第一次合作：玉帝设计救出昆仑山上的如来，如来制造哪吒为玉帝完成天庭扩建的任务。也是从这个时候开始，玉帝与如来正式形成联盟。不久的将来，玉帝会把如来带到台前，而如来也会成为老君的一个强力对手。

兵围三岛的影响

1.天庭新格局：三清与五帝是什么关系？

天庭扩建之后，样貌焕然一新，这时候我们看到的天庭，就是孙悟空第一次上天时看到的景象了。《西游记》第4回，孙悟空看到的天庭：

> 金光万道滚红霓，瑞气千条喷紫雾。
> 只见那南天门，碧沉沉，琉璃造就；明幌幌，宝玉妆成。
> 两边摆数十员镇天元帅，一员员顶梁靠柱，持铣拥旄；
> 四下列十数个金甲神人，一个个执戟悬鞭，持刀仗剑。
> 外厢犹可，入内惊人：
> 里壁厢有几根大柱，柱上缠绕着金鳞耀日赤须龙；
> 又有几座长桥，桥上盘旋着彩羽凌空丹顶凤。
> 明霞幌幌映天光，碧雾濛濛遮斗口。
> 这天上有三十三座天宫，乃遣云宫、毗沙宫、五明宫、太阳宫、化乐宫，……一宫宫脊吞金稳兽；

又有七十二重宝殿，乃朝会殿、凌虚殿、宝光殿、天王殿、灵官殿，……一殿殿柱列玉麒麟。

寿星台上，有千千年不卸的名花；

炼药炉边，有万万载常青的瑞草。

又至那朝圣楼前，绛纱衣，星辰灿烂，芙蓉冠，金璧辉煌。

玉簪珠履，紫绶金章。

金钟撞动，三曹神表进丹墀；

天鼓鸣时，万圣朝王参玉帝。

又至那灵霄宝殿，金钉攒玉户，彩凤舞朱门。

复道回廊，处处玲珑剔透；

三檐四簇，层层龙凤翱翔。

上面有个紫巍巍，明幌幌，圆丢丢，亮灼灼，大金葫芦顶；

下面有天妃悬掌扇，玉女捧仙巾。

恶狠狠，掌朝的天将；气昂昂，护驾的仙卿。

正中间，琉璃盘内，放许多重重叠叠太乙丹；

玛瑙瓶中，插几枝弯弯曲曲珊瑚树。

正是天官异物般般有，世上如他件件无。

金阙银銮并紫府，琪花瑶草暨琼葩。

朝王玉兔坛边过，参圣金乌着底飞。

此时天庭完成了33宫和72殿的九重天建设，外加九重天之上的三清宫殿，一共是108座宫殿的布局。天门也由原本的东天门、北天门扩建成现在的东天门、南天门、西天门、北天门。各宫各殿分工明确，天庭众神各司其职。

那么四大天门的话事人分别都有谁呢？玉帝的灵霄宝殿在南天门，王母的瑶池在西天门，这两个我们大家都很熟悉，不用多说。关键是四帝在天庭上是怎么分布的。

《西游记》第33回，取经平顶山一站，哪吒奉旨去借荡魔天尊的皂雕旗给孙悟空遮天。"那太子奉旨，前来北天门见真武，备言前事，那祖师随将旗付太子。"

《西游记》第87回，取经凤仙郡一站，孙悟空去雷府找普化天尊下雨，孙悟空来时，"却说行者一驾筋斗云，径到西天门外，早见护国天王引天丁、力士上前迎接道：'大圣，取经之事完乎？'"孙悟空走时，"须臾，到西天门，又见护国天王"。

《西游记》第90回，取经玉华州一站，孙悟空去妙岩宫找救苦天尊：这大圣纵筋斗云，连夜前行，约有寅时分，到了东天门外，正撞着广目天王与天丁、力士一行仪从。

我们得出推论，此时的天庭权力格局是：南天门为天庭行政中心由玉帝坐镇，西天门由王母和普化天尊共同管辖，北天门由荡魔天尊管辖，东天门由救苦天尊管辖。四帝之中唯有长生大帝不在天庭。

那么此时以老君为首的三清又在干什么呢？明面上，他们不参与任何行政事务。实际上，他们依旧在背地里操控天庭的格局。打个比方：三清是元老院，五帝是行政院。

与此同时，玉帝的10万神兵也被全部转移到天庭，分布在了四个天门里，"10万神兵"改叫"10万天兵"。王母的3600株蟠桃树也被带上天庭，天庭还专门建了一个园子安置这些蟠桃树，就是大家熟知的蟠桃园。蟠桃园就位于王母所在的西天门里，与王母的住所瑶池紧紧相连。而蟠桃园里的这块土地，正是当年玉帝拿走老祖的那块补天石。

2.蟠桃会旧规：王母的生日要请谁？

王母和蟠桃树既然到了天庭，众神以后也不用再下界去找王母要蟠桃了。但是要蟠桃的规矩是不能变的，什么规矩呢？

《西游记》第24回，取经五庄观一站，沙和尚看到人参果时说道："小弟虽不曾吃，但旧时做卷帘大将，扶侍鸾舆赴蟠桃宴，尝见海外诸仙将此果与王母上寿。见便曾见，却未曾吃。哥哥，可与我些儿尝尝？"

一直以来，王母只有在自己的寿辰当日才会给众仙发放蟠桃，只不过上天庭后搞得更隆重了，也有了更好听的名字：蟠桃宴、蟠桃会。随着天上地下修仙的人越来越多，蟠桃会也搞得越发的隆重。想要参加蟠桃会，就会有一定的门槛。王母邀请你，你就能来，王母没邀请你，你就来不了。

《西游记》第5回，在七仙女的口中我们得到了这份宴请名单："上会自有旧规。请的是西天佛老、菩萨、圣僧、罗汉，南方南极观音，东方崇恩圣帝、十洲三岛仙翁，北方北极玄灵，中央黄极黄角大仙，——这个是五方五老。还有五斗星君，上八洞三清、四帝，太乙天仙等众；中八洞玉皇、九垒，海岳神仙；下八洞幽冥教主、注世地仙。各宫各殿大小尊神，俱一齐赴蟠桃嘉会。"

这份宴请名单是王母深思熟虑拟写出来的，直接反映了当时众仙在仙界的排位。这份名单大有玄机，众仙看到这份名单，那是有人欢喜有人忧！正是因为这份名单，才埋下了下一场仙界大战的种子……

第七篇　蟠桃之战

蟠桃之战的起因

1. 诡异的名单：是谁对仙界的排位不满？

要想弄清楚蟠桃会这份宴请名单上的阴谋，我们就要细细拆分一下七仙女分类的神仙，我们把几个领头人物列出来。

（1）五方五老：如来、观音、崇恩圣帝（长生大帝）、北极玄灵、黄角大仙；

（2）五斗星君：东斗星君、南斗星君、西斗星君、北斗星君、中斗星君；

（3）上八洞：三清（太上老君、元始天尊、灵宝天尊）、四帝（长生大帝、真武大帝/荡魔天尊、救苦天尊、普化天尊）；

（3）中八洞：玉皇（玉皇大帝）；

（4）下八洞：地藏王；

（5）各宫各殿大小尊神：李天王、四大天王、四大天师、九曜星君、二十八宿等。

需要声明的是：这里排的神仙是包括其附庸势力的。比如"西天佛老、菩萨、圣僧、罗汉"不是就请如来一个人，也不是把西方佛教全体教众都请来，而是把代灵山上有头有脸的佛老、菩萨等都请来了。又比如"中八洞玉皇、九垒、海岳神仙"，指以玉皇为首、附庸玉皇的海内神仙，他们能沾到中八洞的光。还有就是崇恩圣帝一人担任两职，这是因为他在天庭与人间有着两股独立的势力。

《西游记》第7回，玉帝宴请众仙给如来庆功时，还出现了一种排法：玉帝传旨，即着雷部众神，分头请三清、四御、五老、六司、七元、八极、九曜、十都，千真万圣，来此赴会，同谢佛恩。

注意这里的四御指的就是四帝，这是从玉帝脱离五帝后的专属叫法。根据排序，三清四帝肯定在五老前面，但蟠桃会旧规里，五老为什么会排在第一呢？因为蟠桃会是天庭请客，五老是宴会最重要的客人，他们相当于东南西北中五个最大的地方势力，他们并不是天庭的臣子。为了表示对重要客人的尊重，所以王母将他们排在了前面。

结合两处，我们不难得出当时真实的仙界排位：

首先，排第一的是上八洞神仙：三清（太上老君、元始天尊、灵宝天尊）、四帝（长生大帝、真武大帝/荡魔天尊、救苦天尊、普化天尊）。

与此同时，与上八洞并列第一的是五斗星君：东斗星君、南斗星君、西斗星君、北斗星君、中斗星君。

然后再到中八洞的玉皇大帝，他竟然被排在三清四帝，甚至五斗星君之下。

再接下来是下八洞的幽冥教主地藏王菩萨，他建造地府有功，排在了如来和观音前面。

以上都可以算作天庭的大小主人，最后才到五方五老。所以大家千万不要被影视剧给搞混淆了，此时如来和观音不是上下级关系，他们同属平级五老。

天庭最高的神仙是24洞仙，上中下八洞合计就是24洞，为什么是24洞呢？别忘了，花果山从96洞妖魔变成了现在的72洞，少了多少洞？少了24洞，天庭众神排位却冒出了24洞。

看到这里，您觉得这份仙界排位的名单合理吗？至少有两个人对这份排位名单很不满，他们是谁呢？一个是玉帝，一个是如来。为什么说是他俩？

先说玉帝，七仙女口中说的是玉皇。这个说法很严谨，什么意思呢？我们知道大禹因治水被人间尊称禹王，禹王第一次上天被封为玉皇，排位时玉帝还只是玉皇，尚未封帝，这份名单是以他"玉皇"的身份排的。玉帝本是五帝之首，应该紧随三清之后位居上八洞行列，却被排到了中八洞。

再说如来，此时的如来还不是佛祖，他只是佛老。蟠桃会没请身为佛祖的弥勒，倒是把佛老如来给请来了，说明现在如来的地位是高于他的身份的，这是其一。在五老当中，如来领导的灵山势力也已经超过其他四老，观音虽然个人能力强，但比势力还是比不过灵山众佛的。天庭把如来和观音排在同一级，如来并不认可，这是其二。

再来说说五斗星君，他们唯一的功劳就是"鸿门宴"上捅了老祖一刀，他们能跟上八洞的三清四帝平起平坐，是不是有点过头了？王母能拟出这样一份名单，背后肯定是老君在施压。这份名单与众仙实际的权力地位太不匹配了。而且随着时间的推移，也将会越发不匹配。所以蟠桃会按照这份名单办下去，早晚有一天会暴雷。《西游记》第6回，在七仙女告诉孙悟空蟠桃会名单后，看看孙悟空的回答。

大圣道："我乃齐天大圣，就请我老孙做个席尊，有何不可？"

仙女道："此是上会旧规，今会不知如何。"

这么多年都这样办下来了，如果不出意外今年肯定也是照旧这么办，可七仙女却说"今会不知如何"！说明当时七仙女已经察觉到了风声，这次蟠桃会的风向可能会变。玉帝和如来要打破旧规就需要一个契机，所以孙悟空注定要搞砸这场蟠桃会。一句话：玉帝要打破上中下八洞神仙的格局，如来要打破五方五老的格局。只有这样，玉帝和如来的仙界地位才会得到提升，双方的合作才能进行下去！

2.蟠桃贬值：天庭的蟠桃不够吃吗？

蟠桃树被搬上天庭后，与之前有什么不同吗？《西游记》第6回，孙悟空第一次来到蟠桃园。

本园中有个土地拦住，问道："大圣何往？"

大圣道："吾奉玉帝点差，代管蟠桃园，今来查勘也。"

那土地连忙施礼，即呼那一班锄树力士、运水力士、修桃力士、打扫力士，都来见大圣磕头，引他进去。

蟠桃树有蟠桃园土地、锄树力士、运水力士、修桃力士、打扫力士这一大票人全天24小时打理着，这导致蟠桃比以前更高产了。高产到怎样的地步呢？

——高产到一年四季都有蟠桃在成熟。第6回原文说现在的蟠桃园：

夭夭灼灼，颗颗株株。
夭夭灼灼花盈树，颗颗株株果压枝。
果压枝头垂锦弹，花盈树上簇胭脂。
时开时结千年熟，无夏无冬万载迟。
先熟的，酡颜醉脸，还生的，带蒂青皮。
凝烟肌带绿，映日显丹姿。
树下奇葩并异卉，四时不谢色齐齐。
左右楼台并馆舍，盈空常见罩云霓。

其实我们可以估算一下现在蟠桃大致的产量。蟠桃树有大株、中株、小株三种。原文描写的是孙悟空刚进蟠桃园后看到的景象，而种在最前面的就是小株蟠桃，所以这个"夭夭灼灼花盈树，颗颗株株果压枝"描写的就是小株蟠桃。而等孙悟空再往里走，看到的就不是这个景象了："只见那树上花果稀疏，止有几个毛蒂青皮的。"

三种蟠桃树都是1200株，但产量依次递减。人参果的产量很少，我们以人参果树一棵树只结30个果子为基准，即便是大株蟠桃，产量肯定也在人参果之上，我们估算：小株蟠桃树，150个／株；中株蟠桃树，100个／株；大株蟠桃树，50个／株。

《西游记》第5回，蟠桃园土地介绍："前面一千二百株，花微果小，三千年一熟，人吃了成仙了道，体健身轻。中间一千二百株，层花甘实，六千年一熟，人吃了霞举飞升，长生不老。后面一千二百株，紫纹缃核，九千年一熟，人吃了与天地齐寿，日月同庚。"

由于存在"天上一天，下界一年"的时间谎言，天庭以天化年，我们就以年化天算，所以就可以得到三种蟠桃的成熟周期：

小株蟠桃平均成熟周期：$3000 \div 365 \approx 8$（年）。

中株蟠桃平均成熟周期：6000÷365≈16（年）。

大株蟠桃平均成熟周期：9000÷365≈24（年）。

因为蟠桃会是王母的寿辰，一年一度，所有蟠桃的年总产量有多少？

小株蟠桃：1200×150÷8=22 500（个）。

中株蟠桃：1200×100÷16=7500（个）。

大株蟠桃：1200×50÷24=2500（个）。

我们把大中小蟠桃加起来，一共是32 500个。这就是天庭每年能提供的一个理论极限值。您就要问了：天庭10万天兵，这三万多个果子怎么够分呢？

首先，并不是所有天兵天将都能吃到一个完整的蟠桃，因为蟠桃会时，天庭会把蟠桃做成蟠桃果汁或者酿成酒分给众仙，美其名曰"玉液琼浆，香醪佳酿"。天兵天将不用担心，他们没的吃，总有的喝。

其次，蟠桃在如此高产的情况下，早就是"开放式"供给了。这也很容易出问题，要知道蟠桃树没上天之前，王母可是让长生大帝重兵守护着蟠桃树的。可上了天庭之后，看管就变松了。《西游记》第5回，孙悟空领了玉帝的旨意掌管蟠桃园，可还没等旨意到，孙悟空人就已经到蟠桃园了，除了蟠桃园土地和一群园丁，蟠桃园竟没有一个天兵把守。

蟠桃园没人把守，这是常态吗？还是说孙悟空来了以后才变这样的？这当然是常态了。且看七仙女和蟠桃园土地的对话：

仙女近前道："我等奉王母懿旨，到此摘桃设宴。"

土地道："仙娥且住。今岁不比往年了，玉帝点差齐天大圣在此督理，须是报大圣得知，方敢开园。"

蟠桃园没人管已经很多年了，往年七仙女拿到王母的旨意就直接来摘桃了，今年却多了个管事的孙悟空。大家想，即便没有王母的旨意，神仙们就搞不到蟠桃了吗？蟠桃那么高产，蟠桃园除了蟠桃园土地和园丁又没人看管把守。孙悟空能偷蟠桃，其他神仙就不可以偷吗？吃上十个八个谁又能发现呢？

《西游记》第26回，取经五庄观一站，原文介绍东方朔：

逃名今喜寿无疆，甲子周天管不着。
转回廊，登宝阁，天上蟠桃三度摸。
缥缈香云出翠屏，小仙乃是东方朔。

东方朔我们之前说过，他的真实身份是帝君和王母收养的孩子，他偷蟠桃可比孙悟空夸张多了，孙悟空只偷了一次，他一个人就偷了三次。见第62回：

行者见了，笑道："这个小贼在这里哩！帝君处没有桃子你偷吃！"东方朔朝上进礼，答道："老贼，你来这里怎的？我师父没有仙丹你偷吃。"

您看东方朔偷蟠桃尽人皆知，但天庭根本就没有处理他。俗话说，好事不过三，三次都不处理这就过分了。虽然我们知道这是因为东方朔是王母养子，但这也侧面反映出蟠桃实在太多了，多到天庭对蟠桃丢失的现状根本不以为然。

玉帝手握重兵，为什么还要逼迫王母一起上天庭呢？手握重兵又怎么样！最后能真正控制众仙命脉的还得是蟠桃。蟠桃就是仙界的货币，是仙界的命脉，它是众仙追求长生里程碑式的研发。至少直到取经时期，也没有谁研发出真正意义上的蟠桃替代品。此时，蟠桃贬值，就意味着玉帝手上的权力也变小了。渐渐地，玉帝说话众仙也不爱听了。你说你的，我做我的，反正我听不听都不影响我能吃到蟠桃。不仅天庭原先的班子不听，就连玉帝带来的10万天兵也开始不爱听玉帝使唤了。

《西游记》第4回，玉帝差李天王去捉拿孙悟空，李天王让巨灵神和哪吒出手，哪吒败北后他自己根本没出手就收兵了，连抓只猴子做做样子都懒得做，就去向玉帝增兵求援，玉帝道："谅一妖猴有多少本事，还要添兵？"

《西游记》第5回，玉帝让四大天王挂帅，把10万天兵都差出去围剿花果山了，可结果是：更不曾捉着一个猴精。甚至四大天王和李天王一样，也向玉帝求援增兵。可10万天兵都下去了，天庭早就空了，哪儿还有援兵呀！这时，玉帝的反应亮了，原文写道，"却说玉帝拆开表章，见有求助之言，笑道：'叵耐这个猴精，能有多大手段，就敢敌过十万天兵！李天王又来求助，却将那路神兵助之？'"

李天王求援，玉帝忍了。四大天王来求援，玉帝笑了。其中的意味深长您自己品，这不是玉帝想要的结果！

3. 解毒金丹：是什么让玉帝感到悚惧？

现在仙界根本不往玉帝想要的方向发展，众仙不听他的，那听谁的？还能有谁呀！

——老君呗！玉帝想要用蟠桃控制众仙坐稳帝位，老君也有控制众仙的手段，那就是金丹。《西游记》第5回，老君下驾灵霄宝殿：

又有四个大天师来奏上："太上道祖来了。"

玉帝即同王母出迎。

老君朝礼毕，道："老道官中，炼了些'九转金丹'，伺候陛下做'丹元大会'，不期被贼偷去，特启陛下知之。"

玉帝见奏悚惧。

王母开一年一度的蟠桃大会，老君也开一年一度的丹元大会。这些九转金丹有什么用呢？三个字：止痛药！吃蟠桃长生可以理解为吃药长生，可"是药三分毒"，众仙长期吃蟠桃虽然能长生，但也会无比的痛苦，老君的九转金丹就能缓解这些痛苦。

众仙为了长生不得不吃下蟠桃这种慢性毒药，而老君的金丹就是用来给他们解毒的。唯一不同的是：蟠桃现在已经"开放式"供给了，但老君的金丹却只能在丹元大会上才能吃到。为什么金丹不见了玉帝会悚惧？因为玉帝自己也要吃！老君的丹元大会就是以玉帝的名义办的。

玉帝要吃老君的金丹，老君却不用吃玉帝和王母的蟠桃。《西游记》第5回，众仙都去参加王母的蟠桃会，且看老君在干什么："原来那老君与燃灯古佛，在三层高阁朱陵丹台上讲道，众仙童、仙将、仙官、仙吏都侍立左右听讲。"

蟠桃会邀请老君，但人家根本不去。蟠桃会当天，老君也没给玉帝王母面子，但王母还是得请老君。来不来是老君的事，请不请又是另外一回事！至于老君吃什么样的食材长生，我们就不知道了。

玉帝想要做真正的万神之主，就要打破上中下八洞的排位格局，同时还要想办法让蟠桃增值，想办法摆脱老君的束缚。

玉帝很难，如来也很难！《西游记》第77回，取经狮驼国一站，如来夸下海口：我管四大部洲！可如来只是五老，他事实上只能管西牛贺洲。甚至在妖魔遍地的西方，他能管好家门口天竺国都不错了。但如来是个有野心的人，他的理想是要管理四大部洲。如来要实现他的理想，就得打破五方五老的格局，就得当上佛祖让弥勒下台，就得打击东方佛教这些菩萨，还要想办法抗住老君的施压。

在这样的一个大背景下，蟠桃之战爆发了……西游主角孙悟空也即将登场！

蟠桃之战的经过

1.孙悟空诞生

我们之前解析了猪八戒的身世：他的前身是后羿，因当时玉皇设下计策导致他错投了猪胎，后羿失去了所有记忆并且销声匿迹。后来他被老君找到，老君给他吃了一颗九转大还丹，终于激起了他变猪前的些许记忆。再后来，老君把他带回了天庭，玉帝无奈封其为天蓬元帅，还把九齿钉钯还给了他，天蓬元帅就是在这个时期才出现的。

作为曾经的竞争对手，为什么玉帝要封他做官，归还兵器呢？封他做官，是因为现在他已经不叫后羿了，叫他"天蓬"。这个叫法是因为猪八戒的嘴脸是莲蓬脸。归还兵器是因为九齿钉钯本就是老君特地为后羿打造的，众目睽睽之下后羿回归，玉帝没有不归还的理由！

老君把玉帝曾经的对手带上天是为了恶心玉帝。玉帝不甘示弱，也从人间带回来了一个人，他就是沙和尚。沙和尚的身份可不简单，玉帝不知道的是，他与沙和尚的这场人间偶遇也是如来秘密安排的。在《西游记》里，沙和尚在取经到达灵山之前就有一个职位——灵山大将。沙和尚的真实身份是如来的大弟子，他来自灵山。玉帝把沙和尚带上天封为卷帘大将，作为自己的贴身保镖，为的就是制衡被老君带上天的天蓬元帅。

再说如来，除了秘密安插沙和尚，他还做了什么呢？他手上还有两颗菩提舍利子。没错，如来又开始造妖了。这一次造出来的角色将彻底改变如来的命运，这个妖怪就是孙悟空。我们认为牛魔王、哪吒、孙悟空都是如来用舍利子制造出来的。之前我们就有说过，这一次我们好好地论证一下。

首先，祭赛国金光寺的那颗舍利子。《西游记》第63回，万圣龙王和九头虫偷了这颗舍利子，孙悟空打死万圣龙王，赶跑九头虫后，万圣家族差点灭门。不过孙悟空也没将其杀绝，留下万圣龙王的妻子万圣龙婆，把她关押在金光寺内。关她在里面干什么呢？用九叶灵芝草温养舍利子。这就奇怪了，舍利子一偷一还回来后竟然就活了，还需要抓个人来专门温养它。

其次，如来给李天王的那座宝塔名字叫"玲珑剔透舍利子黄金宝塔"，这座宝塔上面是有一颗舍利子的，但哪吒重塑后就消失了。我们不要被《封神演义》影响，《西游记》里李天王从来没有用过这个宝塔，这个宝塔甚至可以说不是一件法宝，它就是用拿来装舍利子的。

最后，来看看孙悟空。《西游记》第7回，孙悟空大闹天宫时，原文对他有这么一句描述"光明一颗摩尼珠"。孙悟空的本质是一颗摩尼珠，而舍利子里面就有一种珠状舍利。那为什么说牛魔王和哪吒也都是舍利子人造妖魔呢？《西游记》第61回，取经火焰山一站，牛魔王与孙悟空打斗时有一句话，"牛王本是心猿变。今番正好会源流"。也就是说牛魔王与孙悟空同宗同源。围剿牛魔王时，是哪吒亲自把牛魔王带回灵山的。而哪吒和孙悟空打斗时也有过同样的描述。《西游记》第4回："六臂哪吒太子，天生美石猴王，相逢真对手，正遇本源流。"哪吒与孙悟空也是同宗同源。

基于上述描写，我们才说牛魔王、哪吒、孙悟空都是舍利子人造妖魔。他们都与如来有关：牛魔王曾是如来坐下的大力王菩萨，哪吒是如来用荷叶藕神改造的树人，孙悟空是如来假变菩提教出来的徒弟。孙悟空本质就是舍利子，既然三人同宗同源，也就说明他们都是舍利子人造妖魔。

孙悟空诞生后，首先是如来登场：派哪吒降伏了花果山上的妖魔，派牛魔王设计孙悟空，并让其当上猴王，再安排四只老猴子引导孙悟空去西方拜师学艺。然后如来自己假变菩提收孙悟空为徒弟，以学习长生道法的名义传授他一身惹祸和逃跑的本事，最后放手让他去闯祸引起天庭的注意。

然后玉帝就登场了，他前后两次招安孙悟空，最离谱的是居然让猴子去看管蟠桃园，但又不让他参加蟠桃会。玉帝阴谋变阳谋，在多次设计刺激孙悟空后，最终引发了孙悟空大闹天宫。

当然具体的过程我们不多说了，故事大家都很熟悉，这其中如来和玉帝既有合作，也盘算对方。总之，孙悟空大闹天宫就是玉帝和如来都想要看到的结果。接下来，我们通过孙悟空大闹天宫，来盘一盘大佬们的背后博弈。

2.大闹天宫之一：玉帝一个君王笑，隐藏着多少含义？

很多人认为，大闹天宫是从孙悟空推翻老君八卦炉开始的。如果是这样理解那就狭隘了，真正的大闹天宫从天庭招安孙悟空时就开始了。所以我们把大闹天宫分为三个阶段：

第一阶段：天庭第一次招安——孙悟空因嫌弃官小下界——天庭第一次围剿

第二阶段：天庭第二次招安——孙悟空因不能参会下界——天庭第二次围剿

第三阶段：各方大佬悉数登场——孙悟空被抓

由于孙悟空龙宫夺宝、修改生死簿，东海敖广和秦广王一起上天状告孙悟空，玉帝在太白金星的建议下，对孙悟空进行第一次招安。但孙悟空嫌弃弼马温官职太小，返下界了，于是才有了天庭第一次对花果山的围剿。出兵围剿的李天王、哪吒，以失败告终。

第一次围剿失败后，金星再次建议玉帝招安，满足孙悟空的要求，封其为"齐天大圣"，可同时也给孙悟空挖了一个"有官无禄"的坑。孙悟空得知自己不能参加蟠桃会，偷桃盗丹，胡搅蟠桃会，再逃下界，于是才有天庭第二次对花果山的围剿。出兵围剿的是四大天王、九曜星君、李天王，也以失败告终。

前两个阶段都是为第三阶段铺垫的，我们着重讲解第三阶段，看看有哪些人登场了，他们都做了什么，对整个事件又有着怎样的影响。

首先登场的是观音，《西游记》第6回，观音上天庭参加蟠桃会。

话表南海普陀落伽山大慈大悲救苦救难灵感观世音菩

萨，自王母娘娘请赴蟠桃大会，与大徒弟惠岸行者同登宝阁瑶池，见那里荒荒凉凉，席面残乱，虽有几位天仙，俱不就座，都在那里乱纷纷讲论。菩萨与众仙相见毕，众仙备言前事。菩萨道："既无盛会，又不传杯，汝等可跟贫僧去见玉帝。"

此时，观音还不是如来的下级，按照旧规，观音和如来是平级的，大家都属于五方五老。观音早就看穿了，所以赶忙去见了玉帝。因为一旦如来出场抓了孙悟空，五方五老的格局肯定会发生变化。如来上去了，观音的地位肯定要受到冲击。两人都同属于佛教体系，内部竞争更不用说。为什么这回玉帝又愿意见观音呢？他和如来不是一伙的吗？不着急，我们接着往下看！

《西游记》第83回，取经镇海寺一站，李天王介绍自己的子女："我止有三个儿子，一个女儿。大小儿名金吒，侍奉如来，做前部护法。二小儿名木叉，在南海随观世音做徒弟。三小儿名哪吒，在我身边，早晚随朝护驾。一女年方七岁，名贞英，人事尚未省得，如何会做妖精！"

孙悟空去找李天王时，李天王把孙悟空给捆了，李天王要砍孙悟空几刀出出气。"早有那三太子赶上前，将斩腰剑架住，叫道：'父王息怒。'天王大惊失色。噫！父见子以剑架刀，就当喝退，怎么返大惊失色？……今日因闲在家，未曾托着那塔，恐哪吒有报仇之意，故吓个大惊失色。"

李天王有三个儿子：大儿子金吒被如来抓去做了人质，二儿子在南海观音处，小儿子哪吒被如来改造成了树人安排在自己身边，李天王天天提心吊胆，总担心自己哪天会被哪吒背刺。李天王可以说被如来拿捏得死死的，照理说他应该很听如来的话吧！

第七篇　蟠桃之战

名义上李天王隶属天庭系统，玉帝给他蟠桃吃，他连玉帝的话都不听，所以对如来估计也够呛。李天王玩的就是墙头草和摆烂，如来又能怎么着呢？李天王的大儿子、小儿子都指望不上了，但二儿子还可以做做文章，所以木叉就跟在了观音身边，成为观音的坐下大弟子，原文写道，天王道："孩儿，你随观音修行这几年，想必也有些神通，切须在意。"

这里要特别注意，木叉是最近几年才跟的观音，这个时间点很重要，这在孙悟空开始崛起之前。观音出名了那么多年，一直没有收徒弟，可偏偏在这时收了木叉。李天王也挺纠结的，他明面上是玉帝的人，背地里却被如来要挟，完了自己又跑到观音那里去找出路。

李天王为什么那么纠结呢？因为在格局变化的关键时刻，李天王也摸不准风向，他在多方投资，也是在避险。当然观音也有自己的如意算盘，拦截如来是肯定的，但也不可能公开得罪如来。孙悟空要收，但不能自己动手。

切换到观音的视角说回故事，观音在见了玉帝之后，先探了探玉帝的口风，看了看局面，发现老君和王母也在，她心里就有数了。现在局面很僵持，表面上虽然是天庭内部的事，跟观音没有关系，实际上她却是打破僵局的关键人物。于是她主动申请打探消息的任务，"即命惠岸行者道：'你可快下天宫，到花果山打探军情如何。如遇相敌，可就相助一功，务必的实回话。'"（第6回）

观音派木叉（惠岸行者）打探消息，目的是什么呢？木叉和孙悟空打了一架。

这大圣与惠岸战经五六十合，惠岸臂膊酸麻，不能迎敌，虚幌一幌，败阵而走。……对四天王、李托塔、哪吒，气哈哈的，喘息未定："好大圣！好大圣！着实神通广大！孩儿战不过，又败阵而来也！"李天王见了心惊，即命写表求助，便差大力鬼王与木叉太子上天启奏。

　　取经时期，二十八宿里的一个奎木狼就能和孙悟空打个平手，现在不仅二十八宿全来了，10万天兵也都在。上一次围剿，李天王求救，这一次这么豪华的阵容也求救。可见木叉不来，李天王都不好意思求救了。观音早就盘算好了一切，木叉的任务就是给李天王搬兵的理由。

　　木叉回到天庭如实汇报，特别重点引用了李天王的话，还是第6回："昨日与那猴王战了一场，止捉得他虎豹狼虫之类，更未捉他一个猴精。"菩萨低头思忖。这里必须说说原著与影视剧的区别：影视剧拍这一段是说观音突然就来了，来了后给玉帝指了条明路，玉帝抓到孙悟空然后自己就走了。原著里，观音可是低头想了很久的，她在想什么呢？她可不是来给玉帝指明路的，她也在盘算，盘算着玉帝的心思！

　　且看玉帝的反应，"却说玉帝拆开表章，见有求助之言，笑道：'叵耐这个猴精，能有多大手段，就敢敌过十万天兵！李天王又来求助，却将那路神兵助之？'"玉帝这个笑我们之前说过，十足地意味深长，10万天兵没一个跟玉帝是一条心的，这还是当年他带上天的兄弟吗？总结一下此时的局面：

　　（1）李天王为了如来出场，抓捕孙悟空极其不尽力；

　　（2）观音不想明面得罪如来，她不肯直接出手；

　　（3）玉帝更不能亲自上阵，不然会坏了他与如来的结盟关系；

（4）老君代表三清也来了，坐看玉帝如何收场；

（5）躲在灵山背后的如来心急如焚，他还等着被人请呢！

以上这些不仅是我们的分析，也是观音低头思忖的内容。玉帝边说观音边思考，她大脑高速运转，立刻给出了对策，原文写道，"（玉帝）言未毕，观音合掌启奏道：'陛下宽心，贫僧举一神，可擒这猴。'"观音举荐的不是一般人而是皇亲国戚——玉帝的外甥二郎神杨戬。那么二郎神的登场又会对局势造成怎样的影响呢？

3.大闹天宫之二：观音与老君南天门上的第一次博弈

很快二郎神便前往花果山，来到了营帐中。二郎神和李天王、四大天王不同，人家是玉帝的外甥，肯定不会丢了玉帝的面子。

> 相见毕，问及胜败之事，天王将上项事备陈一遍，真君笑道："小圣来此，必须与他斗个变化。列公将天罗地网，不要幔了顶上，只四围紧密，让我赌斗。若我输与他，不必列公相助，我自有兄弟扶持；若赢了他，也不必列公绑缚，我自有兄弟动手。只请托塔天王与我使个照妖镜，住立空中。恐他一时败阵，逃窜他方，切须与我照耀明白，勿走了他。"

二郎神让10万天兵围住孙悟空，不让他跑，但玉帝的话他们都不听，还会听二郎神的吗？这10万天兵，二郎神是根本指望不上的，二郎神这样说也只是给他们台阶下。一句话：在座的各位都是垃圾，你们看我表演就好了。事实也证明，这10万天兵根本就没理二郎神，孙悟空最后还是轻轻松松地跑了，跑到了二郎神的道场灌江口真君庙，还变成了二郎神的样子恶心了他一把，原文写道，"真君撞进门，大圣见了，现出本相道：'郎君不消嚷，庙宇已姓孙了。'"

二郎神与孙悟空的打斗过程我们就不细说了。总之，逃出真君庙的孙悟空又被二郎神一路赶回了花果山。就这样孙悟空进入了二郎神1200名草头神的包围圈，无路可走。二郎神把孙悟空围住，抓住他是迟早的事，可有人等不及了。

> 话表大力鬼王既调了真君与六兄弟提兵擒魔去后，却上界回奏。
> 玉帝与观音菩萨、王母并众仙卿，正在灵霄殿讲话，道："既是二郎已去赴战，这一日还不见回报。"
> 观音合掌道："贫僧请陛下同道祖出南天门外，亲去看看虚实如何？"
> 玉帝道："言之有理。"
> 即摆驾，同道祖、观音、王母与众仙卿至南天门。（第6回）

现在玉帝、老君、观音、王母都在南天门上观战，博弈正式开始。玉帝和王母没发话，但观音却主动和老君较量了起来，"菩萨开口对老君说：'贫僧所举二郎神如何？——果有神通，已把那大圣围困，只是未得擒拿。我如今助他一功，决拿住他也。'"

观音把大家叫出来的目的不是观战，而是助战。我们前面说了，二郎神抓住孙悟空那是迟早的事。那为什么二郎神抓了一天

第七篇 蟠桃之战

261

都没抓住呢？还不是要怪10万天兵放水让孙悟空跑出了花果山。孙悟空从花果山跑到灌江口，又从灌江口被赶回来。灌江口在南赡部洲，花果山在东胜神洲。二郎神与孙悟空赌斗，大部分时间都浪费在赶路和找孙悟空中。所以这才有了玉帝说的"既是二郎已去赴战，这一日还不见回报"。玉帝自己培养的外甥，他不知道二郎神的实力吗？如果孙悟空不跑，抓孙悟空又怎么会需要一天呢？

玉帝很急，但观音比他更急，一来她的目的就是要收孙悟空，二来二郎神是她举荐的。如果二郎神抓不住孙悟空，她的目的没达到，脸也丢尽了。所以她才说"我如今助他（二郎神）一功，决拿住他（孙悟空）也"。此时老君终于忍不住发话了。

> 老君道："菩萨将甚兵器？怎么助他？"
> 菩萨道："我将那净瓶杨柳抛下去，打那猴头；即不能打死，也打个一跌，教二郎小圣好去拿他。"（第6回）

我们给观音做一个战略目标排序：最好是打死，其次是打伤！孙悟空一死就彻底断了如来的上位之路。但是打死孙悟空的这个锅，围观群众要一起背。如果观音操作再过一点，甚至还能把剿除妖猴的"首功"让给二郎神。

那么观音有打死孙悟空的实力吗？很多人被影视剧误解很深，认为只有如来能收服孙悟空，孙悟空还把玉帝打得躲到桌子底下。孙悟空说到底只是如来用舍利子制造的一个妖魔，虽然有点实力，但与仙界的顶级大佬比起来差距就大了。

《西游记》第42回，取经号山一站，观音的净瓶再次出场：

> 菩萨教："（孙悟空）拿上瓶来。"
>
> 这行者即去拿瓶，——咦！莫想拿得他动。
>
> 好便似蜻蜓撼石柱，怎生摇得半分毫？
>
> 行者上前跪下道："菩萨，弟子拿不动。"
>
> ……
>
> 菩萨道："常时是个空瓶。如今是净瓶抛下海去，这一时间，转过了三江五湖，八海四渎，溪源潭洞之间，共借了一海水在里面。你那里有架海的斤量？此所以拿不动也。"

《西游记》第3回，孙悟空在花果山卖弄金箍棒，也有异曲同工的桥段，"那些猴不知好歹，都来拿那宝贝，却便似蜻蜓撼铁树，分毫也不能禁动。一个个咬指伸舌道：'爷爷呀！这般重，亏你怎的拿来也！'"

金箍棒重一万三千五百斤，小猴子拿金箍棒"却便似蜻蜓撼铁树"。装满水的净瓶需要有架海的斤量才能拿，孙悟空拿净瓶"好便似蜻蜓撼石柱"。那么观音是怎么拿起装满水的净瓶的？"那菩萨走上前，将右手轻轻的提起净瓶，托在左手掌上。"

原文"轻轻的"这三个字用得很传神，观音轻轻地就能使出架海的斤量，这个词在后面如来收孙悟空时也出现过。《西游记》第7回，如来用五行山压孙悟空："好大圣，急纵身又要跳出，被佛祖翻掌一扑，把这猴王推出西天门外，将五指化作金、木、水、火、土五座联山，唤名'五行山'，轻轻的把他压住。"

现在观音说出自己的战略目标：不能打死，也打个一跌。您觉得她抛下去的，会是一个空空的瓶子吗？孙悟空与观音之间的差距，就是小猴子与孙悟空之间的差距。如来能抓孙悟空，观音一样能抓孙悟空，仙界有很多人都能抓孙悟空，甚至杀掉孙悟空。他们怕的不是孙悟空，而是考虑杀掉孙悟空，自己是在和谁树敌？自己是捞到了什么好处，还是惹了一身骚？

此时老君应该怎么回应呢？老君道："你这瓶是个磁器，倘打着他便好，如打不着他的头，或撞着他的铁棒，却不打碎了？你且莫动手，等我老君助他一功。"如果老君和观音的诉求一样，也要孙悟空死，那他根本就不会阻拦观音。现在要孙悟空死的只有两个人：一个是观音，一个是玉帝。观音要孙悟空死不用多说，为什么说现在玉帝也要孙悟空死呢？他不是在和如来结盟吗？这就要回到蟠桃园事件这个导火索上来了！

《西游记》第5回，七仙女这样回禀道："只有两篮小桃，三篮中桃。至后面，大桃半个也无，想都是大圣偷吃了。"天庭几千个大株蟠桃孙悟空怎么可能吃得完？这都不重要了，重要的是栽赃嫁祸孙悟空的假现场已经做好了。蟠桃会开不成了，蟠桃现在成为稀缺资源。俗话说：没有永远的朋友，只有永远的利益。玉帝的诉求已经达成了，他已经没有留孙悟空的必要了。

那么老君为什么要救孙悟空呢？对于老君而言，孙悟空是一只来路不明的猴子，现在观音要打死他，那么蟠桃消失这件事就死无对证了，幕后主使也就查不出来了。他得要孙悟空先活着，玉帝只是老君明面上的对手，他现在还不知道背后的对手是如来。等弄清楚这些问题，再让孙悟空死也不迟，所以他要出手救孙悟空，先暂时留他一命。

菩萨道："你有甚么兵器？"老君道："有，有，有。"捋起衣袖，左膊上取下一个圈子，说道："这件兵器，乃锟钢抟炼的，被我将还丹点成，养就一身灵气，善能变化，水火不侵，又能套诸物。一名'金钢琢'，又名'金钢套'。当年过函关，化胡为佛，甚是亏他，早晚最可防身。等我丢下去打他一下。"

话毕，自天门上往下一掼，滴流流，径落花果山营盘里，可可的着猴王头上一下。（第6回）

重要的事情要说三遍，老君急切地连说了三个"有"字。再看老君这一系列行云流水的微操：先是捋起袖子，然后是取下金钢琢，最后说完话往下一掼，动作与话语之间完全不留任何空隙。老君没给观音任何质疑的时间，就这样抢占了出手的先机。

原文有一个词用得很传神——"滴流流"。看来这个金钢琢很轻嘛！如果抛下的是观音的净瓶，不仅孙悟空脑袋开花，花果山起码得砸出一个天坑来。老君的举动名义上是帮观音，实际上是阻碍观音杀人灭口，变相救了孙悟空一命。

猴王只顾苦战七圣，却不知天上坠下这兵器，打中了天灵，立不稳脚，跌了一跤，爬将起来就跑；被二郎爷爷的细犬赶上，照腿肚子上一口，又扯了一跌。……急翻身爬不起来，被七圣一拥按住，即将绳索捆绑，使勾刀穿了琵琶骨，再不能变化。（第6回）

孙悟空被活捉，那么玉帝是什么反应呢？"玉帝传旨，即命大力鬼王与天丁等众，押至斩妖台，将这厮碎剁其尸。"玉帝这回是真心实意地想弄死孙悟空，但是意外出现了：

话表齐天大圣被众天兵押去斩妖台下，绑在降妖柱上，刀砍斧剁，枪刺剑刳，莫想伤及其身。南斗星奋令火部众神，放火煨烧，亦不能烧着。又着雷部众神以雷屑钉打，越发不能伤损一毫。

那大力鬼王与众启奏道："万岁，这大圣不知是何处学得这护身之法，臣等用刀砍斧剁，雷打火烧，一毫不能伤损，却如之何？"

玉帝闻言道："这厮这等，这等……如何处治？"（第7回）

按照正常程序杀不死孙悟空，玉帝这下就很尴尬了。当初，如来也没告诉玉帝，孙悟空有这样的护身之法呀！也不是如来没告诉玉帝，这一点连如来也没算到，因为这是老君搅局后弄出的一个意外。

太上老君即奏道："那猴吃了蟠桃，饮了御酒，又盗了仙丹，——我那五壶丹，有生有熟，被他都吃在肚里，运用三昧火，煅成一块，所以浑做金钢之躯，急不能伤。不若与老道领去，放在八卦炉中，以文武火煅炼。炼出我的丹来，他身自为灰烬矣。"玉帝闻言，即教六丁六甲将他解下，付与老君。

老君早就算到玉帝要杀人灭口，所以也早就设计好了让孙悟空去偷丹。孙悟空吃了什么丹只有老君知道，现在看来只有老君才能弄死孙悟空了。那为什么孙悟空当初会有偷丹的念头呢？《西游记》第5回，孙悟空借着酒意来到兜率宫时就说了："一向要来望此老，不曾得来，今趁此残步，就望他一望也好。"于是他"即整衣撞进去，那里不见老君，四无人迹"。

孙悟空一直是有去看望老君的想法的，只是一直没有机会，没准私下老君还邀请过孙悟空去兜率宫做客呢。本来孙悟空也没想偷丹，只是想进去看看老君他老人家，可谁知兜率宫空空如也。玉帝留了一座空蟠桃园给孙悟空偷蟠桃，老君也留了一个空兜率宫给孙悟空偷金丹，大家都在心照不宣地玩空城计。这一次玉帝失算了，他也没有办法，只能把孙悟空交给老君。

4. 大闹天宫其三：孙悟空的大闹天宫有多少水分？

老君真要杀孙悟空办法多的是，之所以暂留孙悟空就是要弄清孙悟空背后的主子是谁，查清楚蟠桃消失事件的真相。现在事件的来龙去脉老君已经查得差不多了，这时孙悟空也就没有留的必要了。孙悟空毕竟吃了老君五葫芦的金丹，为了挽回损失，老君决定把孙悟空炼成金丹。

> 真个光阴迅速，不觉七七四十九日，老君的火候俱全。
> 忽一日，开炉取丹。那大圣双手侮着眼，正自揉搓流涕，只听得炉头声响。猛睁睛看见光明，他就忍不住，将身一纵，跳出丹炉，嗙喇一声，蹬倒八卦炉，往外就走。
> 慌得那架火、看炉与丁甲一班人来扯，被他一个个都放倒，好似癫痫的白额虎，风狂的独角龙。老君赶上抓一把，被他一摔，摔了个倒栽葱，脱身走了。（第7回）

玉帝和老君没想到：孙悟空不仅没有被八卦炉烧死，反而还逃出来了。这里有一个细节，其他人都是被孙悟空放倒的，只有老君是摔倒的。如果大家看到孙悟空从八卦炉出来感到意外，都上去抓孙悟空，那应该都是被孙悟空放倒才对，为什么唯独老君是摔倒的呢？这里面一定有什么猫腻！

《西游记》第60回，取经火焰山一站，火焰山土地向孙悟空解释火焰山由来："是你也认不得我了。此间原无这座山，因大圣五百年前，大闹天宫时被显圣擒了，押赴老君，将大圣安于八卦炉内煅炼，之后开鼎，被你蹬倒丹炉，落了几个砖来，内有馀火，到此处化为火焰山。我本是兜率宫守炉的道人，当被老君怪我失守，降下此间，就做了火焰山土地也。"

火焰山土地这番话里面，有真话也有假话。

先说说假话：假话就是火焰山根本不是八卦炉火砖掉落下来形成的。兜率宫在什么地方？——第三十六重天！除三清宫殿外，天庭都在什么地方？——在兜率宫下方的第九重天。如果这火砖砸下来，那不得先把灵霄宝殿给砸穿吗？

再说真话：八卦炉的火砖确实掉出来了，只不过就掉在八卦炉的旁边。为什么老君顺手去抓孙悟空是摔倒的呀？因为被八卦炉掉出来的火砖给绊倒了。

那为什么八卦炉没能烧死孙悟空呢？《西游记》第7回，原文写道："原来那炉是乾、坎、艮、震、巽、离、坤、兑八卦。他即将身钻在'巽宫'位下。巽乃风也，有风则无火，只是风搅得烟来，把一双眼煏红了，弄做个老害病眼，故唤作'火眼金睛'。"

孙悟空被关在八卦炉中没有被烧死，是因为他第一时间将身钻在巽宫位下。孙悟空没有在八卦炉中待过，他是怎么第一时间找到这个位置的呢？我们之前说过，孙悟空出生的那块石头，就是当年老祖补天后遗弃在天柱山（花果山）顶的八卦炉。老君把孙悟空扔进八卦炉，和送孙悟空回老家是一样的，这回老君失算了！

孙悟空从八卦炉跑出来，老君是完全没有预案的。而且只要消息一传出去，众神肯定会议论纷纷：老君这七七四十九天都干了啥？一只猴子也弄不死？你看他当初领走猴子那样，一副志在必得的样子！听兜率宫在场的人说，他还被孙悟空撂了个"狗吃屎"……

老君的这次失利，在天界可是闻所未闻。作为道祖，他代表的道教，这个脸可以说是丢大了。老君的这次事件让整个天庭道教陷入了前所未有的危机。

孙悟空出八卦炉后，从兜率宫一路打到第九重天。大闹天宫一直以来都是孙悟空顶门立户的大事件，西天取经路上，无论经过哪个山头，他自己都要主动拿出来提一提。那么大闹天宫究竟有没有孙悟空说得那么厉害呢？他都和谁交过手呢？

（1）第一关：从兜率宫到通明殿外

即去耳中掣出如意棒，迎风幌一幌，碗来粗细，依然拿在手中，却又大乱天宫，不分好歹，打得那九曜星闭门闭户，四天王无影无形。……这一番，猴王不分上下，使铁棒东打西敌，更无一神可挡。只打到通明殿里，灵霄殿外。（第7回）

您看，九曜星君、四大天王看到孙悟空直接就跑了。这可是天庭，不是花果山，他们跑什么？就算打不赢也能拖一阵子吧！更奇怪的是，整个天庭除了他们几个神仙外，其他神仙也都是躲躲藏藏的，没有一个人真正想拦住孙悟空，这剧情比10万天兵围剿花果山抓不住一只猴子还要戏剧性。

这一阶段的孙悟空完全是自嗨，一个人从兜率宫挥棒和空气自嗨来到通明殿。终于有人拦他了，不然大闹天宫就真成孙悟空的独角戏了。

（2）第二关：在通明殿外被拦住

　　幸有佑圣真君的佐使王灵官执殿。他见大圣纵横，掣金鞭近前挡住道："泼猴何往！有吾在此，切莫猖狂！"这大圣不由分说，举棒就打。那灵官鞭起相迎。两个在凌霄殿前厮浑一处。（第7回）

　　王灵官执殿，顾名思义就是玉帝的皇家护卫队成员，所以他特别卖力！那么这一关孙悟空过了没有呢？——"苦争不让显神通，鞭棒往来无胜败。"

　　一个王灵官就把暴走的孙悟空给拦下了，双方打了个平手。王灵官抓不住孙悟空，孙悟空也过不了通明殿。通明殿的下一站才是玉帝的灵霄宝殿，孙悟空连灵霄宝殿的门儿都没进去。影视剧改编让孙悟空打进灵霄宝殿，砸了牌匾，还把玉帝打得躲在桌子底下，属实是有点过了。

（3）第三关：被三十六雷将包围

　　早有佑圣真君，又差将佐发文到雷府，调三十六员雷将齐来，把大圣围在垓心，各骋凶恶鏖战。那大圣全无一毫惧色，使一条如意棒，左遮右挡，后架前迎。一时，见那众雷将的刀枪剑戟、鞭简挝锤、钺斧金瓜、旄镰月铲，来的甚紧，他即摇身一变，变做三头六臂；把如意棒幌一幌，变作三条；六只手使开三条棒，好便似纺车儿一般，滴流流，在那垓心里飞舞，众雷神莫能相近。

　　……

　　当时众神把大圣攒在一处，却不能近身，乱嚷乱斗，早

惊动玉帝。遂传旨着游奕灵官同翊圣真君上西方请佛老降伏。(第7回)

王灵官退场后,孙悟空仍在持续暴走,三十六雷将把孙悟空围住,他们也抓不住孙悟空,但孙悟空也出不去。双方就这样僵持住了,这一关一直卡到什么时候呢?卡到如来千里迢迢从灵山赶来。

做个类比,孙悟空所谓的大闹天宫就像到衙门告状,还没来得及敲鼓就被一群衙役围住了,你只好在门后乱骂,县太老爷听到门外有奇怪的声音就问师爷:"门口发生什么事?"师爷出门一看是有人闹事,立刻回禀县太老爷。县太老爷心想,怎么可以这么没规矩:"来人,叫捕快把这人抓起来!"

这就是孙悟空大闹天宫的场景,是不是有一股淡淡的忧伤,孙悟空原来也是个吹牛大王呀!其实仔细想想也不奇怪,谁都有吹牛的毛病。总之,是不是真的不重要,有人被唬住才重要,自己出名了才重要,这就叫自我营销。

5. 大闹天宫其四:为什么孙悟空飞不出如来的手掌心?

孙悟空从八卦炉中逃脱,完全属于意外事件,无论是玉帝、老君,还是天庭各方势力都没有任何准备。尤其是道教的神仙,他们打死都想不到这是来自道祖老君的失误。他们会想:这难道是老君刻意的安排?还是说老君要和玉帝摊牌了?在局势不明朗的情况下,几乎所有的神仙都有意无意地采取了观望的态度。

孙悟空大闹天宫能够打到通明殿外,完全得益于天庭中老君道教势力的突然撤出,使得众仙摸不着头脑,在短时间内,天庭形成了权力的空白!本质上来说,孙悟空大闹天宫就是一场闹剧。

那为什么玉帝最后还是去请如来了呢？这个时候观音已经退场了，老君又出了意外，他不把如来叫来，还有更好的选择吗？等老君缓过神来真把孙悟空做掉了，不仅没如来什么事了，也没他玉帝什么事了。事已至此，与其让老君做掉孙悟空，不如让如来亲自把孙悟空带走。玉帝把如来叫来不是最好的选择，而是没有更好的选择，"如来闻诏，即对众菩萨道：'汝等在此稳坐法堂，休得乱了禅位，待我炼魔救驾去来。'"

如来赶来了，他做的第一件事就是遣退三十六雷将：

佛祖传法旨："教雷将停息干戈，放开营所，叫那大圣出来，等我问他有何法力。"众将果退。大圣也收了法象，现出原身近前，怒气昂昂，厉声高叫道："你是那方善士，敢来止住刀兵问我？"

如来笑道："我是西方极乐世界释迦牟尼尊者，南无阿弥陀佛。今闻你猖狂村野，屡反天宫，不知是何方生长，何年得道，为何这等暴横？"

也就是从这个时候开始，如来称佛祖了。可孙悟空在天庭为官期间没少交友，天庭仙友就没一个他不认识的，观音的全称"南海普陀落伽山救苦救难大慈大悲南无观世音菩萨"他都能叫得出来，但他却不认识如来。可见如来藏的够深的，一直都很低调，一直都等待亮相的机会。

孙悟空一通介绍自己的辉煌历史后，如来就开始说服教育工作，而且如来的每一句话都不简单，如来道："你那厮乃是个猴子成精，焉敢欺心，要夺玉皇上帝尊位？他自幼修持，苦历过一千七百五十劫，每劫该十二万九千六百年。你算，他该多少年数，方能享受此无极大道？你那个初世为人的畜生，如何出此大言！不当人子，不当人子！""折了你的寿算！趁早皈依，切莫胡说！但恐遭了毒手，性命顷刻而休，可惜了你的本来面目！"

如来说玉帝岁数这一段纯属说大话，目的是吓唬孙悟空，这点我们不过多说明。关键是看后面这一句："折了你的寿算！趁早皈依，切莫胡说！但恐遭了毒手，性命顷刻而休，可惜了你的本来面目！"

我们拆开来一点一点分析。

（1）"但恐遭了毒手，性命顷刻而休"说明如来知道有人要杀孙悟空，他在告诉孙悟空：你的处境很不妙，不想死就听我的。先前是观音、玉帝，现在是老君，他们都想要孙悟空的命。

（2）"可惜了你的本来面目"说明如来认识孙悟空，他知道孙悟空的来历。孙悟空是他用舍利子打造的人造妖魔，他当然知道孙悟空的本来面目了。不仅如此，他还假变菩提传授孙悟空本领，孙悟空有什么本事没有谁比他更清楚。

（3）"皈依"是佛教招揽人才的专用词，天庭用的是"招安"。别在天庭待了，待在天庭你会死的，跟我回灵山才是最安全的。

那么孙悟空有没有听懂如来的话外之音呢？大圣道："他虽年劫修长，也不应久占在此。常言道：'皇帝轮流做，明年到我家。'只教他搬出去，将天宫让与我，便罢了；若还不让，定要搅攘，永不清平！"

孙悟空没领会如来的好意，但这番话也让如来倍感欣慰。孙悟空要当皇帝，这是孙悟空的心声，但又何尝不是如来和在场所有神仙的心声？可偏偏这话只有孙悟空敢说出来。

如来也意识到，单凭这几句话是不能降服孙悟空的，如来要的也不是一只那么容易就服软的猴子，这也不是他想看到的结果。于是如来便开始给孙悟空下套。

佛祖道："你除了长生变化之法，再有何能，敢占天宫胜境？"

大圣道："我的手段多哩！我有七十二般变化，万劫不老长生；会驾筋斗云，一纵十万八千里。如何坐不得天位？"（第7回）

为什么说这是下套？他明明是孙悟空的师父，却还要问孙悟空有什么本事。孙悟空的本事不都是他教的吗？明知故问不是下套是什么！

佛祖道："我与你打个赌赛，你若有本事，一筋斗打出我这右手掌中，算你赢，再不用动刀兵苦争战，就请玉帝到西方居住，把天宫让你；若不能打出手掌，你还下界为妖，再修几劫，却来争吵。"（第7回）

我们好好研究下如来和孙悟空的打赌内容：
（1）你要是赢了，玉帝到西方居住，把天宫让给你。

不知道玉帝听了是什么感受呢？如来的野心可以说是暴露无疑了。来之前还说是给玉帝救驾的，来了之后就把自己当成玉帝的大家长了，玉帝已经感受到了如来满满的恶意。

（2）你要是输了，在下界为妖修炼几年，等你长进了再来跟我battle（争斗）。

这两个结局对孙悟空来说不就是没什么损失吗？只不过是重新回花果山当猴王罢了，过几年再来试试嘛！

这种赌可以说没有什么风险，赢了通吃，输了没损失。别说孙悟空，就是我们也会同意打赌的，不是吗？最可恶的是这个赌局还是如来自己定的，如来没有十足的把握，怎么可能会开赌呢？开赌之前，他还不忘再压玉帝一头，替玉帝做了主张，就是不知道玉帝后没后悔把他叫来。

那大圣闻言，暗笑道："这如来十分好呆！我老孙一筋斗去十万八千里。他那手掌，方圆不满一尺，如何跳不出去？"急发声道："既如此说，你可做得主张？"

佛祖道："做得，做得！"

后面的剧情大家都知道了，孙悟空被如来压住了。《西游记》第8回，孙悟空对观音说："如来哄了我，把我压在此山，五百余年了，不能展挣。万望菩萨方便一二，救我老孙一救！"

这场赌局孙悟空用了500年来消化。他终于想明白了，所以用了一个字——哄！孙悟空终于意识到自己中计了，是如来在给他下套。这里我们不妨说一下，为什么孙悟空飞不出如来的手掌心？

《西游记》第73回，取经黄花观一站，后期西游第一强神仙毗蓝婆出山收服蜈蚣精，且看她如何破解蜈蚣精的金光黄雾阵。

毗蓝随于衣领里取出一个绣花针，似眉毛粗细，有五六分长短，拈在手，望空抛去。少时间，响一声，破了金光。

行者喜道："菩萨，妙哉，妙哉！寻针，寻针！"

毗蓝托在手掌内道："这不是？"

日眼绣花针明明抛出去了，为什么最后莫名其妙还在毗蓝婆手里？蜈蚣精的金光黄雾阵破了，说明针已经抛出去了。毗蓝婆没有寻针，针还在毗蓝婆手里，只能说明毗蓝婆抛出去后，针又自己定位回到了毗蓝婆手里。只不过因为针太细了，毗蓝婆动作又太快，孙悟空根本没看清。

现在回到这场赌局，孙悟空跳到如来的手掌心，他要翻出去就要驾筋斗云。请问：筋斗云是谁传给孙悟空的？是如来变菩提传给他的。那么您看，如来手上的筋斗云，不就是毗蓝婆手上的日眼绣花针吗？如来咒语一念，无论孙悟空驾筋斗云飞到何处，最后都会回位到他的手心。

大圣吃了一惊道："有这等事，有这等事！我将此字写在撑天柱子上，如何却在他手指上？莫非有个未卜先知的法术。我决不信！不信！等我再去来！"

好大圣，急纵身又要跳出，被佛祖翻掌一扑，把这猴王推出西天门外，将五指化作金、木、水、火、土五座联山，唤名"五行山"，轻轻的把他压住。

整个过程，如来根本没有给孙悟空查验的机会，只要一查验就会露馅，所以如来赶紧把孙悟空压住。这就好比永远不要去揭秘魔术，因为魔术揭秘了就不神奇了，而且同一个魔术只能给同一个人变一次。就是可惜了孙悟空，他足足想了500年才想通。

6.安天大会：天庭神仙是怎么站队的？

如来打赌算计了孙悟空，把他压在了五行山下，孙悟空的这场闹剧终于要收尾了。但是仙界大佬之间的博弈尚未结束。《西游记》第7回，玉帝要给如来举办庆功宴：

> 时有天蓬、天佑急出灵霄宝殿道："请如来少待，我主大驾来也。"
>
> 佛祖闻言，回首瞻仰。须臾，果见八景鸾舆，九光宝盖；声奏玄歌妙乐，咏哦无量神章；散宝花，喷真香，直至佛前谢曰："多蒙大法收殄妖邪，望如来少停一日，请诸仙做一会筵奉谢。"
>
> 如来不敢违悖，即合掌谢道："老僧承大天尊宣命来此，有何法力？还是天尊与众神洪福。敢劳致谢？"

刚才对孙悟空时如来还说"能让玉帝搬到西天去住"，说"自己做的了玉帝的主"。现在又说"承大天尊宣命来此"。降伏孙悟空后如来又变得谦虚起来，没了之前打赌时候的气势，这就是如来的为人之道，高调做事，低调做人。很多人就不懂这个道理，你厉害大家已经知道了，自己不要没事老提，谦虚点，大家都懂的！没准如来也觉得自己刚才的表现太过了，拉了一大波仇恨值，所以现在收敛了起来。

> 玉帝传旨，即着雷部众神，分头请三清、四御、五老、六司、七元、八极、九曜、十都，千真万圣，来此赴会，同谢佛恩。又命四大天师、九天仙女，大开玉京金阙、太玄宝宫、洞阳玉馆，请如来高座七宝灵台，调设各班坐位，安排龙肝凤髓，玉液蟠桃。

如来不是五老之一吗？这里怎么还请五老呢？必须说一下：

五老是指特定的组合，你说四老人家不知道指的是谁。再说五老的格局也不是如来收了一个孙悟空就立马能打破的，即便如来认为他打破了，那也还需要时间广而告之。所以这里如来自然还是默认为五老之一。

> 不一时，那玉清元始天尊、上清灵宝天尊、太清道德天尊、五炁真君、五斗星君、三官四圣、九曜真君、左辅、右弼、天王、哪吒，玄虚一应灵通，对对旌旗，双双幡盖，都捧着明珠异宝，寿果奇花，向佛前拜献曰……

玉帝几乎请了所有有头有脸的神仙，但众仙一看是给如来庆功，就不见得都想参加了。五老中的另外四位就没来，尤其是观音，她和如来都是佛教系统里的人，抓孙悟空时她不请自来，现在抓到了要给如来庆功了，请了她，她都不来。为什么其他四老不来呀？大家本来是平级的，现在你升官了、也风光了，我们不开心，我们不给你捧这个场。

有意思的是五老中其他四位没来，但三清来了。还记得吗？蟠桃会是王母的生日，请老君他都不来，这次来给如来庆功他却来了。三清集体出席就是为了试探如来的：既然你高调出山自称佛祖，我们也做一个低姿态，看看你究竟是什么态度，收拾你的机会以后多的是。

于是三清就领着众仙给如来抛出了一个史诗级别的难题："感如来无量法力，收伏妖猴。蒙大天尊设宴呼唤，我等皆来陈谢。请如来将此会立一名，如何？"

为什么说这是一道难题呢？在场的神仙，除去如来的两名跟班阿傩和迦叶，就只有如来自己是佛教神仙。没有一个佛教神仙来给如来庆祝，在场的都是道教神仙。而且如来只是客人，天庭并不是他的主场。三清抛出这样的问题肯定是不怀好意的，本来如来还想继续保持低调的，可这个问题一出他就坐不住了，因为再低调三清就要骑在自己头上了。

  如来领众神之托曰："今欲立名，可作个'安天大会'。"
  各仙老异口同声，俱道："好个'安天大会'！好个'安天大会'！"

众仙异口同声的背后，每个人都各怀心事。三清心里也明白了个大概：这是来和我们抢饭碗的！天庭没你如来，还真的能大乱不成？

然后王母此时登场了：只见王母娘娘引一班仙子、仙娥、美姬、毛女，飘飘荡荡舞向佛前，施礼曰："前被妖猴搅乱蟠桃嘉会，请众仙众佛，俱未成功。今蒙如来大法链锁顽猴，喜庆'安天大会'，无物可谢，今是我净手亲摘大株蟠桃数颗奉献。"

这时候，王母当着这么多神仙的面给如来大株蟠桃，什么意思呢？要知道昨天七仙女还回禀说"大桃半个也无"，今天王母怎么就弄来大株蟠桃了？王母此举至少传递着三条讯息：

（1）我和玉帝要扶如来上位了，你们有谁不服？
（2）不要以为没有大株蟠桃了，我还有，只是不拿出来！
（3）你们想吃蟠桃就得向如来学习，听我们的话。

王母此举引发了什么后果呢？原本持观望态度的神仙纷纷开始站队了，因为局势已经很明朗了：哦，原来如来是玉帝和王母找来的，找来和三清抬杠的。

第一个站队的神仙是寿星：见玉帝礼毕，又见如来，申谢曰："始闻那妖猴被老君引至兜率宫煅炼，以为必致平安，不期他又反出。幸如来善伏此怪，设宴奉谢，故此闻风而来。更无他物可献，特具紫芝瑶草，碧藕金丹奉上。"

我们之前说过，寿星是王母的徒弟，王母离开蓬莱仙岛后就把蓬莱仙岛交给海上三星打理了。师父都表态了，寿星作为徒弟自然要率先站队。

第二个站队的神仙是赤脚大仙：向玉帝礼毕，又对佛祖谢道，"深感法力，降伏妖猴。无物可以表敬，特具交梨二颗，火枣数枚奉献"。

对于神仙来说最宝贵的东西就是长生食材。紫芝瑶草、碧藕金丹、交梨火枣可都是比蟠桃还贵重的长生食材。不是说它们的长生功效一定比蟠桃好，和人参果一样只是物以稀为贵。他们把值钱的东西都押到了如来身上，先前送的那些什么"明珠异宝，寿果奇花"都只是这场大会的入场券。谁想真正支持如来，就会在这时候单独再送如来礼物，俗称押宝！

玉帝给如来办了宴会，王母给他送了大株蟠桃，寿星送了紫芝瑶草、碧藕金丹，赤脚大仙送了交梨火枣，这些都是押宝行为。而那些想站队又怕得罪老君的神仙，即便会上不敢送以后也会私下送，甚至是亲自送到灵山。而一旁的三清是什么都没有表示，也没再说一句话，估计这时他们脸色也不太好。

大家来给如来送礼，如来也没客气全部一一笑纳了。收完礼物大家就可以开席了。这顿饭有人吃得很开心，有人吃得很尴尬。对于三清而言，龙肝凤髓摆在面前也不美味了，但还是要假装开心，原文只用了一个词描写这场饭局：众各酩酊。如来也放开地吃吃喝喝，不忌酒肉。毕竟自己已经当佛祖了，那便是：酒肉穿肠过，自己在心中。

《西游记》第8回，如来吃完席回到灵山后便大放其词，他先是夸张地说了一遍自己是如何收服孙悟空的，关键是说到庆功会："玉帝大开金阙瑶宫，请我坐了首席，立'安天大会'谢我，却方辞驾而回。"

"安天大会"这个名字明明是他如来自己立的，可他却对灵山诸佛说是玉帝给他立的。为什么孙悟空那么喜欢吹牛，那么爱面子？因为师父如来就是这样的，教出来的徒弟只是继承这副德行罢了！那为什么如来敢说？这叫营销自己，难不成还有谁去跟玉帝求证不成？

7. 西妖大联盟：天庭为什么会被围攻？

《西游记》中孙悟空大闹天宫的部分我们就讲完了，百回本的故事就直接跳到了500年后的西天取经。可问题是：除了大闹天宫，西游世界在这500年间难道一点变化都没有吗？又到了抽丝剥茧的时候了，根据掌握的原文线索，我们认为：蟠桃之战并没有在"安天大会"后结束，孙悟空被压的这500年，西游世界一点都不太平。

孙悟空被压后，玉帝就要考虑蟠桃的再分配问题。玉帝借此执行了"蟠桃货币通货紧缩"的政策：原本能吃到两个蟠桃的神仙，现在只能吃一个了；原本能吃到一个蟠桃的神仙，现在只能喝一杯蟠桃果汁了；原本能喝到蟠桃果汁的神仙，现在只能吃空气了。蟠桃供给越紧缩，天庭众神就会越听玉帝和王母的话。

这样做也会有新的问题，蟠桃供给紧缩了，天庭内部捉襟见肘，但西方佛教有那么多张嘴等着吃蟠桃呢！

《西游记》第77回，取经狮驼国一站，孙悟空去找如来。"如来佛祖正端坐在九品宝莲台上，与十八尊轮世的阿罗汉讲经，即开口道：'孙悟空来了，汝等出去接待接待。'"

灵山上有十八尊轮回罗汉，都在佛祖身边了，他们为什么要轮回？和尚轮回能做什么呢？金蝉子就是轮回和尚的代表，一直到他成为真正的取经人，他一共轮回了九世，且看他前九世都是怎么死的？《西游记》第8回，观音寻找取经人，沙和尚对观音说道："菩萨，我在此间吃人无数，向来有几次取经人来，都被我吃了。凡吃的人头，抛落流沙，竟沉水底。这个水，鹅毛也不能浮。惟有九个取经人的骷髅，浮在水面，再不能沉。我以为异物，将索儿穿在一处，闲时拿来顽耍。这去，但恐取经人不得到此，却不是反误了我的前程也？"

沙和尚吃取经人，吃轮回的金蝉子。还记得沙和尚是什么身份吗？《西游记》第81回，取经镇海寺一站，原文说"沙僧却是个灵山大将，见得事多"。我们之前说过，沙和尚是如来的大弟子，他是灵山人。灵山人吃取经人，真够有意思的，沙和尚被贬期间吃不到蟠桃，就是靠吃金蝉子长生的！轮回和尚就是给西方长生用的食材。

金蝉子被吃了九世，第十世终于没被吃了，所以唐僧才会被妖怪们称是"十世修来的好人"。而这样生来被吃、被吃个九世甚至是十八世的好人，可不止金蝉子和十八尊轮回罗汉。这些只是代表，只是明面上看到的，那么背地里灵山有多少这样的和尚呢？

灵山脚下有一座独木桥，桥下有一条叫凌云渡的河。取经团队四人中，这座独木桥除了孙悟空，没人能走过去。桥面又小又滑，任何人走上去都会掉落凌云渡，然后被湍急的河水卷走淹死。当时唐僧就掉了下去，可当唐僧被捞起来时旁边却多了一具尸体。可笑的是所有人都说这是唐僧的凡胎，唯独唐僧一脸疑惑。那么这真的是唐僧的凡胎吗？

离凌云渡不远有一户斋僧的大户叫寇善人，号称"万僧不阻"。所有上灵山的和尚都会从他家来到凌云渡。取经团队到来之前，他就已经斋了9996个有名有姓的和尚。取经团队离开他家时，他刚好斋满万僧功德圆满。可是这9996个和尚能上得了灵山吗？如果没有孙悟空和宝幢光王，唐僧当时就死在凌云渡了。所以这9996个和尚根本就过不了凌云渡，他们都死在了凌云渡。

《西游记》第77回，取经狮驼国一站，如来倾巢出动去召回狮驼三妖，那时的灵山不过3500人。可是500年前灵山都"三千诸佛"了，发展了500年也就多了500人。如果这9996个和尚都到灵山享受极乐了，灵山怎么会是这般规模？极乐世界之所以有人能享受极乐，是因为有人用生命在替他们负重前行。

当然，蟠桃通货紧缩后，不仅是西方佛教拿不到蟠桃，东方佛教一样也拿不到。如来、观音是可以来参加蟠桃会，但他们却没有办法从天庭带走像以前那么多的蟠桃。因为玉帝告诉他们没有了，所有的蟠桃都用完了。

佛教主要分布在南赡部洲和西牛贺洲。南赡部洲就是东土大唐，西牛贺洲就是各大上头和西方诸国。南赡部洲还好，西牛贺洲可就太乱了。所以佛教建立之初就有着一个不可推卸的历史责任：整治妖魔吃人的乱象。

《西游记》第66回，取经小西天一站，日值功曹给孙悟空推荐了一支援兵："大圣宽怀，小神想起一处精兵，请来断然可降。适才大圣至武当，是南赡部洲之地。这枝兵也在南赡部洲盱眙山蠙城，即今泗洲是也。那里有个大圣国师王菩萨，神通广大。他手下有一个徒弟，唤名小张太子，还有四大神将，昔年曾降伏水母娘娘。你今若去请他，他来施恩相助，准可捉怪救师也。"

第七篇 蟠桃之战

等孙悟空来到盱眙山见到了国师王菩萨后，国师王菩萨也说道："你今日之事，诚我佛教之兴隆，理当亲去；奈时值初夏，正淮水泛涨之时，新收了水猿大圣，那厮遇水即兴；恐我去后，他乘空生顽，无神可治。今着小徒领四将和你去助力，炼魔收伏罢。"

作为东方佛教菩萨，国师王菩萨收编了水母娘娘和水猿大圣。南赡部洲为什么盛世太平？因为每个菩萨都在尽心尽力地管辖自己的地界。西方为什么出现妖魔乱象？一来是灵山内部派系众多，内耗严重；二来西方实在太大了，天高皇帝远，灵山能管好家门口的天竺国就不错了。

不管怎么说，人间发展的兴盛与佛教的整治有着紧密关联。玉帝给佛教供给蟠桃时，佛教就会去收妖魔，一来是替天庭整治人间，二来收编的妖魔也是佛教内部的扩张势力。可玉帝不给佛教供给蟠桃时，这些妖魔还会被收吗？

说完蟠桃供给紧缩对西方的影响，再说对老君的影响。老君的金丹一直是供给紧缩的，现在蟠桃也供给紧缩了。老君不吃蟠桃，蟠桃的多少虽然对老君没有直接影响，但还是有间接影响的。

天庭众神之前一直是只听老君的，不听玉帝的。现在随着蟠桃供给紧缩，天庭众神也不再只听老君的了，他们同时也会听玉帝的。这样一来，现在的主要矛盾就变成了天庭与佛教之间的矛盾，玉帝与如来这一阶段的合作也宣告结束。

回到故事主线，一直以来，那些被佛教收了的妖魔都是基于蟠桃才愿意听佛教的。而佛教的蟠桃又是天庭给的，现在蟠桃突然没了，他们不会迁怒于收编他们的菩萨吗？我们想更多是会迁怒于天庭吧。在这样的形势下，佛教将这些对天庭不满的妖魔聚集起来，形成了一个西妖大联盟。他们要对天庭干什么呢？

——围攻天庭，逼迫天庭交出蟠桃。而吹响这场大战号角的不是别人，正是如来特地安排在玉帝身边的大徒弟卷帘大将。

玉帝把沙和尚带上天庭封为卷帘大将，这是给了他什么样的地位呢？《西游记》第22回，沙和尚说道：

> 南天门里我为尊，灵霄殿前吾称上。
> 腰间悬挂虎头牌，手中执定降妖杖。
> 头顶金盔晃日光，身披铠甲明霞亮。
> 往来护驾我当先，出入随朝予在上。

卷帘大将是玉帝身边最近的一个人，也是玉帝最信任的一个人。"南天门里我为尊，灵霄殿前吾称上"这个待遇可不一般，南天门里玉帝是万岁，那么卷帘大将就是九千岁了。玉帝这么信任的一个人，最后为什么会贬他甚至要杀他呢？

《西游记》第8回，沙和尚解释自己被贬的原因："只因在蟠桃会上，失手打碎了玻璃盏，玉帝把我打了八百，贬下界来，变得这般模样。"这就让人匪夷所思了，卷帘大将就是在蟠桃会上打碎了一个杯子，然后就被贬了。在《西游记》第22回，沙和尚还对这件事有过补充：

> 只因王母降蟠桃，设宴瑶池邀众将。
> 失手打破玉玻璃，天神个个魂飞丧。
> 玉皇即便怒生嗔，却令掌朝左辅相……

就打破了一个杯子，多大点事儿，在场的天庭众仙竟然"个个魂飞丧",结果那年的蟠桃会也不开了,直接就演变成对卷帘大将的讨伐大会。玉帝如此反常的举动,沙和尚并没有交代前因后果,我们推测:就在孙悟空被压期间的某届蟠桃会上,卷帘大将摔杯为号,拉开了这场大联盟围攻天庭大战的序幕。等玉帝缓过神来才发现,天庭已经被大联盟给包围了。

那么大联盟聚集了多少人马呢?保守估计至少有10万。因为当年孙悟空在花果山鼎盛时期,曾聚集猴兵47 000人。后来,取经狮驼三妖麾下,光是有名牌的小妖就有48 000人。所以我们保守估计,这一次围攻天庭的人数至少有10万。

玉帝暴锤了卷帘大将500下之后,天庭进入备战状态,10万天兵浩浩荡荡地来到南天门前摆开阵势,直面大联盟的包围圈。如来的诉求很简单:交出蟠桃我们就退兵,否则玉石俱焚。

《西游记》第74回,取经狮驼岭一站,小钻风就爆料过这场大战的一幕:

> 那小钻风见他(孙悟空)坐在高处,弄獐弄智,呼呼喝喝的,没奈何,只得实说道:"我大王(青狮精)神通广大,本事高强,一口曾吞了十万天兵。"
>
> 行者闻说,吐出一声道:"你是假的!"
>
> 小钻风慌了道:"长官老爷,我是真的,怎么说是假的?"
>
> 行者道:"你既是真的,如何胡说!大王身子能有多大,一口都吞了十万天兵?"
>
> 小钻风道:"长官原来不知。我大王会变化:要大能撑天堂,要小就如菜子。因那年王母娘娘设蟠桃大会,邀请诸

仙，他不曾具柬来请，我大王意欲争天，被玉皇差十万天兵来降我大王，是我大王变化法身，张开大口，似城门一般，用力吞将去，唬得众天兵不敢交锋，关了南天门。故此是一口曾吞十万兵。"

小钻风的话是否可靠？抛开夸张成分不说，小钻风有说谎的动机吗？"一口吞了十万天兵"实际是"一口吞退十万天兵"。狮驼三妖是什么身份？如来见到大鹏鸟还要叫他一声佛舅爷，太白金星去给取经团队报信时也承认了狮驼三妖在仙界的地位，所以青狮精也没有必要编这样的一段历史来骗属下，来标榜自己。就像孙悟空，如果没有闹过天宫，他也不会编一段大闹天宫的故事去到处鼓吹，夸张些也无妨。前者叫造谣，后者叫营销。

那为什么孙悟空没听说过呢？因为这500年他一直被压着，怎么可能知道，这时孙悟空也只不过刚被放出来几年而已。《西游记》第8回，被压期间的孙悟空亲口对观音说道："我在此度日如年，更无一个相知的来看我一看。你从那里来也？"孙悟空500年来与世隔绝，没人来看他，他自然不知道外面发生了什么。

既然消息来源可靠，那么青狮精应该就是西妖大联盟的先锋官了，战争的第一阶段就是由他打头阵。青狮精的身份不简单，他是东方佛教文殊菩萨的手下，这场大战文殊也参与了。去除小钻风话里的夸张成分，不妨想象当时的战况。

青狮精来到南天门前，大声对四大天王叫道："听说你们在办蟠桃会，挺热闹的，快叫你们王母出来，请我上去坐个尊席，给我们弟兄也分点蟠桃吃！"

可是四大天王二话不说，摆开阵势上来就打。青狮精带领众妖兵佛兵与天兵作战。毕竟天兵勇猛有素，这些没有经历过训练的妖兵很快败入下风。

青狮精只好现出本相，并用法天象地之法张开血盆大口，长吼了一嗓子。这一声吼震慑四方，天兵畏惧。四大天王只能下令天兵全部退守到了南天门里面，这就是当年"青狮精一口吞退十万天兵"的真实场景。

可这时候战场也陷入了僵局，南天门易守难攻，西妖大联盟攻不进去，10万天兵也打不出来。老君也从兜率宫下来，眼前的景象更是让他震惊不已，这是天庭这么多年以来第一次遭受如此冲击。双方任何一方处理不当便会擦枪走火，变成仙界的一场浩劫。

7.生死赌局：观音与老君南天门上的第二次博弈

《西游记》第26回，取经五庄观一站，孙悟空三岛求方去救镇元子的人参果树。救一棵树为什么要跑到三岛去呢？在西游世界里，救活一个人是很简单的，但救活一棵树就难了，尤其是仙树灵苗。

三星是这样说的："若是大圣打杀了走兽飞禽，蠕虫鳞长，只用我黍米之丹，可以救活，那人参果乃仙木之根，如何医治？没方，没方。"

帝君是这样说的："我有一粒九转太乙还丹，但能治世间生灵，却不能医树。树乃水土之灵，天滋地润。若是凡间的果木，医治还可；这万寿山乃先天福地，五庄观乃贺洲洞天，人参果又是天开地辟之灵根，如何可治！无方，无方！"

九老是这样说的："你也忒惹祸！惹祸！我等实是无方。"

蟠桃树没有被带上天庭之前，为什么王母要让长生大帝派重兵把守？因为一旦蟠桃树出现任何差错就无人可救。一直到蟠桃之战前期，西游世界仍没有哪位神仙掌握医治仙树灵苗的法术。

如来不行，老君不行，哪怕是研制出蟠桃树本人的王母也不行。

那年孙悟空把三岛都逛了个遍也还是没有找到救活人参果树的方子，无奈之下只能来和观音汇报情况：

  菩萨道："你怎么不早来见我，却往岛上去寻找？"
  行者闻得此言，心中暗喜道："造化了，造化了！菩萨一定有方也！"

孙悟空当年可是混迹仙界的，谁可能有方他心里是有数的，但万万没想到观音这里居然有方。但孙悟空还是不信，三岛上的长生专家都救不了，你观音凭什么就能救？所以孙悟空就一直在追问观音：

  他又上前恳求，菩萨道："我这净瓶底的甘露水，善治得仙树灵苗。"
  行者道："可曾经验过么？"
  菩萨道："经验过的。"
  行者问："有何经验？"

正是在孙悟空的不断追问下，观音终于道出了当年发生在蟠桃之战中的一场赌局，她与老君之间的一场赌局：

  菩萨道："当年太上老君曾与我赌胜：他把我的杨柳枝拔了去，放在炼丹炉里，炙得焦干，送来还我。是我拿了插在瓶中，一昼夜，复得青枝绿叶，与旧相同。"

蟠桃之战一共发生过两场的赌局：一场是如来与孙悟空的赌

局，一场是观音与老君的赌局。如来与孙悟空的赌局大家看看热闹就好，而观音与老君的赌局却是一场生死存亡的较量。打破大联盟围攻天庭僵局的人正是观音。

双方派出代表来到阵前。天庭派出的代表是老君，大联盟派出的代表是观音。虽然观音只是说了这场赌局的一个片段，但不妨碍我们想象赌局背后的较量。

老君："汝等佛教聚集这群妖众，就妄想攻下天庭？"

观音："道祖让玉帝交出蟠桃，我等自会退兵。"

老君："天庭一旦沦陷，老道就一把火烧了蟠桃园，谁也捞不到好处！"

观音："那道祖跟贫僧打一个赌，敢否？"

老君："不知菩萨要赌什么？"

观音："赌道祖你烧毁蟠桃树，贫僧也能救得活。"

老君："哈哈哈，不用破费烧蟠桃树，老道现在就跟菩萨赌。"

观音："道祖想烧毁何物？"

老君："烧菩萨净瓶里的一支杨柳，老道用八卦炉里的六丁神火烧炼，菩萨如若能起死回生，天庭自会给出蟠桃；如若不能，还请遣散妖众！"

观音："好，请道祖立好合同，勿要食言！"

（PS：《西游记》第75回孙悟空与青狮精打赌时，就提议让青狮精立合同）

在几十万双眼睛目睹下，老君拔掉了观音净瓶里的杨柳枝，驾云回到兜率宫。他真把个杨柳枝放到八卦炉里用六丁神火炙烤，仅一盏茶的工夫便送回被烤得焦干的杨柳枝。老君亲手交到了观音的手上，观音当着众人的面又将杨柳枝插在净瓶中。第二天早上，杨柳枝恢复青枝绿叶，与原来一样。

看到死而复生的杨柳枝，天庭众神无不惊掉下巴，老君更是赞叹不已。愿赌服输，天庭也没有反悔的余地，只能交出了蟠桃，这场大战以天庭的妥协而告终。

蟠桃之战的影响

1.老君降位：为什么老君会跌出三清的行列？

蟠桃之战一共有两个阶段，一个是孙悟空大闹天宫，一个是大联盟围攻天庭。这两个阶段老君的表现都很糟糕，那么这对老君造成了怎样的影响呢？

《西游记》第7回，众仙参加如来的庆功宴："不一时，那玉清元始天尊、上清灵宝天尊、太清道德天尊、五炁真君、五斗星君、三官四圣、九曜真君、左辅、右弼、天王、哪吒，玄虚一应灵通，对对旌旗，双双幡盖，都捧着明珠异宝，寿果奇花……"

这里要弄明白一点，"太清道德天尊"是不是指老君呢？《西游记》第71回，取经朱紫国一站，孙悟空自我介绍时说"押赴太清兜率院，炉中煅炼尽安排"。同回赛太岁解释紫金玲由来时也说"太清仙君道源深，八卦炉中久炼金"。所以这里的"太清道德天尊"当然指的是老君。

老君的住所兜率宫又称"无上仙宫"，在第三十三重天离恨天上。比元始天尊的元始宫要高一重天，比灵宝天尊的弥罗宫要高两重天。而且老君在西游世界既是"道祖"又称"太上"。一直以来，老君都是三清中的老大。可是自从孙悟空逃出八卦炉后，他就从三清之首排到了三清之末。

为什么孙悟空逃出八卦炉，老君不阻止孙悟空呢？他当时有点迷糊，因为根本没有想过这件突发事件的预案，等自己回过神时，孙悟空都来到通明殿了。这时候，他再出面去抓孙悟空不就是更丢脸吗？所以你让老君怎么解释？说没办法弄死孙悟空，还是说不小心把孙悟空给放了？要知道当时他问玉帝要孙悟空时，可是承诺八卦炉能烧死孙悟空的，自己说过的话在场的众仙都听到了！

孙悟空大闹天宫这个黑锅老君是背定了。不管怎么说至少也是个玩忽职守罪，他得给众仙一个交代，所以作出一个姿态出来——老君宣布自己退为三清之末。元始天尊顺势升为三清之首。

这还没完，他与观音打赌还输了，这导致他的地位再次下降。《西游记》第86回，取经隐雾山一站，豹子精自称"南山大王"，激怒了孙悟空，孙悟空骂道："这个大胆的毛团！你能有多少的年纪，敢称'南山'二字？李老君乃开天辟地之祖，尚坐于太清之右；佛如来是治世之尊，还坐于大鹏之下；孔圣人是儒教之尊，亦仅呼为'夫子'。你这个孽畜，敢称甚么南山大王，数百年之放荡！不要走！吃你外公老爷一棒！"

细心的读者就发现了，老君自己就是太清，为什么孙悟空这里却说"李老君坐于太清之右"呢？又有人要冒出来说是吴承恩写错了？

——当然不是！是因为老君又降级了！

孙悟空大闹天宫期间，老君第一次失利，他从三清之首跌到了三清之末。

与观音那场生死赌局，老君第二次失利，他从三清之末跌出了三清行列。

一路走来，老君从来没有输得那么惨烈。即便如此，他仍然是天庭道教的幕后老大，仍是三清背后的幕后老大，众神也只认他这么一个道祖，他在天庭的根基实在太深了……

2.如来称祖：佛道矛盾什么时候开始的？

影视剧里如来一出场就是法力无边的佛祖，但在《西游记》原著里根本就不是这么回事。我们要了解原著里的如来，就一定要摘下影视剧给他上的滤镜。

《西游记》第5回，七仙女给孙悟空介绍蟠桃会宴请名单时，他称如来为"西天佛老"。《西游记》第7回，玉帝下旨召唤如来，原文写道："遂传旨着游奕灵官同翊圣真君上西方请佛老降伏。"这里也是称如来为"佛老"。

那么如来是什么时候称"佛祖"的？在他遣散三十六雷将时，原文这样说道，"佛祖传法旨：'教雷将停息干戈，放开营所，叫那大圣出来，等我问他有何法力。'"也就是从这个时候开始，原文对如来的称呼改变了，由"佛老"变成了"佛祖"。

可他在给孙悟空自我介绍时却是这样说的："我是西方极乐世界释迦牟尼尊者，南无阿弥陀佛。"这里如来为什么没有在孙悟空面前自称"佛祖"呢？其实原因很简单，因为孙悟空根本不认识如来。凭孙悟空的第一感觉，只觉得他是"那方善士"。

《西游记》第66回，取经小西天一站，孙悟空第一次见到弥勒。"行者见了，连忙下拜道：'东来佛祖那里去？弟子失回避了，万罪，万罪！'"

孙悟空从来没有见过弥勒，可第一次见就认出他了，而且还知道他是佛祖。所以如果当时如来在孙悟空面前自称佛祖的话，孙悟空就会觉得如来是个骗子，这样如来就没办法给孙悟空下套了。而且在如来心里，弥勒这个人更是忌讳得很，为了避免尴尬，如来没称自己是佛祖。其实当原文旁白都对如来使用了"佛祖"这个称呼时，也就意味着吴承恩承认了如来成为佛祖的这个事实，如来就是在这个时候当上佛祖的。

如来为什么在庆功宴上立名"安天大会"呢？他又是怎么敢如此高调，在天庭就将自己的佛祖的身份广而告之呢？毕竟他刚刚当上佛祖，还有很多同人不知道他！而西游里的佛道矛盾，也就是从这个时候开始的。如来上位也就意味着弥勒下台，当然这个过程不是一蹴而就的，而是循序渐进的，且会一直延续到西天取经时期。弥勒是老君的人，如来上位也意味着老君逐渐失去了对佛教的干涉权。

值得一提的是，如来虽然当上了佛祖，五方五老的格局也只是名义上被打破了，实际上并没有。因为如来当上佛祖并不影响其他四老仍是一方霸主的客观事实，尤其是观音。

3.天庭分权：老君的独裁统治被终结了？

孙悟空大闹天宫时期，仙界主要的矛盾是玉帝与老君之间的矛盾。老君不断分化玉帝的权力，在天庭一手遮天，玉帝寻求突破，这属于天庭内部矛盾。

大闹天宫结束后，蟠桃和金丹都变成了紧缩供给的稀缺资源。天庭众仙过惯了舒适的快活日子，光吃蟠桃不吃金丹他们受不了。当两种资源都紧缺的情况下，他们既听玉帝的，也听老君的，玉帝终于在老君手中抢回了部分权力。这时的主要矛盾点由天庭内部转变为天庭外部，这场大战是天庭与佛教、妖界的矛盾。在大战结束之后，天庭迎来了很长时期的分权统治，老君玉帝在天庭上分庭抗礼。

4.仙树复活术：观音在仙界战争中的战略意义

虽然观音没能成功阻止如来上位，但观音在这一场大战当中再次声名大噪。在此之前，除了死去的菩提，只有老君一人称得上是西游世界顶级的科技达人，老君对各类法术、法宝的研究无人能及。现在观音居然掌握了一项老君闻所未闻的黑科技——仙树复活术。未来仙界倘若再次爆发大战，观音必是各方拉拢，甚至抢夺的关键人物。

第八篇　西方乱战

西方乱战的起因

蟠桃之战结束后，天庭确实把蟠桃分了出去。围攻天庭后，玉帝就把蟠桃都交给了如来，那么如来要怎么分呢？

首先是分给西方佛教。在没有拿到蟠桃之前，灵山内部是吃轮回和尚解决长生问题的。值得一提的是，被吃掉的可不只轮回九世的金蝉子和十八尊轮回和尚，还有从寇员外家前赴后继前往灵山，凭空消失在凌云渡的9996个和尚。这些和尚都是从灭法国、天竺国甚至离灵山更远的其他西方国家来的。他们虔诚前往灵山拜佛，却都死在了灵山脚下。而如来在拿到蟠桃后，灵山终于结束了吃和尚长生的日子。

其次是分给东方佛教。东方佛教的菩萨只能拿到少量的蟠桃，这大大限制了菩萨势力的发展，但这些菩萨也找到了解决的渠道：

（1）王母和长生大帝、三岛诸仙的关系匪浅，她每年都会供给泰山和三岛大量的蟠桃，这些蟠桃都是有剩余的。菩萨们什么不多就是钱多，所有他们会去购买这些蟠桃。尤其是观音，她和寿星就有着非比寻常的关系。

（2）有能力的菩萨可以自己研制长生食材，甚至是开发长生渠道。取经时期观音和三岛的神仙们就开启了一个关于长生的秘密大工程，与小孩肉有关，这里我们就不展开了。

总之一句话：东方佛教的菩萨们蟠桃虽然拿的少，但他们有能力自己解决长生问题，发展自己的势力。

最后是分给这些聚集来的西方妖众，那么如来还有多少蟠桃分给他们呢？不好意思，分到这里就没有了！围攻天庭时他们可是出了大力的，他们愿意被佛教收编也是为了能吃上蟠桃。可他们折腾完一圈还是什么都没有，早就说了外包的业务不能干，这下好了吧！那怎么办呢？摆在他们面前只有两条路可以选：

第一条：大家再聚一起，这次是围攻灵山，跟如来摊牌；

第二条：破罐子破摔，随便找一块地盘吃人去！

很明显，妖怪们都很聪明，他们都选择了第二条！

《西游记》第9回，看看取经时期的东土大唐、天朝上国：

> 都城大国实堪观，八水周流绕四山。
> 多少帝王兴此处，古来天下说长安。

《西游记》附录也有说：

> 话表陕西大国长安城，乃历代帝王建都之地。自周、秦、汉以来，三州花似锦，八水绕城流，真个是名胜之邦。彼时是大唐太宗皇帝登基，改元贞观，已登极十三年，岁在己巳，天下太平，八方进贡，四海称臣。

西天取经时期的西游世界，东方盛世太平。唐僧取经从大唐出发，在离开南赡部洲前只碰到了双叉岭三妖（老虎精、熊黑精、野牛精）这一组妖魔，剩下的妖魔全都是在西牛贺洲碰到的，这跟如来口中说的世界完全相反。西方之所以妖魔遍地、四分五裂、贫寒疾苦，到处充斥着吃人的乱象，就是基于这样的历史原因。东方和西方完全是两个不同的世界。

孙悟空一共被压了500年，而在这被压的头200年里，西方大陆发生了翻天覆地的变化，如果非要用一个字来总结那就是：乱。

西方乱战的经过

1.单性国度：西游世界没有女儿国，却有这两个国家

西方有两个国家很特殊，特殊的原因不是因为它们穷和乱，而是它们的人口构造：一个是大家非常熟悉的西梁女国，一个是大家可能从来没听说过的贫婆国。值得一提的是，在《西游记》里没有"女儿国"一说，"女儿国"是影视剧改编原著后的叫法，原著里是叫"西梁女国"或者"西梁国"。

先说西梁女国，西梁女王说，西梁国自立国以来就没有一个男人。可在正常情况下，一个国家男人与女人的比例应该大致相同才对，即便重男轻女，一个国家也不可能说只有女或者男一种性别！我们认为：这个国家的人口性别如此异常，一定是人为的结果。

西梁女国的上一站是金𠺕山，金𠺕山是老君的地盘。取经时期，老君让青牛精拿着自己的金钢琢在金𠺕山上拦截取经团队，盆满钵满地打劫了如来的十八粒金丹砂。这十八粒金丹砂不是什么降妖法宝，而是活脱脱的十八座小金山。取经团队想去西梁女国，这十八粒金丹砂便是入场券。毫无疑问，西梁女国是老君的地盘，而且是老君用来圈钱的地盘。当然，西梁女国的秘密

也不止于此，我们就不过多赘述了。

西梁女人对男人有一种特殊的称呼。《西游记》第54回，取经团队来到西梁女国，"（女人们）忽见他四众来时，一齐都鼓掌呵呵，整容欢笑道：'人种来了，人种来了！'"。

在这些女人眼里，男人无论美丑都是用来交配的人种。不要以为西梁女国就是男人们的天堂，这里的女人可是要吃人的。猪八戒见了都要说"我是个销猪，我是个销猪！"。什么是销猪？就是被阉割的猪，她们连被阉割的公猪都不放过。

《西游记》第53回，接待取经团队的黄婆说得清楚："我一家儿四五口，都是有几岁年纪的，把那风月事尽皆休了，故此不肯伤你。若还到第二家，老小众大，那年小之人，那个肯放过你去！就要与你交合。假如不从，就要害你性命，把你们身上肉，都割了去做香袋儿哩。"

在这里只有"女人"和"人种"，西梁女人是没有"男人"这种概念的，不听话的人种可是要被做成人种香囊的。那么到底是谁创立了这样一个国家？是谁让这里的女人形成如此畸形的价值观？

之前我们说过，当年长生之战时期的夺旗大战，弥勒捡到了一块荡魔天尊皂雕旗的碎片，做成了一个法宝。《西游记》第66回，取经小西天一站，弥勒说"那搭包儿是我的后天袋子，俗名唤做'人种袋'"。

原来弥勒这个法宝最初是用来装"人种"的，怪不得黄眉怪拿着这人种袋能直接打包孙悟空请来的天兵天将。弥勒是老君的人，西梁女国是老君圈钱的地盘。现在大家应该清楚了：不是这里没有男人，是男人都被弥勒用人种袋带走了，所以这里才形成了我们现在看到的西梁女国。

再来说说贫婆国，这个国家出自《西游记》第80回老鼠精之口："师父，我家住在贫婆国，离此有二百余里。"

贫婆国，顾名思义就是几乎没有女人的一个国家。这里老鼠精没有撒谎的必要。孙悟空眼睛白天能看到千里之外，她口中的这个国家离黑松林那么近，她不可能拿这个来撒谎。而就在黑松林，有这么一座寺院叫镇海寺。这个寺院有一百多个和尚，这些和尚很特殊，据他们自己介绍，他们从小就被镇海寺住持捡到，然后带回来收养了，他们从记事以来就当了和尚，可他们从来不知道自己从哪里来。

为什么说老鼠精没有撒谎，从这里就能侧面反映出来：镇海寺只有和尚，被镇海寺住持捡回来收养的从来只有男婴，没有女婴。虽然取经团队没路过贫婆国，但它并非老鼠精凭空捏造。贫婆国几乎都是男人，这里的男人要娶老婆全靠外来女人。即便如此，这里男人能娶老婆的概率也堪比中头奖彩票。在这里出生的女婴十分宝贵，会被留下来。而男婴就会被父母无情地扔到黑松林里直接喂豺狼虎豹。这一百多个被镇海寺住持捡回来的男婴，可以说是相当幸运了。

当然，这里说的是取经时期的现状，然而这样的现状却是300多年前延续下来的。我们推测：西梁女国的男人都被弥勒带到了贫婆国，这样西梁女国就没了男人，贫婆国也变成了男多女少。然后弥勒将这两块地盘拱手送给老君，希望老君能继续出力巩固他在西方佛教的地位。

2.地狱小西天：佛祖的道场尽是妖魔鬼怪

西梁女国是弥勒送给老君的礼物，所以老君肯定会继续支持弥勒在西方立足，弥勒就是老君在西方对抗如来的一杆枪。弥勒送了这么大的一份礼，老君也有所回馈。《西游记》第65回，取经小西天这一站，黄眉怪介绍自己的道场："这猴儿是也不知我的姓名，故来冒犯仙山。此处唤做小西天，因我修行，得了正果，天赐与我的宝阁珍楼。我名乃是黄眉老佛，这里人不知，但称我为黄眉大王、黄眉爷爷。"

黄眉怪口中的"天赐与我的宝阁珍楼"就是指宝物为老君所赐。您以为这里只是黄眉怪的老巢？不！这里也是弥勒的道场。《西游记》第66回，弥勒来到小雷音寺门前："只见那山门紧闭，佛祖使槌一指，门开入里看时，那些小妖，已得知老妖被擒，各自收拾囊底，都要逃生四散。被行者见一个，打一个；见两个，打两个，把五七百个小妖，尽皆打死。"

弥勒打开小雷音寺大门就像开自己家大门一样，里面的小妖他本想全部放走的，但无奈还是被孙悟空全部打死了。当然，取经团队来小西天，其中的内因肯定是如来与弥勒的博弈，说到取经的时候再细讲。

灵山是大西天，这里是小西天，那么这里是否也属于极乐世界呢？原文介绍小西天山前是"忽闻虎啸惊人胆，斑豹苍狼把路拦"。山后却是"红尘不到真仙境，静土招提好道场"。孙悟空过山时，还打走了一群虎豹豺狼。小西天真是好地方，一个人前脚刚被吃，后脚就有佛祖给你超度。黄眉怪说这里的人都叫他"眉大王、黄眉爷爷"。可取经团队一路走来，一户能借宿的人家也没看见，所以无论这里之前是谁的地盘，早就被弥勒给扫荡了。小西天这几百妖众和黄眉怪一样，都是弥勒的手下。这就是小西天，是不是很恐怖？小西天如此，那么大西天会是怎么样的呢？

3.舍卫国亡国：一个在灵山脚下还能灭亡的国家

弥勒聚集了一批妖众扫荡了一处地方，老君赐予他一座阁楼，从此建立了小西天。那么大西天指的是哪里呢？往大的说指天竺国，往小的说指灵山。西方遍地妖魔，西方人肯定是不幸福的，那么在灵山脚下的天竺国的人民幸福吗？

天竺国内有一个叫金平府的地方，离灵山近在咫尺。一千年前（以取经时期为基准点），这里来了三只犀牛精，他们分别叫辟寒大王、辟暑大王、辟尘大王。自从如来当上佛祖后，他们就以如来佛祖释迦牟尼、接引佛祖宝幢光王、东来佛祖弥勒三位佛祖的名义，每年向金平府收取灯油赋税。

《西游记》第91回，取经金平府一站，我们看看每年要上缴多少赋税：

> 众僧道："老师不知。我这府后有一县，名唤旻天县，县有二百四十里。每年审造差徭，共有二百四十家灯油大户。府县的各项差徭犹可，惟有此大户甚是吃累：每家当一年，要使二百多两银子。此油不是寻常之油，乃是酥合香油。这油每一两值价银二两，每一斤值三十二两银子。三盏灯，每缸有五百斤，三缸共一千五百斤，共该银四万八千两。还有杂项缴缠使用，将有五万余两，只点得三夜。"

好家伙，每年赋税白银要上缴五万余两。注意这只是大户人家的赋税，而且还是金平府下一个县里大户人家的赋税，其他地方有没有赋税，还有多少赋税，大家可想而知。

有人就要质疑了：税是犀牛精收的，又不是西方佛教收的，怎么能一样呢？犀牛精在如来眼皮子底下，以如来的名义收了500年的赋税。如果告诉您，这和如来一点儿关系都没有，如来压根不知道，说出去有人信吗？灵山灯火通明，这些灯油不就是从金平府收上来的吗？后来，甚至还有两只偷吃香花宝烛和香油的妖怪从灵山跑了出去，一只是金鼻白毛老鼠精，一只是黄毛貂鼠黄风怪。灵山上的灯油都多到招老鼠啦！

《西游记》第91回，金平府慈云寺的住持见到唐僧直接就下跪了，着实把唐僧吓一跳。

> 那和尚倒身下拜，慌得唐僧挽起道："院主何为行此大礼？"
> 那和尚合掌道："我这里向善的人，看经念佛，都指望修到你中华地托生。才见老师丰采衣冠，果然是前生修到的，方得此受用，故当下拜。"

灵山脚下的人拜佛是心有所托的，他们唯一的心愿就是死后能投胎到东土大唐，彻底摆脱西方的控制。小西天不是乐土，大西天同样也不是。

西方佛教一方面苛捐赋税，另一方面还在灵山脚下做起了垄断生意！《西游记》第98回，如来自己爆料说道："向时众比丘圣僧下山，曾将此经在舍卫国赵长者家与他诵了一遍，保他家生者安全，亡者超脱，只讨得他三斗三升米粒黄金回来。我还说他们忒卖贱了，教后代儿孙没钱使用。"

如来曾派一个小小的比丘尼下山给老百姓做法事，收了三升三斗米粒黄金。要知道，取经时期，唐僧给刘伯钦一家做法事是一分钱都没收，这三升三斗米粒黄金要是搁在大唐，做十场法事都绰绰有余了。可是收了那么多钱，如来还能说出"我还说他们忒卖贱了，教后代儿孙没钱使用"这样的话来。什么意思呢？翻译一下：这么点儿钱还想投胎去大唐？给你们的子孙后代留在西方当穷鬼都不够。

为什么在如来统治下的天竺国是这样一番景象？您注意，在如来的爆料里面，如来自己并没有称这里为天竺国，而是称舍卫国，这又是怎么回事呢？

《西游记》第93回，取经天竺国一站，天竺国的驿丞说："我敝处乃大天竺国，自太祖太宗传到今，已五百余年。"

取经时期，西方佛教在此地扎根差不多1000年。500年前，如来当上佛祖，这里的舍卫国就灭国了，变成现在的天竺国。这场战争有多激烈我们无法想象，可以想象的是，舍卫国人生活在佛祖脚下的那种凄惨和无助。

舍卫国赵长者家为什么要找如来做法事？因为他们家，死的人悲催，活的人凄惨。他们家的诉求，如来说得很清楚："保他家生者安全，亡者超脱。"我们不敢说这场灭国之战就是如来一手造成的，至少是在如来统治期间发生的。舍卫国人也是你如来的子民，救一救他们难道还要收钱吗？舍卫国灭亡后，我们便看到了现在的天竺国，一个给西方佛教上缴重税的天竺国，一个连自家和尚都想投胎到东土大唐的天竺国。

4.狮驼国亡国：大鹏鸟吃人，到底是谁的错？

自从佛妖大联盟解散，有的妖怪自立山头，有的妖怪找到了弥勒来到小西天。但大多数妖怪都找了同一个主子，应该说是三个，他们就是狮驼三妖——青狮精、白象精、大鹏鸟。如来要在天竺国敛财，这些妖怪自然不能在天竺国吃人，他们被如来活生生地赶出了天竺国，那他们到哪去了呢？

《西游记》第74回，取经狮驼岭一站，小钻风说："我大大王与二大王久住在狮驼岭狮驼洞。三大王不在这里住，他原住处离此西下有四百里远近。那厢有座城，唤做狮驼国。他五百年前吃了这城国王及文武官僚，满城大小男女也尽被他吃了干净，因此上夺了他的江山，如今尽是些妖怪。"

这里我们补充说明一点，大鹏鸟是夺取了狮驼国，但他并没有把一国的人吃尽，他还是让一小部分人活了下来的。这部分人被关在狮驼岭，当作牲畜圈养了起来，以备大鹏鸟要吃的时候慢慢吃。

> 东边小妖，将活人拿了剐肉；西下泼魔，把人肉鲜煮鲜烹。

《西游记》第76回，取经狮驼国一站，孙悟空看到的狮驼国是这样的：

> 攒攒簇簇妖魔怪，四门都是狼精灵。
> 斑斓老虎为都管，白面雄彪作总兵。
> 丫叉角鹿传文引，伶俐狐狸当道行。
> 千尺大蟒围城走，万丈长蛇占路程。
> 楼下苍狼呼令使，台前花豹作人声。
> 摇旗擂鼓皆妖怪，巡更坐铺尽山精。
> 狡兔开门弄买卖，野猪挑担赶营生。
> 先年原是天朝国，如今翻作虎狼城。

狮驼国原来和大唐一样，也是繁荣之国，可大鹏鸟一来，这里瞬间沦为地狱。那么您说如来有责任吗？当然有责任！不仅我们这样想，孙悟空也是这样想的。《西游记》第77回，孙悟空没给如来面子，直接逼急了如来：

行者猛然失声道:"如来！我听见人讲说,那妖精与你有亲哩。"

　　如来道:"这个刁猢狲！怎么个妖精与我有亲？"

　　行者笑道:"不与你有亲,如何认得？"

　　如来道:"我慧眼观之,故此认得。那老怪与二怪有主。"叫:"阿傩、迦叶,来！你两个分头驾云,去五台山、峨眉山宣文殊、普贤来见。"二尊者即奉旨而去。

　　如来道:"这是老魔、二怪之主。但那三怪,说将起来,也是与我有些亲处。"

　　行者道:"亲是父党？母党？"

在孙悟空不断逼问下,如来只能老实交代狮驼三妖的来历,最后还补了一句"也是与我有些亲处",亲口承认了大鹏鸟与他的亲戚关系。孙悟空听到更是嘲笑,"如来,若这般比论,你还是妖精的外甥哩"。

每每说到这里,我们不禁要问两个问题:如来那么神通广大,为什么不杀光西方的妖魔呢？而且如来既然已经当上了佛祖,为什么西方人还那么讨厌他呢？

5.比丘国亡国:乱世期间最幸福的西方国家

　　如果说西梁女国、贫婆国、小西天、舍卫国、狮驼国都太惨了,那么唯一幸运点的应该就是比丘国了。影视剧里说,唐僧看到的比丘国已经改叫"小儿城"了,因为这里来了两个抓小孩挖心肝的妖怪,蛊惑国王熬制心肝汤药。那么在《西游记》原著里还是这么回事吗？当然不是！

第一,"小儿城"是影视剧的叫法,就跟"女儿国"一样,原著里"小儿城"叫"小子城"。

第二,唐僧并没有在城池上看到"小子城"这三个字,他是问了人才知道这里改了名字的,《西游记》第78回,原文写道:

> 那老军闻言,却才正了心,打个呵欠,爬起来,伸伸腰道:"长老,长老,恕小人之罪。此处地方,原唤比丘国,今改作小子城。"
>
> 行者道:"国中有帝王否?"
>
> 老军道:"有,有,有!"
>
> 行者却转身对唐僧道:"师父,此处原是比丘国,今改小子城。但不知改名之意何故也。"

奇怪就奇怪在这儿了,城池上根本就没有国名。这城到底是叫"小子城"还是"比丘国"?取经团队也对比丘国改名进行了猜测:

> 唐僧疑惑道:"既云比丘,又何云小子?……"
>
> 八戒道:"想是比丘王崩了,新立王位的是个小子,故名小子城。"
>
> 唐僧道:"无此理!无此理!我们且进去,到街坊上再问。"

等进入城池就更奇怪了,这里连一个比丘尼、比丘僧都看不到,更别说有一座能落脚的寺庙了。这里的和尚是灭绝了吗?可原文却这样介绍比丘国:

> 酒楼歌馆语声喧，彩铺茶房高挂帘。
> 万户千门生意好，六街三市广财源。
> 买金贩锦人如蚁，夺利争名只为钱。
> 礼貌庄严风景盛，河清海晏太平年。

这里没有像车迟国那样把和尚当作奴隶，也没有像祭赛国那样拷打和尚致死，更没有像灭法国那样杀尽所有的和尚，西行路上难得看到这么一片繁荣昌盛的景象。这里不杀和尚却没有和尚，国号又叫比丘国，真是奇了怪了。

很长一段时间我们也百思不得其解，反倒是猪八戒的一句话点醒了我们，他猜测说"新立王位的是个小子"。现在的比丘国王不是一个小子，那有没有可能以前的比丘国王是小子呢？只不过这个小子已经离开了比丘国，致使比丘国一直没有对外更换名号，也不能更换名号？《西游记》第26回，取经五庄观一站，原文介绍帝君说：

> 人间数次降祯祥，世上几番消厄愿。
> 武帝曾宣加寿龄，瑶池每赴蟠桃宴。
> 教化众僧脱俗缘，指开大道明如电。

帝君来自三岛，他就是一个小子。比丘国原来是一个佛教国，帝君多次来到比丘国"教化众僧脱俗缘，指开大道明如电"，这才有了现在的小子城。和尚们没有被杀，而是被帝君给教化脱俗了。500年前，比丘国曾是一处没有硝烟的佛道之争的战场，是帝君成就了这里，成为西方世界一处少有的乐土。

西方乱战的影响

在孙悟空被压期间,我们说了好几个西方国家的兴起与灭亡,其实这期间,西方大陆还发生过很多大事,比如:火焰山是在这个时期诞生的,西方佛教内部火焰五光佛与华光菩萨叛逃,牛魔王接盘红孩儿喜当爹……这里我们就不一一列举说明了。

很多事件的发生看似和这些国家兴起与灭亡没有直接关系,其实不然!因为它们或多或少都影响着500年后的西天取经,西天取经的路线设计并不是500年后才决定的,哪些国家一定要经过,也许如来在当时就已经定下了。

第九篇　灵山之乱

灵山之乱的起因

1. 动乱碎片：为什么西游里的灵山并不太平？

我们知道，西方诸国很乱，那么灵山内部就很太平吗？以取经时期为基准点，孙悟空大闹天宫发生在500年前，而300年前的灵山也发生了一场大战，我们称之为"灵山之乱"。

《西游记》第81回，取经镇海寺一站，孙悟空解释唐僧被贬的原因：

行者道："呆子又胡说了！你不知道，师父是我佛如来第二个徒弟，原叫做金蝉长老，只因他轻慢佛法，该有这场大难。"

八戒道："哥啊，师父既是轻慢佛法，贬回东土，在是非海内，口舌场中，托化做人身，发愿往西天拜佛求经，遇妖精就捆，逢魔头就吊，受诸苦恼，也够了，怎么又叫他害病？"

行者道："你那里晓得，老师父不曾听佛讲法，打了一个盹，往下一失，左脚下蹋了一粒米，下界来该有这三日病。"

《西游记》第21回，取经黄风岭一站，灵吉解释黄风怪的来历："他本是灵山脚下的得道老鼠，因为偷了琉璃盏内的清油，灯火昏暗，恐怕金刚拿他，故此走了，却在此处成精作怪。如来照见了他，不该死罪，故着我辖押，但他伤生造孽，拿上灵山。"

《西游记》第83回，取经镇海寺一站，哪吒解释老鼠精的来历，"父王忘了，那女儿原是个妖精，三百年前成怪，在灵山偷食了如来的香花宝烛，如来差我父子天兵，将他拿住。拿住时，只该打死，如来吩咐道：'积水养鱼终不钓，深山喂鹿望长生。'当时饶了他性命。积此恩念，拜父王为父，拜孩儿为兄，在下方供设牌位，侍奉香火……他有三个名字：他的本身出处，唤作金鼻白毛老鼠精；因偷香花宝烛，改名唤做半截观音；如今饶他下界，又改了，唤做地涌夫人是也"。

《西游记》第55回，取经毒敌山一站，观音说蝎子精是灵山的逃犯："他前者在雷音寺听佛谈经，如来见了，不合用手推他一把，他就转过钩子，把如来左手中拇指上扎了一下，如来也疼难禁，即着金刚拿他，他却在这里。"

蝎子精自己也说道："孙悟空，你好不识进退！我便认得你，你是不认得我。你那雷音寺里佛如来，也还怕我哩。量你这两个毛人，到得那里！都上来，一个个仔细看打！"

《西游记》第73回，取经黄花观一站，毗蓝婆对孙悟空说道："是谁与你说的？我自赴了盂兰会，到今三百余年，不曾出门。我隐姓埋名，更无一人知得，你却怎么得知？"

灵山以前发生过这么几件事：

（1）金蝉子在佛会上，左脚下蹋了一粒米，就被如来贬下界来；

（2）黄风怪偷吃了灯油，如来命灵吉菩萨捉拿；

（3）老鼠精偷吃了香花宝烛，如来命李天王父子捉拿；

（4）蝎子精也在佛会上，突然蜇伤了如来，然后跑了，如来命四大金刚追捕；

（5）毗蓝婆从灵山参加完盂兰盆会后，就此隐居，与西方佛教彻底断绝来往。

其中第一、二、四件事原文并没有明确说是在300年前，但我们依旧认为，这几件事应该都是在同一时期发生的。

不仅如此，我们还在《西游记》第21回，对黄风怪的三昧神风的描述中发现了更多的线索。里面有大量诗句在展现当年的西游历史，我们将这些有关佛教历史的诗句抽离出来看看：

五百罗汉闹喧天，八大金刚齐嚷乱。
文殊走了青毛狮，普贤白象难寻见。

雷音宝阙倒三层，赵州石桥崩两断。

这风吹倒普陀山，卷起观音经一卷。
白莲花卸海边飞，吹倒菩萨十二院。

难以想象，300年前到底是一场怎样的动乱，让"五百罗汉闹喧天"？让"八大金刚齐嚷乱"？让文殊普贤丢了青狮白象？让如来的雷音宝刹倒塌三层？又是一场怎样的大战，才能让战场从如来的西天灵山蔓延到观音的南海落伽山？又是一场怎样的大战，才能崩坏了观音的普陀崖，摧毁了十二菩萨联盟的行院？这些发生在灵山之乱时期的西游历史事件，它们的来龙去脉到底是怎样的呢？

2.佛门色心：谁是灵山上最风流的和尚？

《西游记》第2回，悟空向如来假扮的须菩提求教，如来问："'道'字门中有三百六十傍门，傍门皆有正果。不知你学那一门哩？"随后他向悟空介绍西游世界的主流修仙方法我们将之分为以下几个大类：

术字门：乃是些请仙扶鸾，问卜揲蓍，能知趋吉避凶之理；

流字门：乃是儒家、释家、道家、阴阳家、墨家、医家，或看经，或念佛，并朝真降圣之类；

静字门：此是休粮守谷，清静无为，参禅打坐，戒语持斋，或睡功，或立功，并入定坐关之类；

动字门：此是有为有作，采阴补阳，攀弓踏弩，摩脐过气，用方炮制，烧茅打鼎，进红铅，炼秋石，并服妇乳之类。

简单概括就是：西游世界的修仙方法有360门，其中主流的有"术流静动"四门。术字门主要是占卜算卦，流字门主要是博学百家，静字门主要是打坐参禅，动字门主要是阴阳交配。

无论多厉害的神仙，想要在修仙之路上有所成就，都会从这四门当中选一门修炼。照理说和尚和道士都是出家人，和尚应该修炼静字门，道士修炼术字门，但真实的情况却不是这样的。在西游世界，大多数的道士修炼的是动字门。甚至可以说整个西游世界的神仙大多修炼的动字门，无论你是佛教的还是道教的。

《西游记》第19回，老君给猪八戒传授修炼方法：

> 上至顶门泥丸宫，下至脚板涌泉穴。
> 周流肾水入华池，丹田补得温温热。
> 婴儿姹女配阴阳，铅汞相投分日月。

离龙坎虎用调和，灵龟吸尽金乌血。
三花聚顶得归根，五气朝元通透彻。

《西游记》第22回，玉帝给沙和尚传授修炼方法：

因此才得遇真人，引开大道金光亮。
先将婴儿姹女收，后把木母金公放。
明堂肾水入华池，重楼肝火投心脏。

尤其是沙和尚，在《西游记》第94回时，他还补充说自己曾结过婚，生过孩子：因此虔诚，得逢仙侣。养就孩儿，配缘姹女。

为什么大多数神仙都选择动字门？因为大多数人都斩不断七情六欲。灵山上的和尚也有七情六欲，他们不见得每个人都老老实实地修炼静字门！也许有人就说了，那是他们在没加入佛教前，入了佛门之后，七情六欲不就斩断了吗？

《西游记》第23回，取经有一站叫"四圣试禅心"。四圣是谁呢？黎山老母和观音、文殊、普贤三位菩萨。四圣离开时，留下来的简帖前两句就是："黎山老母不思凡，南海观音请下山。"四圣测试取经团队成员的结果是：猪八戒是大色鬼一个，唐僧是有色心没色胆。取经结束后，猪八戒和唐僧在灵山都被册封了，那么请问灵山上三千诸佛，难道只有猪八戒和唐僧两个有色心吗？

《西游记》第42回，取经号山一站，孙悟空请观音收红孩儿：

菩萨坐定道："悟空，我这瓶中甘露水浆，比那龙王的私雨不同，能灭那妖精的三昧火。待要与你拿了去，你却拿不动；待要着善财龙女与你同去，你却又不是好心，专一只会骗人。你见我这龙女貌美，净瓶又是个宝物，你假若骗了去，却那有工夫又来寻你？你须是留些甚么东西作当。"

行者道："可怜！菩萨这等多心，我弟子自秉沙门，一向不干那样事了。……"

观音说怕孙悟空贪恋捧珠龙女的美貌，会骗财又骗色。这里确实是观音多心了，因为四圣试禅心时确实没把孙悟空给试出来。但孙悟空也没否认，因为他以前就是干这样的勾当的。

其实观音会多心我们也能理解，毕竟她在招揽猪八戒加入取经团队时，当时就给猪八戒取了法名，定了戒律。可是猪八戒在取经团队到来前，居然还入赘了高家，娶高翠兰为妻。观音一直对猪八戒是睁一只眼闭一只眼的，也没因为这件事赶走他，更没对他有任何的处罚。

每个人心中都藏着一个大色魔，只是有没有被唤醒罢了，灵山上的和尚也一样，有人能抑制得住，就有人抑制不住！就拿如来的二徒弟金蝉子来说，金蝉子与多少个女妖精有过关系呢？

玉兔精：金蝉子的第一任正牌女友，差点和金蝉子办成了婚礼；

素娥：玉兔精的好姐妹，暗恋金蝉子，不惜与玉兔精翻脸；

蝎子精：为了等金蝉子一个答案，不惜献出生命；

老鼠精：金蝉子的准娘子，他亲自与她订下姻缘。

这些女妖精与金蝉子的关系，具体我们就不细说了。直到取经时期，除了素娥，其他三个女妖精都来找金蝉子，也就是向唐僧讨要情债来了。不仅如此，一路上唐僧在西梁女国还搭上了西梁女王，在荆棘岭还与杏仙闹出过绯闻。

对于好色这件事，即便是灵山上的和尚也一样！他们本就没有多少人是自愿上灵山的。500年前的西方那么乱，很多人是被迫才当的和尚！拿到灵山入场券的人，不等于就是得道高僧，更不等于抛掉了七情六欲！

3.金库外流：为什么灵山和尚也要去西梁女国？

灵山是个大杂烩，上面不仅有女妖精，还有一群尼姑。取经团队来到灵山时，大雷音寺外边就站着两排优婆塞、优婆夷、比丘僧、比丘尼。但灵山毕竟男多女少，所以即便尼姑们修炼的都是动字门，也不够分配给每一个修炼动字门的灵山和尚。这就导致一个后果：很多灵山和尚都会腾云驾雾跑到外边找女人，一是为了完成自己的修炼，二是为了释放自己的性欲。

他们到外边什么地方去呢？去天竺国找女人风险太大，毕竟在如来脚底下玩容易引火上身，他们大多来到离灵山较远的西梁女国。西梁女国之所以是老君的钱袋子原因就在这儿。这些灵山和尚一个个变成花花公子大帅哥，云里来雾里去地来往于国中和灵山之间。

西梁女国城外有一座解阳山，山上有一个洞叫破儿洞（取经时期更名为"聚仙庵"）。不仅如此，西梁女国内还设有驿馆叫"迎阳驿"。这不就在暗示我们，西梁女国有很多男性神仙来光顾吗？因为凡人是来得了出不去，他们是要被做成人种香囊的，可神仙却能来去自如。

灵山和尚们纷纷往外消费，这可把如来气坏了！如来生气，是因为这些和尚破坏了佛门的清规吗？他们变成花花公子大帅哥，别人怎么能认得出他们是和尚呢！如来也不会在乎这些和尚修炼的是哪个字门，他在乎的是这些和尚长期这样做会导致灵山没钱。

灵山的钱从哪里来？——天竺国。自己的人从天竺国收上来的钱，最后拿去西梁女国玩，老君是赚的盆满钵满了，可灵山的小金库怎么办？以后的赋税还怎么收？

有人说那就加税呗！现在的赋税已经够重了，再加税如来可就真把天竺国玩脱了。如来很恼火灵山和尚去西梁女国，但有一个人却笑得很开心，那就是弥勒。西梁女国是他送给老君的礼物，也是他最得意的杰作。毕竟是笑和尚嘛，这时不笑，以后留给他笑的机会就真的不多了。在这样的背景下，如来终于狠下心来作出一个重要的决定，而这个决定就是这次战乱的导火索。

灵山之乱的经过

1.金蝉遭贬：金蝉子投胎转世的真相是什么？

盂兰盆会是什么？是佛教一年一度的盛会，每年这个日子东方佛教的菩萨们会如约前往灵山参加盛会。300年前的那届盂兰盆会，观音跨着金毛犼、文殊坐着青狮、普贤骑着白象来到灵山。灵吉、毗蓝婆等一众菩萨也驾云前来。如此盛会，天庭也派出了代表，他们是李天王哪吒父子和太白金星。除此之外，来凑热闹的还有灵山本土妖魔：老鼠精、蝎子精、黄风怪等，大家都想听听如来会说些什么。

盂兰盆会上，如来将一个主题搬上了台面：是否要禁止佛教人员修炼动字门？如来的观点是：修炼动字门就意味着要破了佛门戒律，出家人不近女色，就更别说把色当作修行的一种手段了，所以他认为应该彻底禁止！

长期以来，灵山都在有意无意地模糊"情色"这个概念。所谓的佛门戒律，如来也一直是睁一只眼闭一只眼。可在这个节骨眼上，如来似乎下定决心要改变灵山的风气。台面上说得冠冕堂皇，但实际都是利益的考量。可灵山上也并非如来一家独大，各派势力也都不容小觑，他们也纷纷表达自己的立场。

东方道教派弥勒的观点是：不用那么拘泥，支持修炼动字门；

东方佛教派观音的观点是：睁一只眼闭一只眼得了；

西方保守派燃灯的观点是：我们不表态，吃瓜看戏。

大家从早上吵到晚上也没吵出一个结果来，无奈只能点起香油，掌灯续会，整座大雷音寺灯火通明。

弥勒和如来虽然同为佛祖，但此时的弥勒和如来比起来，他在灵山的势力已经变得太小了。如来再次拿出200年前在天庭收服孙悟空的架势，宣布最终的决定，并颁布了一条他思考已久的禁欲政策，政策内容主要有两条：

（1）佛教全员禁止修炼动字门；

（2）收编的佛教妖怪必须实行阉割。

可如来话音刚落，东方佛教的菩萨们集体反对，带头的观音、文殊、普贤更是当仁不让！参会的一共12位东方佛教菩萨，没有一个是支持如来的！如来与菩萨们争论得面红耳赤，心烦气躁。

可就在此时，如来的二弟子金蝉子偏偏当众打了他的脸。金蝉子竟将一粒米作为定情信物，偷偷夹在左脚的拇指上，蹦给了同样在听会的老鼠精。好巧不巧，这一幕刚好被如来看到。

今天的大会的主题是什么？是禁欲！你金蝉子在干什么？竟然敢当众与老鼠精定情！这一幕不仅如来看到了，菩萨们也看到了。

金蝉子以身试法，当众挑战如来的权威。如来气不打一处来，一记神掌呼到金蝉子脸上。还记得如来的巴掌有多大吗？孙悟空和如来打赌时，原文说如来的手掌有荷叶那么大。这么大一个巴掌招呼到金蝉子的脸上，金蝉子当场去世。

所以后面才有了所谓的"金蝉子在佛会上被贬投胎"的说法，金蝉子的第一世转世投胎就是从如来这一巴掌开始的。后面金蝉子的故事大家都知道了，如来还不解气，一共折腾了金蝉子九世。而且每一世最后都扔到流沙河喂给沙和尚吃掉，沙和尚更是把这前九世的金蝉子骷髅头做成了玩具。

《西游记》第8回，沙和尚对观音说道："菩萨，我在此间吃人无数，向来有几次取经人来，都被我吃了。凡吃的人头，抛落流沙，竟沉水底。这个水，鹅毛也不能浮。惟有九个取经人的骷髅，浮在水面，再不能沉。我以为异物，将索儿穿在一处，闲时拿来顽耍。"

很多人不相信沙和尚吃的九个取经人就是金蝉子，我们不妨来算一个数：以西天取经为基准点，唐僧是多少岁的时候出发取经的？《西游记》第93回，天竺国布金寺院主问唐僧年纪，唐僧说道："虚度四十五年矣。"

取经14年已经是取经的最后一年了，唐僧虚岁是45岁，实岁就是44岁。也就是说唐僧从大唐出发时已经30岁了。唐僧是金蝉子的第十世，而灵山之乱发生在300年前。金蝉子前九世每到30岁就被沙和尚吃掉，吃了九世加上这一世没被吃掉的唐僧，刚好300年。您说吴承恩写书的时候如果不是这样设定的，又何必弄这种让人遐想的巧合呢？

2.雷音暴动：灵山三大暴乱分子是谁？

回归主线故事，如来一巴掌扇向金蝉子，金蝉子倒地，然后大家都凑上来看金蝉子的死活，发现金蝉子被如来打死，第一个不干的就是蝎子精！蝎子精展开尾刺使一计倒马毒桩，当场把如来蜇得疼痛难忍。

根据观音的爆料，当时蝎子精蜇的是如来左手拇指。真是冥冥之中，自有定数：金蝉子蹦下来给老鼠精的那一粒定情米，用的是左脚的拇指。蝎子精蜇了如来左手的拇指，正是要给金蝉子报仇。如来被蜇伤后，雷音宝刹陷入一片混乱，500罗汉大嚷大叫，八大金刚也乱了阵脚。

而此时金蝉子的好友黄风怪，还有他未过门的娘子老鼠精也躁动了起来。灵山掌灯续会，现早已是三更时分。黄风怪趁机偷吃了灯油，雷音宝刹进入一片黑暗。如来再命人添油点灯，这时候大家才发现雷音宝刹上的香花宝烛也已经被老鼠精给吃了个精光。

等众人重新添置了新的香花宝烛和灯油，蝎子精、黄风怪和老鼠精也早已逃出雷音宝刹！这一切都发生在电光石火之间！被蜇伤的如来疼痛难忍，所以他只能分派人兵分三路去捉拿灵山三逃犯。

（1）第一路：灵吉捉拿黄风怪

灵吉是东方佛教菩萨阵营里的倒戈派，他表面反对如来，实际早已经和如来达成了协议。捉拿黄风怪时，如来还给了他一粒定风丹、一柄飞龙杖。等黄风怪被抓到了，灵吉并没有将他押回灵山，而是收到自己麾下安放在黄风岭。

（2）第二路：李天王、哪吒父子捉拿老鼠精

李天王有照妖镜在手，逋逃的老鼠精很快就被抓了，就在李

天王要打死老鼠精的时候，如来却放了她一条生路：一是留着老鼠精以后还有大用；二是用来恶心观音，因为老鼠精和观音长得实在是太像了，所以干脆叫她半截观音！老鼠精感谢如来不杀之恩，当场拜李天王为父，拜哪吒为兄。

（3）第三路：四大金刚捉拿蝎子精

四大金刚并没有得手，因为蝎子精趁乱逃走时，有一个人也趁乱离开了雷音宝刹。她就是善良的毗蓝婆，二十八宿昴日鸡的母亲。毗蓝婆是一位世外高手，是她救走了被四大金刚包围的蝎子精。

因为这件事毗蓝婆也得罪了如来，所以她从此隐姓埋名，不问世事，过起了300多年的隐居生活。直到300年后的取经时期，她为了带走徒弟蜈蚣精才被迫出山。值得一提的是，毗蓝婆的修为已经远超如来，她隐居只是不想再卷入世俗的斗争当中。而这届盂兰盆会也是她最后一次以菩萨的身份公开亮相。

3.阉割佛妖：为什么佛教妖怪要被阉割？

三路人马捉拿灵山逃犯，三个逃犯抓回来了两个，此时如来也从疼痛中缓过神来了，他要继续落实提出的禁欲政策。佛教人员不能修炼动字门，佛教收编的妖魔下面要挨上一刀。

《西游记》第39回，取经乌鸡国一站，文殊收走冒名顶替国王的狮子精：

> 行者道："固然如此，但只三宫娘娘，与他同眠同起，点污了他的身体，坏了多少纲常伦理，还叫做不曾害人？"
> 菩萨道："点污他不得，他是个骟了的狮子。"
> 八戒闻言，走近前，就摸了一把。笑道："这妖精真个是'糟鼻子不吃酒——枉担其名'了！"

佛会上首先倒霉的是青狮白象两兄弟,他们当场挨了那一刀。最可怜的就是青狮精了,这一刀下去直接把青狮精的前途给断了。青狮精除了有狮驼岭这一份家业,他还入赘东海,娶了东海龙王的女儿为妻。

而这一刀下去也致使后来青狮精离开四海,只能回到狮驼岭再创业。他再也回不去了,龙王要的是一个能撑门抵户的女婿,而不是一个干啥啥不行的太监。所以取经期间他一直在喝药酒,希望有一天能重振雄风。

其次是观音的金毛犼赛太岁,他本来也是要挨上一刀的,但最后却逃过了一劫。因为金毛犼的背景很特殊,他并不完全是观音的坐骑。当年老君和观音打赌时,私下是压着赌注的。

《西游记》第71回,取经朱紫国一站,原文介绍法宝紫金铃的来历:

太清仙君道源深,八卦炉中久炼金。
结就铃儿称至宝,老君留下到如今。

紫金铃是老君打造的,可因为那场赌局输掉了,他便送给观音。而紫金铃由于一直是挂在金毛犼身上的铃铛,所以连同送出的还有这只金毛犼。观音告诉如来金毛犼是老君的,如来不想得罪老君,这才让金毛犼躲过一劫。

还有就是牛魔王了,他本是大力王菩萨,可无奈被如来改造,现在他是一只牛妖了。在灵山众人看来他就是牛。看到如来对青狮白象是真的下手,当场变成一只大白牛,一路冲出雷音宝刹,逃离灵山。这也是为什么取经时期,最后李天王哪吒父子收了牛魔王后,要把他带回灵山的原因,牛魔王本来就是从灵山跑去天庭的。

如来那么强势,那么大鹏鸟呢?孔雀和大鹏鸟他们虽然名义上是如来的母亲、舅舅,但说到底他们也还是畜类。大鹏鸟大吼一句:"难道你也给舅舅来上一刀吗?"说罢,大鹏鸟卷起青狮白象飞离了雷音宝刹。文殊、普贤走出雷音宝刹一看,三人早已经不见踪影了。

4.围攻如来:是谁要杀如来?又是谁救了如来?

形势越发的剑拔弩张,孔雀以佛母名义号召众人将如来拿下,以观音为首的十二菩萨包围了如来,一场激战就此展开。如来寡不敌众,西方佛教内部人员看到菩萨们力压如来,也都纷纷倒戈。如来身负重伤,雷音宝刹被十二菩萨们掀翻了三层。就在如来生死存亡之际,救兵终于来了!

《西游记》第21回,取经黄风岭一站,孙悟空找不到黄风怪的主人,金星前来指路,他留下了一张简帖。

"上复齐天大圣听:老人乃是李长庚。
须弥山有飞龙杖,灵吉当年受佛兵。"

行者执了帖儿,转身下路。八戒道:"哥啊,我们连日造化低了。这两日忤日里见鬼!那个化风去的老儿是谁?"

行者把帖儿递与八戒。——念了一遍道:"李长庚是那个?"

行者道:"是西方太白金星的名号。"

八戒慌得望空下拜道:"恩人,恩人!老猪若不亏金星奏准玉帝呵,性命也不知化作甚的了!"

为什么金星知道灵吉能收黄风怪？因为当年这场灵山之乱，他就在现场。他不仅知道灵吉是黄风怪的主人，甚至还知道灵吉的道场在哪儿。老者（金星）道："灵吉在直南上。从此处到那里，还有二千里路。有一山，呼名小须弥山。山中有个道场，乃是菩萨讲经禅院。汝等是取他的经去了？"

灵吉的道场隐蔽得很，可不是一般人能找到的。孙悟空被黄风怪吹瞎眼时，十八位护法伽蓝给孙悟空医治了眼睛，他们知道三昧神风，但对黄风怪的底细却一无所知。金星和灵吉都被如来策反了，他们是一伙儿的。所以多年后的取经，如来才让金星指点孙悟空去找到灵吉。

那么谁来拯救如来呢？——玉帝。就在如来与十二菩萨激战的时候，金星悄悄退出战场，回到天庭请求玉帝出兵。玉帝派遣10万天兵来到灵山给如来解围。为什么玉帝会帮如来呢？原因很简单，玉帝要坐稳皇位，他必须联合佛教来对抗道教。西方佛教是佛教的主体，所以如来不能倒下，何况如来是他自己扶持上位的。玉帝是防如来，但更需要用如来。

站在玉帝的角度，他也希望佛教就这么分裂着。因为只有这样，东西方佛教内部才会互相制衡制约，他才能稳收渔翁之利。如果今天是十二菩萨被如来包围，那么玉帝也一样会出兵帮十二菩萨解围，这就是帝王之术。佛教不内乱，玉帝就没法伸手干涉佛教。老君和弥勒的关系本质上就是玉帝和如来的关系。大家用的一样的手法，只不过合作伙伴不同，都想通过对方干涉佛教。

10万天兵的加入导致战局发生了怎样的变化呢？原文说"这风吹倒普陀山，卷起观音经一卷。白莲花卸海边飞，吹倒菩萨十二院"。所以战争的天平瞬间向如来倾斜了：本来是菩萨联盟围攻灵山，现在却被天兵一直逼退到了落伽山。在退守的路上，菩萨们将自己的行院作为联盟的退守落脚点，但也全被如来毁坏！

灵山之乱的影响

灵山之乱的本质是西方教内部的一场较量，所以它的爆发是必然的，如来的禁欲政策只是导致这场大战的导火索。即便没有这条导火索，也会有其他的导火索引发这场大战。

以观音为首的东方佛教代表，不满如来的禁欲政策是表象，他们真正不满意的，是如来搞的东西方佛教大统一。以前灵山只有弥勒做主时，弥勒没有那么大的能耐左右这些东方的菩萨，大家都是你玩你的，我玩我的，可自从如来上台之后佛教内部的形式就变了……

如来这样做势必会导致菩萨们联合起来，而且灵山内部拥戴如来上台的只是大部分的西方人，还有一小部分西方人也并非支持如来。比如孔雀佛母大鹏鸟一派，比如燃灯药师王一派……这些灵山内部如来的敌对势力，也是菩萨联盟拉拢的目标。

灵山之乱过后，可以说整个佛教都奄奄一息。无论是东方佛教还是西方佛教，都遭到了前所未有的重创。这场佛教内战，首战即终战，没有赢家，全是输家。佛教与道教不同，道教只有老君一派，可佛教派系众多，仅一座灵山就相当于好几个大小的诸侯国捆绑在一起。每当佛教受到天庭道教的施压时，他们就会表现得无比团结，可一旦没有了外部矛盾，佛教内部就会出现各种问题，甚至爆发战乱！灵山之乱过后，佛教内部又会迎来一个相对和平的时期。分久必合合久必分，东西方佛教终于可以坐下来好好谈谈未来的发展了。

第十篇　西天取经

西天取经的起因

终于说到西天取经了，西天取经是整部《西游记》的故事主线。如果我们要详细地剖析取经的原因，那么几万字肯定是少不了的。而如果要把每个取经站点逐一分析，几十万字也肯定少不了。我们在《脑洞西游》一书中有详细的每一个取经站点的深度解析，在《西游人物传》中也有对每一个出场的西游人物进行列传。本书的宗旨是对西游历史的一个系统性总结，所以西天取经这一段西游史，我们就不做详细解析了。

本章要说的是西天取经的起因，我们打算从策划者和执行者的角度浅谈一下。策划者就是取经项目的组织者，他们都是领导。执行者就是"996打工人"，也就是我们熟悉的取经团队，当然也包括藏在取经团队背后的那一大票跟班神仙。

首先，西天取经的策划者可不仅只有如来和观音。这个项目之所以能启动是如来、观音、玉帝、老君四方共同谋划出来的。只不过老君是在取经团队到达金岘山后才中途加入的。在取经的过程中，这些策划者有合作也有竞争。并且取经的路线也不是固定的，会随着这些策划者的合作竞争发生变化。

取经时期，我们用三国类比一下这四方大佬的关系：老君、玉帝和如来三方相当于魏蜀吴三足鼎立，观音相当于游走在三方之间的群雄势力，这就是他们之间的关系。那么现在他们坐在一起搞取经，目的是什么呢？——现阶段利益资源的重新分配。

（1）如来需要观音来洗白西方佛教，他要打通东西方封闭已久的市场。他的理想依旧没有变，统一东西方佛教是他的终身目标。

（2）观音想通过取经收编垂涎已久的妖魔，扩张势力与地盘。

（3）玉帝想通过取经敲打天庭的腐败势力，实现他的集权统治。

（4）老君想通过取经收取更多的钱财，因为他的科技研发需要很多的钱。

西天取经的策划者可以说都是西游世界的最高统治阶级，那如果从执行者的角度来说呢？严格来说，西天取经真正意义上的执行者不是唐僧，也不是取经三兄弟，更不是小白龙。唐僧是佛教的"罪人"，取经三兄弟和小白龙都是天庭的"死刑犯"。因为罪犯的这层身份，他们每个人都有不得不加入取经的理由。只有加入取经，他们才能换来所谓的自由与成功。那么真正要取经的人是谁呢？——唐太宗。

唐僧取经是因为唐太宗的王命难违——唐太宗取经是因为他被厉鬼缠身——而唐太宗厉鬼缠身背后又是观音的设计，观音背后的设计又是因为大佬们达成了取经的共识！

其实所有人的命运在这个时刻都已经注定了，只要你不是统治阶级，你根本没有选择。也许你会说苍蝇不叮无缝蛋，这些人之所以被大佬盯上成为棋子，是因为他们犯罪了，如果他们不是罪犯又怎么会是这个命运？仔细想想，取经团队每个人的罪犯身份是怎么来的？他们真的想犯罪吗？还是他们的人生从出生开始就已经被设计了？

（1）孙悟空想长生，却稀里糊涂学了一堆闯祸和逃跑的本事。七年来，须菩提也没教他任何做人的道理。

（2）唐僧的出生是因为观音送子。他在观音的设计下稀里糊涂地出生，稀里糊涂地杀了自己的亲爹刘洪，稀里糊涂地逼死了自己的母亲殷小姐。

（3）猪八戒就更惨了，明明是玉皇的阴谋，明明是霓裳的背叛，最后有罪的却是他，从堂堂大帅哥变成又丑又胖的猪妖。

沙和尚和小白龙也一样，他们获罪也都是没得选，他们并没有做什么十恶不赦的事，一切的一切都源于别人的设计。所以在《西游记》里最厉害的法术就是阴谋诡计，是大佬们最擅长、百试百灵的绝招。

一不小心扯远了，我们回归主题。第二个问题是：取经故事那么长，我们要怎么讲呢？

——对取经站点进行总结！

这就要求我们要找到一条真正的取经路线。

我们认为：取经路线有两种分法。

（1）第一种分法：取经灾难簿子法

打开《西游记》第99回，观音手上有一本取经灾难簿子，上面记录了取经的八十难。这一桩桩一件件都是取经秘密护唐小分队沿途记录下来呈递给观音的。护唐小分队是谁？他们是四值功曹、五方揭谛、六丁六甲、一十八位护法伽蓝、二十四诸天。您没看错，取经师徒四人后面还跟着这么一大票神仙！他们有的是如来的人，有的是玉帝的人，有的是老君的人，有的是观音的人。那么这本取经灾难簿子上是怎么记载的呢？

　　蒙差揭谛皈依旨，谨记唐僧难数清：金蝉遭贬第一难，出胎几杀第二难，满月抛江第三难，寻亲报冤第四难，出城逢虎第五难，折从落坑第六难，双叉岭上第七难，两界山头第八难，陡涧换马第九难，失却袈裟第十难，夜被火烧十一难，收降八戒十二难，黄风怪阻十三难，请求灵吉十四难，流沙难渡十五难，收得沙僧十六难，四圣显化十七难，不识人参十八难，五庄观中十九难，贬退心猿二十难，松林失散二十一难，宝象国捎书二十二难，金銮殿变虎二十三难，平顶山逢魔二十四难，山压大圣二十五难，洞中高悬二十六难，盗宝更名二十七难，乌鸡国救主二十八难，被魔化身二十九难，号山逢怪三十难，风摄圣僧三十一难，心猿遭害三十二难，请圣降妖三十三难，搬运车迟三十四难，大赌输赢三十五难，祛道兴僧三十六难，路逢大水三十七难，身落天河三十八难，鱼篮现身三十九难，金䴠山逢怪四十难，天神难伏四十一难，问佛根源四十二难，吃水遭毒四十三难，女国留婚四十四难，琵琶洞受苦四十五难，再贬心猿四十六难，识得猕猴四十七难，火焰山高四十八难，求取芭蕉扇四十九难，收缚魔王五十难，赛城扫塔五十一难，取宝救僧五十二难，小雷音遇难五十三难，大困天神五十四难，朱紫国行医五十五难，拯救疲癃五十六难，降妖取后五十七难，七情迷没五十八难，多目遭伤五十九难，路阻狮驼六十难，怪分三色六十一难，城里遇灾六十二难，请佛收魔六十三难，比丘救子六十四难，辨认真邪六十五难，凤仙国求雨六十六难，救女怪卧僧房六十七难，无底洞遭困六十八难，稀柿拜秽六十九难，花豹迷人七十难，棘林吟咏七十一难,黑河沉没七十二难,灭法国难行七十三难,元夜观灯七十四难,赶捉犀牛七十五难,失落兵器七十六难,会庆钉钯七十七难,天竺招婚七十八难,夺帛酬恩七十九难,脱胎凌云八十难,路经十万八千里,圣僧历难簿分明。

这就是取经八十难。菩萨将难簿目过了一遍,"佛门中九九归真,圣僧受过八十难,还少一难,不得完成此数",即令揭谛,"赶上金刚,还生一难者"。

就这样取经团队经书都拿到了,观音又人为地让取经团队坠落通天河。

不难看出,取经灾难簿子上很多灾难记载的都不严谨:比如两界山头第八难,这是孙悟空入伙,唐僧当时还非常高兴,却被当作了一难。再比如黄风怪阻十三难,请求灵吉十四难,这明显就是一难拆分成了两难!

这个簿子把很多不是唐僧的灾难被记录成了灾难,很多一次灾难被拆分成了两三次,为什么会这样?因为负责记录的护唐小分队,人家也是"996打工人"。这就好比领导要你写一篇5000字的工作汇报,你写来写去只有3000字,剩下的2000字怎么办呢?护唐小分队面临的就是这样一个难题,唐僧取经14年真没有遇到那么多灾难,总不能把唐僧摔跤了算一场灾难,唐僧化缘被拒绝了算一场灾难吧!

所以他们记录取经灾难主打就是一个字:凑。而且这个"凑"还得相当有水平,还不能让领导一看就觉得你是在记流水账!而且我们上文说到,观音最后凑数添了一难。基于以上种种原因,我们决定寻找另一种更靠谱的分法。

(2)第二种分法:唐僧灾难站点法

要想了解唐僧真正的灾难，剔除掉唐僧身世的部分，我们打开《西游记》的目录从第13回（取经开始）到第99回（取经结束），看一下取经团队在这期间都经过了哪些站点，又遇到了什么妖魔。这个方法的本质其实就是将取经灾难簿子进行合并筛选。合并后一共42个取经站点，再经过筛选后符合的还剩36个，话不多说我们开始：

取经第1站，双叉岭三妖（老虎精、熊罴精、野牛精）；

取经第2站，黄风岭黄风怪；

取经第3站，万寿山五庄观镇元子；

取经第4站，白虎岭白骨精；

取经第5站，宝象国碗子山奎木狼；

取经第6站，平顶山金银角，压龙山九尾狐、狐阿七；

取经第7站，乌鸡国假国王青狮精；

取经第8站，钻头号山红孩儿；

取经第9站，黑水河小鼍龙；

取经第10站，车迟国三妖（虎力、鹿力、羊力）；

取经第11站，通天河金鱼精；

取经第12站，金𠺕山青牛精；

取经第13站，解阳山如意真仙；

取经第14站，西梁国女王逼婚事件；

取经第15站，毒敌山蝎子精；

取经第16站，真假美猴王事件；

取经第17站，火焰山铁扇公主，积雷山牛魔王、玉面公主；

取经第18站，祭赛国碧波潭万圣龙王、九头虫；

取经第19站，荆棘岭树妖群；

取经第20站，小西天小雷音寺黄眉怪；

取经第21站，七绝山蟒蛇精；

取经第22站，朱紫国麒麟山金毛犼；

取经第23站，盘丝岭蜘蛛精；

取经第24站，黄花观蜈蚣精；

取经第25站，狮驼岭狮驼国三妖（青狮精、白象精、大鹏鸟）；

取经第26站，比丘国白鹿精、柳林坡白面狐狸；

取经第27站，镇海寺老鼠精；

取经第28站，灭法国国王杀和尚事件；

取经第29站，隐雾山豹子精；

取经第30站，凤仙郡求雨事件；

取经第31站，玉华州豹头山黄狮精；

取经第32站，竹节山九头狮子、六狮；

取经第33站，金平府青龙山犀牛精（辟寒、辟暑、辟尘）；

取经第34站，天竺国毛颖山玉兔精；

取经第35站，寇员外家强盗杀人事件；

取经第36站，灵山无字经书事件。

以上就是唐僧西天取经历经的站点。如果对照《西游记》目录，大家会发现，我们选出来的都是取经的主要事件，而且这些事件的主体都是唐僧。比如取经兄弟组队这个我们就没选，又比如取经团队在百脚山消灭了一窝小蜈蚣精，这个也没选；再比如四圣试禅心唐僧毫发无损，他只是出了一下糗，这个我们也没选……只要事件不是唐僧的灾难，也没有爆发什么争斗，我们就都没算进去。接下来我们把这36个取经站点做一个总结，这样就可以大致知道西天取经时发生了什么！

再次强调，请不要带着影视剧先入为主的思维来看待西天取经。在这里，我们只总结，不展开，不论证。

西天取经的经过

取经第 1 站：双叉岭三妖（老虎精、熊罴精、野牛精）

这一站是唐僧初出长安第一难，对唐僧来说是极大的考验！唐僧见过最恶心、最恐怖的场面就在这一站。唐太宗派给唐僧的两名随从就是在双叉岭上被三妖活生生分尸吃掉的，而唐僧目睹了吃人的整个过程。

这一站背后的主使是代表如来利益集团的金星，三妖的出场就是金星安排的。此时，孙悟空等人未入伙，唐僧刚出门就死了两个随从，如来的目的就是要告诉唐僧：开弓没有回头箭，取经没有回头路。

为什么唐僧取经的决心那么强烈？水陆大会上，唐太宗极力捧杀唐僧，最后观音显像，唐僧被赶鸭子上架只能主动请缨去取经。双叉岭一站意义重大，一是杀掉随从给后面的取经三兄弟腾位子，二是彻底打消唐僧放弃取经的念头。

取经第 2 站：黄风岭黄风怪

黄风怪是灵山上一只成了精的黄毛貂鼠，当年灵山之乱时，被灵吉捕获。灵吉拿了如来的两件法宝：一颗定风丹，一柄飞龙杖。取经火焰山一站，定风丹最后给了孙悟空。而飞龙杖是用来降服黄风怪的，灵吉一直放在身边。黄风怪有一独门绝技叫三昧神风，此风不是一般人能对付的。灵吉使用飞龙杖时也是在背后暗算了黄风怪，主打一个出其不意。

灵山之乱时，黄风怪第一次被捕，很快又被灵吉给放了。之后，黄风怪便在大唐的邻国乌斯藏国地界偷鸡摸狗，而所有钱财全都进了灵吉的口袋。即便灵吉和黄风怪一向很低调，但此事还是被如来知晓了。300年来，灵吉成了富甲一方的菩萨，但没分给如来一分钱，所以取经团队才会来到黄风岭。

这一站过后，黄风怪再次被带回灵山，然后就没有后续了。不难想象，灵吉与如来之间肯定会达成一个全新的协议。毕竟如来的敛财手段大家有目共睹，没有谁和钱过不去！

取经第3站：万寿山五庄观镇元子

这一站，镇元子自编自导，上演了一出好戏：他成功地借孙悟空的手毁掉了人参果树。镇元子为什么要毁掉人参果树？镇元子在仙界的地位很尴尬，他只和道教大佬走得近，与佛教大佬没什么关系。但是道教大佬不待见他，老君控制他，王母压榨他。来到取经时期，佛教大佬也要打击他。

镇元子"与世同君""地仙之祖"的称号也是他自封的，仙界并没有认可。镇元子想用人参果换取更高的仙界地位，但无奈果子太少，自己又没什么过硬的本事，所以无法跻身仙界上流。

本来镇元子已经和孙悟空达成共识：人参果树被推倒后，他让孙悟空去西天和如来散布人参果树被毁的消息。但孙悟空没有按照剧本走，他先去了一趟三岛，秘密得知观音能救活人参果树。于是孙悟空果断修改剧本去南海找观音，最后观音救活了人参果树。此站过后，观音便成为第一个能内定人参果的佛教神仙，也为后续的长生实验研究埋下伏笔。

这一站有两个重大意义：一是佛教大佬也知道了人参果原来出自镇元子的五庄观，以后来要果子的佛教大佬只会越来越多；二是观音的仙树复活技术从临床走向成熟，从救活灵苗到救活仙树，对未来西游世界的格局产生深远的影响。

取经第 4 站：白虎岭白骨精

这一站其实是一个小插曲，白虎岭并不在原定的取经路线里。白骨精是个十足的弱妖怪，连和孙悟空过招一回合的本事也没有。她原本是天庭披香殿的玉女，偷到舍利子下界被奎木狼奉命追查。奎木狼用计骗了玉女，在其新婚之夜将她啃食后拿到舍利子。由于舍利子的功效致使玉女身死而魂不灭，故而成了白骨精。白骨精被奎木狼迫害后才躲到隔壁这个鸟不拉屎的白虎岭的。白骨精之所以这么拼命地要吃唐僧肉，就是为了重塑肉身。

孙悟空三打白骨精，最后被唐僧联合猪八戒赶出取经团队，白骨精只是一个导火索。由于四圣试禅心一站和五庄观一站孙悟空和唐僧的矛盾升级，即便没有白骨精，未来还会有别的导火索触发唐僧赶走孙悟空。

取经团队真正要打击的目标是白骨精的下一站之妖——奎木狼。由于孙悟空的离队，也致使取经团队下一站的任务突然变得无比艰巨。

取经第 5 站：宝象国碗子山奎木狼

这一站的实质是玉帝打击天庭的腐败势力——奎木狼。奎木狼已经 13 年没有在天庭打卡上班了，他秘密下界来追查丢失的舍利子。但他找到舍利子后，既没交给玉帝，也没交给老君，自己将舍利子据为己有，还拐了宝象国的百花羞公主并与她生娃。取经团队到来时，奎木狼二胎都已经八九岁了。

无论是对于玉帝还是老君，奎木狼都是天庭的重点打击对象。当然主要是为了杀鸡儆猴，因为天庭也不止奎木狼一个腐败人员，只是奎木狼的情况比较特殊，所以才被枪打出头鸟，安排进了取经路线。

孙悟空归队后，奎木狼很快便一无所有。小弟死了，孩子死了，老婆跑了，洞府毁了……当然，舍利子也丢了。此时玉帝将奎木狼召回，奎木狼没有选择只能重返天庭。不过，最后玉帝也没动奎木狼，俸禄照发，只是罚他给老君烧火。毕竟奎木狼以前是老君的人，玉帝处理得还是相当谨慎的。这一波操作下来，二十八宿迟早会归顺玉帝。这也让玉帝实现天庭集权又向前迈进了一小步！

取经第6站：平顶山金银角，压龙山九尾狐、狐阿七

这一站是上一站碗子山奎木狼的后续，奎木狼给老君带来了取经团队的全员画像。此时，取经才刚开始不久，在起初的取经计划里，老君是被如来、玉帝和观音孤立在外的，这致使老君决定要分化取经团队。取经团队的核心是孙悟空，这一站老君的目的就是要杀掉孙悟空。孙悟空一死，取经团队自然就会解散。一路上，大多是取经团队惹妖怪，这一站刚好相反，是少有的妖怪主动来惹取经团队。

智商堪忧的金角、银角拿着老君的五件法宝也玩不过孙悟空，最后还把自己的母亲九尾狐、舅舅狐阿七给搭上了。老君很没面子，只能灰溜溜地前来收场。临走前，老君把杀孙悟空的黑锅推给了观音，成功离间了孙悟空和观音之间的关系。

对取经团队来说，这一站无疑是过了一道生死关。对老君来说，这一站也不是毫无收获：至少孙悟空帮他打死了他的老情人，也就是金角银角的亲妈九尾狐。孙悟空了了老君的一笔情人债，老君也收回了他的裤腰带——幌金绳，各有收获，因祸得福。这一站过后，老君将重新审视自己对待取经的态度。如果能加入，那又何必捣毁呢？

取经第7站：乌鸡国假国王青狮精

这一站其实与四圣试禅心有关，是四圣试禅心的首次延续。观音、文殊、普贤这几个300年前灵山之乱的发难菩萨又重新聚在了一起。而乌鸡国一站，如来要打击的对象就是文殊。

乌鸡国是整个西游史上易主及王朝更替最多的一个国家。它的历史可以追溯到万物之战时期，毗蓝婆和乌鸡国王建国。自毗蓝婆归隐后，文殊接替了乌鸡国的管辖权。可就在几十年前，乌鸡国新政权建立之初，如来通过政治操弄扶持了现任的乌鸡国王上台，乌鸡国就这样落入了如来的手里。

三年前在佛会上，如来答应文殊归还乌鸡国。文殊假借"度国王归西"前去索要乌鸡国，没想到遭到六甲金身的埋伏。六甲金身变成乌鸡国王的手下，把文殊捆了扔进护城河里泡了三天，三天后又假意营救文殊并将其带回灵山。如来不想归还乌鸡国，还顺道恶心了文殊一把。于是文殊便安排青狮精杀掉乌鸡国王，然后再让青狮精顶替他，这就是假乌鸡国王事件隐藏的来龙去脉。

取经团队经过后，青狮精这个假国王被孙悟空拆穿，真国王被救活。乌鸡国的控制再度到了如来手里，但是这场佛教内部的争夺战并没有因此而结束。

取经第8站：钻头号山红孩儿

这一站对孙悟空来说是整个西天取经难度系数最大的一站。红孩儿的三昧真火"永镇西方第一名"，作为西方老大的如来也见识过三昧真火的威力。如来自知惹不起，孙悟空自然也不会去招惹。但偏偏观音给孙悟空加塞了这一站的任务，差点导致孙悟空命丧黄泉、唐僧被吃。

那么观音为什么要收红孩儿呢？一方面，红孩儿与铁扇公主、老君的关系很不好。另一方面，红孩儿是老君不敢对外公开的儿子，牛魔王是老君找来的、顶替自己名义的老爹。正因如此，红孩儿才掌握了老君的独家秘术三昧真火。三昧真火是老君研制出来对付西方佛教的核武器，观音收红孩儿也并没有百分之百的把握。要收红孩儿必须讲究天时地利与人和，缺一不可。观音具体是如何收红孩儿的？原著与影视剧天差地别，这里我们就不展开了，总之，这一站观音也很费力。

那么观音拔除红孩儿后对谁有好处呢？第一，就是对观音自己，收了红孩儿也就等于掐住了老君的脖子，降低了老君日后加入取经的话语权，而观音自己也能借机研究三昧真火；第二，对如来有好处，拔除了红孩儿这颗眼中钉肉中刺，未来东西方交流就更加顺畅，如来要一统东西方佛教，东西方之间的路障都要统统拔除，而红孩儿的存在是如来最棘手的路障。

取经第9站：黑水河小鼍龙

这一站的剧情和上一站红孩儿的剧情是同一个故事模型，但是两站的意义却完全不同。上一站的本质可以用佛道之争来总结，而小鼍龙一站完全就是四海龙王敖家的家事。

值得一提的是，住在西海龙宫的是北海龙王敖顺，西海龙王敖闰在取经时期是没有单独出场过的。其中来龙去脉过于复杂，我们这里就不展开了。这一站敖顺要借孙悟空之手将不愿意回家的小鼍龙带走，而孙悟空算是救了小鼍龙一命。

为什么小鼍龙刚来黑水河不久，敖顺就要让小鼍龙回家？因为黑水河这个地方很快就会成为九头虫和万圣龙王犯罪的密谋地。跟九头虫扯上关系，万圣家族惨遭灭门，敖顺不想让外甥出事，更不想因为外甥连累自己，所以要带回小鼍龙。这一站过后，敖家欠了孙悟空一个莫大的人情。

取经第10站：车迟国三妖（虎力、鹿力、羊力）

　　三妖在即将亡国之际接管了车迟国，在国内推行尊道灭佛政策20年。他们掌控降雨资源，挟持车迟国王掌管整个车迟国。多年来，他们两耳不闻窗外事，活脱脱把自己变成了白痴！连唐僧取经、唐僧肉传闻这些大的西游事件都不知道。他们讨好三清，但三清根本就不搭理他们。取经兄弟大闹三清观，他们拜了三清后被戏耍喝尿，可以说是丢尽了三清的脸面。也是性格使然，他们一个个和孙悟空打赌，然后一个个作死。三妖死后，车迟国从此尊佛贬道。

　　这几十年来车迟国一共死了四分之三的和尚，是在整个佛道之争的站点中，佛教流血最多的一站。可悲的是，不是如来不救他们，而是如来也养不起他们，这也是三妖为什么可以在车迟国作威作福20年的原因，这背后是如来的放纵。现在国中和尚数量趋于正常指标，如来让取经团队经过这里，又重新接管了回来。

取经第11站：通天河金鱼精

　　乌鸡国这一站打击的是文殊，而通天河这一站打击的就是观音了。二者不同的是：乌鸡国一站打击文殊的是如来，通天河一站打击观音的是玉帝。取经时期，大佬之间并不是只有单纯的合作，他们合作中有博弈，博弈中又寻合作。

　　那么这一站为什么玉帝要打击观音呢？这一站是取经万寿山五庄观的延续，此时通天河正在执行一项隐秘的长生实验，实验与吃小孩和吃龟族有关。取经团队早赶夜赶，终于赶在金鱼精用小孩祭祀前来到通天河旁的陈家庄。金鱼精已经在这里做了9年的实验研究，取经团队走到这里，完全在观音的意料之外。为了防止实验数据泄露，也为了合作能继续，观音只能亲自捣毁自己的长生实验基地。

这一站最大的意义是什么？对观音来说，这无疑是一场大出血！对玉帝和王母来说，蟠桃作为仙界流通的长生资源，他们不允许任何人挑战蟠桃的战略地位。私下搞长生实验的基地一旦被发现，立马被捣毁。对如来有利也有弊：利在于，以观音为首的菩萨势力暂时掀不起什么风浪了；弊在于，他自家的长生资源还是得绑死在天庭这一棵大树上，这也不是如来想要的。

取经第12站：金兜山青牛精

这一站可以说是佛道之争的终结，什么意思呢？就是东西方佛教与老君道教之间的争斗，在这一站就彻底结束了。后文还有一些如白鹿精和唐僧的佛道辩论、树妖群和唐僧的佛道辩论等，这些统统不能叫作佛道之争，毕竟他们只是斗斗嘴皮子，没有流血，没有牺牲。

我们前面说，自从平顶山一站后，老君开始重新考虑对待取经的态度。在这一站老君就给出了答案：他委派青牛精拿着自己的贴身法宝金钢琢，打劫了如来相当于十八座小金山的十八粒金丹砂。如来为了取经计划能继续下去，必须向老君缴纳过路费。玉帝也知道是怎么回事，所以这一站他是全程在看戏，让天兵天将陪孙悟空做做样子，把样子做足，最后给孙悟空一个台阶下，让孙悟空去如来那儿拿钱。

金兜山一站后，老君对待取经团队的态度就缓和许多。这标志着老君同意了如来的取经项目，并且自己也成功参与了进来。双方正式签署《金兜山协议》，协议一共有十条内容，第一条内容是：老君放取经团队过金兜山，并保证取经团队在金兜山地界上的安全。后续九条协议内容，我们会在对应取经站点中涉及，有一条说一条。

取经第13站：解阳山如意真仙

上一站在金岘山，取经团队偷了青牛精的衣服被抓现行，伟大光荣的旗帜就这样塌了。这一切都怪唐僧不听孙悟空的话，非要走出自己画的圈，害得孙悟空吃尽了青牛精的苦头。在正式进入西梁女国之前，孙悟空故意向唐僧隐瞒了子母河水的秘密，致使唐僧怀孕。好在唐僧并不孤独，猪八戒有意陪着。

这本来只是取经团队的内斗，但无意牵扯出了如意真仙。他是牛魔王的亲弟弟，红孩儿名义上的亲叔叔。三年前如意真仙"持证上岗"来到附近的解阳山当起了堕胎医生。以前落胎泉水是开放式供给的，现在如意真仙来了就要收取高额的裱礼。如意真仙的后台不是别人，正是老君。他就是老君设立在西梁女国的取款机。

按照以往，孙悟空肯定要杀了如意真仙，但这一次却没动他一根汗毛。取经团队走后，如意真仙照旧上岗，落胎泉水并没有因为取经团队的到来恢复到之前免费供给的状态。为什么如意真仙能活下来？《金岘山协议》内容第二条：取经团队不得破坏西梁女国地界内的任何人或物，哪怕一花一草，必须保证来的时候什么样，走的时候就什么样！关于这一点，孙悟空后面为了教训唐僧还在国中引起了骚乱，但并没有导致多大的后果。

取经第14站：西梁国女王逼婚事件

西梁女国为什么是老君的钱袋子？他是如何赚钱的？

这一站唐僧首次遭到了逼婚，一个国王逼一个只见了一眼的和尚还俗结婚，可见女王内心的饥渴。几年前的四圣试禅心，那只是菩萨们设立的一次入赘测试，当时唐僧的色心还是隐晦的。

这一站的意义是什么呢？西梁女王这块牌坊贞洁的牌坊是要

永远高高立起的，即使她内心再渴望男人渴望性，那都是绝不可以的。得不到的才是最美好的，这样才会有更多的男人前赴后继涌入西梁女国。牌坊倒了，西梁女国就失去了市场定位，也就很难再赚到钱了。

老君通过西梁女王这场不可能成功的婚姻，就是要告诫后任的西梁女王当王的代价，让后任的女王在精神上彻底去除对性的追求。换一个角度说，唐僧的命运又和女王有什么区别呢？他又何尝不是取经团队的一面旗帜！300年前风流成性的金蝉子，变成了如今四十多岁依旧元阳未泄（处男）之人，唐僧也注定要压抑一生。

取经第15站：毒敌山蝎子精

自灵山之乱后，蝎子精在老君的庇护下潜藏到了西梁女国。当年，她为了金蝉子蜇伤了如来，如今唐僧终于来了。就在唐僧准备离开之际，蝎子精趁乱劫走了唐僧。取经兄弟穷追不舍，站点从西梁女国转移到了城外的毒敌山。

当年蝎子精蜇伤如来后逃逸，是毗蓝婆把她从四大金刚手中救了下来。毗蓝婆隐居后，蝎子精便来到了毒敌山。她不断地提醒自己，此生最大的敌人就是如来。因为如来杀了金蝉子，还让金蝉子受轮回之苦，一世一世地被吃。蝎子精一辈子也不会原谅如来，如来也一直没有放弃对蝎子精的追杀，直到老君对取经计划亮了绿灯……《金峣山协议》内容第三条：老君不得保护蝎子精，取经团队要对佛教叛徒蝎子精斩草除根，彻底抹掉如来当年的丑闻。

取经团队用唐僧金蝉子的身份钓出了躲藏的蝎子精。蝎子精为爱而死，她在等金蝉子的一个答案，可这个答案永远也等不到。为了不让毗蓝婆牵扯进来，昴日鸡亲自来了结了这场孽缘，如来如愿以偿地报了当年被蜇之仇。

取经第16站：真假美猴王事件

这一站孙悟空通过打杀强盗，引发了真假美猴王一案。真假美猴王的真相只有一个：真美猴王是孙悟空，假美猴王还是孙悟空，假美猴王只是真美猴王的一个二心。简单来说就是，孙悟空用了分身法。

由于在西梁女国唐僧和孙悟空之间的矛盾再度升级，所以唐僧又一次借题发挥要赶走孙悟空。上一次借的是白骨精之死，这一次借的是强盗之死。孙悟空被逼无奈，才上演了这出真假美猴王的戏码。戏剧的是，打唐僧的主意还是观音给孙悟空出的，只不过被孙悟空玩脱了。观音就这样被孙悟空拉上了贼船，成为孙悟空这出好戏的一个伪证者。

孙悟空自导自演想让多方给其求证假美猴王的存在。观音得知中计后，便把皮球踢给了玉帝。有意思的是玉帝接球后没踢皮球，直接把孙悟空赶出了南天门。大家都是看破不说破，等着孙悟空闹，最后是地府给了孙悟空个台阶去灵山找如来。就在如来要揭露真相的时候，观音突然来了。看到观音赶来，如来慌忙改口，从原先的"二心说"改口成"四猴混世说"。

为什么如来宁愿撒谎也要改口？揭露真相的后果是什么？一旦真相揭露，不仅孙悟空毁了，取经团队也毁了，观音的名声也会受到牵连。这一站意义非凡：一是如来允诺了孙悟空取经后坐莲台的好处；二是确定了孙悟空在取经团队今后绝对的领导地位。观音亲自给唐僧做思想工作，之后唐僧即便再对孙悟空不满，也没有任何理由赶走孙悟空了。

取经第 17 站：火焰山铁扇公主，积雷山牛魔王、玉面公主

300 年前，由于灵山之乱，牛魔王为避免西方佛教对内的阉割政策，他选择了背叛如来。从西方跑到东方寻求老君的庇护，正好铁扇公主需要安置，红孩儿也需要一个父亲，牛魔王就成了老君掩盖家丑的工具人。火焰山不仅是老君给铁扇公主的一计营生，更是老君认为的西游大陆东西方的分界线。因为如来创造了一条东西方分界线——两界山，也就是压孙悟空的那座山头，老君才弄了这座火焰山。

但是现在红孩儿已经被观音带走了，如来释放孙悟空时两界山也已经被毁，如来抹掉了这条分界线。再加上金兜山过后老君和如来已经达成了合作的共识，所以火焰山就没有了存在的必要。这时的火焰山不仅是阻挡取经的去路，更是阻挡未来东西方交流和市场流通的路障。而牛魔王家族存在的最大意义就是守住火焰山，既然火焰山已经没有了存在的必要，那么作为守山人的牛魔王家族自然要被连根拔起。《金兜山协议》内容第四条：取经团队要铲平火焰山，老君不许阻拦。

除此之外，牛魔王作为西方佛教叛徒，如来肯定不会放过他。《金兜山协议》内容第五条：老君撤除对牛魔王家族的庇护，如来要带走佛教叛徒牛魔王。牛魔王本事很大，可他却如此的孤立无援。这一站一共有六路神佛共同围剿牛魔王，老牛怎一个惨字了得！最后他的大老婆铁扇公主出家了，小老婆玉面公主被打死了，几百年来筑起的高楼化为泡影，而他自己也被李天王、哪吒带回灵山成为如来的阶下囚。

从西梁女国到火焰山，如来连续收拾了两个西方佛教逃犯。《金兜山协议》内容第六条：如来不许限制从天竺及周边国家前来西梁女国的客人。老君用佛教两个逃犯换来了西梁女国更广阔的经济市场，自己也不用再为时刻保护西梁女国投入更大的人力物力成本。

取经第18站，祭赛国碧波潭万圣龙王、九头虫

这一站原先并不在取经路线图里，因为导致此站加入的事件发生的时间是在三年前，即一颗小金光寺宝塔上的菩提舍利子引发的一场灭门惨案。在黑水河小鼍龙一站时，我们说过黑水河便是九头虫和万圣龙王的密谋地。二人合计做贼，六月密谋，同年九月盗宝。祭赛国中那场人心惶惶的血雨，就是来自黑水河。

为什么九头虫要把万圣龙王拉下水呢？这就要说此事件背后的主谋了，九头虫的后台是玉帝，万圣龙王的后台是王母，所以这一站背后的主谋就是玉帝和王母。玉帝和王母也想知道如来用舍利子造妖的秘密，所以才策划了这出盗宝事件。这也侧面说明了一点，孙悟空当年从奎木狼身上抢来的舍利子并没有归还天庭，至少取经祭赛国一站之前尚未归还。

而金光寺上的这颗舍利子对整个佛教有着重要的意义：祭赛国位处西牛贺洲中心地带，这颗舍利子是周边各国向佛教上供的指明灯。这一站背后是玉帝王母天庭集团与整个东西方佛教的博弈。

《金峨山协议》内容第七条：如来要破坏玉帝和王母在碧波潭的舍利子试验，老君不得阻挠。不过有意思的是，重新还回去的舍利子已经活了，里面正孕育着一个未知的人造妖魔。而毁坏舍利子更是万万不可的，舍利子没了周边国家就不给佛教上供了。所以孙悟空只能将舍利子继续温养着，等待这只妖魔的出世，而各方势力势必虎视眈眈。

取经第19站：荆棘岭树妖群

从这一站开始，取经团队算是踏入了弥勒的小西天地界。荆棘岭上的树妖一共有八只，都是千年老树妖。树人之战时，他们都是将死之人，最后拜入菩提祖师门下成为树人得以长生。他们感谢菩提，是追随菩提一生最忠实的徒弟。

树人之战结束后，他们在荆棘岭为死去的菩提守坟，因为荆棘岭中心的这座古庙就是菩提的故居。当年菩提自焚向天庭换取了他们几个的活路，如今随着取经的西进，他们的大限到了。

阻碍东西方交流的路障第一个是红孩儿，第二个是火焰山，这第三个便是荆棘岭。《金岘山协议》内容第八条：老君撤除对树妖群的庇护，取经团队需要打通荆棘岭，老君不得阻挠，所有阻碍东西方交流的路障必须拔除。而没有了荆棘岭，树妖群也就失去了存在的意义，所以他们全部被取经团队打死了。

取经第20站，小西天小雷音寺黄眉怪

如果说红孩儿只是假扮了观音，犀牛精只是以佛祖的名义收税，那么黄眉怪可不得了，他假扮的是整个灵山集团的三千诸佛。为什么他没有把如来放在眼里？因为他的幕后老大就是灵山的第一任佛祖——东来佛祖弥勒。

一路上唐僧见佛就拜，其实这一站弥勒只要熄灭小雷音寺的灯火，取经团队就这么过去了。但他偏偏让黄眉怪假扮整个灵山集团，大放佛光招惹取经团队上门。弥勒主动向取经团队发难，如弥勒所愿，孙悟空斗不过黄眉怪，但这无疑是一招臭棋。

此时弥勒在佛教中的地位很尴尬，他叫东来佛祖，是一个从东方被老君委派到西方的人。可现在他在东方不如观音，在西方不如如来。小西天一站，正是弥勒和如来之间的正统佛祖之争，输的人就要彻底成为小弟。

在博弈的过程中，孙悟空去请了很多大佬，但没有一个大佬站队弥勒，弥勒可以说是一点面子都没有，只能灰溜溜的自己

出来收场。最后孙悟空还当着弥勒的面打死了小雷音寺的全部手下,一把火烧了他的道场珍宝阁楼。事后弥勒径转极乐,他跑去西天干什么呢?还能干什么,给如来当小弟去了!这一站过后西方佛教只有一位最至高无上的佛祖,那就是如来。

弥勒会输有两个主要原因:一是他自身原因,和镇元子一样,他没有什么过硬的本事,而且在自己面对取经团队的到来时还下了一盘臭棋;二是老君与如来形成了取经的共识,就在不久前的三月三元始会上,三清放弃了弥勒。《金峨山协议》内容第九条:取经小西天一站,如若弥勒发难阻挠取经,老君必须阻止弥勒。所以弥勒主动来收场,也是因为在元始会上受到了来自三清的压力。

取经第21站:七绝山蟒蛇精

要说清楚这一站,首先要对蟒蛇精的身份做一个介绍。蟒蛇精不会说话,没有人形,更关键的是她不是真正的蟒蛇,因为她长有一双爪子。所以我们推测,蟒蛇精应该是一条蛟龙。我们认为蟒蛇精一共有三个不同的人生阶段:第一阶段是蛟魔王,曾与孙悟空结拜;第二阶段是卵二姐,曾在福陵山云栈洞招赘过猪八戒;第三阶段就是现在在七绝山上的蟒蛇精。

蟒蛇精与孙悟空和猪八戒都存在着陈年恩怨,尤其是猪八戒。卵二姐时期,她被猪八戒打成重伤,人形俱灭,失去了说话的能力。她头上的玛瑙肉角就是九齿钉钯留下的伤疤。

那么蟒蛇精为什么会来到七绝山呢?为的就是了却当年的恩怨,她想问问自己的兄弟和丈夫,到底是为什么?而孙悟空和猪八戒也认出了蟒蛇精,蟒蛇精处处手下留情,可孙悟空和猪八戒却对蟒蛇精下了死手。

这个地方叫七绝山,原文有对"山"本身的七绝作出解释,我们这里以"人"作为主体对七绝进行延伸：对蟒蛇精而言，当年在这里魔王七结义（原著中孙悟空外出云游时和其他六魔王结义），所以其中六绝，绝的就是这场结义之情。还有一绝，绝的是和猪八戒的夫妻之情。

蟒蛇精最后得到了一个答案，但付出的却是生命的代价。随着蟒蛇精的身死，亘古少人来的七绝山稀柿衕被猪八戒打通，所以《金岘山协议》内容第十条：取经团队需要打通七绝山，老君不得阻挠。至此《金岘山协议》十条内容我们已经全部讲完了，七绝山是东西之间交流的最后一个路障，猪八戒打通这里后，东西方进入"市场经济"。

取经第22站：朱紫国麒麟山金毛犼

这一站发生了两个事件：一是孙悟空解救朱紫国王，二是孙悟空解救金圣宫。皇帝皇后都要孙悟空救，孙悟空表示自己真的很忙！而这一站的博弈双方是佛母孔雀和如来。

朱紫国和大唐不同，这里的皇后分金圣、玉圣和银圣三宫。三宫皇后对应的太子是正宫、东宫和西宫。当年朱紫国王还是东宫太子时，他在落凤坡打猎射伤了佛母孔雀的两个孩子，导致两只小雏雀一死一伤。

照理说这样的人应该要被神仙惩罚，可他却当上了国王。更诡异的是当年他头上还有正宫太子，为什么继位的是作为东宫太子的朱紫国王呢？而从执政表现来看，朱紫国王就跟饭桶一样，没了老婆金圣宫什么都玩不转。因为这一切的背后都是如来搞的鬼，是如来帮助当年还是东宫太子的朱紫国王肃清正宫太子，是如来暗中扶持朱紫国王登上的皇位。

如来为什么要这样做？佛母孔雀的孩子，两只小雏雀在名义上和如来是什么关系？

——兄弟关系！如来已经有了一个妖怪母亲孔雀，又有一个妖怪舅舅大鹏。现在还多出两个妖怪弟弟妹妹，您说如来会怎么想？当年朱紫国王就是如来的一杆枪，这个皇位是如来奖励给他的。即便是一个饭桶，如来也给他找来了一个贤内助金圣宫，朱紫国真正有能力掌权的是金圣宫。

在仙界神仙是禁止生孩子的，佛会上即便佛母孔雀心怀丧子之痛，也还向如来进行忏悔。而从观音最后带走金毛犼时的那一番话我们得知，观音原本是站在佛母孔雀这一边的，只是现在加入取经不好再掺和，所以以"拆凤三年"功德圆满的名义将金毛犼带走。当然，这只是佛母孔雀家族和如来的第一阶段的博弈，后面佛母孔雀的亲弟弟大鹏鸟会对如来进行更猛烈的反扑。

取经第23站：盘丝岭蜘蛛精

我们在《西游人物传》里详细地论证了取经时期的蜘蛛精，就是当年天庭的七仙女。由于篇幅有限，这里我们不过多赘述。这一站的恩怨要回到500年前，从孙悟空搞砸的那场蟠桃会说起。当年孙悟空遭天庭陷害就是因为七仙女做了伪证：她们说是孙悟空吃完了蟠桃园的大株蟠桃。她们是指证孙悟空的唯一证人，也是蟠桃消失事件的知情者。如果孙悟空一直被如来压着，七仙女大可无事。可现在孙悟空被放了出来，玉帝担心孙悟空翻案，所以就要杀了七仙女。

七仙女嗅觉灵敏，她们逃出天庭（原著中是来到盘丝岭隐藏的时间）和孙悟空从五行山中被释放居然是同一年。此后一直在极力隐藏身份，当地土地也是几年后才知道她们是蜘蛛精。

孙悟空早已知晓当年蟠桃消失事件的真相，在这一站孙悟空有两个选择：一是选择翻案，那么这经就取不成了；二是替玉帝杀掉蜘蛛精，表明自己永不翻案的决心。孙悟空选择了后者，七只蜘蛛精全部被孙悟空拿来泄愤活活打死，死后还被孙悟空鞭尸捣成了肉酱。

这一站玉帝成功消灭了七仙女，当年的蟠桃消失事件的真相将永远尘封。这也意味着孙悟空从受害者转变成了施害者，他将永远和统治阶级的利益站在一起。真相不重要，只有利益才是永远的朋友！

取经第24站：黄花观蜈蚣精

蜈蚣精是七只蜘蛛精的同门师兄，他们都曾拜入毗蓝婆门下。这一站原先不在取经路线图里，如果不是蜘蛛精来找蜈蚣精，压根没有蜈蚣精什么事。蜈蚣精被搅进来，完全是蜘蛛精的锅。

在原著里，蜈蚣精是一个真正的修仙之辈。他修道的同时也尊佛，颇有师父毗蓝婆当年的风范。他也没有真正要杀唐僧，不然"西游第一奇毒"毒杀唐僧，怎么毒三天还毒不死呢？他恩怨分明，从头到尾都没动唐僧一下。只是想扣押唐僧要挟孙悟空，杀孙悟空给师妹们报仇。

但是他不明白，孙悟空只是明面上的一杆枪。他能打得过孙悟空，打得过孙悟空背后的玉帝、如来吗？最后蜈蚣精得救是因为他隐居已久的师父毗蓝婆出山了。也正是毗蓝婆此次出山，才让我们见识到西游最强神仙的修为到底有多高。毗蓝婆是现今西游世界唯一一个佛道兼修且修为跳脱五行的神仙。

取经第25站：狮驼岭狮驼国三妖（青狮精、白象精、大鹏鸟）

大鹏鸟终于登场了，首先我们要了解这一站的本质，这一站也是四圣试禅心的延续，青狮精是文殊的人，白象精是普贤的人，文殊普贤是当年密谋的四圣成员。

为什么大鹏鸟要联合四圣呢？因为他们有共同的政治诉求。先说文殊，取经乌鸡国一站，如来夺了文殊的地盘，还把文殊扔河里泡了三天。普贤又是文殊的好兄弟，他俩的手下青狮白象，都因为如来当年的禁欲政策而遭到了阉割，成了太监妖怪。总结一句话：他们跟如来有仇！

那么大鹏鸟呢？取经朱紫国一站，如来设计弄死了佛母孔雀的孩子，还让佛母孔雀在佛会当众忏悔。如来折磨佛母孔雀，折磨的是他名义上不想认的母亲，但佛母孔雀却是大鹏鸟的亲姐姐，你说大鹏鸟能不恨如来吗？何况当年如来借孔雀的肚子回灵山时，要做的第一件事就是杀孔雀，如果不是诸佛拦下，大鹏鸟的姐姐早就死了。孔雀大鹏鸟家族和如来有着不共戴天之仇，新仇旧恨一起算，所以大鹏鸟弄了一个专门的法宝来对付如来——阴阳二气瓶。

孙悟空斗得过青狮白象，却斗不过大鹏鸟。大鹏鸟的计划是自己三兄弟勾引如来出山，后方文殊普贤乘虚而入夺取灵山。可是出现了太多意外：一是宝瓶意外被毁，二是如来技高一筹，他居然是押着文殊普贤来的。可即便这样大鹏鸟也没有认怂，他还是要杀如来夺灵山，且听他霸气的原话："大哥休得悚惧，我们一齐上前，使枪刀搠倒如来，夺他那雷音宝刹！"

可最后天不助大鹏鸟，他没有成功，但也没有完全失败。虽然狮驼岭狮驼国被端了，但三妖最后都全身而退了。如来这次没有做绝，所以大鹏鸟和如来又重新回到了谈判桌上。为什么他们突然要谈判呢？因为不能再杀人了，再杀人西方佛教只能更乱。如来答应大鹏鸟会用信徒喂他，以换取大鹏鸟放下家族间的恩怨。如来牺牲一小部分人的命，换取了大部分西方人的太平。

第十篇　西天取经

取经第26站：比丘国白鹿精、柳林坡白面狐狸

这一站有两个故事，一条明线，一条暗线。

白鹿精的故事是明线：他要挖1111个小男孩的心肝来研制一碗长生汤药。这个事件其实就是当年五庄观人参果树事件，通天河吃小孩事件的一个延续。五庄观时知道吃小孩比吃大人更能长生，通天河时知道吃童男比吃童女更能长生，在这里知道吃5到7岁童男的心肝最能长生。实验数据越来越精确，给这些热衷研究长生的神仙专家点个赞！

当然了，这碗长生汤药最后还是没研制出来。就在白鹿精要把这1000多个小孩开膛破肚之际，孙悟空赶到了比丘国。还是那句话：任何私自研制长生的行为都会遭到天庭无情的打压，三界唯一能合法流通的长生货币只有蟠桃。

而白面狐狸的故事就是一条暗线了，这里我们也简单说一下。白面狐狸貌若观音，柳林坡清华庄也是观音所造。所以白鹿精和白面狐狸这个组合，背后暗示的就是寿星和观音的合作。那么白面狐狸在柳林坡干什么呢？柳林坡杨柳千千万，还有一棵快要成精的九叉杨树。这里是观音秘密的树人军团培育基地，白面狐狸就是在替观音打造树人军团。

观音和寿星之所以把地点设在比丘国，是因为这里前面是狮驼岭狮驼国，那对取经团队而言是一条天然的屏障。取经团队很可能就会选择么绕路，即便不绕路，只要赶在取经团队来之前完成实验就行。可人算不如天算，如来摆平狮驼三妖的速度太快了。最后随着白鹿精挖小孩心肝的长生实验被捣毁，观音的柳林坡清华庄也被烧成了灰烬。

取经第27站：镇海寺老鼠精

如来有一句名言："积水养鱼终不钓，深山喂鹿望长生。"什么叫合理养猪？就是养肥了再杀！这句名言不仅适用于黄风怪，也适用于老鼠精。这一站打击的对象明面上是老鼠精，实际是背后的李天王。和其他女妖精的站点一样，唐僧金蝉子的身份，任何时候都是一块引蛇出洞的好材料。300年前灵山之乱老鼠精被捕，但和其他被捕要犯不一样，老鼠精当年就被如来收编了。她还拜李天王为父，拜哪吒为兄。老鼠精只是干了妖怪该干的事，但她的身份却是正儿八经的神仙。

取经团队的到来镇海寺，也就意味着老鼠精的好日子到头了。那为什么现在又要把他抓回去呢？这一站的本质是如来与李天王之间的矛盾，李天王不是已经摆烂了吗？他们为什么还会有矛盾呢？其实，李天王只是在天庭摆烂，在人间钱可没少赚。

老鼠精所在的陷空山无底洞，是一个方圆三百里的地下行宫。这座行宫富可敌国，搬到天上就是一个小天庭。这行宫里供奉的牌位上只有李天王父子，没有如来。除此之外，在黑松林旁的贫婆国还有大量被丢弃的男婴，镇海寺没有海，"海"与"孩"虽不同调但同音，这里有很多免费的小孩肉吃倒是真的。

和对待灵吉的情况是一样的，如来恨李天王没给自己分半点好处。李天王只吃不吐，如来势必要敲打他。所以这一次孙悟空根本不敢放火烧行宫，因为此站过后，李天王和如来会达成一个全新的分赃协议。

取经第28站：灭法国国王杀和尚事件

这一站可以说是整个西天取经最戏剧性的一站，事件导火索居然是一个不知名的和尚骂了灭法国王一句，从而引发了一场灭佛惨案。灭法国国王立誓要杀足一万个和尚，巧的是他已经杀了

9996个，就等着取经团队的到来杀足一万个。

问题是灭法国本就是一个小国，光杀本国的和尚可是远远不够的。车迟国在西方诸国里已经算是大国了，可是整个国家的和尚也才2000多个。这事放在东边也一样，大唐几乎占据整个南赡部洲，可水陆大会举国也只召集到1200名高僧。所以灭法国王要在短时间内杀足一万个和尚，必须杀外来和尚。就像取经团队这样，不知道国情经过灭法国的。

这一站是观音亲自前来报信，那么孙悟空如何解决呢？他把皇宫上下的人的头发全都剪了光。一个正在杀和尚的国王自己变成了和尚，国王无计可施只能放下杀戮，从此灭法国变成了钦法国，西方道路上又多了一个恢复佛教信仰的国家。

当然这件事也没有这么简单，灭法国王杀的这9996个是无名的和尚，后文寇善人斋僧送他们到灵山脚下赴死的是9996个有名的和尚。它们之间存在怎样的关联呢？篇幅有限，我们就不详细展开了。总之他们是同一批和尚，用一句话总结就是：灭法国王是替西方佛教背锅的，寇善人是替西方佛教洗白的。

取经第29站：隐雾山豹子精

取经团队遇到豹子精是一个插曲，如果不是孙悟空主动招惹豹子精，唐僧很可能就这么过去了。豹子精知道唐僧要来完全是孙悟空送出的情报。正是孙悟空这一番骚操作，差点让唐僧进了妖怪的蒸笼。

豹子精号称南山大王，南山代表什么？代表长寿！孙悟空当场表示老君都没你那么狂！根据豹子精自述，他是浪迹于此。他不认识孙悟空，想必在此的时间已经超过了500年。以前有天庭背书，现在有时还需要自己亲自巡山自食其力。现在的豹子精就是一个"三无"妖怪：无本事，无背景，无长生！所以这种妖怪的结局只有一个：死！

孙悟空就这样通过捉弄猪八戒弄死了豹子精，同时豹子精的先锋官铁背苍狼怪也和豹子精形成了鲜明的对比。如果没有铁背苍狼怪，以豹子精战五渣的战斗力和令人担忧的智商是抓不到唐僧的。抓到唐僧后的退敌之策，也都是铁背苍狼怪出的。但由于双方实力悬殊，任何计谋在绝对实力面前都显得如此雕虫小技。这也告诉我们：好员工也要跟对老板，不然真的混不下去！

取经第30站：凤仙郡求雨事件

这一站背后隐藏着玉帝与凤仙郡侯一段不为人知的故事，什么故事呢？他们两人一方负了另一方，被负的一方因爱生恨的狗血剧情。来龙去脉我们就不展开说了，相信您可以自行脑补。玉帝痛恨凤仙郡侯，他不仅要折磨凤仙郡侯，还连累了凤仙郡侯治下的百姓。如果取经团队不来，这里将永远滴水不下。仅仅三年干旱，凤仙郡就已经到了卖女送儿、荒野吃人地步。

那么后来玉帝为什么又同意给凤仙郡下雨了呢？真的是表面上说的，因为凤仙郡侯知错敬畏上天了吗？当然不是！凤仙郡是什么地方？这已经是天竺国外郡了，属于如来的地盘。如来任由玉帝胡闹也闹够了，玉帝消气之后如来还是要让凤仙郡回归正常的。那么凤仙郡恢复降雨又有着怎样的影响呢？不妨打个比方：打一个小孩一巴掌给一颗糖和直接给一颗糖，区别在哪里？前者会对你感恩戴德，后者会认为理所应当。

这一站过后，取经团队成员被立了生祠建了寺院。凤仙郡人不仅都成为信徒了，他们也知道要拜玉帝了。要知道西方虽然号称极乐世界，但灭佛贬佛的地方多的是。这一站玉帝和如来双赢，取经团队全员也建立了个人口碑！

取经第31站：玉华州豹头山黄狮精

取经三兄弟在这一站收了三个小徒弟，他们是玉华王的三个王子。唐僧也因此沾了光，算是有了徒孙了。可城外豹头山的黄狮精竟然打起了取经三兄弟兵器的主意。三兄弟平时兵器从不离身，所以我们有理由怀疑这是孙悟空在钓鱼执法。黄狮精意外盗走了取经三兄弟的兵器，这才引发了一系列的蝴蝶效应。

黄狮精一向安分守己，玉华王甚至都不知道豹头山上住的是神仙还是妖怪。所以黄狮精不是取经各方大佬要打击的对象，他完全是不作死就不会死。按照剧本，黄狮精肯定是要家破人亡的。取经团队在夺回兵器后，果然杀了他全家，踏平了他的洞府。黄狮精从此踏上复仇之旅，因此他还把他狮族的祖翁九头狮子拖下了水。那么九头狮子能否帮他完成复仇大业呢？

取经第32站：竹节山九头狮子、六狮

黄狮精有六个同族兄弟，我们简称六狮。黄狮精原本是和六狮住一起的，只不过后来黄狮精自己出去立了山头，六狮仍在老巢竹节山。三年前，九头狮子奉命秘密下界回到竹节山。黄狮精遭取经三兄弟重创后，便回到这里向九头狮子求援复仇。

还记得九头狮子什么来历吗？他是万物之战时期狮族的先祖，是救苦天尊收编的妖魔，现在是救苦天尊的坐骑。救苦天尊是四帝之一，他又和老君是一路的。九头狮子下界背后最大的授意者其实是老君，九头狮子下界一是为自家狮族，他想看看自己的徒子徒孙，想让这一窝狮子认祖归宗；二是为公事而来，在西方逐渐被佛化的大背景下，三清需要找到一块佛化程度不深的地方，创立一个全新的道教西方根据地。玉华州就是不错的选择，这里背景和以前的大唐很相似，以前大唐就是不信佛的。

但这一切都被惹事的黄狮精给搞黄了，惹了不该惹的取经团

队。九头狮子更定义孙悟空是"搜山揭海，破洞攻城，撞祸的个都头"。这个说法和当年五庄观清风明月定义取经团队"强盗贼人"异曲同工。九头狮子一招就能拿下孙悟空，但这里毕竟是如来的主场。最后七狮全军覆没，九头狮子被带走。道教只能吃哑巴亏，建立道教西方人间根据地的计划只能暂且搁置。

取经第33站：金平府青龙山犀牛精（辟寒、辟暑、辟尘）

三只犀牛精本是西海的妖怪，他们也是最早定居灵山原有住民，他们本与四海龙王敖家同族。西方佛教创立后他们又让出灵山，一起迁居至隔壁的青龙山上。基于以上历史原因，他们才能以佛祖的名义在灵山脚下收取灯油赋税。即便灵山拿大头，他们拿尾数也早已富可敌国。

取经团队在捣毁他们时，从洞府搜出来的金银珠宝不计其数，唐僧用这些钱请整个金平府人胡吃海喝，足足吃喝了一个月连零头都没用完，所以难以想象灵山这一千年来搜刮了多少钱。

既然是替佛祖们办事，为什么他们还会被取经团队诛杀呢？西方佛教自然是不会杀他们的，不然以后谁去收税呀？这可是脏活，总不能让佛祖们亲自去收吧！杀犀牛精背后的主使是玉帝，犀牛精身上有六宝，一只犀牛两只角，每只都很贵气难得，价值连城。玉帝支持取经，他最想要的报酬就是犀牛精的犀牛角。

这一站是玉帝与如来的博弈，即便犀牛精有恩于西方佛教，但如来最后还是将他们给卖了，就是不知道如来会不会寝食难安。犀牛精死后，天竺国将会在很长一段时间内不再上贡灯油税。等几百年后天竺国人都忘却了这段历史，西方佛教定会重操旧业，那么来接犀牛精盘的会是谁呢？

取经第34站：天竺国毛颖山玉兔精

这一站表面上看又是一起逼婚事件，唐僧只是上街围观却无端端成了驸马。这和他名义上的老爹陈光蕊当年的遭遇一模一样。陈光蕊娶殷温娇，就是因为在他高中时刚好骑马路过丞相府在绣球招亲，然后就被球砸中，被拉去入了洞房。

而金蝉子当年欠下玉兔精的那场风流债，我们就不讲了。为什么玉兔精在天竺国待得好好的，她也成了取经团队的目标呢？玉兔精并不是一直在天竺国，她是这几年到的天竺国，所以最初的取经计划里是没有玉兔精的，是后来加了她的名字，主要原因是她下界触碰了如来的利益。

玉兔精自从被天庭收编后，一直是广寒宫里的捣药员。她下界天竺国是为了采集一种特殊的花药，而这同时也是如来需要的仙界玄霜仙药的药引子。那么玄霜仙药又是什么呢？一男一女晚上关了灯后，能让人飘飘欲仙、醉生梦死的一种药，毫无疑问这是每一位动字门修仙者的必备品。所以这一站的本质就是一起赤裸裸的资源抢夺案，博弈双方是玉帝和如来。最后玉兔精被带回广寒宫，意味着玉帝作出了让步。

取经第35站：寇员外家强盗杀人事件

这一站发生在灵山脚下"万僧不阻"的寇员外家。寇员外原名寇洪，根据我们的推测，寇洪就是当年唐僧亲爹贼寇刘洪的转世，他从大唐投胎到了天竺。寇洪不是来赎罪的，而是来受罪的，这就是灵山脚下的"慈悲"。

那么寇洪家到底发生了什么呢？在取经团队走后，有一伙和取经团队相貌一模一样的强盗入室抢劫，还把寇洪给杀了。这是继六贼事件、真假美猴王事件后又一桩喜闻乐见的奇闻。不用说，这依旧是孙悟空自编自导安排的一出戏，这些冒牌的强盗都是孙悟空用毫毛变的。这也是为什么孙悟空抓住了强盗，最后却放了强盗，没有移送官府的原因。

那为什么都要上灵山了孙悟空还在搞事情呢？他就不怕节外生枝，如来怪罪吗？当然不怕！这就是孙悟空做给如来看的！这一站表达了孙悟空的一个态度：一路走来，取经团队干的就是强盗的勾当！以前偷偷摸摸地干，打着正义的名义干，这一次孙悟空"制造"取经团队抢劫杀人时连脸都没蒙上。他在提醒如来：我们可是一路烧杀掳掠走过来的，替你做了那么多见不得人的事，到了灵山你可不能随便打发我们呀！

取经第36站：灵山无字经书事件

孙悟空上一站的提醒，如来还真不以为意，这不，果然出了幺蛾子。无字经书事件的本质是灵山内部的腐败问题。孙悟空千辛万苦护着唐僧来取经，他就是来要好处的。结果如来不仅好处没给，反让阿傩迦叶问取经团队要人事（好处费），这可把孙悟空气坏了。孙悟空没给，他们就真敢拿无字经书打发孙悟空。

发现被骗后孙悟空气冲冲地闯进大雷音寺，八大金刚都拦不住。殿内孙悟空还直呼如来大名，让如来严惩腐败。注意这里原著和影视剧里的差别：无字经书真的就只是白纸，不是像影视剧改编的那样，唐僧阿弥陀佛两句表明虔诚，书就有字了。取经团队再上灵山，如来才换的有字经书。而且如来照旧护着阿傩、迦叶，照旧让阿傩、迦叶向取经团队索要人事，主打的就是带头将腐败进行到底。如果没有燃灯从中作梗给如来穿了小鞋，这一站也许就被如来给糊弄过去了。

这件事是很有现实意义：为什么腐败那么难惩治呀？因为很多腐败并不是表面看起来那么简单。一棵大树枯萎了很可能是从根部坏起来的，你给叶子喷洒再多的药也一样救不活。

西天取经的影响

西天取经每一站的小结我们已经讲完了，当然由于篇幅有限，我们也只是大概地这样讲一讲。还是那句话，详情请看我们编著的《脑洞西游》，全书50多万字，从大闹天宫到西天取经的每一个站点都有深度的剖析。现在我们来盘一盘取经完结后各方的利益得失。

先说取经团队，在他们身后可是跟着护唐小分队一大票神仙的。除此之外我们也看到，四海龙王在取经过程中抛头露面的次数也不少。这些人都可以算作取经计划的执行者，只不过与明面上的取经团队分属不同梯队。那么西天取经，他们都捞到了什么好处呢？

取经第一梯队：取经团队

他们五人本是戴罪之身：唐僧的前世金蝉子是佛教被贬人员；孙悟空、猪八戒、沙和尚和小白龙也都曾是天庭的罪犯。

取经过后，唐僧受封旃檀功德佛，孙悟空受封斗战胜佛，猪八戒受封净坛使者，沙和尚受封金身罗汉，小白龙受封八部天龙。一个个从罪犯的身份转变成了西方佛教的编制人员，无论官大官小他们都跨越了阶级，可以称之为神仙了。

取经第二梯队：秘密护唐小分队

护唐小分队名义上是观音问玉帝要的人，但真实情况却是里面掺杂着如来、观音、玉帝、老君各方势力：四值功曹代表玉帝，五方揭谛和一十八位护教伽蓝代表如来，六丁六甲代表老君，后面加入的三十二护法诸天代表观音（原本是二十四诸天，但在取经的过程中发展至三十二诸天）。

绝大多数情况唐僧能活着都是他们在暗中保护，同时他们也替大佬们监控着取经团队成员的举动。取经完结后他们自然也能论功行赏，只是我们没有看到。

取经第三梯队：四海龙王家族

这里我们要说一点，四海龙王虽然都姓敖，但分为两个派系，一个是听观音话的西南派（西海敖闰、南海敖钦），一个是听如来话的东北派（东海敖广、北海敖顺）。取经期间，孙悟空基本上都是叫东北派敖家帮忙，孙悟空毕竟是如来的人，立功的机会当然也会想着听如来话的龙王。取经完结后，如来少不了给这两位龙王好处。

最后说一说如来、观音、玉帝、老君四位大佬之间的利益得失。我们要明确一点：既然他们四位肯坐在一起谈合作搞取经，无论过程多么艰难，最后肯定是达成了一致意见的。因为四个人中有任何一个人不同意或者阻挠取经，取经团队都不可能走到灵山，甚至队伍都组不起来。

当然，在这个过程当中大佬们也会相互博弈，相互算计。但总体来说，各方肯定是利大于弊，得大于失的。

当这个伟大项目启动的时候，西游世界格局的风向标就已经确立了。其他群雄势力也会想方设法，让自己尽可能地不成为取经打击的目标。如果可以，他们甚至还想参与瓜分取经好处的一杯羹。人是逐利的，神仙也一样。

先说如来，作为取经项目的发起人，他得到的好处最多：

（1）借助观音的名声给烂到家的西方佛教成功洗白；

（2）拔除了东西方路障，打开了东西方市场，更多的钱将涌入贫困的西方；

（3）策反了很多贬佛甚至灭佛的西方国家，比如灭法国、车迟国；

（4）打击了不少内部敌对势力，比如孔雀大鹏鸟家族、文殊普贤；

（5）抓到了西方佛教叛徒牛魔王、逃犯蝎子精。

结合以上几点我们可以说：虽然如来依旧没能统一又穷又乱的西方，但他统一的步伐无疑是向前迈进了一大步。

有得就有失，如来也为取经付出了不少的代价：

（1）金岘山一站，如来就被老君打劫了十八座小金山作为过路费；

（2）毒敌山和朱紫国一站，他连续两次被观音爆料丑闻，以后难免会成为佛教内部的谈资；

（3）青龙山一站，犀牛精被诛杀，起码在很长一段时间内西方佛教不能再收取灯油税了。

再说观音，她的好处也不少：

（1）如来为取经准备的金箍、紧箍、禁箍三个箍儿，取经过后都是观音的。

很多人认为观音只拿到了两个箍儿，也就是收服黑熊精和红孩儿的那两个。其实孙悟空的那个也是她的，为什么这么说呢？自从如来给到观音那一刻起，观音就更换了口诀，其中一个箍儿的口诀她只传给了唐僧，如来是不知道新口诀的，以观音的智商不可能做帮别人数钱的买卖。孙悟空完成取经后，观音收回了孙悟空头上的箍儿。

（2）观音的势力得到了极大的扩张。

观音住海上，但她却做了南赡部洲的老大。虽然小乘佛教是各管各山头，但大家都拥护观音做大姐。除了收降黑熊精、红孩儿这两个厉害角色外，她还和四海龙王达成了新协议，在未来很长的一段时间内她都能操控四海。

（3）长生科研技术的升级。

除了获取小孩肉长生的秘密、开启了初步的长生科研实验外，观音的仙树复活技术也从救活灵苗转变到救活仙树，从临床走向成熟。

那么观音失去了什么呢？她前后两个秘密科研基地被捣毁：一个是通天河水府，一个是柳林坡清华庄。如来损失最多的是钱，观音损失最多的是科技成果。除此之外，孙悟空也烧毁了她一座留云下院——观音禅院。

玉帝捞到的好处，说起来也不少：

（1）打击了奎木狼这种腐败的天庭摇摆势力，二十八宿彻底归顺；

（2）灭口了当年的七仙女，蟠桃消失事件的真相将永远尘封；

（3）了却了自己当年与凤仙郡侯的恩怨；

（4）得到了梦寐以求的宝贝犀牛角，六只犀牛角玉帝占四只。

当然，在天庭玉帝和王母属于利益共同体，玉帝捞到的好处也有王母的份儿。但玉帝付出的代价也不小：

（1）他在祭赛国一站策划了九头虫联合万圣家族盗宝事件，触碰了整个佛教的底线，遭到了东西方佛教联合反扑；

（2）玉兔精撤出天竺国，也意味着如来不愿意让出玄霜仙药的材料资源。

最后说说老君，他是最晚加入取经的，他得到了什么呢？老君得到的好处只有一样，那就是钱。老君不缺名声，不缺势力，不缺地盘，不缺技术，更不缺长生资源。老君要啥啥不缺，唯独缺钱，而刚好取经项目能给老君的也只有钱，这是合作能促成的关键。您看金岘山是钱，西梁女国是钱，那些一路上尊道的西方国家也是钱。

也许您就说了，不对呀！不是很多尊道的国家最后都信佛了吗？我们要说的是，取经团队路过西方国家的只占西牛贺洲很小的一部分。只有靠近天竺国，信佛的地方才多起来，而其他大部分都是尊道贬佛的。

当然，取经一路灭掉的这些道教势力势必会导致老君的地盘变小，但老君并不认为这是得不偿失的。他根本没时间去管理这些地盘，他是个技术宅，时间都用在炼丹和打造法宝上了，八卦炉是用钱堆起来的。换个角度说，道教地盘虽大，但如果不能物尽其用收不上钱，那还不如拿去直接和如来换钱。

西天取经我们就讲完了，那么西天取经过后，西游世界的走向会如何呢？

第十一篇　最终决战

最新仙界排位：仙界大洗牌后的格局

西天取经过后西游世界的走向如何？这完全是一个开放性话题。西游世界的走向如何，完全取决于仙界格局发生了怎样的改变。而最能体现仙界格局变化的就是新的仙界排位了，它能直接反映出各大佬在当下博弈的结果。你赢了多少，又输了多少，统统都能在最新的排位上体现出来。

旧的仙界排位也就是蟠桃会旧规，我们之前已经分析得很透彻了。玉帝和如来之所以折腾，就是因为他们对旧规不满。通过孙悟空大闹天宫：天庭上中下八洞的格局被打破了，玉帝的地位提高了。如来也当上了佛祖，名义上高了观音一级。取经时期，老君已不在三清行列，但仍是道教之主。

新的仙界排位是什么样？由于《西游记》原文在取经完结后就彻底结束了，我们不可能再从原文里获取到更多线索，所以任何人对新规进行排序都存在主观成分，即便是我们也一样。

我们的观点可能会让您出乎意料，这里还是要单独说一说玉帝和如来：天庭上中下八洞的格局是打破了，但五方五老的格局依然存在。

通过大闹天宫和西天取经，玉帝现在已经有了能和老君分庭抗礼的资本：其一，他与王母合作的"蟠桃紧缩政策"运行得很成功，以前蟠桃烂大街，现在蟠桃值钱了；其二，十万天兵的掌控权重新回到玉帝手里，以二十八宿为代表、原本唯道教所用的神仙也逐渐听命于玉帝。老君的权力很大一部分被玉帝分化了，老君不再一手遮天。玉帝万神之主的王位也越坐越稳，不再像500年前那样有名无实。

如来的情况就不太一样了，五方五老是怎么来的？是在东胜神洲、南赡部洲、西牛贺洲、北俱芦洲，以及四大部洲中部地带各选出一位大佬来。每位大佬分管一块地坐镇一方，如来只是其中之一。

那么如来要打破五方五老格局的途径是什么？最好的方法就是把其他四老都灭了，如来一人统一四大部洲。如果他灭不了其他四老，次一点的办法就是让其他四老成为他的小弟，让别人都听他的话。那么如来做到没有呢？如果他做到了还需要合作搞西天取经吗？

也许您就说了，如来当上佛祖后他不是压观音一头了吗？取经时期观音很多时候不也听如来的吗？没错，名义上是这样的，但那又能怎样呢！我承认你是佛教老大，但我拒绝把落迦山纳入灵山系统。再有就是西天取经的合作只有短短14年，项目完结后大家捞到了各自的好处，就又各回各家各自发展了！

取经狮驼国一站，如来就提到过自己的政治诉求：我管四大部洲。如来原来只管一个西牛贺洲，但他想管四大部洲。每个人都有自己的理想，佛祖也不例外。如来既没有消灭其他四老，也没有收服其他四老。取经是取得了不小的成绩，但这个成绩对标如来的政治理想，又是显得那么的微不足道。更令人遗憾的是，直到取经完结，别说统一四大部洲了，就连自家的西牛贺洲如来都没有实现大统一。

如来自己也很清楚，他只是嘴上不愿承认，但他一直在缩小自己的政治诉求：统一四大部洲没有希望，那我就统一西牛贺洲；统一西牛贺洲没有希望，那我就统一东西方佛教。如果连统一东西方佛教都没有希望，那如来还得从统一家门口的天竺国开始。要知道天竺国也不是各个地方都信佛的，骂西方佛教的大有人在！您看天竺国王就不屑信佛，灵山脚下的慈云寺住持也是个假佛徒。这叫什么？这叫理想很丰满，现实很骨感。

所以我们才认为：五方五老的格局依旧存在。不是说如来能力不行或者眼界太高，而是西牛贺洲本来就是一根难啃的硬骨头。这里又穷又乱，不仅妖怪吃人，人也吃人，甚至还有人吃妖怪。各种小国和妖魔势力零散分布，几乎没有一处完全能信佛的地方。这就好比同样是考试，人家考1+1等于几得满分，你考奥数题得60分。西牛贺洲和太平盛世的东胜神洲、南赡部洲简直不是一个世界。

再说新一轮仙界排位的基本原则，我们是这样想的：

（1）老君仍在榜首，登上他原来位置的新道德天尊也会有一个荣誉排行，类似旧规里五斗星君齐平上八洞三清四帝一样，即便他现在名不副实，那也得等到下一轮再更替；

（2）玉帝和王母紧随三清其后，且玉帝从五帝中脱离出来，四帝降为四御；

（3）由于取消上八洞，所以五斗星君失去参考对标，直接跌出大佬行列；

（4）五方五老会依旧存在，其中如来、观音、东岳天齐的地位将高于原本上八洞的四帝和下八洞的地藏王；

（5）由于四御中的荡魔天尊在取经时期下界至武当山，所以他在四御中靠后且低于地藏王；

（6）接下来是南赡部洲的各大菩萨势力，他们有钱有势有地盘，所以地位自然会高于灵山上的西方本土佛老；

（7）然后是西方佛教本土佛老，按《西游记》第100回佛教内部排行依次排；

（8）最后是被西方佛教排挤的弥勒、被道教三清放弃的镇元子以及在佛道两派游走的其他仙界人士。

此外还有一个注意事项要说明：旧规里有很多神仙是有多个称号的，但我们在排新规时，如果旧称号不符合新规那我们就会剔除掉，比如四帝变成四御后，原本四帝中带"帝"字的称号就没有了，再比如镇元子自封的与世同君、地仙之祖我们也会剔除。

基于以上8条基本原则和注意事项，我们最后得出新一轮仙界排位是这样的（括号里是神仙大佬的第二称号或者名字）：

Top 1：太上老君（太上道祖）

Top 2：元始天尊、灵宝天尊、新道德天尊

Top 3：玉皇大帝、王母娘娘

Top 4：如来、观音、东岳天齐

Top 5：雷声普化天尊、太乙救苦天尊

Top 6：地藏王菩萨（幽冥教主）

Top 7：九天荡魔天尊

Top 8：北极玄灵、黄角大仙

Top 9：大圣国师王菩萨、二郎神菩萨（显圣真君）、文殊菩萨、普贤菩萨、大势至菩萨、灵吉菩萨……

Top 10：燃灯古佛、接引佛祖（宝幢光王）……

Top 11：东来佛（弥勒）、镇元子

Top 12：黎山老母、托塔天王（李靖）、五炁星君、四大天王、四大天师……

这就是我们认为西天取经过后，新一轮的仙界排位。当然了，我们这里只排了大佬，大佬们的附庸势力是不进行排位的。还有就是西游第一强、修为第一高的毗蓝婆菩萨也没有排进去，一是因为她早已与世无争，二是因为这份排位是针对人类神仙的。如果一定要把毗蓝婆排进去，那她就会排在老君前面。

西游结局：重启西游宇宙

通过新一轮仙界排位不难看出，未来的西游肯定是如来、玉帝、老君共管天地。老君代表早期人类神仙组建的元老院；玉帝代表行政阶层，如来代表人间的土豪地主、割据势力。接下来是我们对未来西游世界的畅想，没有对错，只是分享：

为什么仙界排位只排人类不排万物？因为这是一个人类统治的西游世界。仙界排位从上一次开始就没排万物，毗蓝婆菩萨、佛母孔雀、大鹏鸟、九头狮子这些统统都没排进去。上一次不排，这一次依旧不排，而且这一次更是人类对万物的新一轮剥削和统治。这对于万物来说是致命的，意味着万物在西方最后的避风港湾正在消失，如来肯定会重启且继续执行对万物的阉割政策。

万物想要长生只能继续吃人，但是吃人风险巨大，必然又会遭到天庭剿杀，可以说是长生无门。终有一天万物会被人类铲除干净，除了少部分成为人类的奴仆。说起来万物修炼成人形就是为了自保，很多万物为了生存偷偷隐藏到了人类之中。历史没有消失，依旧在重复上演！

但是万物还有希望，那就是菩提自焚后留下的七颗舍利子。取经宝象国一站，奎木狼找到披香殿玉女偷走的舍利子后，就用舍利子保胎，娶百花羞公主生下了两个孩子。人和神仙、万物生的孩子没有成为怪胎，那都是舍利子的功劳。同样地，白骨精没有九窍却身不死，依然能成精，这也是舍利子的功劳。

这一站过后孙悟空拿到了这颗舍利子，但他没有归还天庭。孙悟空是如来用龙魂加舍利子制造的人造妖魔，如来虽然修改了孙悟空的记忆，但自从得到了奎木狼的舍利子后，他的龙魂意识开始觉醒。不然在取经祭赛国一站，孙悟空继续用九叶灵芝草温养舍利子的目的是什么呢？

舍利子为什么要温养？九叶灵芝草究竟有什么用？九头虫用九叶灵芝草温养舍利子，说明舍利子已经被注入了魂魄。关于这个魂魄是谁的我们不得而知，但可以肯定的是这里面是龙魂，这也是九头虫要入赘万圣家族的原因。但是为什么这个魂魄迟迟没有复活？结论就是没有合适的肉身。

哪吒是龙魂但却是植物肉身，孙悟空也是龙魂但却是猴子肉身。现在我们已经知道祭赛国的那颗舍利子里面也是一个龙魂，那么要找什么肉身最合适呢？最好的肉身自然是真龙的身体，如果找不到，还有另外一个方案。

在碧波潭九头虫和万圣公主结婚，九头虫是一种鸟和麒麟杂交所生的，而万圣龙王是一条真龙，万圣公主继承了万圣龙王的基因。万圣公主是标准的真龙模样，原著里她是万圣龙王最小的孩子。万圣龙王一直在生孩子，生到万圣公主时他就不生了，这还不能说明问题吗？万圣龙婆的基因是有问题的，只有万圣公主完全继承了万圣龙王的真龙基因。九头虫和万圣公主的婚姻，本质上也是一场杂交实验。

还有小白龙，原著里如来亲口对他说道：他的亲爹不是西海龙王敖闰，而是广晋龙王，也就是上一任的西海龙王。小白龙自己叫广力，小白龙姓广不姓敖，所以如来才封他为八部天龙广力菩萨。亲自把小白龙送上剐龙台的就是效忠于人类大神的敖家，您说小白龙的父亲去哪儿了呢？

西游世界出现了三个变量：一是孙悟空体内龙魂的觉醒；二是猪八戒体内后羿之魂的觉醒；三是小白龙知道自己身世之后的复仇之心。这三个角色和现在的人类都有仇恨。假设我们是已经觉醒的龙魂孙悟空，那应该怎样来逆转局势呢？觉醒后的孙悟空肯定要复活真龙，而复活真龙需要哪些材料呢？

第一，龙魂；

第二，龙的身体；

第三，九叶灵芝草；

第四，掌握魂魄转移技术的人。这一技术目前只有如来会，可是如来肯定是不会支持孙悟空复活真龙的。

除了如来还有谁可能会呢？牛魔王。牛魔王是如来用人魂改造的第一个人造妖魔。他虽然不是龙魂，但他见证了如来后续是怎么弄出哪吒和孙悟空的。

孙悟空要寻找牛魔王，那牛魔王现在在哪儿呢，他还活着吗？自从牛魔王被如来带回灵山，他就一直下落不明。故事也许会这么发展，铁扇公主突然出现并告诉孙悟空牛魔王的下落。

在找到牛魔王之前，为了加强战斗力，孙悟空先用舍利子唤醒了哪吒的龙魂，将哪吒策反。在经历了层层困难后，他们救出了牛魔王。

现在万事俱备，孙悟空、猪八戒、牛魔王、哪吒和小白龙带着祭赛国的舍利子来到荆棘岭，万物军团开始在荆棘岭集结。但很快孙悟空发现，这从头到尾就是一个圈套。老君、玉帝、如来三方故意让他们找到牛魔王，他们早就已经有了部署，团团包围了荆棘岭。他们要毁灭万物最后的希望，给这场新万物之战彻底画上句号。

小白龙决定牺牲自己，服下了祭赛国舍利子。于是真龙复活，而且小白龙化身的还是一条九头真龙。但毕竟才刚出生，战力有限，势单力孤，人类大神依旧拥有压倒性的优势。

随后牛魔王、哪吒先后战死，重新化为舍利子。小白龙不久之后也奄奄一息，重新化为舍利子。加上从奎木狼那里得来的舍利子，孙悟空手里有了4颗舍利子。此时又有了新的变数，观音手下的捧珠龙女是小白龙的亲姐姐，她带来了小白龙的项下明珠。于是孙悟空手中有了5颗舍利子，但这些舍利子又有什么用呢？

一切看似绝望的时候，唐僧来了，他是来劝降的。唐僧问："悟空，你怕死吗？"孙悟空答："早已无所畏惧。"于是唐僧脱下锦斓袈裟，摘下上面的一颗珠子，这是封印金蝉子之魂的一颗舍利子。唐僧告诉孙悟空："金蝉子说，让我把它给你，七颗舍利子集齐之日便是盘古大神归来之时。"

唐僧没有再多说，转身而去。孙悟空跪在原地，默默与唐僧永别。唐僧身后，孙悟空正在自焚，在熊熊烈火中他也化为了一颗舍利子。七颗舍利交相呼应，每一颗都光彩夺目，它们开始旋转发光，光芒越发强烈。

不多时，一名老者从五彩的光晕中走了出来，他看着这个世界，口诵："从无处来，到无处去。"这个身影别人不熟悉，但老君、玉帝和如来却如此熟悉。

老君："哥哥……"

玉帝："老祖……"

如来："师父……"

盘古："一切都该结束了……"

面对包围上来的人类军团，老人散发着强大的气场，没有谁敢靠近。老人一手竖起金箍棒、一手拿起九齿钉钯，将二者合而为一，于是西游世界一根新的天柱诞生了。这根柱子在老人手中不断地成长。它穿破迷雾，穿破云霄，向着当年补天最脆弱的方向而去。很快天又塌了，一块块补天石开始坠落，天宫化为瓦砾。

老人当年亲手补起了天，今天却又亲手捅破！而这次没有人会去补天了，因为再也没有补天的交合之土了。一切都被埋葬，一切全部归零，西游世界只余一片寂静。于是旧的西游纪元结束，新的西游纪元即将开始……

第十二篇　写在最后

《西游世界史》到这里就全部讲完了，但我们想多唠几句。《西游记》有自己独立的世界观，而且十分超前，甚至不可思议。现在我们再回看开头，看看吴承恩设定的西游世界，到底是不是这么回事呢？

首先，西游世界是个循环宇宙，这是一个多么大胆的想法，每一个循环是为一元，一元分为子丑寅卯等十二会。最令人震惊之处，他给了一元一个准确的时间：129 600岁。我们不知道他是怎么算出来的，也许是根据《易经》所推算，也许是参考了邵雍的《皇极经世书》和《观物外篇》，《西游记》中引用了《易经》的一句话："大哉乾元！至哉坤元！万物资生，乃顺承天。"但无论怎样，古人就已经知道世界不可能永恒，总有一天会毁灭。

其次，在传统的神话中，人是由女娲用泥捏成的。在西方也是上帝造人，在神话中有一个共识，人是由神造的。可是在西游世界里人却是由天地交合所生，不是由神造的。相反先有人而后有神，神才是由人所造。《西游记》是一本神话小说，但是人却先于神而产生，够不够惊喜？

最后，《西游记》对"仁"和"善"的定义是"覆载群生仰至仁，发明万物皆成善"。简单来讲：生你是善，养你是仁。任何生灵存在于西游世界都是天地仁善的结果，生灵的死亡、消灭并非天地所愿，但是没有人能够逃脱得了这生死循环。天地尚且有终有结，何况人乎？我希望你们所有人都能够长生不死，但是你们不得不死。

西游世界的三大铁律呈现在我们面前：

（1）我们生活在一个循环宇宙，有开始必有消亡，新世界总会取代旧世界。

（2）人不是神造的，而神是人造的，所以神就是人，也会有人性。

（3）仁善不是不死，死亡也是仁善的一部分，追求长生就是不善不仁。

吴承恩重建了一个全新的西游世界，并且把这个世界的主题概括为"造化会元功"，所以他才说：欲知造化会元功，须看《西游释厄传》。

吴承恩就是要我们自己去解读，去发现"造化会元功"的真相。只要秘密没有被揭开，任何理解都不是过度解读。

令人遗憾的是，很多问题他都没有留下最终答案。就算他在别的地方留下了，可在漫漫历史长河中也早已经消失不见，所以我们只能够通过《西游记》去找答案。同时他也给后人留下了一个启发，那就是：把《西游记》当作小说去理解是不全面的。

我们每个人都有自己的西游世界，也都有自己的西游梦。阴谋论也罢，胡说也罢，不过都是寻找"造化会元功"必然的经历，不能因为一句质疑就放弃对西游世界的探索。答案无论对错，我们都可以自豪地说一句："我读过，我思考过，我质疑过，我求证过。"

那么我们什么时候才能破解"造化会元功"的真相呢？你又做好破解"造化会元功"的准备了吗？